KB097172

돗개무리

꽃대무리

① 성군왕가 聖君王家

| 이번영 강사소설 |

책머리에

"역사란 현재와 과거 사이의 끊임없는 대화다."

영국의 역사학자 에드워드 카Edward Hallett Carr가 한 말이다. 과거의 역사를 오늘에 비춰보며 우리가 그 명암을 분명하게 구분해냄으로써 오늘의 삶의 방향을 바르게 정립해야 한다는 것을 교시해주는 잠언이라 할 수 있겠다.

조선의 세종~문종 시대를 살아가던 선각자들은 조선의 앞날에 대해 매우 고무적인 예견을 한 바 있다. 해동국 조선은 이미 여느 나라 못지않은 태평성대를 이루었으며 앞으로도 오래 이를 이어나갈 것이고, 또한 그 강역疆域도 동남쪽으로는 왜와 유구流求를, 북쪽으로는 고구려 고토古土 지역을, 서쪽으로는 중원의 북부지방을 아우르는 광대하고 강고한 대국을 이룰 수 있을 것이라고.

물론 그럴 만한 까닭이 있었다.

세종은 명실상부한 성군聖君이었다.

그런데 그 세종이 세자인 문종을 자신보다 더 훌륭한 왕자王者로 보았으며, 문종 또한 세자인 단종을 자기보다 더 훌륭한 왕자로 보았기 때문이다.

특히 세종은 세손 문종의 놀라운 총기와 잠재적 능력을 때때로 감지했는데, 내심 은근한 감탄을 금치 못했다. 게다가 세종은 세손을 가르치는 스승들에게서도 고무적인 이야기를 듣곤 했다.

연이어 세 성군의 시대가 올 테니 조선에 대한 고무적인 예견들은 과연 그럴 만한 것이었다.

그러나! 오호통재라.

암암리 세를 불려오던 돗개무리(개·돼지)가 임금(문종)을 비롯한 나라의 간성干城들을 다 죽이고 조정을 휘어잡아 나라의 주인이 되었던 것이다.

그렇게 세종 이후의 역사는 대망적이고 감격적인 예언과는 전혀 다르게 완전히 거꾸로 전도되어 절망적으로 흘러갔다. 그리고 그 돗개무리는 제멋대로 활개 치다가 결국은 나라를 통째로 말아먹는 지경에 이르게 된 것이다.

이 책은 세종 이후의 역사가 얼마나 어처구니없게 참담하고 통탄스럽게 흘렀는가를 자세히 기술한 일종의 해설사적解說師的인 소설이다. 비록 에드워드 카의 말을 상기하지 않더라도 오늘을 사는 우리가 어떤 역사의 대화를 이어가야 할 것인지 생각해보면서 이 책을 읽는다면, 읽는 감흥 속에서 한편으로 새로운 풍미라는 작지 않은 열매도 맛볼 수 있게 될 것이다.

2021년 봄, 용마산 갈헌재葛軒齋에서

이번영

차 례

1

조선의 하늘

아직 겨울이지만 햇볕은 어느새 봄기운을 품고 있었다.

1438년(세종 20) 또 한 해가 밝아왔다. 새로이 소원성취를 기원하는 정월인지라 따스한 햇볕이 아니더라도 사람살이의 봄기운은 제가끔 사람들의 마음속에서 피어나고 있었다.

아침 일찍 집을 나서 발길을 재촉하는 장영실蔣英實의 마음에는 봄이 이미 백화만발로 가득 차 있었다.

"계시옵니까?"

호군護軍(정4품) 이순지李純之의 집 앞에 도착한 장영실은 목청을 돋우며 그러나 공손히 주인을 찾았다.

'이리 오너라!'

당연히 이렇게 불러야 하는 처지가 된 지도 이미 오래됐건만 벼슬이 대호군大護軍(종3품)쯤 된 지금도 여전히 태생적으로 몸에 밴 장영실의 처신은 잘 고쳐지지 않았다.

"어이구, 어서 오게. 이른 아침부터 웬일인가?"

목소리를 알아듣고 뛰쳐나온 이순지는 장영실을 반갑게 맞아 사랑으로 인도했다.

"그걸 마무리는 지었습니다만……, 나리께서 한번 살펴주셨으면 해서 찾아왔습니다."

"아니, 그럼 옥루玉漏가 벌써 완성되었단 말인가?"

"예. 모두가 다 나리 덕택 아니옵니까?"

"어!"

이순지는 어안이 벙벙해서 장영실의 얼굴을 한참이나 멍하니 바라보았다.

아무리 재주 좋은 장영실이라 해도 칠팔 년은 족히 걸릴 것이라고 여겨온 이순지였다. 이 일도 물론 이순지의 이론적 지도와 각종 자료의 후원 덕택으로 이루어진 것이었다. 이순지는 사실상 감독이었기에 일의 어려움과 진척의 더딤도 잘 알고 있었다. 그런데 예상치도 못한 사이 완성이 되었다고 하니 놀랄 수밖에 없었다.

"옥루가 완성되었다니……. 정말이란 말이지?"

"물론 정말이지요."

"참으로 놀라운 일이야. 대단하네. 참 자랑스럽네."

"그저 나리의 보살핌 덕분이지요."

"또 그 소리. 늘 그랬듯 이 또한 자네의 그 명석한 머리와 비상한 손

재주와 남다른 근면함이 이뤄낸 업적일 뿐이야."

"과찬이십니다."

"아니야. 정말로 놀라운 일이야. 내 단언컨대 이건 자네만이 이룰 수 있는 기적이야."

"몸 둘 바를 모르겠습니다."

"참, 주상전하께는 보고 드렸는가?"

"나리의 확인을 받은 다음에 보고 드릴까 해서……."

"무슨 소리! 나야 보나 마나지. 곧바로 입궐하세. 주상전하께서 크게 기뻐하실 것이네."

두 사람은 간소하게 아침 끼니를 마친 다음 길을 나섰다.

언덕배기나 길가에 아직 흰 눈이 남아 있는 겨울이지만 햇볕은 꽤 보드라웠다.

장통방長通坊을 지나 한 구비 돌자 얼마 안 가 혜정교惠政橋 다릿목이 나타났다. 여기는 사람들의 통행이 잦은 곳이자 해시계인 앙부일귀仰釜日晷가 설치되어 있는 곳이다. 해시계는 백성들이 시간을 알고 또 시간을 이용하는 방도를 익히도록 하게끔 이곳 혜정교와 종묘 앞 두 군데에 설치되었다. 그리고 이 해시계 또한 4년 전 왕명에 따라 이순지의 지휘하에 장영실이 만들어낸 걸작이었다.

그해 장영실은 이것 말고 또 다른 걸작도 만들어냈다. 보루각報漏閣에 설치한 자격루自擊漏라는 물시계였다.

"어느새 4년이 흘렀네그려……."

"엊그제 같은데 벌써 그렇게 되었군요."

해시계 앞에는 이른 아침 무렵인데도 많은 사람이 모여 있었다.

"전에는 사람들이 시각을 몰라 많이 당황했지 않은가? 지금은 이 시계 덕택에 편리한 점이 한둘이 아니라고들 한다네. 자네 이름 석 자는 이제 영원불멸일세. 어디 해시계뿐이겠는가. 물시계인 자격루, 천문관측 기구인 대간의大簡儀, 소간의小簡儀, 혼천의渾天儀, 그리고 이제 완성된 옥루玉漏(천체 운행과 시각을 자동으로 나타내는 장치)까지……. 이런 걸작들의 업적이 있으니 암! 암! 자네 명성은 가히 영세불멸이지."

"송구한 과찬이십니다. 모두가 다 나리께서 돌봐주신 것이니 나리의 함자야말로 영원할 것이옵니다."

"허 허, 아무튼 참으로 장한 일을 해낸 게야."

사실 오늘날의 장영실이 있기까지는 학문적 이론과 기존의 설비에 대한 지식을 가르쳐주고 돌봐준 이순지의 공로가 절대적이었다. 다시 말하자면 이순지 없이는 장영실도 있을 수 없었던 것이다.

그런데 장영실은 종3품 대호군인데 이순지 자신은 정4품 호군일 뿐이었다. 이순지의 마음 한구석에는 분명 적지 않은 허탈감이 도사리고 있었다. 장영실도 이를 알아차리고 있었다.

그런 허탈감을 간직한 채로도 여전히 성심성의껏 자신을 돌봐주는 이순지의 마음에 장영실은 늘 감복했다. 그러면서 또 한편으로는 이순지의 해박한 천문학 지식이 아직 빛나는 계기를 맞이하지 못하고 있음을 매우 안타까워했다.

두 사람은 경복궁의 서문인 영추문迎秋門으로 들어가 곧장 임금의 동절기 편전인 천추전千秋殿으로 나아갔다. 임금 앞에 나아가 곡배曲拜를 올리고 곧장 보고를 드렸다.

"전하. 옥루가 완성되었사옵니다."

"오호, 벌써 완성되었단 말이냐? 정말 장하도다. 과연 장영실이로다."

임금의 용안은 금방 기쁨으로 환해졌다.

"그래, 바로 볼 수 있겠느냐?"

"그러하옵니다, 전하. 그리고 전에 말씀드린 바와 같이 대소 간의와 혼천의, 앙부일귀, 일성정시의日星定時儀 등도 한눈에 볼 수 있도록 전각 안에 모두 함께 설치해놓았사옵니다."

"참으로 노고가 많았도다. 그럼 당장 가서 보기로 하고……. 가만, 옥루는 지금까지 보지 못한 특별한 기기가 아니냐? 천체의 운행과 주야의 시각과 절기의 추이를 한눈에 관찰할 수 있는 보물인데, 나 혼자 볼 수야 없지."

임금은 일어서다 말고 승지를 불렀다.

"승지는 들으라. 의정부와 육조 등 조정 중신들에게 일러 입시토록 하고 등청한 당하관들도 대동하도록 하라. 그리고 양녕대군讓寧大君과 효령대군孝寧大君께도 전갈하여 입궐하시도록 하라."

1438년(세종 20) 1월 7일이었다.

경복궁은 전에 없이 술렁거리기 시작했다. 편전 앞이 한참 동안 수런거렸다.

얼마를 기다렸을까. 양녕대군과 효령대군이 도착하고 나서야 임금은 장영실을 앞세우고 옥루가 있는 전각으로 발길을 옮겼다.

웅성거리며 뒤따르는 대소 신료들이 더러 궁금증을 털어놓았다.

"볼거리가 대단한 모양이지요?"

"옥루라 부르는 것을 보니 그것도 물시계의 일종이 아니겠소?"

"천체의 운행을 한눈에 볼 수 있다 합니다."

"천체, 시각, 계절 등 여러 가지를 한자리에서 볼 수 있는 걸작이라 합니다."

"한 전각 안에서 그걸 다 볼 수 있단 말입니까?"

"그렇다는군요."

"그래요?"

"거참, 잘 짐작이 되질 않습니다……."

임금이나 제작에 참여한 당사자들이야 대단한 걸작의 완성을 자부할 수 있었지만, 내용을 알지 못하는 사람들에게는 구름 잡는 이야기와 다를 바 없었다.

그동안 놀랄 만한 기구들을 수없이 만들어내어 임금과 식자들의 인정을 받아왔다고 해도, 장영실이 미천한 관노 신분이었다는 사실을 마음 한구석에 여전히 남겨놓고 있는 자들도 적지 않았다. 그들은 대단한 걸작을 볼 수 있을 거란 기대감에 쉽사리 동의하지 않는 눈치였다.

'사람을 홀리는 요술妖術인지도 모르지.'

'별것도 아니란 게 결국엔 들통날 수도 있지.'

장영실의 작품에 전적으로 신뢰를 두지 못하는 이른바 동량棟梁(인재)들도 있었다.

임금의 발길이 전각 앞에 이르자 대기하고 있던 액정서掖庭署(왕명의 전달과 알현, 왕이 쓰는 붓과 벼루 공급, 궁궐의 자물쇠와 열쇠, 정원 관리, 궐내 각종 행사 준비 및 시설물에 관한 업무를 담당한 관서) 별감들이 몸을 굽혔다.

"문을 열라."

임금의 명에 따라 전각의 문이 모두 활짝 열렸다.

장영실이 임금을 인도하여 전각 안으로 들어섰다. 대소 신료들도 뒤따라 들어섰다.

전각에 들어선 사람들은 벌어지는 입과 굳어지는 몸을 어찌할 수가 없었다. 듣도 보도 못할뿐더러 전혀 상상도 못 한, 화려하고도 정채精彩로운 장관이 거기 펼쳐져 있었기 때문이다.

전각 한가운데에는 일곱 자 높이의 매우 아름다운 산이 하나 우뚝 솟아 있었다. 풀 먹인 종이로 신묘하게 만들어놓은 화려한 산이었다. 산기슭마다 나무들이 심겨져 있고, 계곡에는 물이 흐르고 있었다. 이 물은 산속에 감추어진 물시계, 즉 옥루와 그 부속 장치에서 흘러나온 것인데 계곡을 흘러 다시 옥루 속으로 들어갔다.

산마루 위에는 오색구름이 서려 있는 가운데 금빛 찬란한 태양이 떠서 움직이고 있었다.

산마루, 산 중턱, 산 아래 곳곳에는 선녀, 방위신, 무사, 미녀, 십이지상 등이 세워져 있어 각각의 소임대로 매우 절도 있게 움직이고 있었다.

이 모든 것을 만들도록 지시한 임금조차도 한동안 멈춰 서서 입을 다물지 못했다.

"아, 이렇게 대단할 수가……."

"이걸 다…… 어찌 사람의 손으로……."

"과시果是 걸작이로세, 걸작이야."

한마디씩 감탄사가 튀어나왔다.

"이거, 우주의 축소판 아닌가?"

"이 세상을 실내에 옮겨다 놓았어. 우리 사는 세상의 아름다운 축소

판이야. 참, 기막힌 재주로군."

"이게 정말 바깥세상과 똑같이 돌아간단 말이야? 아무리……."

"교묘하게 흉내를 내본 건지도 모르지……."

도저히 믿을 수 없다는 축도 있는 것 같았다.

그러나 아무튼 전각 안에도 바깥 우주와 똑 닮은 작은 우주가 있어 그 규칙대로 움직이고 있었다.

사람들은 다시 한번 눈앞에 펼쳐진 장관을 뚫어져라 쳐다보며 관찰하기 시작했다.

산과 계곡과 들이 있고, 해가 시간에 맞춰 하늘에 떠서 움직이고 있었다. 산 위쪽에서는 옥으로 만든 선녀들이 네 방위의 신을 데리고 서서 금방울 소리를 울리고 있었다.

산 중턱에서는 사신司辰(시간을 관리하는 자)이 세 무사를 데리고 시간의 단위인 시時, 경更, 점點을 알리고 있었다.

산 아래에서는 옥으로 된 미녀들이 십이지의 동물상을 데리고 시각을 알리고 있었다.

산 아래 평원의 사면에는 《시경》에 실린 〈빈풍豳風〉의 내용을 묘사한 그림 〈빈풍도〉 가운데 춘하추동 부분을 조각으로 형상화해 놓았는데 사람, 조수, 초목까지 생생하기가 그지없었다.

산 아래 앞쪽에는 대臺를 하나 세워놓고 그 위에 의기欹器(주나라 때 임금을 경계하기 위해 비치했다는 물받이 그릇)라는 그릇 하나를 장치해두었다. 그릇 뒤편에서는 관복을 입은 한 사람이 약간 구부린 채 서서 손에 든 금병金甁에 담긴 물을 그 의기 그릇에 따르고 있었다.

이 모든 것을 애초에 지시하고 중간중간 제작 과정을 들어왔던 임금도 믿기지 않는 듯 한동안 넋을 놓고 보고 있었다.

"허어……, 과시 천재로다. 과시 장영실이로다."

"예, 전하. 장영실이 참으로 보배인가 하옵니다. 이 보배를 알아보신 전하야말로 참으로 성군이시옵니다."

영의정 황희黃喜가 한마디 감탄의 뜻을 전해 올렸다.

"허어, 다 백성들의 복이지요. 이게 다 백성들을 위한 일이 아니겠소."

그렇다. 임금은 일찍이 백성들의 생업이요 국부의 기본인 농사를 걱정해왔다.

가뭄, 장마와 절기의 변화와 일월의 운행을 자세히 알지 못하고는 백성들이 농사를 잘 지을 수 없었다. 여태껏 대국(송, 원, 명)의 천문과 역법을 받들어 이용해야 했는데, 조선의 현실에는 잘 맞지 않았다. 특히 대국의 절기와 조선의 농사 절기가 맞지 않는 것이 가장 큰 걱정거리였다. 임금은 조선에 딱 들어맞는, 조선만의 것을 조선의 손으로 만들고 싶었다. 그리고 드디어 장영실이라는 인재를 통하여 성공을 거두게 된 것이다.

전각에 들어선 사람들은 그들 앞에 펼쳐진 장관을 가까이 바라다보면서 머리를 갸우뚱거리거나, 감탄사를 연발하며 머리를 연신 끄덕거리기도 했다. 붙박인 듯 선 채 입을 다물지 못하고 멍하니 눈동자만 굴리는 이도 있었다.

이 놀라운 작품을 감상하면서 사람들은 나름대로 저마다의 생각 속에 깊이 빠져들고 있었다.

"전하, 이것은 분명 요술이옵니다. 과신하시오면 아니 되옵니다."

갑자기 뚱딴지 같은 한마디로 진언을 올린 사람은 집현전 직제학直提學(종3품) 최만리崔萬理였다.

"허허, 이게 요술이라고? 과인도 너무 신기해서 요술 같다는 생각이 들기는 했소만, 이것은 결코 요술이 아니오. 이제 장영실의 설명을 들어보면 확연히 깨닫게 될 게야. 어디까지나 우주의 운행을 정밀하게 계측해서 그 운행의 모습을 우리가 쉽게 알아볼 수 있도록, 그 원리대로 여기에 축소시켜 놓은 것이오."

"아니옵니다, 전하. 그럴듯하게 꾸며 사람을 홀리는 요술이 틀림없사옵니다. 통촉하시옵소서."

"허어, 이치를 다 듣고 나서 요술이 아닌 것으로 판명되면 그때는 어찌할 것이오?"

"소신이 엄벌을 받아야 마땅하옵니다. 하오나 이것은 요술임이 틀림없사옵니다. 통촉하시옵소서."

참으로 난데없는, 그리고 어이없는 하나의 난동이었다. 최만리의 주장에 대놓고 동조하는 사람은 없었지만, 그럴 수도 있다고 무언중에 동의를 표하는 사람들도 더러 있었다.

최만리는 집현전 신료였다. 임금이 동량지재棟梁之材로 인정하여 집현전으로 뽑아 들인 인재였다. 성품이 솔직하고 성실한 준재였으나 고지식한 면이 있어 잘못된 주장에도 완강하기 일쑤였다. 임금은 그런 최만리에게 늘 미소를 머금고 너그러이 대해주었다. 그의 인품을 알기 때문이었다.

장영실의 설명이 시작되자 전각 안이 일시에 조용해졌다.

그는 먼저 산속에 숨겨진 옥루의 작동 원리를 간단하게 설명했다.

그리고 외관에 나타난 각종 물상物像의 작용에 대해 하나하나 설명했다. 옥루와 그 부속 장치들을 작동시킨 물은 계곡으로 흘러들어 의기 안으로 부어지는데, 그 물이 다시 올라가 옥루 속으로 들어가는 원리도 설명했다.

울창한 산마루 주위에는 오색구름이 서려 있는데, 그 위에 금으로 빚은 금빛 찬란한 태양이 하루에 한 번씩 낮에는 산 위에 떠서 돌고, 밤에는 산속으로 들어가는 이치도 설명했다.

그 원리와 실제 작동이 천체 운행의 법칙과 한 치 한 푼의 어긋남도 없었다. 계절에 따라 해가 뜨고 지는 시각과 경사도 또한 천행天行의 법칙과 일호의 오차도 없이 일치했다.

설명이 다 끝난 뒤였다.

"어떻습니까? 이제 이치를 알 만하지요? 분명 요술은 아니지요?"

임금이 상황을 마무리 지으면서 산을 바라보았다. 산 중턱을 보니 사신司辰의 지시에 따라 점點을 맡은 무사가 징을 세 번 쳤다.

"오라, 오시午時 삼점三點이로다. 저기를 보라. 미녀가 오시 패牌를 들고 있으니 그 앞에 오시를 알리는 말의 신이 일어나 서 있지 않으냐."

"그러하옵니다. 참으로 신통한 방편인가 하옵니다."

임금 옆에 서 있던 세자가 감탄의 소견을 말했다.

"참으로 그러하옵니다."

신료들도 동감의 소견을 합창했다.

"장대호군, 참으로 장하도다. 이제 드디어 조선의 하늘을 갖게 되었도다. 내 삼대 소원 중 이제 두 가지가 이루어졌도다. 장대호군의 공이로다. 하하하."

임금은 만면에 웃음을 머금은 채 장영실의 어깨를 두어 번 다독여 주었다.

세종은 장영실을 처음 데려오던 때를 추억했다.

그의 재주를 살리고 싶었던 세종은 그를 불러들여 일을 시키고자 했으나 중신들의 반대로 뜻을 이룰 수가 없었다. 사실은 선대왕 태종도 그의 소문을 듣고 데려와 일을 시키고자 했으나 대신들의 반대로 그만두고 말았다. 반대 이유는 단 하나, 그가 천인 신분이라는 것이었다.

장영실의 아버지는 원元나라 말기에 조선으로 망명하여 귀화한 중국인 장성휘蔣成暉로, 그의 신분은 양인이었으나 어미가 동래현의 관기였다. 그래서 장영실은 일천즉천법一賤則賤法(부모 한쪽이 천인이면 자식은 천인이 됨)에 따라 천인의 신분이 되었고, 어머니의 소속에 따라 동래현의 재산인 관노가 되었다.

그의 비상한 재주를 아까워하던 관상감觀象監 출신의 남양부사南陽府使 윤사웅尹士雄이 그를 세종에게 추천했다. 세종은 즉시 그를 데려오게 하여 만나보았다.

"지금 무슨 일을 하고 있느냐?"

"노비의 일을 하고 있습니다."

임금 앞에 부복한 장영실은 차분한 목소리로 대답했다. 첫인상부터 야무져 보였다.

"백성이 편안하게 살려면 제일 먼저 무엇을 해야 한다고 생각하느냐?"

대신들에게나 물어야 할 어려운 질문이었다.

"하늘의 이치를 알아야 합니다. 그러기 위해서는 천문을 연구해야 하옵니다."

주저 없는 대답은 평소의 소신이었다.

"왜 그렇게 생각하느냐?"

"그래야만 홍수나 가뭄의 이치를 알 수 있고, 그것을 알아야만 국부의 근간인 농사를 잘 지을 수 있사옵니다."

정승쯤 되는 사람의 대답이었다.

"서운관書雲觀에서 중국의 천문 연구를 받아들여 소임을 다하고 있지 않느냐?"

"중국의 연구를 답습하는 것은 조선에 도움이 되지 않사옵니다. 조선은 '조선의 하늘'을 가져야 하옵니다. 조선의 실정에 맞는 천문을 연구해야 하옵니다."

"오, 조선의 하늘이라!"

충격이었다. 세종은 내심 깜짝 놀랐다.

'오, 이런 천재를 만나다니…….'

치력명시治曆明時(이 나라에 맞는 역법을 제작하여 농사에 필요한 제때를 알려주는 일)를 늘 숙제로 여기고 있던 세종의 내면을 간파하기나 한 것 같은 대답이었다.

더구나 조선의 하늘을 갖는다는 것은 중국을 받들어야 하는 사대사상에 대한 반역이었다. 그러나 사실은 그것이야말로 세종이 바라마지 않던 조선의 독립이었다. 일개 관노의 입에서 나온 말에 세종은 내심 탄복할 수밖에 없었다.

"음……. 그다음은 무엇이 긴요한가?"

"산학算學을 진흥시켜야 하옵니다. 모든 일에 산학의 원리를 적용한다면 실수가 없고 차질이 없고 손해가 없사옵니다."

"옳거니……, 과연 명불허전이로구나."

세종은 장영실을 우선 상의원尙衣院(국왕의 의복, 궐내의 재화 및 보물을 관리하는 관서)의 별좌別坐(5품관)로 임명하려 했다. 그러나 대간(사헌부와 사간원)에서 강력하게 반대했다.

결국 세종은 장영실에게 고신告身(벼슬 임명장) 주는 것을 포기하고, 대신 윤사웅과 함께 중국으로 유학을 보내 관성대觀星臺를 관찰하여 천문과 산학을 더욱 연구하고 돌아오도록 조치했다.

당시 명나라에는 천문대이자 1급 보안시설인 관성대가 설치되어 운영되고 있었는데, 1276년 원나라의 쿠빌라이(Kublai Khan, 忽必烈汗)가 농업과 목축업의 생산성을 제고하기 위해 과학자 곽수경郭守敬과 왕순王恂을 시켜 세운 것이었다. 이 관성대에 들어가 모든 것을 관찰해 기기와 그 용도 및 용법을 숙지하고, 나아가 그 제작법을 파악해 오라는 것이 세종이 이들에게 부여한 임무였다.

그런데 가서 보니 이 사명의 수행은 거의 불가능한 일이었다. 관성대는 관련 당사자 외에는 아무도 들어갈 수 없는 곳이었던 것이다.

백방으로 노력했으나 끝내 들어갈 수가 없었다. 윤사웅의 걱정이 태산 같을 때 장영실이 복음 같은 소식을 가져왔다.

"노비들을 잡역부로 데려다 쓴다 합니다. 나리께서 가시어 나리의 노비인 저를 잡역부로 허락한다는 말씀만 하시면 됩니다."

"허어, 계명구도鷄鳴狗盜(천한 재주로 남을 속여 뜻을 이룸)라더니……. 자네 노비 신분이 내 사대부 신분보다 훨씬 가치가 있네그려. 자네 덕에 왕명을 받들게 되었으니 말이야."

"무슨 황송하신 말씀을 다 하십니까? 하오나 아무튼 어명을 받들 수 있게 되어 천만다행입니다."

이렇게 장영실이 잡역부로 관성대에 드나들 수 있게 되자, 그는 천문기구 등 모든 것을 눈으로 익혀두었다가 저녁에 숙소로 돌아오면 기억을 되살려 종이에 모사模寫하고, 관찰한 바를 윤사웅과 상론하여 자세하게 기록으로 남겼다.

또 한편으로는 천문에 관한 기기와 과학 문물에 관한 서적들을 수집했다. 그런 책 가운데는 중국의 역대 《천문지天文志》와 1206년 이슬람 출신의 알 자자리Al Jazari(1136~1206)가 쓴 《독창적인 기계장치의 지식에 대한 책》 같은 귀중한 서적도 있었다.

윤사웅과 장영실은 그렇게 수집한 자료와 서적들을 가지고 다음 해(1422, 세종 4) 돌아와 임금께 복명復命했다. 세종은 그사이 서운관 내에 습산국習算局을 설치하여 산학을 진흥시키고 있었다.

장영실은 중국에서 돌아오자마자 세종의 지시로 여러 가지 기기들의 제작에 힘쓰게 되었다.

세종은 장영실을 면천免賤시켜 벼슬을 주고자 했다. 그래서 전과 같이 그를 상의원 별좌에 임명하려고 이조판서 허조許稠와 병조판서 조말생趙末生을 불러 의견을 물었다.

"기생의 자식을 상의원에 임용할 수는 없습니다."

허조는 반대했다.

"이런 무리는 오히려 상의원에 적합합니다."

조말생은 찬성했다.

세종은 다른 대신들을 불러 다시 물었다.

"장영실이라면 상의원에 임명할 수 있습니다."

다 반대했으나 영돈령부사 겸 판호조사領敦寧府事兼判戶曹事 유정현柳廷顯이 찬성했다.

이런 공론을 거친 후 세종은 1424년(세종 6), 마침내 장영실을 면천시켜 상의원 별좌에 임명했다.

그 후 오늘날 옥루의 완성에 이르기까지 장영실은 수많은 천문 기상기기들을 발명했다.

이번에 발명한 옥루는 중국의 천문시계에서 보았던 물레바퀴(물레방아에 붙어 있는 바퀴)를 동력으로 삼아, 원나라 때의 물시계와 중세 아라비아 물시계의 보시장치報時裝置(시각을 알리는 장치)를 참고하여 조선만의 독특한 장치로 재탄생시킨 것으로, 태양의 운행을 더한 천문시계의 역할까지 겸하고 있다.

이 옥루가 설치된 건물인 흠경각欽敬閣에 대해 도승지이자 천문학자였던 김돈金墩은 〈흠경각기欽敬閣記〉에 이렇게 적었다.

> 흠경각 안에 호지糊紙로 높이 7척가량의 산을 만들고, 금으로 태양의 모형을 만들어, 오운五雲이 태양을 에워싸고 산허리 위로 가며, 낮에는 산 위에 뜨고 밤에는 산중에 지면서 일주一周하는데, 절기에 따라 해의 고도와 원근이 실제 태양과 일치한다. 중국 천문시계의 여러 장치는 사람의 손을 필요로 하지만, 옥루는 전혀 인력의 도움 없이 스스로 작동한다.

사람의 손이 필요한 중국의 천문시계와 달리 장영실의 이 옥루는 사람의 손이 전혀 필요치 않은 완전한 자동장치인 것이다.

세종은 전에 없이 감격하고 있었다.

"오로지 성은의 덕택이옵니다."

"아니야. 장대호군이 없었던들 오늘날 이 기쁨이 어찌 있으랴."

"성은이 망극하옵니다."

장영실이 머리를 숙여 회사回謝의 진언을 하고 나자 영의정 황희가 입을 열었다.

"전하, 아뢰옵기 황송하오나 한 말씀 여쭙고자 하옵니다."

궁금한 게 있는 모양이었다.

"말씀해보시오, 영상."

"전하께서 말씀하신 중에 세 가지 소원이라 하셨는데 그 소원이 무엇인지요? 그리고 성취된 두 가지는 무엇이옵니까?"

"허어, 영상은 그동안 제게 거짓말을 하셨습니다."

임금은 빙그레 웃음 지으며 황희를 빤히 쳐다보았다.

"전하, 어인 책망이시옵니까?"

황희는 설핏 놀란 표정이었다.

"영상은 노상 나이가 들어 귀가 어둡다 하지 않았소? 그런데 어찌 내 소원 얘기는 그리 잘도 들었단 말이오? 허허, 아무튼 잘 들어주었으니 고맙소."

"……."

"과인이 보위를 맡은 이래 소원한 바가 여러 가지 있었으나, 그중에서 반드시 이루고자 한 세 가지 큰 소원이 있었소. 그 큰 소원이란 실은 내가 해내야 할 세 가지 사명이기도 하지요."

"예에, 세 가지 사명이라 하시면……."

"첫째 소원은 우리 고유의 아악雅樂(궁중 음악의 하나)이었소. 다시 말하자면 순수하고 아름답고 감개가 깊은 우리의 아악을 가져보자는 것이었소. 중국의 음악도, 종래의 우리 음악도 도저히 우리 아악으로는 쓸 수가 없었소."

"……."

"둘째 소원은, 우주 삼라만상의 원리를 우리 조선의 바탕에서 궁구하고 터득해서, 그것을 백성을 이롭게 하는 근본으로 삼고자 한 것이었소. 중국의 천문이나 역법의 원리도, 회회사문回回沙門(이슬람교 수행자)들의 그것도 우리와는 맞지 않았소. 그런데 이제는 '우리의 하늘'을 갖게 되었소. 그에 따라 우리의 역법도 갖게 되었소. 이로써 이제 두 가지 소원은 성취가 되었다 이 말이오."

"소신이 어두워 이제야 개명이 되나 봅니다."

"박연朴堧이 없었으면 내 어찌 자랑스러운 우리의 아악을 얻을 수 있었겠소. 또 장영실이 없었으면 내 어찌 우리의 천문과 시절의 방편을 가질 수 있었겠소. 박연 그리고 장영실, 이 두 사람은 진실로 하늘이 과인에게 내려준 보배들이오."

"망극하옵니다."

듣고 있던 영의정 황희 이하 모든 신하가 황공하게도 목청을 돋우며 허리를 굽혔다. 임금은 형님인 양녕대군 쪽으로 몸을 돌렸다.

"형님, 형님께서 이렇게 보아주시니 더욱 기쁘옵니다. 형님 보시기에는 어떻습니까?"

임금은 양녕대군의 칭찬을 듣고 싶은 모양이었다.

"그저 신묘하고 경이로울 뿐이라 정신을 차릴 수가 없습니다. 이 모두가 다 주상전하의 홍복洪福이지요."

"어찌 이 사람만의 홍복이겠습니까? 만백성의 홍복이 될 것이니 더욱 기쁩니다. 참, 그리고 이 홍복을 형님과 함께 길이길이 기뻐하고 싶은데, 어떻습니까? 제 부탁을 하나 들어주시겠습니까?"

"부탁이라니 과분하신 말씀이십니다. 명을 내려주십시오."

"이 옥루와 천문의기들이 설치된 이 전각의 이름을 형님께서 지어주시면 고맙겠습니다."

"아니, 이 전각의 이름을요? 학문 깊고 경륜 높은 신료들이 전하의 뜰아래 그득한데, 어찌 저같이 몽매한 사람이 감히 나서서 이름을 짓겠습니까?"

양녕대군은 깜짝 놀라 손사래를 치며 사양했다.

"아닙니다, 형님. 형님의 학문과 경륜은 저도 잘 알고 있습니다. 형님께서 꼭 지어주셔야 합니다. 이 사람의 소원입니다."

"신이 꼭 지어야 한다니, 참으로 외람되옵니다. 학덕이 높은 중신들에게 창피나 당하지 않을지 걱정입니다."

"그럴 리 없습니다. 형님이 꼭 지어주셔야 합니다."

"허, 그러시다면……."

"……."

"백성들을 사랑하는 전하를 생각하니 떠오르는 게 하나 있긴 합니다. 《서경》의 〈요전堯典〉에 '흠약호천欽若昊天 경수인시敬授人時'라, 곧 '하늘같이 공경하여 정중히 백성에게 때를 알린다'라는 구절이 있으니, 여기서 두 글자를 얻어 흠경각欽敬閣이라 이름 지으면 어떻겠습니까?"

"흠경각이라, 아……!"

세종은 갑자기 무릎을 탁 쳤다. 감탄의 기쁨이 넘친 탓이었다.

"……?"

"참으로 여합부절如合符節입니다. 기막히게 잘 어울리는 이름입니다. 경들은 들으시오. 지금부터 이 전각의 이름을 흠경각이라 하겠소."

"성은이 망극하옵니다."

"정녕코 이밖에 더 합당한 이름은 없을 것이옵니다."

영의정 황희 이하 중신들도 감탄을 금치 못하는 것 같았다.

지금까지 장장 20년, 양녕대군은 도성에서 멀리 떨어져 살아야 하는 신세였다. 그래서 중신들도 양녕대군의 진면목을 잘 몰랐고, 그에 관한 임금의 애정을 탐탁지 않게 여기는 사람도 적지 않았다. 그런 터에 양녕대군의 입에서 흠경각이란 명칭이 흘러나오니 다들 놀라서 더욱 경탄치 않을 수 없었던 것이다.

"지필묵을 준비하라. 붓은 액자용額字用의 큰 붓으로 준비하라."

별감들이 달려나갔다.

"형님, 내친김에 명필 솜씨도 좀 보여주셔야지요."

대군을 탐탁지 않게 여기는 자들도 그의 글씨만은 인정할 정도로 당대의 명필로 소문난 이가 양녕이었다. 이 점만은 중신들도 인정해온 바였다.

"계속 부끄럽게 하실 겁니까?"

"누구든지 흠경각을 찾을 때마다 형님을 흠모하지 않겠습니까?"

양녕대군의 긴긴 귀양살이 동안 그를 탄핵하고 폄하하는 신료들과 맞서느라 임금은 지겨운 실랑이를 여러 번 벌여왔었다. 세종은 그래서 이번 기회에 양녕대군의 진면목을 중신들 앞에서 드러내 보이는 판을 한번 벌이고 싶었던 것이다.

지필묵이 준비되자 양녕대군은 천천히 붓을 들더니 가로 현판에 딱 들어맞을 만한 크기로 '欽敬閣(흠경각)' 석 자를 차분하게 써나갔다.

"형님은 과시…… 명필이십니다. 천하에…… 당할 자가 없을 것입니다."

형님의 불우한 세월을 늘 안타까워했던 임금은 너무 기쁜 탓인지 목소리마저 떨려왔다. 임금의 감탄사에 중신들이 합류했다.

"참으로 그러하옵니다."

"백부님의 글씨는 소자가 간수했다가 선공감繕工監(토목 등을 맡은 관청)에 부탁해서 전각에 달아 모시도록 하겠습니다."

세자가 글씨 쓴 종이를 조심스럽게 집어 들어 함지에 접어 넣은 다음 보자기에 쌌다.

"자. 이제 근정전으로 가십시다. 축하연 준비가 되어 있을 것이오."

영의정은 임금을 따라 발길을 옮기면서도 아까부터 궁금했던 것을 짐작할 수 없어 가끔 고개를 갸우뚱거렸다.

'삼대 소원이라. 하나는 아악, 하나는 조선의 천문역법, 그럼 나머지 하나는?'

명색이 영상인 처지에 성상의 대소원 가운데 남은 하나를 짐작조차 못 한다는 게 참으로 민망스러운 노릇이 아닐 수 없었다. 혹시라도 임금이 알아맞혀 보라고 물어볼 수도 있는 일이었다.

'도대체 무엇일까? 농사를 잘 지어서 수확을 올릴 수 있는 그런 방도 같은 큰 소원일 수 있겠지. 홍수와 가뭄을 이겨낼 수 있는 방편일 수도 있지만, 그건 좀 너무 황당한 일이니…….'

황희는 한 번 더 머리를 갸우뚱거렸다.

'가만, 전하께서는 애민정신이 투철하시어 백성들의 어려움을 늘 걱정하시니……. 오라, 온갖 병을 치료할 수 있는 처방전을 소원하시지 않을까? 그래, 이건 참으로 어마어마하게 방대하고 지난한 일이긴 하지만, 이룰 수도 있는 일이지. 이루어만 놓으면 엄청난 공적이 아닐 수 없고 말이야. 조선의 만병통치 처방전. 옳다, 그거야.'

영상은 궁금증을 풀어보기로 했다.

"전하, 전하께서는 세 가지 소원이 있다 하셨사온데, 남은 한 가지 소원은 무엇이옵니까?"

"허어, 영상은 기억력도 좋소이다. 과인이 나머지 소원을 말하면 영상께서 들어주시겠습니까?"

"진충갈력盡忠竭力 할 것이옵니다. 하명하시옵소서."

따르던 여러 신료도 몹시 궁금한 표정이었다.

"과인의 세 번째 소원은 말이오……."

임금은 멈춰 서서 의미심장한 미소를 머금고 역시 멈춰 선 여러 신하를 죽 둘러보았다.

"세 번째 소원은 바로 우리 고유의……."

"……?"

"문자 창제요!"

'문자 창제요?'

신하들은 깜짝 놀랐다. 눈의 초점을 잃고 입을 벌린 자도 여럿이었다.

'아니, 만고의 진서眞書(한자)가 있는데, 웬 뜬금없이 문자 창제? 오랑캐도 아닌데…….'

그들은 경악하고 있음이 틀림없었다.

어디 그들뿐인가. 영상 황희도 너무나 놀라서 정신이 아찔했다. 눈을 감고 잠시 멈춰서 정신을 가다듬었다.

'내가 영상이라니……. 이렇게 생각이 모자란 내가 영상이라니……. 허어……, 과연 전하께서는 만고의 대성군이시다. 반대가 뻔한, 그리고 깜깜한 허공을 더듬는 암중모색과도 같은 이 일을 마지막 대소원으로 품고 계시다니……. 그것을 짐작도 못 하고 있던 내가 영상이라니.'

임금은 이들 모두를 못 본 체 짐짓 돌아서서 발길을 재촉했다. 신료들도 돌아서서 발길을 재촉할 수밖에 없었다. 그러면서도 신료들은 구시렁거리기도 하고 고개를 절레절레 흔들어보기도 했다.

흠경각의 완성을 축하하는 근정전의 잔치는 차분하면서도 흥겨웠다. 그런데 예기치 못한 작은 소동이 벌어져 임금은 잠시 곤혹스러운 처지에 놓였다.

"전하, 어찌 잠자코 계시옵니까? 이 불학무식하고 불충불경하기 막심한 이 죄인에게 어찌 벌을 내리지 않으시옵니까?"

직제학 최만리가 잔칫상은 본체만체하더니 임금 앞에 엎드려 아예 외치기 시작했다.

"허허, 웬 불학무식이요 불충막심인고?"

딴 사람이 아니라 고지식하고 고집불통인 최만리임을 아는지라 임금은 미소를 지으며 되물었다.

"전하께서 이룩하신 불후의 대업을 쳐다보며 요술이라 일컬었사옵니다. 신의 목을 당장 쳐서 효시하라 어명을 내리시옵소서."

"오늘같이 경사스러운 날 어찌 목을 치는 벌을 내린단 말이오? 이런 날에는 있는 죄도 감해주는 법이거늘 죄도 없는 사람이……, 그 무슨 망발이오?"

임금은 여전히 미소를 짓고 있었다.

"요술이 아닐 시에는 소신이 엄벌을 받는다 하였사옵니다. 자고로 군신 간에는 희언戱言이란 있을 수가 없사옵니다. 당장 소신을 끌어내 처단하소서."

"허허, 그대는 나라의 동량지재棟梁之材임은 틀림없으나 재상이 되기는 싫은 모양이오. 그렇게 고지식해서야 어찌 재상이 되겠소? 앞으로 영상이 되고 싶으면 여러 말 말고 물러가 술이나 들도록 하라. 어서 물러가라."

최만리는 주춤주춤 뒤로 물러났다. 잔칫상 앞에 다시 앉는 줄 알았으나 겸연쩍었음인지 그냥 지나쳐 조용히 밖으로 나갔다.

얼마나 지났을까. 축하연도 이미 파한 지 오랜 이슥한 밤, 의금부 옥청獄廳에서는 참으로 난데없는 승강이가 벌어지고 있었다.

"여봐라, 옥리獄吏. 이리 가까이 오너라."

조복은 입었으나 낯선 관원이 옥리를 불렀다.

"예, 나리. 뉘십니까? 이 밤중에 어인 일이시온지?"

옥리가 다가오자 낯선 관원이 명령처럼 말했다.

"나는 집현전 직제학 최만리다. 주상전하께 불경의 대죄를 지은 사람이다. 당장 항쇄項鎖(목에 채우는 형구), 수갑手匣(손목에 채우는 형구), 차꼬(발목에 채우는 형구)를 가져오너라."

"예에?"

“조복을 벗을 테니 순서대로 형구를 채우고 옥방에 쳐넣어 가두어라.”

“나리를 가두라 이 말씀입니까?”

“…….”

“아니…….”

“그래. 조복을 다 벗었느니라. 어서 형구를 채우고 가두도록 하라.”

“저희 맘대로 그리할 수가 없는 일이옵니다.”

“그리할 수 없다고? 네놈들 맘대로는 안 된다고?”

“예에, 그렇지요. 관원을 가두려면 형조판서 대감의 지시에 따라 절차를 밟아야 하옵니다.”

“뭐라고? 이놈들, 절차야 다 밟아 내려올 테니 그런 걱정은 말고, 네놈들은 어서 가두기나 하렷다.”

“그냥 이렇게 하옥할 수는 없사옵니다요.”

“이놈들이 관원의 말에 불복하고……, 혼쭐이 나봐야 알아듣겠느냐? 당장 시행하지 못할까?”

망설이는 옥리들을 겁박하여 최만리는 기어이 항쇄, 수갑, 차꼬를 차고 옥방에 갇히게 되었다.

정초라 하나 여전히 겨울이었다. 겨울밤의 옥방에서 형구를 찬 채 최만리는 몸을 오싹거리며 형벌을 자초한 신하의 도리를 올곧게 견뎌내고 있었다.

임금 이하 온 조정이 역사적인 업적의 성취에 한껏 고무되고 흥겨운 축하연에 따라 들뜨는 쾌심快心에 흐뭇해하고 있을 때, 중궁전에서는 소헌왕후昭憲王后의 속을 적지 아니 썩이는 둘째 아들 진양대군晉陽

大君이, 흠경각 축하 행사를 빌미로 또 마뜩잖은 성깔을 부리고 있었다.

"중전마마! 중전마마!"

다급한 듯 외치는 소리가 들렸다.

"무슨 일이 있느냐, 안상궁?"

"마마. 진양대군께서 드십니다요."

"진양이가 들어온다고? 진양이가……?"

왕후는 반갑기보다는 뜨악했다.

"오, 진양아. 어서 오너라. 좀 뜸했구나."

"자주 문안드리지 못해 송구하옵니다. 하오나 자식 같잖은 자식이 자주 문안을 드린들 무슨 소용이 있겠사옵니까?"

'뭐에 또 토라졌단 말인가?'

"아니, 진양아. 자식 같잖은 자식이라니……?"

"그러면 소자가 자식다운 자식이옵니까? 자식 대우를 받아야 자식이지요. 어이구, 속 터져……. 어디 가서 콱 꼬꾸라져 봐야 아실는지……. 어이구, 속 터져."

"아니, 진양이 너, 어미 앞에서 그 무슨 불효막심한 말을 그리 함부로 하느냐? 또 뭐가 못마땅해서 그러는 겐지 말을 해보아……."

"칫!"

진양대군은 고개를 돌린 채 삐죽이 입을 내밀고 있다가 돌아섰다.

"어마마마! 소자가 분명 부왕전하와 어마마마의 자식이지요?"

"네 나이 이제 스물하고도 둘이다. 어엿한 어른이 다 되어서 새삼스럽게 그건 또 무슨 말이냐?"

"그렇지요! 어른이요 대장부니까 울화가 치민다 이 말씀입니다."

"아니, 어른이요 대장부니까 울화가 치밀다니? 도대체 뭐가 못마땅하단 말이냐? 일국의 왕자요 대군에 봉해진 금지옥엽인데, 뭐가 부족하단 말이냐?"

"금지옥엽이면 뭘 합니까? 왕자건 필부건 사내대장부라면 출장입상出將入相 정도는 되어야 하지요. 그래야 어깨를 펴고 가슴을 펴고 대장부된 사람답게 사는 것이지요. 그런데 소자는 이 꼴이 뭡니까? 답답하고 숨 막혀 죽을 지경이다, 이 말 아니옵니까? 하다못해 어디 군영의 별장이든지 아니면 능참봉이라도 되면 좋겠습니다. 그러면 숨통이라도 좀 트일 게 아닙니까?"

"아니, 별장이든지 능참봉이라도? 대군 왕자인 금지옥엽으로 호강하며 사는 게 싫다 이 말이냐?"

"어마마마, 말씀 한번 잘하셨습니다요. 호강이 뭡니까. 할 일 없이 놀고먹는 신세가 아니옵니까? 놀고먹는 신세라면 개돼지나 다를 바가 없지요. 지겹다 못해 소름이 끼칩니다. 개돼지나 같은 신세로 사느니 차라리 콱 죽어버리는 게 낫다고요, 어머님."

"아니, 저, 저런……."

"허구한 날 머엉하고 지내야 하니…… 소자는 대체 뭡니까? 오늘 같은 날도 그렇지요. 물시계 각인지 물방아 간인지 완성되어 구경할라치면, 소자에게도 기별하여 하다못해 먼발치에 서서라도 구경하도록 해주셔야 할 게 아니옵니까? 당하관 나부랭이들도 다 와서 구경하는 판에 정일품 대군 왕자 중에서도 최상위인 소자에게는 기별의 기미도 없었으니……. 어이구, 울화통이야……. 그래 세자인지 장자인지만 부왕의 자식이고, 저 같은 것은 자식도 아니라 이 말씀 아니옵니까? 어이구, 가슴이야. 어이구, 치솟아…….”

거의 악을 쓰고 있었다.

“저, 저런 변이 있나!”

“머리가 터지든지 가슴이 터지든지 할 것만 같아서……. 어마마마 보시는 데서 무슨 항아리든 궤짝이든 산산이 쳐부숴야 살 것 같아서 헐레벌떡 입궐하였다 이 말이옵니다.”

“아니, 너 지금 정신이 어찌 된 게 아니냐? 너, 응, 제정신으로 하는 소리냐고?”

왕후는 거의 울상이 되었다.

“정신이 똑똑하니까 헤매지 않고 찾아왔지요. 정신은 파릇합니다만 소자는 계속해서 한없이 이렇게 멍텅구리처럼 멍하게 살아야만 합니까? 그래요, 참. 군호인지 대군호인지 그것부터가 사람을 우습게 만들고 있다고요. 진평晉平이라 했다가 함평咸平이라 했다가 이제는 진양이라고 하니. 진양이라고……. 아이고, '눈깔 진晉' 자에 '염소 양羊' 자라……. 뻥한 눈깔만 끄먹끄먹하며 멍청히 서 있는 염소 같다고, 사람들의 웃음거리가 되기 딱 좋지 않습니까? 과연 소자 신세가 딱 이름대로입니다요, 어마마마.”

“아니, 얘가 지금 이름을 가지고 또 무슨 억지를 다 부리는고……. 그게 어째서 '눈깔 진' 자란 말이냐?”

“그럴 바에야 차라리 우람한 황소의 '뿔 대가리 수首' 자를 써서 수양대군이라 하면 좋을 게 아닙니까? 사람들의 웃음거리도 되지 않을 게고…….”

“뭐, '뿔 대가리 수' 자라고? 아이구……, 너 때문에 내가 제 명에 못

살지……."

이러다가 왕후는 또 울음이 터질 판이었다.

"대군마마……."

더 두고는 볼 수 없어선지 안상궁이 대군을 불렀다.

"더 이러시오면 어마마마께서 낙루落淚하시옵니다. 고정하시옵소서."

만류하는 안상궁의 말에 대군의 성깔은 더욱 거세졌다.

"뭐라? 요런 당장에 주리를 틀어 죽일 계집 같으니라고."

"예엣?"

"너 안상궁인지 말대가리인지, 내 발길에 콱 꼬꾸라져 뒈지고 싶어 환장했구나, 엉?"

진양대군이 눈에 쌍불을 켜고 안상궁을 노려보았다.

"에구머니나."

안상궁은 깜짝 놀라 얼른 왕후의 뒤쪽으로 달아났다.

"어이구. 흑흑……."

왕후는 기어이 울음을 터뜨리고 말았다.

그날 밤 왕후는 임금이 내전에 들기를 고대하고 있었다. 그것을 알기라도 한 것처럼 임금은 유쾌한 기분으로 그 밤 내전에 들어왔다. 왕후는 낮에 있었던 진양대군의 소동을 대강 들려주었다.

"음……. 그러면 대군호를 진양이라 하지 말고 다시 고쳐달라 이 말이오?"

"그렇지요. 뺑한 눈깔만 끄먹끄먹하며 멍하니 서 있는 염소 같다며……. 우람한 황소의 '뿔 대가리 수' 자를 쓰는 게 좋겠다고 했사옵니다."

"하하하. 참으로 그 녀석다운 말이오. 그거야 뭐……. 그게 좋다면 그렇게 고쳐주면 될 일이고."

"그리고…… 답답해 죽겠으니 어디 군영의 별장이든 능참봉이라도 되면 좋겠다, 그러는 겁니다."

"그건 아니 되지요. 그런 위인한테 크든 작든 실권을 주었다가는 그 성미에 무슨 사달을 일으킬지 알 수 없는 일이오."

"앞으로 어찌해야 하올지……?"

"대군으로 살 팔자이니 대군답게 살도록 해야지요."

"……."

진양대군은 세종과 소헌왕후의 둘째 아들로 태어났다. 그는 증조부(태조)의 내림을 받았는지 신체 강건하고 머리도 꽤 명석한 편이었다. 아울러 무예에도 능숙했고 병서에도 제법 통달했다. 그는 또 조부 태종을 닮았는지 성품이 대담하고 명예와 권세에 대한 욕심도 있었다.

한편으로는 백부 양녕대군의 성깔을 닮았는지 대장부답게 호탕하기도 했지만, 또한 파락호처럼 방탕하기도 했다. 그러면서 그는 또 아버지 세종의 영향을 받았음인지 다방면에 관심을 가졌고 만만찮은 역량도 갖추고 있었다.

언제부터인지는 모르겠지만 그는 자신이 세종의 여러 아들 중에서 가장 훌륭하다고 스스로 여기는 것 같았다.

'태조의 여러 아들 중 정안대군靖安大君이 가장 출중했기에 다섯째임에도 결국은 대통을 이어받아 임금(태종)이 되었다. 또 태종의 여러 아들 중 충녕대군忠寧大君이 가장 훌륭했기에 셋째임에도 대통을 이어받아 임금(세종)이 되지 않았는가. 이제 부왕(세종)의 여러 왕자 중에서는 그럼 누가 가장 출중한가. 형이 비록 적장자라 해서 세자가 되어 있긴 하지만 강건호방하긴 어림도 없고, 골샌님에다 얌전이라서 아내 하나 제대로 거느리지 못하는 위인인데……, 이제 와서 군이 대통을 잇게 할 까닭은 없는 게 아닌가.'

드러내지는 않았지만 진양대군은 늘 이렇게 생각하곤 했다.

다음 날 일찍 판의금부사判義禁府事가 의정부로 찾아왔다.

"이른 아침부터 판의금 대감께서 웬일이시오? 누구 잡아갈 사람이라도 있는 게요?"

영의정 황희는 미소로 맞으면서도 의아해하는 눈치였다.

"영상대감. 이거 번거롭게 해드려 송구하오이다. 처리하기 난감한 일이 좀 생겼기에 상의 말씀을 드리고자 찾아뵈었습니다."

판의금부사는 간밤에 일어난 최만리 사건의 전말을 옥리에게 들은 대로 영의정에게 들려주고 자문을 구했다.

"허어, 최만리 그 사람 또 그 쇠고집이 뻗쳤군. 아마 그 요술 이야기 때문일 것이오. 전하께서 이미 용서하셨거늘……. 이 사람이 뭐라 귀띔해줄 수가 없을 것 같소이다. 함께 전하를 뵈러 갑시다. 어명을 받아 처리하는 수밖에 없소이다."

두 사람은 임금을 뵈러 갔다.

"어서 오시오, 황정승."

"황공하옵니다. 간밤에 의금부 옥청에서 난처한 소동이 일어났사옵니다."

"소동이라고?"

"집현전 직제학 최만리가 요란한 소동을 일으키고 스스로 옥방에 갇혔다 하옵니다."

"스스로 옥방에……? 허허, 그 사람답네그려."

"어제 옥루 앞에서 전하께 불경한 언사를 드린 대역죄인이기 때문에 중벌을 받아야 한다며, 어서 벌을 내려달라고 고집을 부리고 있사옵니다."

"그거참……. 허면 당장 벌을 내리는 수밖에."

"어떤 벌을 내려야 하올지?"

"벌주罰酒를 내립시다."

"예에? 벌주이옵니까?"

"아주 독한 술을 큰 단지에 가득 채워 벌주를 내리시오. 그리고 입을 떼지 말고 단숨에 다 들이켜도록 하시오."

이 기상천외의 어명을 받들고 판의금부사가 옥방으로 갔다.

"웬일이십니까? 판의금 대감께서 이 하찮은 죄인이 갇힌 옥방에까지 오시다니요."

"어명이오. 죄인은 어명 받들 준비를 하시오."

"어, 어명?"

"여봐라. 옥리들은 이 죄인의 형구를 다 풀고 죄인을 밖으로 끌어내서 이 돗자리 위에 정좌시키도록 하라."

옥리들이 옥방으로 들어와 최만리의 항쇄, 수갑, 차꼬를 풀어냈다. 그리고 옥방에서 데리고 나와 돗자리 위에 정좌시켰다.

"여봐라. 그 단지를 이 죄인 앞으로 갖다 놓아라. 이제부터 처벌이 시행되느니라."

옥리가 단지를 들어다 최만리 앞에 갖다 놓았다.

"죄인은 성상이 계신 곳을 향하여 사배를 드린 후 이 사약賜藥(임금이 내리는 약)을 받아 마시도록 하라."

최만리는 이미 결심이나 한 듯 정중한 자세로 일어섰다 굽히며 사배를 올렸다. 그런데 몸을 구부려 절을 할 때마다 틀림없는 술 냄새가 코끝에 감지되었다.

"아니, 이건 술 냄새……?"

"술은 무슨 술이란 말이오. 이것은 어명으로 내리는 사약이니 숨을 멈추지 말고 단숨에 들이켜도록 하시오. 만약 단숨에 마시지 못하면 어명을 거역한 죄를 추가할 것이오. 단숨에 마신 뒤에는 곧장 집으로 돌아가 몸을 푹 쉬게 한 다음 내일 조회에 어김없이 참석하도록 하시오. 불참 시에는 또한 죄가 추가될 것이오. 죄인은 즉시 어명을 거행하라."

"……!"

최만리는 무릎을 꿇은 채 고개를 들어 하늘을 쳐다보았다. 그러다 갑자기 엎드려 흐느끼기 시작했다.

"아니, 죄인은 당장 단지를 들어 들이켜지 않고 무엇을 망설이는 거요?"

"으흐흑……. 전하, 성은이 망극하여이다. 전하……."

2

최만리崔萬理

최만리의 유별난 고집은 임금이 즉위 초부터 겪어온 터라 꽤 단련되어 있었지만 난처한 경우가 적잖아 때로는 비상수단을 쓰곤 했다.

1418년(태종 18) 갑자기 왕위에 올라 임금이 된 세종은 더구나 상왕(태종)이 고리눈을 뜨고 뒤에서 지켜보는 터수인지라 사실 만사가 어리둥절하고 나날이 살얼음판 같았었다. 그러다 1422년(세종 4) 5월, 그간 상왕으로 있던 태종이 세상을 떴다. 왕실과 조정은 초비상 상황을 겪으며 수개월을 보내야 했다.

그리고 나서야 새 임금은 겨우 자기의 체제로 자리를 잡기 시작했다. 임금은 그해 10월 황희에게 좌참찬左參贊 겸 예조판서禮曹判書를 제수했다.

황희는 양녕대군의 폐세자廢世子에 반대하다가 태종의 진노를 사서 교하交河 남원南原 등지에서 유배 생활을 했었다. 따지고 보면 세종에게 황희는 자신의 왕위 계승을 반대한 역당이었다. 그런 황희에게 벼슬을 주어 등용시키자 과연 강력하게 반대하는 신하들이 나타났다. 그를 시기하는 자들이 다시 그에게 죄를 씌워 내쫓고자 책동을 벌였던 것이다. 세종은 부드럽게, 그러나 단호하게 물리쳤다.

"황희에 대해서는 선왕께서 승하하시기 전에 다시 기용하도록 내게 당부를 하시었소."

"하오나 그는 전하의 대통승계를 반대한 자이옵니다."

"그러면 과인이 불효를 저질러야만 하겠소?"

"전하, 어인 말씀이시옵니까?"

"《논어》〈학이편學而篇〉이나 〈이인편里仁篇〉을 모르지는 않겠지요?"

"그야……. 황공하옵니다."

대답하다 말고 임금의 말뜻을 알아차리고 목을 움츠렸다.

"상기하는 뜻에서 여러 사람 있는 데서 한 구절 암송해보시겠소?"

임금이 미소를 지으며 부드러운 말로 부탁하듯 말했다. 그 한 구절이란 시골 동네 서당 아이들도 익히 알고 외울 수 있는 아주 쉬운 구절이었다.

'중신에게 차마 어찌 그런 것을 외우라 시킨단 말인가.'

그러나 엄연히 어명이었다.

"삼년三年 무개어부지도無改於父之道(아버지의 방침을 고치지 않음)라야 가위효의可謂孝矣니라."

"고맙소. 선왕께서 승하하신 지 이제 겨우 수개월이오."

이후 황희에 대해서는 신하들이 일언반구도 토를 달지 않았다.

태종의 승하에 따른 제반사가 거의 끝나가던 1422년(세종 4), 태종의 후궁이자 경녕군敬寧君의 모친인 효순궁주孝順宮主 효빈孝嬪 김씨가 머리를 깎았다. 여승이 되겠다는 뜻이었다. 이렇게 회색의 가사장삼을 입고 비구니 모습으로 바뀐 효빈이 돌연 중전(소헌왕후) 앞에 나타났다.

"아니, 효순궁주가 아니시오? 도대체 이게 웬일이시오? 삭발에 여승 복장이라니요?"

중전의 놀람은 기절초풍할 지경이었다.

"중전마마, 황공하여이다. 상왕전하 붕어하심에 마땅히 뒤따라야 했거늘 그러지 못하고 아직 살아 있어 심히 부끄럽습니다."

"아니, 그래서요. 도대체 어찌하시려는 겝니까?"

"입산하여 상왕전하 내외분의 명복을 빌며 사는 것이 이 잔명殘命의 도리인가 하옵니다."

"입산하여 명복 기원을 드리는 것도 좋지만 아드님 생각도 해보셔야지요. 제발 부탁이니 대궐에 그냥 머물러 계셔주십시오."

효순궁주 김씨는 태종의 서장자인 경녕군의 생모로 당시 나이 오십 줄이었다. 이미 머리를 깨끗이 깎고 복장마저 비구니로 바뀐 김씨는 중전이 애써 말렸으나 뜻을 굽히지 않았다.

"중전마마, 용서하시옵소서. 신 효순궁주 김씨 하직배례下直拜禮이옵니다. 길이 만수무강하시옵소서."

"아니, 저 궁주……. 궁주!"

중전은 마음속이 허전함을 금할 길이 없었다. 궐 안에는 스물여덟의 새파란 중전인 자신이 있을 뿐 대왕대비나 대비가 없었다. 지체로 보자면 군신지간이지만 한편으로는 시서모와 며느리의 사이이기도 했다. 선왕의 후궁을 나이 지긋한 시어머니로 모시고 궁중 내의 이것저것을 상의하며 지내고 싶은 게 중전 심씨의 솔직한 심정이었다.

그러나 이런 중전의 마음과는 딴판으로 다른 후궁들마저 기절초풍할 이런 소동을 같이 벌이려 하고 있었다. 효순궁주의 하는 양을 보더니 나머지 십여 명의 궁주와 선왕에게 승은承恩을 입은 궁인들 수십 여인이 서로에게 뒤질세라 삭발을 했던 것이다.

"마마, 중전마마. 신녕궁주信寧宮主 신빈信嬪 신씨辛氏가 앞장서서…… 모두 다 삭발을 하고요……. 줄지어 드십니다."

중전의 시비가 놀라서 다급하게 외쳤다.

"뭐라고? 줄줄이 들어온다고……? 웬 난리인고?"

후궁들은 중전 앞에 와 모두 부복했다. 법회에 모인 한 무리 비구니들 같았다.

"중전마마. 신 등 내명부 일동을 용서하여 주시옵소서. 선왕전하께서 훙거하신 바 이제 저희가 번거롭게 궐내에 남아 더 이상 폐를 끼칠 수는 없사옵니다. 이 길로 입산하여 비구니로서 여생을 보내고자 하오니 윤허하여 주시옵소서."

맨 앞에 앉은 신녕궁주가 공손히 아뢰었다.

"윤허하여 주시옵소서!"

일제히 뒤따라 합창했다.

"여러분들, 이러시면 아니 됩니다. 이러시면 이 중전을 천하에 못된 사람으로 만들게 됩니다. 백성들 그리고 후세 사람들이 어찌 무심하겠습니까? 선왕께서 승하하시자마자 엄연히 제 서모인 후궁들을 모조리 쫓아내 비구니를 만들어버렸다고 말하지 않겠습니까? 또 성상께서 아시면 얼마나 놀라시겠습니까? 차마 이러실 수는 없는 일입니다. 자고로 자식이 어미를 내쫓는 일이 있었습니까? 여러분들은 다 성상 내외의 어머니 되시는 분들입니다. 하오니 전하와 이 부덕한 중전의 처지를 생각해서라도 제발 그만두시기 바랍니다."

중전은 자못 애원하고 있었다.

"황공하옵니다. 용서하시옵소서."

"그렇잖아도 이 중전은 복이 없고 덕이 없으며 팔자가 기박하여 아버님은 생죽음을 당하고 어머님은 노비가 되었습니다. 사전에 상의 한마디 없이 그 소중한 머리를 다 깎고 와서 이러시니……. 너무도 야속하고 서럽습니다."

중전은 울상이 되었다.

"황공하옵니다, 중전마마. 하오나 소신들의 딱한 뜻을 헤아려주시옵소서. 상왕전하께서 승하하셨으니 응당 목이라도 찔러 순사함이 바른 예절이옵니다만 왕자님들 옹주님들을 생각해서 목숨 대신 머리를 자른 것이옵니다. 또한 아직 젊은 데다 미색이 없지 않은 소신들인지라, 이대로 궁중에서 살다 보면 황공한 말씀이오나 마음의 평정을 잃을까 저어되어 아예 불자가 되어 여생을 고이 간직하려 하오니, 통촉하여 주시옵소서."

"하여튼 나로서는 가부를 허락할 수도 없습니다. 사실대로 성상께 아뢰어 비답을 전할 터이니 이만 물러가 기다리십시오."

"황공하옵니다, 중전마마."

"그리고 성상께서 비답을 내리실 때까지는 이 소문이 일절 밖으로 나가지 않도록 각별 유념하시기 바랍니다. 대간臺諫에서라도 알면 큰 난리가 날 것입니다."

여인들은 일단 조용히 물러갔다. 중전이 임금을 뵙고 이 사실을 고하자 임금은 펄쩍 뛰었다.

"뭐라고요? 저, 저런 변이 있나? 허허 참. 큰일 날 소리요."

"전하. 하오니 이 일을 어찌하지요?"

"만약 아버님 혼령께서 이 일을 아신다면 매우 진노하실 것이오. 아버님께서는 강력하게 숭유억불책으로 일관하셨는데, 아버님께서 승하하시자마자 그 후궁들이 모조리 머리를 깎고 중이 되다니……, 도저히 있을 수 없는 일이오."

"하오면……?"

"안 될 말이오. 절대 안 되오. 왕명으로 금하겠소. 아시겠소, 중전?"

"예. 알겠사옵니다."

"효순궁주 김씨는 이미 중전이 허락하셨다 하니 하는 수 없소만, 나머지 후궁들은 일절 금지요. 삭발입산이라니……. 어림없소."

"예, 전하."

"깎은 머리를 다시 기르게 하고, 궁궐에서 종전처럼 살라 이르시오. 대궐 안에 비구니 떼가 생기다니, 무슨 면목으로 신하들을 대하겠소?"

"하오나 전하."

"예. 말씀하시오."

"머리를 다시 기르라 하고 대궐에서 그냥 살라고 강요하였다가 행여라도 무슨 일이……."

"무슨 일이라니요?"

"모두가 목숨을 끊으려 하기라도 한다면……."

"자결이라도 할 것이라 그 말이오?"

"아니라 단언할 수도 없는 일이 아닌지……."

"아니, 사십여 명의 후궁이 모두 자결을 할 것이라 그 말이오?"

"그것이…… 선왕전하의 뒤를 따라 응당 목이라도 찔러 순사하는 것이 도리인데……, 머리를 깎는 것으로 대신했다 하옵니다."

"군왕이 하세下世했다 해서 그 후궁들이 집단으로 따라서 목숨을 버렸다는 예는 들어본 적이 없소. 예전에 백제가 망할 때 백마강에 삼천 궁녀가 뛰어들었다는 말은 있었지만……, 그야 당나라 군사들이 쳐들어와 궁녀들을 범하려 했기 때문이었소. 지금이야 평온한 시절이오."

출가입산은 절대 안 되니 이전처럼 그대로 궁궐에서 살아야 한다는 왕명을 중전이 후궁들에게 전했다.

왕명이 내려졌다 하지만 후궁들의 결심 또한 대단한 것 같았다. 이미 작심하고 고운 머리들을 하얗게 깎아버린 후궁들이니 왕명이 있다 해서 그대로 주저앉을 그들이 아닌 것 같았다. 그들은 다시 중전 앞에 부복했다.

"중전마마. 이렇게 잘라버린 머리는 한번 자른 목을 다시 붙일 수 없는 것과 마찬가지로 다시 붙일 수가 없사옵니다."

"부디 재고하여 주시옵소서."

"하오나 한번 내린 왕명도 되돌릴 수는 없는 일이 아닙니까? 여러분께서도 왕명을 거역할 수 없음을 잘 알고 계시지 않습니까? 그리고 또한 백성들은 어떻게 생각하겠습니까? 선왕께서 타계하자마자 후궁들이 모조리 삭발출가하였다 하면 왕실 안에 크나큰 불화가 있어서 그 지경이 되었다 할 것이 아닙니까? 여러분들, 이 중전이 간곡하게 부탁하니 제발 마음을 잡아주세요. 앞으로 여러분들이 지내시는 데 필요한 모든 비용과 편의는 최선을 다해 감당해드릴 테니 마음을 잡으시고 어명을 따라주세요."

이렇듯 간절한 중전의 부탁에 그들은 마음을 다잡는 듯 다소곳했다. 그런데 신녕궁주 신씨가 돌연히 나서 아뢰었다.

"소신은 선왕마마께서 잠저潛邸(임금이 되기 전에 살던 집)에 계실 때 효남이라 불리던 일개 시비侍婢였습니다. 그러한 계집종의 천한 신분으로 선왕전하의 은총을 받아 왕자와 옹주를 낳았고 마침내는 정1품 궁주의 지위에까지 올라 분에 넘치는 영화를 누려왔습니다. 그런데……."

"아니, 궁주. 그런 영화를 누린 것과 중이 되는 것과 무슨 상관이 있단 말이오?"

"황공하옵니다. 하오나 소신처럼 기력 빠지는 나이에 든 여인도 상왕전하의 육성이 생생히 들리는 것만 같고, 상왕전하의 체온이 덥게 느껴지는 것만 같은데, 저들 젊은 후궁들의 사정이야 더욱 어떻겠사옵니까?"

아직 한창 젊은 나이인 중전이 생각해보니 짐작이 가고도 남는 일이었다.

젊은 그녀들이 사그라지지 않는 정염情炎에서 헤어나고, 참기 어려운 고통에서 벗어나는 길은 과연 입산수도밖에 없는 것도 같았다. 그렇게 생각해보니 모질지 못한 중전으로서는 가슴이 아팠다.

"나도 짐작이 됩니다. 사정이 정 그러시다면 성상께 다시 한번 윤허를 주청 드려보겠습니다."

"황공하옵니다, 중전마마."

중전으로부터 사정 이야기를 들을 임금도 마음이 편치 못했다. 임금이 직접 그들을 타일러보기로 했다. 부왕의 홍서 후 임금도 너무 애통하여 그간 몹시 나빠진 건강이 아직도 회복되지 못하고 있었기에 왕실이나 조정에서도 매우 조심하고 있는 때였다. 임금이 내전으로 들어오니 선왕의 후궁들이 모여 있었다.

"승하하신 부왕을 생각하시어 그 고운 만수운환漫垂雲鬟(죽 늘어진 머리카락)을 다들 하얗게 잘라버리셨군요."

"황공하옵니다, 상감마마."

"가슴 아프기로야 여러분이나 과인이나 뭐가 다르겠습니까? 3년 전에는 태상왕이신 정종대왕께서 승하하시고, 2년 전에는 과인의 모후이신 원경왕후元敬王后께서 승하하셨는데, 금년에는 또 선왕께서 홀연히 승하하셨습니다. 이렇게 국상이 연달아 나게 되니 우리 왕실에는 단장의 호곡 소리가 그칠 날이 없군요."

"망극하옵니다, 상감마마."

"불과 두어 해 사이 양위 부모님을 다 떠나보낸 과인의 마음을 짐작하시겠소? 음식을 먹어도 맛을 모르고 좋은 일을 보아도 기쁘지 않고 다만 부모님 생각만 나서 가슴이 미어집니다. 내가 이 자리에서 여러분께 다짐하겠소. 비록 과인을 낳은 어머니는 아니라 해도 아버님과 한평생 고락을 함께하셨으니 내 어머니와 같은 분들이오. 이제 아버님이 아니 계신다 하여 추호秋毫인들 내 어찌 소홀히 모실 수가 있겠소? 내 빠른 시일 안에 대궐 안이든 아니면 도성 안의 어디에든 여러분들 마음에 드시는 곳을 정해 안거하실 곳을 마련하여 드리겠으니, 제발 왕실을 떠나지는 마십시오."

"성은이 망극하옵니다."

후궁들은 더 할 말이 없었다.

비록 지체가 높은 후궁이라 해도 총애하던 왕이 죽고 난 뒤의 후궁이란, 알아주지도 않고 받들어주지도 않는 찬밥 신세로 점차 잊혀가는 존재였다. 하지만 효성과 우애가 지극한 임금을 만나 부모와 같은 예우로 잘 모셔지게 되었으니 오히려 다행이 아닐 수 없었다.

이미 허락을 받은 효순궁주 김씨는 떠날 채비를 마친 다음 임금 내외에게 하직 인사를 올렸다.

"상감마마, 중전마마. 신 효순궁주 김씨 고별 사배 올립니다. 길이 만수무강하시옵소서."

"궁주, 평안히 가십시오. 비록 입산출가하셨다 해도 과인은 다름없이 효순궁주로 잊지 않을 것이니 혹여 어려운 일이 있으면 기별해주시기 바랍니다."

"예, 전하. 성은이 망극하옵니다."

사십여 명 후궁들의 집단 입산출가는 여기에서 일단 정리된 셈이었다. 그렇다고 남아 있는 후궁들의 젊은 몸들이 그대로 그냥 차분해질 수는 없는 일이었다. 다시 또 집단으로 뛰쳐나가 불자가 되고자 하는 시도가 꿈틀거리곤 했다.

친정 부모의 불행으로 인해 불교에 꽤 심취해 있던 중전은 후궁들 문제로 고심고심하다가 좋은 방도 하나를 떠올렸다.

"전하. 후궁들의 움직임이 또 심상치 않습니다."

"무슨 일이 있소?"

"깎은 머리를 다시 기르려 하는 기색도 없을뿐더러 회색의 가사장삼도 벗지 않고 염주며 목탁 같은 것들을 갖추고 있습니다. 아무래도 안정이 되지 않는 모양입니다."

"다시 뛰쳐나가려 한단 말이오? 그건 결코 아니 됩니다."

"하니 어찌합니까? 궐내에 안식처를 하나, 말하자면 내불당內佛堂 같은 것을 마련해주는 게 어떨지요."

"내불당이라……. 궐내에 불당이라……."

임금은 불교를 신봉하지는 않았지만 그 가르침이 해롭다고도 여기지 않았다.

"그게 쉬운 일은 아닐 것이나, 하여튼 고려해보겠소."

임금은 며칠의 고민 끝에 예상되는 신하들의 말썽을 견뎌낼 각오를 하면서 마침내 내불당 설치를 윤허했다.

제반 불구佛具를 갖춰 세운 내불당에는 당나라 고승의 사리를 모셔와 안치하기까지 했다. 이렇게 되자 꿈틀대던 후궁들의 입산 소란은 가라앉았다.

그러나 대신 궐내에 비구니의 암자가 하나 생긴 형국이 되었다. 그들은 머리 깎은 그대로, 가사장삼 입은 그대로, 조석 불문 내불당에 들어앉아 목탁을 두드리며 속세의 애환을 잊고 염불삼매에 드는 것이었다.

"나무아미타불, 관세음보살……."

여인들의 청아한 목소리는 여타 사람들의 심혼마저 깨끗이 씻어주는 것 같았다.

임금은 가끔 경연經筵을 집현전에서 열었다.

"정치의 잘못은 독사보다 더 무섭다 그 말인가요?"

"예, 전하. 목민관의 가렴주구苛斂誅求는 다 정치의 잘못 때문이옵니다."

예조판서 황희와 대담하고 있었다.

"오라. 여기에도 씌어 있소. 가정苛政은 맹어호야猛於虎也라."

"예, 전하. 조국인 노魯나라에 환멸을 느낀 공자께서 제자들과 제濟나라에 가고자 태산 근처를 지날 때, 어떤 부인이 무덤가에서 울고 있기에 그 사정을 알아보다가 하신 말씀이 아니옵니까? 자후子厚 유종원柳宗元(당송팔대가의 한 사람)이 공자 말씀을 인용했사옵니다."

"가혹한 정치는 범보다 무섭다? 그렇소. 위정자가 정말 깊이 새겨야 할 말이오."

경연은 화기애애한 분위기였다.

그런데 분위기와는 전혀 어울리지 않게 홀로 골이 잔뜩 난 표정을 짓고 있는 한 신하가 말석에 앉아 있었다. 집현전 박사博士(정7품) 최만리였다.

문과에 급제하고 벼슬길에 들어선 지 겨우 4년 차 신출내기였지만 집현전에 뽑혀올 만큼 학식과 인품을 인정받은 신료였다. 임금은 학문을 좋아하고 견해가 신선한 젊은 학자들을 좋아해 품계와 상관없이 신출내기들도 경연에 참석시켰다. 그렇더라도 대관들이 수두룩한데 겨우 7품관인 신출내기 주제로는 감히 임금에게 맞대놓고 발설할 수는 없는 일이었다.

"전하, 신 최만리 한 말씀드리고자 하옵니다."

모두 깜짝 놀랐다.

"오, 최만리 박사. 말해보시오."

신하들과 달리 임금은 온화한 미소를 지으며 발언을 기대했다.

"전하, 아뢰옵기 황송하오나 전하께서는 어찌하여 궐내에서조차 혹세무민을 방조하고 계십니까?"

"아니, 저, 저런……."

'아니, 이다지도 무엄방자할 수가 있단 말인가?'

'새파란 놈이 도대체 어찌 이다지도 당돌하단 말인가.'

그러나 임금은 차분하게 물었다.

"혹세무민을 방조한다고? 그게 무슨 말인고?"

"전하. 아뢰옵기 황송하오나 전하께서는 궐내에 내불당을 지으셨사옵니다."

"오, 내불당이라. 하하……. 난 또 무슨 큰 변이라도 생긴 줄 알았소. 그래, 내불당이 혹세무민이란 말인가?"

"전하. 이는 결단코 웃으실 일이 아니옵니다."

"어째서 그런고?"

"제궤의혈堤潰蟻穴(큰 둑도 작은 개미구멍 때문에 무너짐)이요 적진성산積塵成山(작은 티끌도 쌓이면 산이 됨)이라 했사옵니다. 넓고 넓은 대궐 안에 내불당 하나가 무슨 큰 사단事端이냐고 말씀하실지 모르오나 일은 머지않아 걷잡을 수 없게 커질 것이옵니다."

"어찌해 그런고?"

"백성들은 미상불 궁중을 본받아 살아가는 것이옵니다. 이제 궁중을 본받아 머지않아 사대부 집안에 불당이 생길 것이요, 사대부 집안에 불당이 생기면 농공상 따위의 여러 일에 종사하는 백성들이 따라서 불당을 지을 것이옵니다. 이 어찌 크나큰 일이 아니옵니까?"

"이보게. 최만리 박사."

"예, 전하."

"이제 그 말은 사정을 잘 모르고 공연히 지나치게 걱정해서 한 말인 것 같소."

"……?"

"이번에 내불당 건립을 허락한 것은 그로써 불교를 장려하고자 한 것이 절대 아니오. 선왕의 후궁들이 모두 뛰쳐나가 입산출가하려 하니 과인과 중전이 고민 중에 생각해낸 한 방편인 것이오. 그런데 그 일로 해서 과인에게 혹세무민을 방조한다고 하니 좀 과하다고 생각지 않소?"

이때 옆에서 황희판서가 끼어들었다.

"과연 그러하옵니다. 하오나 패기만만한 고집쟁이 최박사가 아뢴 바이오니 관대히 용서하여 주시옵소서."

"아니, 예판대감!"

최만리가 정색하고 황희에게 따지듯 덤볐다.

"어전입니다. 비록 말로써 죄를 얻어 목숨을 버릴지라도 시비를 가려 바른말을 하는 것이 신하의 도리입니다. 조선에서 명망제일의 유학자이신 대감께서는 궁중에 내불당 차린 일을 올바른 처사라고 생각하십니까?"

"하하하……. 허허허."

'일일지구 부지외호一日之狗 不知畏虎(하룻강아지 범 무서운 줄 모른다)라더니……. 아무튼 강아지하고야 싸울 수는 없는 일이고…….'

황희는 그저 웃을 뿐이었다. 미소를 짓고……. 이런 황희의 웃음에 최만리는 성정이 더 뜨거워졌다.

"전하께서 선왕전하의 후궁들을 자상히 돌보심은 크나큰 성덕이심은 틀림없사오나, 선왕께서는 숭유억불책을 펴시고 잘못된 불교의 폐단을 척결하고자 평생을 애쓰셨습니다. 온 나라를 분탕질로 휘젓던 중들의 소굴인 절간들을 대폭 줄이셨습니다. 혹세무민으로 긁어모은 많은 재산과 노비들도 대량 환수하시었습니다. 그리하여 백성들이 이제야 미망과 미신의 도탄에서 빠져나와 건실한 기풍으로 살고자 하는데, 그 선왕전하의 후궁들을 위한다는 방편으로 선왕의 업적을 무색케 하신다면 어찌 되겠습니까? 또한 선왕의 우로雨露와 같은 성총으로 영예를 지녀온 후궁들이 선왕이 승하하시자마자 선왕의 뜻을 저버린다면 이를 대역부도라 아니할 수 있겠습니까?"

성깔이 대쪽 같고 머리가 명민한 최만리가 젊은 패기를 실어 어전임에도 불구하고 서슴없이 칼날 같은 비판을 날린 셈이었다. 그러나 세종은 차분했다.

"가만……. 최박사. 그도 일리 있는 말이구려. 허나 과인의 말을 잠깐 들어보시오."

"예, 전하."

"과인의 부왕이신 선왕께서는 과연 그렇게 억불하시었소. 그러나 과인의 조부이신 태조대왕께서는 만년에 불교에 귀의하시고 사찰도 세우셨소. 만약 두 분이 함께 계셔서 최박사에게 '내불당을 지으라', '내불당을 짓지 말라' 하시면 최박사는 어느 쪽의 명에 따르겠소?"

"예. 두 분이 다 생존해 계신다면 당연히 조부왕의 명에 따라야 하옵니다. 하오나 부왕께서만 계신다면 부왕의 명을 따라야 하옵니다."

"그럼 두 분이 다 안 계신다면……?"

"그야 자신이 상황의 시비곡절을 따져봐서 스스로 결정하는 것이 옳은가 하옵니다."

"과시 최박사로다. 바로 그것이오. 과인의 경우가 바로 그렇지 않소? 지금 조부 왕과 부왕 두 분이 다 아니 계시지 않소? 그래서 과인 스스로 결정한 것이니……, 과인의 잘못이라 할 수는 없지 않소?"

임금의 명쾌한 승리였다. 경연에 모인 신하들이 탄성을 질렀다.

"과연 그러하옵니다."

"하하하. 명답이옵니다."

최만리도 당장은 어쩔 수가 없었다.

"망극하옵니다. 전하. 지당하신 결정이옵니다."

최만리는 당장 승복은 하였으나 뭔가 개운치가 않았다.

'대궐의 내불당은 분명 잘못된 일인데, 어찌 내가 지당한 결정이라고 승복하고 말았단 말인가? 더구나 여러 중신 앞에서 말석의 나만 혼자 펄펄 뛰다 개망신을 당한 꼴이 아닌가?'

최만리는 속이 부글부글 끓기 시작했다. 끓는 속의 화기가 얼굴로 퍼져 올라오고 있었다. 이를 알아차린 예판 황희가 슬쩍 화제를 돌렸다. 방금 최만리에게 딱 맡기기 좋은 문제 하나가 떠올랐던 것이다.

"자, 최박사. 이쯤 되었으니 내불당 일은 뒤로 미루고 바람도 쏘일 겸 공주 땅에 한번 다녀오지 않겠나?"

"예판, 공주라니요? 갑자기 공주 땅이 왜 튀어나오는 거요?"

임금이 호기심 어린 눈을 돌렸다.

"아차! 황공하옵니다, 전하. 실은 공주 땅에 좀 난처한 일이 하나 생졌습니다. 최박사를 파견해 그 일을 해결해보심이 어떨까 해서…….
안 그래도 말씀을 드리려 하던 참이었습니다."

"난처한 일이라면……?"

"예, 전하. 공주 땅에 사는 시골 처자 하나가 나이가 많아 서른이 다 되었는데 나라님이 아니면 절대로 시집을 가지 않겠다고 고집을 부리고 있다 하옵니다."

"엥?"

임금이 자못 놀라는 기색이었다.

"그런데 전하, 그 처자 고집이 어찌나 센지 아마도 나라 안에는 당할 자가 없을 것이라 하오니, 신의 소견으로는 저 최박사를 상대시키면 서로 호적수가 되지 않을까 싶사옵니다."

"하하하……."

"허허허……."

"호호호……."

경연 자리에 모인 군신 모두가 배꼽을 잡을 지경으로 한바탕 웃어젖혔다. 잔치 자리도 아니고 경연 자리에서 이렇듯 마음 놓고 웃을 수 있었던 것은 오로지 이 임금의 품성 때문이었다.

"그 처자로 말할 것 같으면 일단 입을 열면 청산유수요, 일단 따지고 들면 머리카락 한 올의 차착差錯(어그러져서 순서가 틀리고 앞뒤가 서로 맞지 아니함)도 없이 사리를 밝혀 판별해낸다 하옵니다. 하오니 그 진상을 파악하기 위해서 최만리 박사를 어사로 차송하심이 합당하지 않을까 해서 아뢰는 바입니다."

"허허, 참……. 그 처자가 과인이 아니면 시집을 아니 가겠다고 한다고? 나라님만이 제 신랑 자격이 있다, 그 말 아니오?"

"실은 그러하옵니다, 전하."

이때 돌연 최만리가 소리치며 나섰다.

"아니, 대감. 이곳이 지금 어디라고 그렇게 함부로 말씀하시오? 어전의 존엄한 자리에서 그렇게 희언을 해도 되는 것입니까?"

좌중은 일순 긴장하여 숨을 죽이고 임금과 황희를 쳐다보았다. 임금의 용색은 그저 온화할 뿐이었다. 황희는 오히려 싱글거리는 소안笑顔이었다. 최만리는 다시 노기충천했다.

"그따위 무엄 발칙한 계집은 당장에 물고物故를 내어 없애는 게 도리이거늘, 이를 희언 삼아 성상께 아뢰기까지 하다니, 황대감쯤 되는 분이 이 무슨 망령이란 말이오?"

"저런, 쯧쯧. 제 딴에는 충심을 다하여 우리 성상을 모시겠다는 일념하에 그 단심을 버리지 않는 갸륵함이 오히려 기특한데, 미친한 시골 계집이라 해서 그 실상을 알아보지도 않고 물고부터 내라니? 우리 전하의 성덕은 사해팔방 일시동인一視同仁(온 세상 모든 사람을 사랑함)이란 걸 최박사는 모른단 말인가?"

"가만……. 듣고 있자니 과인이 괜스레 궁금해지는군. 이보게, 최박사!"

"예, 전하."

"이왕 나이 든 황판서가 품주稟奏한 것이니 비록 희언이 좀 섞였다 해도 과인이 노인 대접은 해야 할 것 같소. 또한 그 처자에게도 그만한 사정이 있을 것인데 무조건 물고부터 낼 수야 없는 일 아니오? 그러니 최박사는 일단 공주에 다녀오는 게 어떻겠소?"

미소를 머금고 임금이 이렇게 말하자 최만리는 또 궁지에 몰린 셈이 되었다.

"예, 전하. 어명 받자와 진충봉행할 뿐이옵니다."

"음, 고맙소."

"하온데, 전하."

"……?"

"공주에 내려가 신의 소견으로 판단한 결과 무엄 발칙한 게 틀림없을 때는 그 계집을 장하杖下에 물고를 내어도 무방하올지 삼가 하교 한 말씀 받잡고 떠날까 하옵니다."

"때려 죽여도 좋다고 허락해달라, 이 말인가?"

임금의 염려스러운 표정에 황희가 끼어들었다.

"허어, 이 사람. 어명으로 내려가는 어사가 물고든 포상이든 알아서 할 일이 아닌가? 공무를 집행하는 관원이 스스로 감정에 흔들려서는 안 되는 것은 지당한 일 아닌가? 어명이 이미 내려졌는데 어서 출발 차비를 서둘지 않고 무슨 딴소리를 하는가?"

최만리는 더는 찍소리도 못하고 즉시 어전을 물러났다. 최만리가 물러가자 임금은 뭔가 근심이 되는지 황희를 불렀다.

"황판서, 저 사람 말이오……."

"예, 전하."

"저 꿋꿋한 성미에 정말로 장살杖殺이라도 해버리고 올라오면 그 시골 처자가 너무 가엾어서……."

"전하께서 걱정되시는 듯하옵니다. 일부함원一婦含怨이면 오월비상五月飛霜이라. 그 처자가 원귀가 되어 행여 찾아올까 걱정이 되시옵니까?"

"허허. 명색이 일국의 군주인데 원귀야 찾아오겠소? 허나 하나라도 원귀를 만든다면 바른 정치라 할 수는 없는 일이 아니겠소."

"지당하신 말씀이옵니다. 하오나 최만리는 결코 부당하게 처리하진 않을 것이옵니다."

충청도에 내려간 최만리는 충청도 관찰사로부터 그 당돌한 처자에 관한 저간의 자초지종을 전해 들었다. 사태를 대강 파악할 수는 있었으나 직접 그 처자를 대면해서 심문해보고 나서 결판을 낼 작정이었다.

감영에서는 그 처자를 소환하여 감영의 정당政堂인 선화당宣化堂 앞에 죄수처럼 앉혀놓았다. 감사와 함께 최만리는 정당에 높이 앉아 심문을 시작했다.

"커, 하, 암! 저 당돌한 처자를 더 가까이 댓돌 아래에 바짝 앉히도록 하라."

말소리를 정확하게 듣고 들려주기 위해서였다. 그때 감사가 최만리에게 속삭였다.

"별성別星님. 저 맹랑한 계집아이가 제 발로 찾아와 바로 저 자리에서 생떼를 썼답니다. 참, 아비가 생원시에 급제했다 합니다."

"반가班家의 여식이군요."

"집에서 시집보내려고 무던히도 애를 썼으나 콧방귀만 뀌고는 성상을 직접 뵈어야겠으니 안내해달라고 이리로 찾아왔던 것입니다."

"허, 저런, 고약한 계집이로군. 허 엄. 거기 뜰아래 계집은 고개를 들어라."

"예. 분부대로 고개를 들었습니다."

처자는 고개를 번쩍 들어 말똥말똥 올려다보았다.

전혀 위축된 기색이 없는 처자의 당당함에 최만리는 우선 당황했다.

얼굴은 길쭉한 말상이었다. 이목구비의 어울림을 보니 미색은 아니었으나 그렇다고 밉상도 아니었다.

듣던 바와는 전혀 다르게 그 용모와 태도에는 의연활달毅然豁達과 진중침착鎭重沈着이 서린 기품이 있었다. 특히 그 안광에서는 슬기의 광채가 빛나고 있었다. 최만리는 부지불식간에 조심스러워질 수밖에 없었다.

"그래, 네 성씨는 무엇인고?"

"순흥 안씨이오며 대대로 고관대작을 지낸 사대부 집안이옵니다. 삼공육경三公六卿의 정승판서를 지내신 분이 다섯이옵고, 집안에 당상관은 기라성처럼 많사오며, 문사시호文士諡號를 받으신 분은 문성공 안향安珦 어른을 비롯하여 그 수를 손가락으로는 셀 수 없을 정도이옵니다."

"거, 보십시오. 말은 청산유수요 현하지변懸河之辯이지요."

충청감사가 옆에서 촐싹거렸다.

"금년 나이가 서른이라 하던데……."

"아직 아니옵니다. 오뉴월 하루 볕이 어찌 작은 짬이겠으며, 상전벽해가 수유須臾라 했으니, 소나기 맞은 황소 등판도 앞은 젖고 뒤는 마른 잔등이오니, 세상살이의 영고성쇠榮枯盛衰가 다 세월 속에 있음이 아니옵니까?"

"허허, 아직 서른이 안 되었다 그 말이냐?"

"사흘 더 있어야 서른이 되옵니다."

"허, 참. 서캐 같은 걸 개수 따지고 있구나. 그래 너 같은 시골 무지

렁이가 감히 어느 존전이라고 나라님을 모시겠다고 호들갑이었더냐?"

"나라님 뵙고 싶은 간절한 마음이야 그 사유를 당장 다 털어놓고 싶사오나, 별성님의 그 굴뚝 속 같은 소견으로는……."

"저 저, 당장 주리를 틀……."

감사가 더 펄펄 끓었다.

"사또께선 좀 가만히 계십시오."

"허 참."

"나를 굴뚝 속이라고 하였겠다?"

"장님 앞에서 병풍을 펴는 일이요, 귀머거리 앞에서 독경하는 일과 같으니 그 사유를 말씀드릴 수는 없는가 하옵니다."

"아니, 저 저런……. 여봐라. 사령들은 들으라. 감영에 있는 형장刑杖을 있는 대로 모조리 가져오너라."

형리들과 집장사령들이 서둘러 곤장을 날라다 처자 옆에 무더기로 쌓아 놓았다. 그러나 안씨 처자는 마치 자기와는 상관없다는 듯 태연자약하기만 했다. 최만리는 이제 기가 질렸다. 곤장이 쌓이고 형리 사령들이 줄줄이 서서 명령을 기다리고 있는 살벌한 분위기 속에서도 안씨 처자는 눈썹 하나 까딱하지 않는 것이었다.

"아, 그래. 형장을 치기 전에 이름은 알아야지. 네 이름이 무엇이냐?"

"예. 높을 탁卓에 갑옷 갑甲, 성명은 안탁갑입니다."

"안탁갑이라고……. 거 이름이 묘해서 이름값을 하는 게냐? 미천한 시골 노처자가 언감생심 나라님을 모시겠다고 한 불경죄가 지중하여 난장으로 다스려 물고를 내려는 판에, 육방관속하며 집장사령들하며 분위기가 살벌하거늘 너는 어찌 그리도 태연자약하단 말이냐? 치소嗤笑

거리를 두고 보자 보자 하니 네 정녕 관아 무서운 줄 모르는 것이냐?"
"아니, 이보시오. 별성행차."
"뭐든 말해보라."
"들을수록 참으로 무식하고 좀스러운 관원이 바로 영감이시오."
"아아니, 저런. 뭐 무식하고 좀스럽다고? 너 이분이 누군 줄이나 알고 혓바닥을 함부로 놀리는 게냐? 그냥 예사 별성행차가 아니라 집현전 경학박사 최만리 영감이시니라. 나라 안에서 제일로 손꼽히는 젊은 석학이신데, 네 감히 그래도 그 주둥이 닫지 못하겠느냐?"
"감사영감, 그리고 박사영감. 함께 들으시오."
"그래도 저 난장을 쳐 죽일 것이……."
충청감사는 끓어오르는 노기를 억제치 못했다.
"저……. 사또께서는 잠깐만 참으십시오."
"허, 저것을 그냥……."
"함께 들으라 하니, 그래 말해보라."
"유식 무식은 글을 몇 줄 더 읽었느냐를 가지고 따지는 것이 아니옵니다. 《논어》 〈위영공편衛靈公篇〉에 '인능홍도人能弘道(사람이 도를 넓히는 것임)요 비도홍인非道弘人(도가 사람을 넓히는 것이 아님)'이라 하지 않았습니까? 도가 있으면 유식한 사람이요 도가 없으면 무식한 사람인 것이지요."
"그래서 촌 계집인 너에게는 도가 있고 나 최만리에게는 도가 없단 말이냐?"
"그렇소이다."
"저런 찢어 죽일 것이 있나?"
사또는 분통이 터졌다.

"가만……. 사또영감께서는 잠시만 참으십시오."

"모수자천毛遂自薦(옛날 모수라는 사람이 자기가 자기를 추천함)이라 송구합니다만, 물으시니 여쭙겠습니다. 아무리 초라하다 해도 여자에게는 대저 두 가지 도가 있습니다. 자손을 낳아 가문을 이어가게 하는 것이 그 하나의 도이며, 침선針線, 음식, 침석枕席, 소쇄掃灑 따위로 지아비를 돕고 집안을 다스리는 것이 또 하나의 도입니다. 그렇거늘 비록 시골구석의 비천한 처자라 해도 사정을 상고해보지도 않고 대뜸 장살부터 시키려 하니, 어찌 나라님이 주시는 국록의 뜻도 모르는 무식한 관원이라고 아니할 수 있겠소이까?"

"저런 발칙한 것이 있나? 하기야 죽으려면 무슨 짓인들 못 할 것인고……. 너절한 저딴 소리 이제 더 들어볼 게 뭐가 있소?"

"가만……. 조금만 더 들어봅시다. 그래 책은 무슨 책을 읽었느냐?"

"사서삼경은 물론이요. 《예기》나 《춘추좌전》 쯤은 두루 살폈고, 그 밖에 외가서外家書(유교 경전 외의 책들) 일체, 그리고 당율(당나라 율시)과 송율도 두루 살폈습니다."

"아니, 뭐라? 시골 무지렁이 주제에 사서삼경에 뭐 외가서, 당율, 송율이라고……?"

"저, 감사영감!"

갑자기 어찌 된 일인지, 최만리가 사또 쪽으로 머리를 밀며 낮은 소리로 소곤거리는 게 아닌가?

"부탁이 있습니다. 여인용 꽃가마 한 채를 마련해주셔야겠습니다."

"꽃가마라고요?"

"보통 여자가 아니올시다. 대궐로 데려가야겠습니다."

"아니 최박사. 지금 제정신이오?"

"그렇소. 틀림없이 성상께서 기뻐하실 것이오. 어서 꽃가마를 준비해주시오."

"……."

"여봐라. 저 처자를 고이 돌려보내고 내일 서울로 길 떠날 차비를 시키도록 하라."

충청감사는 물론이요, 거기 모인 육방관속들이 모두 다 어리둥절이요 어안벙벙이었다.

"허어, 오래 살다 보니 별 희한한 꼴을 다 보는구먼."

"저 별성행차 나리, 뭔가 잘못 잡수신 거 아녀?"

최만리가 공주 처자를 태운 꽃가마를 호송하여 궐에 도착하자 궁중에서는 이것만으로도 화제 폭발이었다.

"중전, 마, 마!"

중전 시비가 날라리를 불 듯 새된 소리로 길게 부르며 달려들었다.

"웬 청승이냐?"

"예. 중전마마. 그 최박사가요, 공주의 그 처자를 데리고요, 입궐 중이라 합니다."

"뭐라고? 그 처자가 온다고?"

"예…… 에."

마침 임금이 중궁전에 들렀다.

"마마. 몹시 기쁘시겠사옵니다."

중전이 빙그레 웃으며 임금에게 한마디 농을 걸었다.

"기쁘다니요?"

"나라님을 모시기 위해서 30년 동안이나 몸을 가꾸고 닦은 처자를 최박사가 공주 땅까지 가서 데려온다 아니합니까?"

"허허, 글쎄요. 관음보살 가운데 토막 같은 중전이 샘을 다 내시는 게요?"

"그 안씨라는 처자는 박학다식, 무불통지에 칠척장신의 화용월태라 합니다. 전하께서 참으로 대복이 터지셨습니다."

"하하하. 그만 웃기시오."

"호호호. 대복은 재천이라고, 하늘의 뜻인가 하옵니다."

"그런데, 참 묘한 일이오. 그 뻣뻣한 고집불통이 어쩌다 처자를 데리고 왔을꼬?"

"화용월태에 무불통지라, 최박사가 오죽이나 감복했으면 몸소 데리고 올라왔겠습니까? 그런데 마마께서는 여기 중궁전에만 계시옵니까?"

"아니, 내쫓는 게요? 그럼 나가보아야겠소, 허허허."

임금이 편전으로 나와보니 사태가 사뭇 심각해져 있었다.

"이 처자는 옛적 제갈량의 부인에 필적할 것이옵니다."

황희가 대뜸 하는 말이었다.

"황판서는 그 처자를 어찌 알고……? 당치 않은 말이오."

"아니옵니다, 전하. 참으로 그러하기에 내전에 거두시도록 최박사가 데리고 온 것이 아니옵니까?"

"허허, 안 될 소리. 백성들이 알아보시오. 임금이 시골 처녀나 물색해 와 장가든다고 내심 조롱하지 않겠소?"

"결코 그렇지 않사옵니다."

"그렇지 않다니?"

최만리가 나섰다.

"신 최만리 아뢰옵니다. 처음에는 솔직히 장하에 물고를 낼 작정으로 내려갔사옵니다. 하온데 막상 가서 만나 보니 비록 미인은 아니나 훤칠한 키와 의연하고 침착한 용모에 감히 함부로 범접할 수 없는 기품이 배어 있었습니다. 그뿐이 아니었습니다. 그의 학식이 가히 무변대해無邊大海요 언설이 가히 현하지변懸河之辯인데, 그 기개 또한 만부부당萬夫不當의 지경이라 소신이 이렇게 감탄한 적이 없었사옵니다.

여자가 과거를 볼 수 있다면 이 안씨 처자야말로 옥당(홍문관), 집현전의 동량이 될 것이옵니다."

"허어, 참. 정말 별일인가 보오. 최만리가 이다지도 침이 마르게 남의 칭찬을 할 때가 다 있으니 말이오."

"하하하. 하오니 전하. 안씨 처자를 어서 인견引見하시옵소서. 그리고 내명부 벼슬을 내리시고 내전에 거두라 어명을 내리시옵소서."

"허허. 별일은 참 별일인가 보오. 황 판서가 이렇듯 숨 못 쉬게 서두는 때도 다 있으니 말이오."

"소신도 최박사 못지않게 감복했나 보옵니다. 최박사, 어서 안씨 처자를 이리로 데려와 입시 알현케 하시오."

"아니, 가만……. 경들 뜻이 그렇다면 내전에 거두어는 주겠소만 굳이 불러들일 건 없고, 정8품 전식典飾의 자리를 주어 침선針線이나 보살피게 하면 될 것 같소."

"황공하옵니다. 하오나 정8품은 안소저에게는 너무 소홀한 대접 같사옵니다."

"소홀……?"

"황공하옵니다. 그리 소홀히 대접할 인사는 아닌가 하옵니다."

"그렇다면 황판서와 같은 정2품 소의昭儀쯤 봉해줄까요?"

"소의는 너무 과하고 정5품 상궁尙宮쯤이면 적당할 것 같사옵니다."

"그럼 그렇게 합시다."

정5품 상궁. 여느 여인 같으면 적어도 20년은 궁에 들어와 면려勉勵를 해야 받을 수 있는 작위였다.

그리하여 단박에 상궁이 된 안탁갑이란 특이한 인물의 구경거리로 인해 그날 밤 궁중은 웃음바다 속에 화제가 만발했다.

"하하. 여자가 장승 같은 키에 얼굴은 영락없는 말상이래."

"호호. 호말胡馬이군."

"그런데 모르는 게 없이 하도 잘나서 어사 나리가 찍소리도 못하고 모셔왔다잖아."

"장하에 물고를 낸다고 내려간 어사가 찍소리도 못하고?"

"아이고. 그 호말이 날뛰면 어쩌지?"

중궁전에 내시 궁녀들이 모여들어 이야깃거리를 피우는 가운데 안탁갑 상궁은 안내에 따라 중전에게 알현 사배를 올렸다.

"키가 크다더니 훤칠하구나."

"황공하여이다, 중전마마."

"편히 앉거라. 대전마마께는 알현하였더냐?"

"안내에 따라 먼저 중전마마께 알현이옵니다."

"그래. 자, 이리 가까이 좀 오너라."

"황공하여이다."

"고개를 좀 들어보아라. 그래, 듣던 대로 기품이 있어 보이는구나. 아는 게 무불통지요 말이 청산유수라 하니 참 반갑구나. 기왕에 우리 성상께 충성을 다하고자 했다니 앞으로 나를 도와 내전의 여러 일을 잘 보살펴주기 바란다."

중전은 안탁갑 상궁의 소문을 들을 때부터 그에게 상당한 호감을 가지고 있었다.

"성은이 망극하옵니다. 미련한 둔재이오나 신명을 다 바치겠나이다."

"애들아. 안상궁의 처소는 지밀至密 취하당翠霞堂으로 정할 것이니 서둘러 차비해라."

"예엣? 취하당이옵니까, 중전마마?"

"취하당을 모르느냐?"

"아, 아니옵니다."

"그래. 지금부터 취하당이 안상궁의 처소이니라. 서둘러라."

"예. 황공하여이다."

거기 모여 있던 궁인들은 이제 돌아서 흩어져야 했다.

'아니, 생판 처음 보는 시골구석 늙은 처자에게 취하당을……?'

그들은 기막혀 벌어진 입을, 놀라 뚱그레진 눈을 어쩌지 못한 채로 돌아서서 흩어졌다. 그도 그럴 것이 취하당은 지밀 침전에 가까이 위치한 별당이었다. 임금의 총애를 받는 후궁들이 주로 기거하는 곳으로 가장 조용하고 정갈하게 건사되는 곳이었다. 또한 하늘을 보고 별을 딸 수 있는 곳이기도 했다.

그날 밤 임금은 경연을 마치고 내전에 들었다.

"마마. 어서 드시옵소서. 오늘은 특별히 즐거운 일이 기다리고 있사옵니다."

중전이 난데없이 활짝 웃으며 임금을 맞았다.

"특별히 즐거운 일……?"

"예, 호호호. 여기 좌정치 마시고 지금 함께 가보실 곳이 있사옵니다."

"함께 가볼 곳……?"

중전은 임금을 모시고 곧바로 취하당으로 갔다.

"아니, 중전. 도대체 왜 이곳으로 오는 게요?"

그곳이 취하당이란 것을 임금도 물론 알고 있었다.

"들어가 보시면 아시게 되옵니다. 호호호. 황공하오나 신첩은 이만 물러가옵니다."

"아니, 여보 중전……."

"황공하옵니다. 어서 안으로 드시옵소서."

취하당 처소 밖에는 홍사紅絲초롱이 환히 빛나고 있고, 여러 문은 비단 사창紗窓으로 꾸며져 안의 불빛이 은은하게 비치고 있었다.

그냥 돌아설 수도 없는 일. 아무튼 들어가 볼 수밖에.

방문을 열고 들어서면서 임금은 자못 놀라지 않을 수 없었다.

전혀 본 적이 없는 낯선 여자가 주안상까지 차려 놓고 얌전히 앉아 있지 않은가.

"아니. 너는 누구냐?"

"황공하옵니다. 중전마마의 분부를 받은 바로, 아까부터 여기서 기다리고 있었사옵니다. 신 상궁 안씨 알현 사배이옵니다."

안상궁은 임금께 공손히 알현 사배를 올리고 시측(侍側)하여 섰다.

"아하, 그래. 네 말은 내 익히 들었느니라. 이름이 안탁갑이라 했지?"

"예. 황공하옵니다, 전하."

"오늘 낮에 네 이야기를 들었다. 집현전 박사 최만리가 직접 데리고 왔다고……. 허, 그런데 중전이 이렇게 너를 여기에 데려다 놓았구나. 거기 앉아라. 이왕 이리된 것이니 네 이야기나 들어보자."

"예, 전하. 좌정하시옵소서."

임금이 아랫목 쪽에 앉았다. 주안상을 사이에 두고 안상궁도 마주 앉았다.

"그래, 올해 나이가 서른이라 했지?"

"예……."

"최박사 말로는 성정이 억세고 말투가 거침이 없다더니 전혀 딴판이구나. 그렇게 너무 수줍어하지 않아도 된다."

"황공하옵니다."

"임금 앞이라 두려운지도 모르겠다만 임금도 다 같은 사람이다. 두려워할 것 없으니 최만리를 대했듯 나를 대해도 되느니라."

"황공하옵니다, 전하. 하오나 어찌 감히 성상 앞에서 함부로 처신하겠사옵니까?"

"허허, 저런……. 내 듣기로 네가 늘 임금한테 시집가겠다고 고집을 부렸다면서? 그 임금을 만났는데 왜 그리 수줍어하느냐?"

"황공하옵니다. 하오나 원래 아무리 사나운 개일지라도 주인에게는 유순하고, 맹수인 범도 산신령에게는 무릎을 꿇는다 하지 않사옵니까?"

"오호라. 그러니 너는 사나운 개요 무서운 호랑이고 나는 너의 주인이다, 이 말이구나."

"그렇긴 하오나 전하께서는 소신 한 사람의 주인이 아니라 이 나라 만백성의 주인이시온데, 어느 누가 감히 유순하게 복종치 않으오리까?"

"허, 과연……. 네 소견이 너르다 하기에 몇 마디 들어보고 갈까 했었는데 대하고 보니 너는 정말 예사 사람이 아니로구나. 자, 좀 더 가까이 다가앉아 보아라. 이야기를 더 해보고 싶구나."

안상궁이 다가앉으려 몸을 움직였으나 몸이 제대로 움직여지지 않았다.

"부끄러워할 것 없다. 어서 다가앉아라."

"용서하시옵소서. 웬일인지 이 미천한 몸이 잘 움직여지지 않사옵니다."

"허허, 장미는 가시가 있어도 향기가 으뜸이요, 까마귀는 소리가 탁해도 효성孝誠이 으뜸이라더니, 너는 외양보다는 내면의 미모가 으뜸이로구나. 자자, 주안상을 마련했으면 술을 따라주어야 마실 게 아니냐?"

"……!"

"자, 어서 한잔 따라보아라."

"예, 전하."

중전에게 등 떠밀려 들어가다시피 한 임금은 이제 안상궁과 오순도순 이야기하는 재미에 포옥 빠져버렸다.

한 잔 두 잔 자꾸 마시다 보니 취흥도 도도滔滔해져 안탁갑의 모습이 가히 절세미인으로 느껴진 터라 더욱 시간 가는 줄 모르고 있었다. 밤은 이미 삼경이 지나고 새벽이 다가오고 있었다.

임금이야 그렇다 치더라도, 왜 중전은 또 그밤 잠 못 들어 하는지…….

"얘. 너 조용히 취하당에 가서 동정을 좀 살피고 오너라."

시비는 한참 후 중궁전으로 돌아왔다.

"중전마마. 상감마마께서는 취하당에서 침수를 드실 모양이옵니다."

"왜……?"

"간간이 웃음소리가 들리고 말씀소리가 이어 들리더니……."

"들리더니……?"

"불이 꺼졌사옵니다."

"그래……!? 알겠다. 너도 어서 자거라."

중전은 미소를 지으며 잠을 청했다.

그리고 그 미소를 간직한 채 중전은 이후 안상궁을 가까이에 두고 많은 것을 맡겼다. 안상궁은 이후 또 임금의 업적에도 티 없는 공적을 많이 보탰다.

3

백성들의 눈

완성된 흠경각의 장관에 감탄을 금치 못하며 돌아서던 임금은, 등극 초기부터 일구월심 바라던 소원의 마지막 하나를 털어놓고 말았다. 이 마지막 소원이란 것은 사실은 임금의 첫 번째 소원이기도 했다.

그러나 사안이 너무 파격적이고 당돌하며 반사대적反事大的이어서 첫 번째 소원이라고 드러내놓고 밀어붙일 수가 없었다.

그날 영상 황희가 총기를 자랑이나 하듯 꼬집어 꺼낸 물음에 임금이 명시적으로 대답했을 때, 드디어 임금이 선언적으로 공포를 한 셈이 되었다.

"문자 창제!"

그리고 임금이 돌아서서 휘적휘적 걸어갈 때, 황희는 새로운 파란의 폭풍을 몰고 올 커다란 화마의 불씨를 보고 있었다.

'전하. 새 문자 창제는 그만두심이 옳은 일인가 하옵니다.'

임금의 의도를 가장 잘 이해하고 그의 의지에 가장 잘 협조해온 황희였지만 솔직한 심정으로는 그래서 아직은 반대하고 싶었다.

그러나 그때 창제의 기초 작업인 음운의 연구에 임금이 이미 상당한 진전을 보고 있음을 황희 또한 잘 알고 있었기에, 홀로 그저 속앓이 할 수밖에 없었다.

임금은 오래전 강원도 시골 노인의 욕설과 항변에 충격을 받은 일이 있었다. 그때 마음속으로 지긋이 그리고 굳건히 다짐했던 일을 임금은 끝끝내 견지하고 있었다.

연이어 몇 년 가뭄이 심해서 농사가 제때를 놓치자 백성들은 기근에 허덕이고 심지어는 아사자까지 속출했다.

"아, 여러분들. 내 말 좀 들어보시오. 무슨 이따위 세상이 다 있단 말이오? 이게 다 그 임금이 못돼먹어서 그런 게요. 날벼락을 콱 맞아 뒈질 임금 같으니라고……."

1425년(세종 7) 강원도 강릉의 어느 마을에서였다.

"아이구, 저, 저런 변이 있나?"

"아니, 저 늙은이가 죽으려고 환장을 했나?"

"여보시오. 뭘 알고나 떠들어대시오."

"우리 임금님은 참으로 어진 분이라는 소문도 못 들었소?"

그러나 그 늙은이 귀에는 다 헛소리로 들리는 모양이었다.

"허허, 어지신 임금? 온통 귀머거리, 장님만 사는 세상인 게지. 그따위 임금이 어질다고? 백성들은 해마다 흉년으로 굶어 죽어가고……,

그런데도 세금은 세금대로 거둬가고……, 그래도 임금은 나 몰라라 깜깜무소식인데?"

"허, 저러다 큰코다치지."

"여보시오, 노인장. 잡혀가기 전에 제발 그만하시오."

"잡아가라지……, 젠장. 이 판국에 아비가 벌준 죄인을 장모랍시고 대궐로 불러들여 잔치를 벌이고, 백성들의 고혈을 짜낸 국고를 탕진하는데, 어진 임금이라고? 벼락을 맞아 죽을 임금이지……."

"갑시다, 가요. 저런 미친 늙은이 옆에 있다가는 우리도 경을 칠 테니."

"그래요, 갑시다."

모여들었던 사람들이 슬금슬금 돌아서 흩어지자 노인은 손을 까불어 불러들이며 더 큰소리로 떠들었다.

"내 말을 더 듣고 가시오. 맹자도 말씀하셨소. 나라를 잘못 다스리는 임금은 날벼락을 맞아도 싸다고……. 주왕紂王(은나라 마지막 임금) 같은 임금은 신하들이 칼로 쳐 죽였단 말이오."

성씨成氏라고 하는 이 노인은 아주 무식쟁이는 아닌 듯했다. 그는 지나가는 사람들을 붙들고 임금 욕을 하는 재미로 사는 사람 같았다. 소문은 강원감사에게도 전해졌다.

"엥? 이런 발칙한 늙은이가 있나? 들으라. 당장 가서 그 늙은이를 잡아 오너라."

"예이."

"꽁꽁 묶어 오너라. 고약한 늙은이 같으니라고……."

그 노인이 잡혀 오자 강원감사는 대뜸 곤장으로 기를 죽인 다음 옥에 가두고 장계를 올렸다.

'……. 하오니 효수함이 마땅한가 하나이다.'

장계를 받은 임금은 깜짝 놀랐다. 그러나 분노는 일지 않고 가슴을 에는 극통極痛이 먼저 일었다.

"임금인 과인더러 못돼먹었다고?"

"황공하옵니다, 전하."

"날벼락을 맞아 죽을 임금이라……."

"미친 늙은이인가 하옵니다."

"오, 몸이 떨리고 가슴이 아프도다."

"당장 효수하라 하시옵소서."

"잔치를 벌이고…… 국고를 탕진했다……?"

"황공하옵니다, 전하."

"이보, 대사헌!"

임금은 가까이에 있는 황희를 불렀다.

"과인을 욕한 그 늙은이를 하옥했다 했지요?"

"예, 전하. 장살杖殺 후에 품고稟告하려다가 윤허를 받잡고자 우선 가두었다 하옵니다."

"임금은 백성의 하늘이라 했는데, 그 노인은 결국 하늘에 대고 욕을 한 게 아니오?"

"예, 그러하옵니다."

"아마도 몹시 억장이 무너지고 분통이 터졌을 것이오. 그 늙은 백성과 강원감사를 이리 불러주시오. 내가 한번 만나보아야겠소."

"보잘것없는 시골 백성을……, 더구나 노망든 칠십 늙은이를 친견하시겠사옵니까?"

"그렇소. 나이 칠십이면 과인보다 두 배나 더 세상을 살아온 사람이오. 그도 나름 보고 느낀 바가 있을 것이오. 노인은 허투루 여기면 아니 되오. 어서 불러주시오."

왕명을 받자 강원감사는 즉시 성노인을 함거檻車에 싣고 상경하여 경복궁으로 들었다. 임금은 사정전에서 그 노인을 인견했다.

"아니. 칠십 노인에게 저런 항쇄며 족쇄를 채웠단 말이오? 어서 풀도록 하시오."

임금이 감사를 보고 나무랐다.

"성상께 불경을 저지른 대역죄인입니다. 엄하게 단속하여 금부로 넘기셔야 하옵니다."

"어명이시오. 어서 풀도록 하시오."

배석한 대사헌 황희가 일렀다. 노인의 결박이 풀리자 임금은 아주 부드러운 목소리로 물었다.

"성은 성씨요, 나이는 일흔이라, 그렇소?"

"그렇습니다. 일흔 살 성씨입니다."

"저, 저런 때려죽일 놈이 있나? 여기가 어느 존전이라고 그따위 말버릇인고?"

"가만, 감사는 잠자코 있으라. 그렇지. 감사는 잠시 물러나 있으라."

"황공하옵니다, 전하."

"다시 노인장에게 묻겠소. 과인에 대하여 날벼락을 맞아 죽을 임금이라고 하였다는데, 정말 그랬소?"

"예, 그랬습지요. 정말 그랬습니다."

"오, 정말 그랬다는 말이지요?"

"처음부터 죽기로 작정하고선 하고 싶은 말이나 속 시원하게 다하려 했으니까, 지금도 두려울 것도 기피할 것도 없습니다."

"허어, 그래요? 그러면 어째서 벼락 맞아 죽을 임금이라 했소?"

"지금 삼 년째 흉년이 들어 백성들이 죽을 지경인데, 세금은 한 푼 어김없이 꼬박꼬박 거둬들이고 있으니, 임금이 있은들 무슨 소용이 있습니까? 백성 죽이는 게 임금입니까?"

"그러면 세금을 받지 말아야 옳단 말이오?"

"마땅히 받지 말아야 옳지요."

"세금은 받지 말아야 한다……. 또 다른 것은 없소?"

"또 있습지요. 있고 말고요."

"말해보시오."

"자기 장모인 부부인府夫人 안씨의 죄는 사면해주고, 자기의 외숙들이요 선왕의 처남들인 민무구閔無咎 사형제 집안은 그냥 역적 집안으로 내박쳐두고 있지 않소. 그럴 수가 있습니까?"

"허어, 이런……."

"또 임금이라면 마땅히 백성들에게 충신 효자의 도리를 가르치도록 널리 권장해야 하거늘, 그런데 왜 내버려두고 있습니까? 듣건대 임금은 글을 많이 읽어 가히 무불통지라 하던데, 그 능력으로 임금 혼자만 어진 임금 노릇하고 임금 혼자만 어진 효자 노릇 하고자 하는 것입니까? 지방 수령들을 독려하여 백성들에게 도움되는 책도 많이 비치토록 하고, 각 고을마다 훈장도 두어서 충효도 가르치고, 농사일도 가르치고 해야 할 것이 아닙니까? 설마 백성들이 눈을 뜨고 아는 게 많아질까 두려워서 하지 못하는 것입니까? 분통이 터져 욕을 해댄 이 늙은

이만 잘못한 것입니까? 대왕께서는 이 늙은이의 의견에 마땅한 비답批答을 내리십시오."

"저, 저런 능지처참을 해도 시원찮을 늙은이를……."

"감사는 잠자코 기다리라."

"황공하오이다, 전하."

"이보시오, 대사헌."

"예, 전하."

"과인이 너무 부끄러워 낯을 들 수가 없소."

"아니옵니다, 전하."

"아니오. 노인의 말은 모두가 다 맞는 말이오. 나를 제대로 깨우쳐준 것이오. 우선 저 노인을 내전으로 안내하여 후하게 음식을 대접하라 이르시오. 저 노인이 깨우쳐준 잘못은 내 바로 고치도록 할 것이오."

성씨 노인이 안내를 받아 안으로 들어간 다음 임금은 곧 문무백관을 소집하였다. 그리고 긴 어령御令을 내렸다.

"삼공육경을 위시하여 문무백관은 물론이요, 각 지방의 수령방백은 들을지어다."

"황공하옵니다."

"금일 이후 5등 이하의 빈한한 백성들에게는 세금을 일절 징수하지 말라. 그리고 과인이 거명하는 책들은 국비로써 무제한 간행할 터이니, 수령방백들은 모든 백성들이 널리 읽을 수 있도록 모든 조치를 다 하라. 백성들에게 반드시 읽혀야 할 책은 다음과 같다.

1.《삼강행실三綱行實》

2.《오륜행실五倫行實》

3.《부모은중경父母恩重經》

4.《효경孝經》

5.《농사직설農事直說》

6.《구황촬요救荒撮要》

이상이다."

"황공하옵니다."

"그리고 민무구 4형제 집안도 관작官爵을 회복시켜줄 것이니 그 절차를 진행하라."

왕령은 즉시 시행에 들어갔다.

한편 죽으러 올라왔으니 할 말이나 다하고 죽겠거니 했던 성씨 노인은 임금의 배려로 죽기는커녕 후한 대접을 받은 다음, 감사의 호위를 받으며 강릉으로 돌아와 아무 일없이 잘 지내게 되었다.

성노인은 얼마 후 감사의 부름을 받아 다시 감영에 들렀다. 감사는 전과 달리 매우 부드럽게 맞이하며 조촐한 주안상을 차려 노인을 대접했다.

"5등 이하 백성들의 세금이 모두 면제되었습니다. 이게 다 노인장의 덕택 아닙니까?"

노인에게 감사는 이제 온전히 딴사람이었다.

"아니, 그게 정말입니까?"

"그렇소이다. 정말입니다."

"허어, 이렇게 고마울 수가 있나."

"아직도 우리 임금께 욕설을 퍼붓겠소?"

"죽을죄를 지었지요. 늙어 노망든 몸이라 죽을 작정하고 욕을 했는데, 미친 소리를 다 들어주시고 음식 대접까지 해주셨으니, 이 황송함을 어찌 다 갚아야 할지……."

"걱정하지 않으셔도 됩니다."

"그럴 수야 있나요?"

"성상께서 상을 내리셨습니다. 임금을 깨우쳐주어서 오히려 고맙다 하시며 상으로 비단 열 필을 내리셨습니다."

"예에? 비단 열 필을……!"

'아이고. 이 노릇을 어찌할꼬?'

노인은 충격을 받았다.

'이렇게 속이 바다 같은 임금일 줄이야…….'

벅찬 감격에 노인은 잠시 넋이 나갔다.

"무슨 걱정을 하십니까? 이제 아무 걱정하지 마시고……, 자, 술이나 더 듭시다."

"어이구. 이 늙은 것을 죽이지 않은 것만으로도 감지덕지인데 상까지 내리시다니, 이 무슨 변고입니까? 상감마마, 용서하여 주시옵소서."

노인은 갑자기 일어서더니 눈물이 글썽거리는 눈으로 먼 북쪽을 바라보았다. 그리고 북향사배를 올렸다.

이렇게 노인은 강릉으로 내려간 뒤에 충격을 받았지만, 임금은 노인이 내려가기도 전에 이미 열 배 정도 더 큰 충격을 받았었다.

'설마 백성들이 눈을 뜨고 아는 게 많아질까 두려워서 하지 못하는 것입니까?'

'백성들이 눈을 뜨고 아는 게 많아질까 두려워서…….'

'그렇다. 백성들이 눈을 떠야지…….'

'아무리 많은 책을 보급한들 백성들이 눈뜬장님이라면…….'

'그렇다. 조선 백성들이 기어코 그리고 길이길이 눈을 떠야지!'

사실 임금의 첫 번째 소원은 바로 이것이었다.

'사람들은 누구나 다 말을 주고받는다.'

'말을 주고받으며 생각을 주고받는다.'

'말을 말하는 것처럼, 소리 나는 그대로 글로 적을 수 있다면, 글로 생각을 주고받기가 말처럼 쉽고 편할 것이 아닌가?'

'말소리와 꼭 같은 글이라면 그것은 뜻글이 아니라 소리글(표음문자)이 아니겠는가?'

당시 뜻글은 한문이었고 소리글은 이두였다. 임금은 언젠가 궐내의 상궁들을 불러 그들의 소견이나 소원을 글로 적어보게 했었다. 그런데 단 한 사람도 자신의 소견이나 소원을 제대로 밝힌 사람이 없었다. 한문으로 쓴 것도, 이두로 쓴 것도 뜻이 통하지 않았기 때문이었다. 임금은 틈틈이 사색하고 사색했다. 그리고 나름대로 결론을 내렸다.

'소리 나는 대로 적을 수 있는 글자가 있어야 한다.'

'누구나 쉽게 익혀 쓸 수 있는 글자여야 한다.'

'이런 글자를 만들기 위해서는 말의 원리를 밝혀야 한다.'

임금은 중신들 몰래 고독한 연구에 들어갔다. 몽고어, 일본어, 여진어에 관한 자료를 구해 자세히 살펴보았다. 그런데 그것들도 소리 나는 대로 적을 수 있는 글자들이 아니었다.

'결국 우리 고유의 글자를 우리가 독자적으로 만들어내는 수밖에

없겠구나.'

임금은 이 일을 맡아 심혈을 기울여 함께 연구할 인재 모임을 만들기로 했다. 우선 정인지鄭麟趾를 필두로 젊은 재사인 최항崔恒, 박팽년朴彭年, 이개李塏를 선발하여 집현전에서 문자 창제 연구를 전담케 했다.

1438년(세종 20) 4월에 식년시式年試(3년마다 정기적으로 시행된 과거) 문과 과거가 있었다. 여기서 임금은 뜻밖에도 젊은 기린아들을 얻게 되어 매우 기뻤다. 장원급제한 하위지河緯地를 비롯해 성삼문成三問, 이선로李善老 등은 그 학문이 임금의 기대를 충족시키고도 남을 지경이었다.

다음 해 친시親試(왕이 시험관이 되는 비정기 과거) 문과에서는 신숙주申叔舟라는 기린아를 또 얻을 수 있었는데, 이 또한 세종의 크나큰 기쁨이었다. 신숙주 역시 집현전에 들어와 문자 창제 연구에 합류하게 되었다.

한두 해 새로운 학사들을 겪어본 세종은 특히 성삼문과 신숙주 같은 엄청난 인재를 얻은 기쁨에 벅차고, 또한 이 두 사람과 함께할 앞일의 열매를 그려보느라 밤잠을 설칠 지경이었다.

성삼문의 경우 21세 되던 1438년(세종 20) 문과에 급제한 인물로, 충청도 홍주洪州(지금의 홍성) 외가에서 태어났는데, 그가 태어날 때 하늘에서 소리가 들렸다고 한다.

"낳았느냐?"

소리는 세 번이나 이어졌고, 그래서 이름을 삼문三問이라 지었다고 했다. 그의 집안은 대대로 문무에 오른 명문가였다. 아버지 성승成勝은 무과에 급제하여 도총부총관都摠府摠管(정2품)을 역임했다. 할아버지 성달생成達生은 판중추부사判中樞府事(종1품)의 벼슬을 지냈으며, 증조할아버지 성석용成石瑢은 개성유수開城留守(정2품)와 보문각대제학寶文閣大提學

(정2품)을 지낸 분으로 명필과 명문장으로도 유명했다. 큰 증조할아버지, 즉 성석용의 친형인 성석린成石璘은 영의정(정1품)을 지낸 분으로 시문에 능하고 당대 명필의 한 사람으로서 특히 진초眞草(해서와 초서)에 특출했다.

성삼문은 10세에 이미 문장에서 뛰어났고, 글씨에도 뛰어났다. 18세에 생원시에 합격했고, 21세에 문과에 급제하자마자 집현전에 발탁되었다.

성삼문은 익살을 잘 부렸고 우스갯소리를 즐겨했으며, 속없는 사람처럼 누구에게도 붙임성이 좋았다. 그러나 그의 내면은 겉보기와는 전혀 다르게 강인한 의지와 불변의 지조로 꽉 차 있었다. 그래서 그의 아호가 매죽헌梅竹軒이었는지도 모른다.

세자(문종)도 성삼문을 좋아했는데, 둘이 만나면 학문 이야기에 날 새는 줄을 모를 지경이었다. 성삼문이 집현전에서 입직하는 밤이면 세자가 꼭 찾아왔기 때문에 성삼문은 함부로 의관을 벗지 못하고 세자 맞을 채비를 하며 지내야 했다. 그러다 한번은 삼경이 지났는데도 세자가 나타나지 않자 겉옷을 벗었다.

'오늘은 행차가 안 계실 모양이구나.'

그리고 잠자리에 막 들려 할 때였다.

"근보謹甫!"

밖에서 세자가 불렀다. 근보는 성삼문의 자였다. 성삼문은 깜짝 놀라 다시 의관을 정제하고 세자를 맞아들였다. 그리고 둘은 마주 앉자 학문에 관한 토론의 재미에 빠져 날이 새도록 지루한 줄을 몰랐다. 이후로 성삼문은 입직할 때면 잠자리에 들어서도 결코 옷을 벗은 적이 없었다.

23세 되던 1439년(세종 21) 문과에 급제한 신숙주는 자가 범옹泛翁이요 호는 보한재保閑齋였다. 그도 전라도 나주의 외가에서 태어났다. 일곱 살 때 벼슬하는 아버지를 따라 서울로 올라왔고 주로 서울에서 살게 되었다.

아버지 신장申檣은 공조참판을 지냈다. 성품이 관후하고 술을 잘했는데, 또 글을 잘 짓고 글씨에도 뛰어났다. 할아버지, 증조할아버지 다 벼슬한 집안이었다.

신숙주는 어릴 때부터 큰 뜻을 품고 있어서 속된 일에는 관심이 없었다. 학문에 매진하며 가사에 마음을 쓰지 않고 글 읽기에 매달리더니 나이 스물 즈음에 학문을 크게 성취했다.

그는 문장에도 뛰어나 과거를 보기 이전에 벌써 문명을 떨쳤으며, 특히 외국어에 뛰어나 중국어, 왜어, 몽고어, 여진어 등을 통역 없이 구사했다.

집현전에 들어간 후로는 장서각에 있는 책을 모조리 읽을 결심으로 입직(숙직)을 자청하거나 대신해주는 일이 많았다. 그는 잠을 자는 둥 마는 둥 하며 밤새 책을 읽었다.

그 무렵 세종은 거의 매일 밤늦게까지 문자 연구에 골몰했다. 그러다 경루更漏(물시계)가 삼경(밤 11시~1시)을 알리면 내관 엄자치嚴自治를 불렀다.

"지금 곧 집현전에 다녀오도록 하라."

내관은 임금이 왜 거기를 몰래 다녀오게 시키는지 잘 알고 있었다.

"전하, 다녀왔사옵니다. 등촉이 켜져 있고 입직인 신숙주 학사는 정좌하여 책을 읽고 있사옵니다."

"그래? 이때까지 책을 읽고 있다고? 그러면 이따가 사경(새벽 1시~3시)이 되면 다시 한번 가보고 오너라."

임금 역시 그때까지 침전에 들지 않았다. 사경이 되자 엄내관은 다시 집현전으로 갔다. 입직하는 방을 몰래 들여다본 엄내관은 놀라지 않을 수 없었다. 신숙주는 그때까지도 자세 하나 흐트러짐 없이 책을 읽고 있었다. 엄내관의 보고를 받은 세종도 감탄하지 않을 수 없었다.

"오, 신숙주의 학문이 그냥 성취된 것이 아니로구나. 지금부터 너는 시각마다 집현전에 들러 신학사가 언제 잠자리에 드는지 엿보다가 잠자리에 들면 내게 알려라."

엄내관은 아예 집현전 앞에 숨어 앉아 신숙주가 잠들기만을 기다렸다. 신숙주는 여전히 그 자세 그대로 독서 삼매경이었다. 그러다 동틀 무렵이 다 되어서야 등촉을 끄고 잠자리에 들었다. 엄내관은 몸을 일으켜 편전으로 달렸다. 임금은 그때까지 책을 보며 기다리고 있었다.

"신학사가 이제 막 잠이 들었사옵니다."

그 말을 듣자 임금은 자신이 입고 있던 어의를 벗었다.

"이것을 조용히 신학사에게 덮어주고 오너라. 잠 깨우지 않도록 조심하고……."

"예, 전하."

세종은 엄내관이 돌아오고서야 침전에 들었다.

다음 날 아침, 신숙주가 잠에서 일어나 보니 자기 몸에 이상한 옷이 덮여 있었다. 살펴보고 그것이 임금의 어의라는 것을 알았다. 그는 간밤에 무슨 일이 일어났는가를 금방 깨달았다. 순간 자신도 모르게 눈물이 쏟아져 내렸다.

세종은 이들을 집현전 학사로 임명한 후 가끔 문자 창제에 대한 임금의 의지와 기대를 피력하며 환담했다.

"내가 백성들을 깨우치고자 그간《농사직설》《향약집성방》《삼강행실도》같은 책들을 발간하여 보급하고 이용하도록 했으나, 백성들 가운데 그 책들을 읽어보고 깨우친 자가 극소수에 불과했기에, 내가 심히 안타깝게 여겨왔네."

"아뢰옵기 황송하오나 관원들이나 사대부들이 백성들에게 두루 읽어준다고 들었사옵니다."

하위지의 말이었다.

"허허, 내 그럴 줄 알았네. 허나 생각해보게. 사대부나 관원들이 그런 책들을 백성들에게 읽어주는 일에만 몰두할 수도 없는 일일뿐더러, 농사를 직접 짓는 사람은 관원들이나 사대부들이 아니고 바로 백성들이네. 백성들이 직접 읽을 줄을 알아야 몇 번이고 편하게 읽어서 내용을 숙지할 게 아닌가? 여기 좀 보게."

임금이 가리키는 연상硯床 위에는 많은 책이 쌓여 있었다. 임금은 그 중 몇 가지를 집어 보이며 말을 이어갔다.

"이것은 신라시대부터 써온 이두문자로 기록한 것이고, 이것은 인도의 범어문자로 기록한 책이고, 이 책은 몽고문자, 그리고 이것은 서하西夏문자로 된 책이네."

젊은 학사들은 호기심으로 가득 찬 눈빛이었다.

"여기 보면 우리보다 못한 나라들도 제 나라 문자를 만들어 쓰고 있는데, 우리 조선은 아직 우리의 문자가 없지 않은가? 나는 이 사실을 심히 부끄럽게 여기고 있네."

"하오나 전하. 비록 우리 고유의 문자는 없사오나 한문 글자로써 뜻을 나타내거나 학문을 연구하는 데 아무 불편이 없지 않사옵   니까?"

성삼문의 발언이었다.

"허허. 자네야 그럴 수도 있겠지. 그러나 자네 집 부녀자들이나 하인들이 한자로써 하고 싶은 말을 적을 수 있다고 생각하는가?"

"그……?"

"……!"

"전하. 이 나라는 우금于今 천여 년 동안 사대모화事大慕華하고 있사오니 한자를 사용하는 것이 정당한 이치인가 하옵니다."

신숙주의 의견이었다.

"자네가 아직 연소하나 학식이 과인過人하다는 것을 나도 들었지. 내가 말을 하면 소리 나는 대로 적어내 보겠는가?"

임금이 승지에게 눈짓하자 지필묵이 신숙주 앞에 놓였다.

"해보겠습니다."

"그래. 소리 나는 대로 적어야 하네. 자, 적게."

"……."

"이른 아침에 까치들이 늙은 소나무 위에서 까악까악 울어서 반가운 손님이 올 줄 알았네. 싸리문 밖에 나와 기다리는데 텃논에서 개구리들이 개굴개굴 노래를 불렀네."

신숙주는 붓을 들고 적으려다 말고 그 자리에 석상처럼 굳어버렸다. 그의 등으로는 진땀이 흘러내렸다. 세종은 빙그레 웃으며 신숙주가 적어내지 못하는 이유를 말했다.

"내가 방금 한 말은 순전히 우리나라 말인데 그것을 자네가 한자로 적고자 했으니 적을 수가 없는 것은 당연하지 않은가? 어떤가. 자네는 이 점을 어찌 생각하는가?"

"황공하옵니다. 아뢰올 말씀이 없사옵니다."

"자네들이 아비 어미를 부를 때 아버님 어머님이라 부르면서 그것을 글로 적을 때는 부父 또는 모母라 쓰는데, 왜 그러는지 알겠는가?"

"한자는 소리 나는 대로 적는 글자가 아니라 뜻을 적는 글자이기 때문인가 하옵니다."

성삼문의 대답이었다.

"바로 그거야. 한자는 뜻을 나타내는 문자이므로 우리나라 말을 적을 수가 없는 것일세."

"그러면 소리 나는 대로 적을 수 있는 문자가 있사옵니까?"

"우리나라에는 없네. 그래서 있어야 한단 말이네."

"하오나 전하. 전하의 어의는 알겠사오나 사대모화를 하는 이 나라의 처지로서는 어렵지 않겠사옵니까?"

"그렇다고 사대모화를 하지 않거나 그에 방해되는 것은 아니니 염려할 것 없네. 어리석은 백성들에게 배우기 쉽고 쓰기 편한 글자를 만들어주어 그들이 말하고자 하는 바를 쉽게 쓸 수 있도록 하자는 것일 뿐이야. 그동안 이두를 써왔으나 우리말을 제대로 쓸 수가 없었네."

"전하, 전하께서 우리의 새 문자를 창제하시는 것을 만약 중국에서 안다면 혹시 말썽이 생기지는 않겠습니까?"

"드러내놓고 하자는 것은 아니고, 또 중국 외의 다른 나라들도 나름의 문자를 가지고 있으니까……, 그 점은 크게 염려치 않아도 되는 것이야."

"잘 알겠사옵니다, 전하."

"자. 이제 모두 잘 듣게."

"예, 전하."

"오늘부터 자네들은 혼신의 노력을 기울여서 우리 고유의 문자 창제라는 역사적인 과업에서 대공을 세우도록 하게. 그대들이 이 과업에서 대공을 세운다면 그대들의 명성은 만대에 빛날 것이지만, 그러지 못한다면 태어난 보람이 없을 것이니, 나와 함께 이 과업에 종사하는 것을 천명으로 알아야 할 것이야. 알겠는가?"

"신명을 바치겠나이다."

"명심 거행하겠나이다."

문자 창제의 일을 임금으로부터 부탁받은 사람들, 즉 정인지, 최항, 이개, 박팽년, 그리고 하위지, 성삼문, 신숙주, 이선로 등은 이날부터 임금과 함께하는 문자 창제에 주야불문 진충갈력 매달리게 되었던 것이다.

4

임얼운林乻云

무려 20년 만이었다. 도성에 들지 못하고 유배지인 경기도 광주며 이천 등지에 살면서 외방으로만 떠돌던 양녕대군이 1438년(세종 20) 새해에 들어서면서부터는 도성의 동부 숭교방崇教坊의 대궐 같은 사저에서 살게 되었다. 최후통첩 같은 세종의 교지는 단호했다.

양녕대군이 전일 젊은 시절 행실에 덕망을 잃어 대통을 계승할 수 없었던 까닭으로 태종께서 폐세자로 외방에 방치하였으나, 부자지간에 본시부터 모반한 죄가 없었고, 형제간에도 또한 시기하고 싫어하는 일이 없었노라. 그런데도 종친의 장長으로서 오랫동안 외방에 쫓겨나서 종친의 반열에 참예하지 못했으니, 나의 마음에 이것이 항상 송구했다. 이제 양녕대군의 나이가 이미 연로했고 행실

또한 바르게 되었으니, 도성에 들어와 살게 하여, 때때로 만나보고 우애하는 정을 펴고자 하노라.

그동안 신료들은 400여 건이 넘는 탄핵 상소를 올려 세종과 그의 형인 양녕대군을 괴롭혔었다. 물론 양녕대군을 도성에 기거하도록 하려는 세종의 노력에도 거센 반대가 일어났다. 그러나 임금은 자신의 뜻을 관철해냈고 양녕대군은 마침내 서울 집에 돌아오게 된 것이다. 완강한 반대를 이겨내는 여러 가지 병법 못지않은 세종의 기지로 성취된 형제애의 승리였다.

양녕대군이 도성에 사는 기쁨을 누리게 되자 덩달아 기뻐하게 된 종실 사람들이 있었으니 바로 세종의 아들들인 진양대군과 안평대군이었다. 그들은 백부인 양녕대군을 아주 좋아해서 숭교방을 자주 찾았다. 중부仲父인 효령대군孝寧大君도 도성 동부 연화방蓮花坊에 가까이 살았지만 거기는 잘 들리지 않았다.

그들에게 양녕대군은 달리 구할 수 없는 특별한 존재였다. 비록 파락호 행태로 세자 자리에서 쫓겨난 분이긴 했으나 문무에 있어 모르는 것이 없을 정도로 조예가 깊은 데다, 성품이 대범하고 소탈하여 응석을 부릴 수 있는 종실 어른이자 구하기 쉽지 않은 스승이요 허물없는 동무이기도 했다. 진양대군은 주로 활을 들고 찾아왔고, 안평대군은 주로 붓을 들고 찾아왔다.

양녕대군은 이 조카 대군들 특히 진양대군 덕분에 대궐의 소식에 환해졌고 도성의 소문에도 밝아졌다. 45세의 중년 양녕대군은 이제 갓 스물을 넘긴 젊은 조카들의 방문을 조금도 싫어하지 않고 오히려 그들과 어울려 지내는 것을 좋아했다.

양녕대군은 활을 쏘고 붓을 들어 조카들을 가르치면서 함께 웃기도 하며 참 잘 어울렸지만, 잘못된 점은 날카롭게 지적하여 고치도록 했다.

"진양, 너는 그 기상이 밖으로 너무 드러나고 있어. 호랑이가 먹이를 노릴 때 발톱을 감추듯, 진정한 대장부는 자신의 기상을 밖으로 드러내지 않는 법이니라. 강태공의 《육도六韜》를 아느냐?"

"예. 《육도삼략六韜三略》 말씀입니까? 읽었습니다."

"육도에서 도韜의 본뜻은 비장秘藏이다. 그러므로 도는 또한 무武의 도道인 것이다."

"예, 명심하겠습니다."

"안평, 너의 재능은 가히 천부적인 것인 듯하다. 그러나 도가 부족해. 재능으로만 글씨를 쓰면 난만爛漫할지는 모르지만 대성하기는 어렵다. 왕희지王羲之의 《난정서蘭亭序》를 알겠지. 《난정서》는 예도藝道의 극치일 것이다. 도는 바로 예도를 따르는 길인 것이다."

"예, 잘 알겠습니다."

양녕대군이 서울에 온 첫봄이 온전히 무르익고 있었다. 정원의 수많은 관목이 어느새 연록의 새잎들을 내밀고 계절의 추이를 빠끔히 내다보고 있었다.

"바람 좀 쐬고 오겠네."

애첩 정향貞香이 배웅했다.

"조심해서 다녀오시옵소서."

"아무렴, 염려할 것 없느니라."

잡혔다 풀려난 사람처럼 신바람이 나서 양녕대군은 되는 대로 이거리 저 골목을 펄럭거리고 다니며 그간의 무료와 울민鬱悶을 활활 털어내고 있었다.

지나는 거리에 나타나는 술집마다 들러서 막걸리도 한 잔씩 들이켰다. 해는 서편에 가 있으나 지려면 아직 멀었는데 벌써 취기가 얼큰했다.

술 흘린 무늬가 도포 자락에 수를 놓을 즈음 시정의 건달인 양 갓은 비뚤어지고 걸음걸이는 휘청거렸다.

'그 건달 놈들과 어울릴 때가 좋았어…….'

젊었을 때 극진히도 따르던 그 패거리들이 이제는 죽고 없었다.

'그렇지, 세월이야……. 세월에 얹혀서 흘러가는 게…… 인생이 아니더냐?'

흥얼거리며 어느 술청으로 들어가려던 참이었다. 마주 오던 사람이 앞에 와 딱 서더니 어깨를 탁 쳤다.

"아니, 이거 이서방 아닌가?"

그 사람이 깜짝 반가워했다. 같은 나이 또래의 건장한 사나이는 구레나룻이 더부룩했다. 양녕대군은 그 사람의 얼굴을 보며 기억을 더듬었으나 누군지 도무지 떠오르지 않았다.

"뉘…… 신지?"

"이 사람 까마귀 고기를 먹었나? 나 참, 나 임서방이야."

"임서방?"

"거, 왜 작년 가을에 회암사檜巖寺 경내에서 꿩고기 구워 먹지 않았는가?"

"효령대군 불사 때 말인가?"

"그래 맞아. 이제 생각이 나는가?"

"임서방. 그래 이제 생각이 나네. 그때 임자가 내게 행악질을 했었지?"

"허허, 이제 옳게 기억하는구먼."

"그때 무사히 도망치긴 했는가?"

"당연하지. 나야 양주 바닥에서 발 빠르기로 소문난 사람 아니던가? 그런데 임자는 어떻게 잘 빠져나왔던가?"

"그 얘긴 차차 하기로 하고, 이렇게 만났으니 어디 가서 막걸리라도 한잔해야지."

두 사람은 곧장 술청으로 들어갔다.

두 사람이 처음 만난 것은 지난해 가을 양주 천보산에 있는 회암사에서였다. 가을이 한창 깊어가고 있던 그날, 천보산으로 향하는 길에는 무척이나 호화로운 행렬이 끝이 보이지 않을 만큼 길게 이어져 있었다. 봉물封物을 등에 얹은 나귀가 십여 필이요 구종별배만도 수십 명이었다. 임금의 행차가 아닐까 여기는 사람도 있었지만 금위군의 시위가 없는 것으로 보아 임금의 행차는 아니었다. 구경하던 양주고을 백성 하나가 귀띔을 해주었다.

"왕실 사람의 행차라네."

"그렇기로 저리 호화스럽단 말이오?"

"왕실 사람이라도 어디 보통 왕실 사람인가, 나라님의 친형님이라네."

"오라. 그러면 그 효령대군인가 보군."

"맞네. 작년인가 재작년인가는 정말 엄청났었지. 이번 행차는 민폐를 생각해서 그나마 규모를 크게 줄인 것이라네."

그 행렬이 천보산 기슭으로 사라진 다음 활과 전통을 둘러멘 흡사 사냥꾼 하나가 그 길을 따라 휘적휘적 걷고 있었다. 그런데 허름하기는 해도 도포와 삿갓을 걸치고 있는 것으로 보아 딱히 사냥꾼이라고 할 수도 없었다.

신시申時(오후 4시경)쯤 되었을까. 그 기괴한 차림의 사나이는 걷다 말고 숲속으로 들어가 금방 토끼 한 마리를 사냥해 잡더니 어느 둥치 큰 나무 밑에 앉아 작은 모닥불을 피웠다. 그리고는 그 불에다 잡아 온 토끼를 구워내 한 입 뜯어먹었다. 이어 옆구리에 차고 있던 호리병을 풀어 입에 대더니 꿀꺽거렸다. 술이었다.

몇 차례 꿀꺽거리고 뜯어먹고 하다 그는 벌떡 일어섰다. 괴춤을 더듬어 바지를 내리더니 타다만 모닥불에 대고 세찬 오줌발을 퍼부었다. 그러고 나서 활과 전통, 호리병을 챙겨 들고 다시 회암사 기슭을 향해 걸어갔다.

해가 서산에 걸칠 무렵 사나이는 회암사에 오르는 길에 들어섰다. 불사가 한창인 듯 목탁 소리와 독경 소리가 절 밖으로도 울려 나왔다. 절에 가까이 다가가자 일주문 안팎으로 구경꾼들이 즐비하게 늘어서 있었다.

회암사 규모는 소문대로 놀라워 입을 벌릴 지경이었다. 크고 작은 갖가지 전각과 누대와 요사가 부지기수로, 그 특유의 자태를 아득히 시위하고 있었다. 총 간間 수가 262간이라는 이 절의 경내에 들어서면 동서남북을 가늠하지 못할 지경이었다.

해가 지자 경내 곳곳에 촛불과 연등이 밝혀지고, 경내 가장자리 한갓진 곳에는 여러 곳 화톳불이 타올랐다. 화톳불 가에는 불사를 도우러 온 사람들 또는 구경하러 온 사람들이 여기저기 많게 적게 옹기종기 모여 있었다. 사나이는 넋을 잃고 한참이나 여기저기 경내를 구경하고 있었다.

그러는 중에 갑자기 난데없는 법고 소리가 요란하게 울려 퍼졌다. 이제 불사가 다 끝나고 저녁 공양을 드는 시각임을 알리는 것이었다. 경내가 따라서 어수선해지더니 화톳불 가에 모여 있던 사람들도 웅성거리기 시작했다. 일부는 산을 내려가고 일부는 그대로 다시 주저앉았다.

사나이는 사람들이 다 떠난 어느 화톳불 옆으로 가 자리를 잡고 앉았다. 그는 불을 손질해 잘 타오르게 한 다음 허리춤에 차고 있던 꿩과 토끼를 풀어내 굽기 시작했다. 이리로 오면서 다시 쏘아 잡은 사냥감들이었다. 고기 굽는 냄새가 근방에 진동했다.

저만큼 십여 보 떨어진 곳의 다른 화톳불 가에는 동네 사람인 듯 장정 대여섯이 패거리 지어 앉은 채 오롯이 이쪽으로 관심을 보이고 있었다.

"저놈 참 대담한 놈일세. 경내에서 고기를 구워 먹다니……."

"대담한 놈이 아니라 머리가 돈 놈일 게야. 그렇지 않고서야 경내에서 저럴 수는 없지. 더구나 효령대군이 불공을 드리는 날인 줄도 모르고 저러고 있으니 말이야."

"저놈 저러다 스님들한테 혼쭐나기 십상이지."

저를 보고 하는 말을 들었을 법도 한데 사나이는 아랑곳하지 않고 호리병을 입에 대고 술까지 꿀꺽거렸다.

"어 흠, 술맛 한번 기가 막히는구나."

패거리들은 사나이 하는 꼴을 아무래도 더는 그냥 두고 볼 수 없는 모양이었다.

"저놈이 제대로 매운맛을 좀 봐야 정신 차리겠어. 내 이놈을……."

그중 하나가 벌떡 일어나며 사나이 쪽을 향해 큰소리를 질렀다.

"야, 이놈아. 예가 어딘 줄 알고 술을 마시고 고기를 구워? 다리 하나쯤 부러지기 전에 썩 일어나지 못할까!"

패거리의 다른 사내가 소리치는 자의 바지춤을 잡아끌며 말렸다.

"여보게, 임서방. 자네 갑자기 왜 이러나? 미친놈과 다투면 자네도 미친놈이야. 그리고 저 사람 체구를 보게. 공연히 자네가 다칠 수도 있겠어."

"아니, 저놈 체구 따위로 내가 안 된다니, 자네는 내가 누군지 알면서도 그러나?"

"열다섯 천하장사 얼운乻云이 애비인 줄이야 다 알지만, 이 사람아 그렇다고 자네도 천하장사인 줄 아는가? 좀 참게. 그리고 저 사람 뭘 모르는 것 같으니 타일러 보세."

"난 못 참아. 무식해도 유분수지. 부처님 모시는 절에서 고기를 굽고 술을 처먹는 놈을 그냥 둘 수야 없지. 엉."

말리는 손을 뿌리치고 그 얼운이 애비란 사람은 그 사나이 쪽으로 쫓아가더니 오른발을 들어 사나이의 면상을 냅다 걷어찼다. 그러나 다음 순간, 사나이는 앉은 채로 번개처럼 날아오는 발길을 비키며 한 손으로 상대의 발목을 움켜잡았다. 급전직하, 눈 깜짝할 사이에 한쪽 발이 붙잡힌 얼운 애비는 한쪽 발로 선 채 넘어질 듯 휘청거리며 발을 빼려고 낑낑대는 신세가 되고 말았다.

"앗다. 고기가 먹고 싶으면 좋은 말로 함께 좀 나누자고 할 일이지, 거 시원찮은 발길질로 부탁해서야 되겠는가? 입은 두었다 흉년에 밥

빌어먹을 요량인가? 에잇, 거기 퍼질러 앉게."

사나이는 제법 무예 고수인 듯 잡았던 발목을 뒤로 세차게 밀었다가 앞으로 잡아챘다. 순간 그 얼운 애비란 작자는 호되게 엉덩방아를 찧으며 땅바닥에 주저앉았다.

"에쿠. 헉, 허……."

놀라 주저앉은 그 얼운 애비에게 사나이는 굽던 꿩 다리 하나를 건네주었다.

"거, 웬 항우장사가 덤비는 줄 알았네. 하마터면 내가 코피를 쏟고 죽을 뻔했잖은가? 자, 들게. 그리고 술도 여기 있으니 한 모금 곁들이게."

"허, 거참. 임자야말로 항우장사일세. 미안하이."

얼운 애비란 사내는 이미 기가 죽어 있었다. 자기 뒤통수를 만지며 그러나 건네주는 꿩 다리는 받지 않았다. 고기 냄새에 회가 동하긴 했으나 선뜻 손이 나가질 않았다.

"이거, 부처님 노하시면 어찌하려고 이러는가?"

"하하하. 그 꼴에 무슨 법도 차리는가? 걱정 말게나. 뒷일은 내가 다 감당할 테니까. 그리고 어, 그쪽들도 이리들 와서 고기 좀 함께 드세. 고기가 아직 많이 남았어."

남은 패거리도 우물쭈물하며 다가와 화톳불 주위에 둘러앉았다. 사실 그들 또한 아까부터 온 신경이 고기 냄새에 파묻혀 있었다.

"자. 여기 술도 있으니 한 모금씩이라도 들게나."

사나이는 오른손에 꿩 다리를 든 채 왼손으로 호리병을 들어 올렸다. 채 말이 끝나기도 전이었다. 그 얼운 애비가 사나이 손에 들린 꿩 다리와 호리병을 잽싸게 낚아챘다. 토끼와 꿩고기는 꽤 남아 있었지만 호리병은 그거 하나뿐이었다. 얼운 애비는 고개를 젖히고 호리병부터 거꾸로 쳐들었다.

"이런 의리 없는 놈 같으니라구. 그래, 그 술을 네놈 입에다만 다 쏟아부을 셈이냐?"

"의리는 무슨 얼어 죽을……. 아쉬우면 네놈이 내려가서 한 동이 받아 오면 될 게 아니냐?"

"그래. 맞는 말이네. 고기 있는데 술이 없어서야 고기 맛도 안 나지. 술 한 동이 받아와야겠네."

분위기는 어느새 패거리 쪽으로 기울어가고 있었다. 사나이는 슬그머니 한옆으로 물러나 패거리의 하는 양을 보고만 있었다. 패거리는 머리들을 맞대고 속삭이다 고개들을 끄덕이더니 좀 젊은 축인 한 사람이 어둠 속으로 사라졌다.

"아까…… 뒷일은 임자가 다 책임진다고 분명히 말했지?"

얼운 애비가 사나이를 돌아보며 다짐이나 받으려는 듯 물었다.

"걱정들 마시게. 이따가라도 중들이 몰려나오면 내가 다 감당할 테니 그대들은 틈을 보아 줄행랑이나 잘 놓게."

"그래, 그러면 되겠구먼. 그런데 그렇게 되면 자네가 어디 몇 군데 깨지고 부러지든지 물고가 나든지 할 텐데 괜찮겠는가?"

"하하하. 언제는 내 골통을 치려고 덤비더니 이제는 내 걱정을 다 하는 겐가? 아무튼 내 일일랑 염려 놓고 자네들이나 붙잡히지 말고 잽싸게 달아나게나."

"허 참, 그나저나 이것도 다 인연인데……. 저, 임자 이름이나 알고 먹어야 할 거 아닌가?"

"허허, 이제야 제대로 돌아가는구먼. 나는 이천 사는 이서방이란 사람이네. 오늘 불사가 거창하다기에 예까지 사냥 겸 구경 겸 나왔다네."

"나는 양주 사는 임서방이란 사람이네. 내 아들놈 이름이 얼운인데 양주 인근에서는 모르는 사람이 없네. 그놈이 이제 겨우 열다섯인데 천하장사 소리를 듣는다네."

"허어. 그런 대단한 아들을 두어 자랑스럽겠네."

"그야, 그렇지."

"나는 김서방이오. 역시 양주 살고……."

"나는 박서방이오. 이 친구와 한 동네요."

통성명을 주고받는 사이에 아까 어둠 속으로 사라졌던 사람이 한 동이 술을 짊어지고 나타났다. 술이 도착하자 분위기는 다시 흥겹게 들떠 돌아갔다.

폐포파립弊袍破笠의 사냥꾼 이서방과 소년 천하장사를 아들로 둔 임서방은 죽이 맞아 들어가는지 가장 신이 나서 떠들어댔다. 덩치도 비슷한 둘은 서로 말을 놓기도 하고 어깨를 토닥거리기도 하며 마치 십 년지기나 되는 듯 다정하게도 굴었다. 새로 가져온 한 동이 술의 덕택이었다.

모두 거나하게 취해서 떠들어가며 깊어가던 가을, 달도 밝은 한밤을 그윽하게 두르고, 대가람의 한 모퉁이를 짐짓 주루 삼아 그들은 파탈擺脫의 낙원을 이뤄가고 있었다. 그러나 경내가 아무리 넓다한들 승려들이 어찌 이 일을 모르겠는가. 대여섯 젊은 승려들이 닥쳤다.

"무간지옥에 빠지고 싶은 게요? 당장 치우시……."

그러나 말이 채 끝나기도 전에 무지막지한 이서방의 태껸식 손발

대꾸로 그들은 코피를 흘리며 달아나고 말았다.

일은 더 크게 벌어질 판이었다. 아니나 다를까 주지승과 효령대군이 알게 되었다.

"뭐라? 웬 사냥꾼 한 놈과 마을 사람들이 경내에서 술과 고기를 먹고 있다고?"

효령대군이 불같이 화를 냈다.

"고약한 것들. 여기가 어디라고 감히……. 가서 당장 이리 잡아 오너라."

대군저大君邸의 궁노宮奴 열댓 명이 몽둥이와 오라를 들고 우르르 몰려나갔다. 다부진 덩치에 살기가 뻗치는 궁노들 열댓 명이 몽둥이를 들고 닥치자 술꾼들은 심상찮음을 알고 모두 일어나서 대치했다.

"내가 앞으로 나서면 자네들은 빨리 도망치게."

이서방의 말이었다.

"하지만 어찌 우리만……."

임서방이 미적거렸다.

"나도 금방 따라갈 거야. 어서 가라니까."

"알겠네. 그럼……."

동네 사람들은 몸을 돌려 달리기 시작했다. 궁노 몇이 쫓아갔지만 허탕이었다. 그제야 이서방은 불타는 장작개비를 하나 집어 들고 주위를 빙 둘러보았다.

"우아 하하하. 만월추야滿月秋夜 대가람의 주지육림이라, 그 흥취가 가히 일품이로구나. 우아 하하하."

호탕하게 웃으며 한마디 읊조렸다. 그런 이서방의 덩치와 호기를 본 궁노들은 이서방의 앞쪽 저만큼에 죽 서서 덤비지는 않고 노려보고만 있었다.

"이놈들. 도대체 너희들이 나하고 무슨 척진 일이 있다고 남의 술자리를 깨느냐? 허허, 못된 놈들. 터지고 부러지기 싫으면 당장 물러가렸다."

호통을 치며 장작개비를 화톳불에 던져버렸다. 그리고는 손을 툭툭 털며 돌아서 가려고 발을 떼었다.

바로 그때였다. 궁노들이 일제히 우르르 달려들었다. 태껸으로 서너 놈 처 눕혔으나 중과부적이었다. 또한 취기로 몸이 헛돌기도 했다.

정신없이 얻어터지다 마침내 곤죽이 되어 포승에 묶였다. 그리고는 나한전 승방 앞 계단 아래로 끌려가 마당에 무릎 꿇려지는 신세가 되고 말았다.

이윽고 승방 문이 열리며 효령대군이 나타났다. 효령대군은 계하에 꿇어앉은 사나이의 해괴망측한 몰골을 보고 눈살을 찌푸렸다. 그러나 온화한 음성으로 입을 열었다. 사찰 경내인 탓이었다.

"어디 사는 사람이냐?"

"……."

이서방은 고개를 푹 숙인 채 대답이 없었다.

"허, 무엄하구나. 어디 사는 자냐고 묻지 않느냐?"

효령대군의 언성이 좀 높아졌다.

"……."

그러나 여전히 이서방은 입을 다물고 있었다.

"야 이놈아. 지금 어느 안전이라고 대답을 않는 게야? 목숨을 부지하려거든 얼른 입을 열어라."

"……."

사나이는 그래도 입을 열지 않았다.

효령대군은 치밀어 오르는 화를 간신히 누르며 다시 입을 열었다.

"허, 그놈 참. 어지간히 고집이 센 놈이구나. 그럼 얼굴이나 들어보아라."

"……."

그러나 이서방은 미동도 하지 않았다.

"허어. 그놈 참……."

그때 옆에 있던 궁노가 이서방의 상투를 뒤로 잡아당겨서 얼굴이 드러나게 했다. 다음 순간 이서방의 시선과 효령대군의 시선이 마주쳤다.

"아. 아니……."

'이게 도대체 어떻게 된 일이란 말인가?'

효령대군은 너무나 놀라 기절이라도 할 뻔했다.

"등촉을 더 가까이 가져오라."

효령대군은 승방을 뛰쳐나와 이서방 앞에 엎드렸다. 머리는 흐트러지고 코피가 나고 입술은 터졌지만 분명 형님인 양녕대군이었다.

"혀, 형님. 이게 도대체 어찌 된 일이옵니까?"

"허허허. 어찌 된 일이긴……. 자네가 불공을 드린다기에 구경하러 왔지. 허허."

주위에 늘어선 궁노들이 모두 다 땅바닥에 엎드렸다.

"소인들을 죽여주십시오."

효령대군이 호통을 쳤다.

"무엇들 하고 있느냐? 어서 오라를 풀고 안으로 모시지 않고……."

궁노들이 서둘러 오라를 풀었다.

"오르시지요, 형님."

양녕대군은 환한 미소를 머금고 승방으로 들어갔다.

이런 고초를 겪은 이서방의 그날을 알 리 없는 얼운 애비 임서방은 뒷일이 못내 궁금했다. 막걸리 한 잔을 들고 나서 임서방이 또 물었다.

"그래. 그 뒤 어떻게 빠져나왔는가?"

"혼자 남아 대치하는 척하다가 냅다 달렸지. 놈들도 줄곧 쫓아 오고."

"오, 그래서……?"

"그래서 멀리 갈 거 뭐 있나? 담장을 뛰어넘었지."

"아니. 그 높은 담장을 뛰어넘었단 말이야?"

"아니면, 내 다리는 벌써 몇 동강이 났겠지."

"그 높은 담장을? 자네 혹시……?"

"혹시라니……?"

"혹시 도적 패 아닌가?"

"예끼 이 사람. 내 이제껏 남의 계집은 더러 훔쳤지만 남의 물건은 손도 댄 적이 없네."

"아니야. 내 눈은 못 속인다구. 내 비밀은 지킬 테니 말해보게. 자네 도적 맞지?"

"허, 이 사람. 생사람 잡지 말라구."

"도적이 아니면 지금 입고 있는 이 옷은 또 어디서 났는가? 양반도 아니면서 양반처럼 의관을 걸치고 다니는 데는 다 까닭이 있을 게 아닌가?"

이 말을 들으며 양녕대군은 또 장난기가 발동했다.

"그래 내가 도적이면 어쩔 텐가? 고변이라도 할 텐가?"

"하하하. 이제야 실토를 하는구먼. 내 눈이 틀림없지."

"으흐흐……."

"마침 잘됐네. 이서방, 우리 동업 한번 해보세."

"아니. 이제 보니 진짜 도적놈은 자네가 아닌가?"

"뭐라고? 도적에 뭐 진짜 가짜가 다 있나? 남의 것에 손대면 다 도적이지. 어떤가? 같이 한번 해보는 게……."

"하, 좋았어. 내 자네 말대로 하지. 동업 한번 해보세."

밤이 이슥해지고 있었다. 술청 안 사람들이 줄어들고 있었다.

"자. 우리도 오늘은 그만하고 일어날까?"

"그러지."

"가만. 자네 지금도 이천에 사는가?"

"아닐세. 얼마 전 도성 안으로 옮겼네."

"그래? 도성 어디쯤으로?"

"잠깐만……."

양녕대군은 주모에게 부탁하여 지필묵을 가져오게 했다. 그리고 숭교방에 있는 자신의 집을 잘 찾을 수 있도록 도면을 그려주었다.

"그림 솜씨가 제법인 걸……."

양녕대군은 찾기 쉽게 그린 도면을 임서방에게 넘겨주었다.

"언제 이리로 찾아오게. 그때 동업 얘기도 하세."

"알았어. 그러지."

두 사람도 술청을 나섰다.

세월은 어언 5월에 들어서고 있었다.

구레나룻이 유난히 탐스러운 사나이 하나가 한양 도성의 동부 숭교방을 헤매고 있었다. 손에는 그 동네를 그린 도면 한 장이 들려 있었다.

'요 근방이 틀림없는데……, 허름한 오두막은 그만두고라도 초가집 한 채도 없잖은가?'

벌써 무더위가 몸을 달궜다. 종이에 그려진 집을 찾지 못해서였는지 사나이는 짜증을 냈다.

'이놈이 나를 속인 게 아니야?'

도면으로는 틀림없는데 동네의 집들은 한결같이 솟을대문에다 높다란 골마루를 지닌 거창한 저택들뿐이었다.

'이 네거리에서 동쪽으로 첫 번째 집. 이 집이 점 찍어놓은 집 맞는데……. 그런데 집이 대궐 같으니……. 이서방이 이런 큰 집에서 살리는 없을 테고……. 거, 참.'

마침 행인이 하나 지나가고 있었다. 선비 차림의 중년이었다.

"선비님, 말씀 좀 여쭈어도 되겠는지요?"

선비가 발길을 멈추었다.

"무슨 말인가?"

"이 근방에 혹시 이서방이란 사람이 살고 있는지요?"

"이서방이라니?"

"이 숭교방에 사는 이서방 말입니다."

선비는 어이가 없어 실소를 머금었다.

"허어, 이 사람. 한양 가서 이서방 찾기지. 이서방이 어디 한둘인가? 이름은 뭔가?"

"이름은 모르옵고……. 그냥 이서방인뎁쇼. 여기 도면이 있습니다요."

선비가 도면을 받고 들여다보더니 몹시 놀라는 기색이었다.

"이 점 찍은 집이 이서방 집이란 말인가?"

"예 예. 이서방이 손수 그려준 집입니다요."

선비가 사나이를 한참 쳐다보더니 조심스럽게 물었다.

"이 집 주인과는 어떤 사이인가?"

"예. 술친구입니다요. 서로 잘 통하는 술친구입지요."

선비는 고개를 모로 꼬았다.

"혹시 잘못 알고 찾아온 게 아닌가?"

"잘못이라니요? 이서방이 그려준 그 도면대로 찾아온 겁니다요."

선비는 좀 전과는 다른 쪽으로 고개를 꼬았다.

"자네가 찾는 사람이 정녕 이 집 주인이란 말인가?"

"그렇다니까요. 이천에 살다 얼마 전 여기로 이사 왔다 했습지요."

선비는 정색을 하며 도면 그려진 종이를 건네주었다.

"그렇다면 말조심해야겠네. 이서방, 이서방 하지 말란 말이네."

"그건 또 무슨 말씀입니까요?"

"자네가 이 집 주인과 어떤 사인지는 모르지만 입조심하는 게 좋아. 잘못하다간 다리몽둥이 부러지기 십상이니 말이네."

선비가 손가락으로 집을 가리키며 말했다. 선비가 가리키는 집을 다시 보니 담장이 골목 끝까지 이어져 있는 대궐 같은 집이었다. 선비는 돌아서 갈 길을 갔다. 사나이는 어리둥절했다.

'거참, 희한한 일이로세. 이서방이 이 대궐 같은 집의 주인이라니……. 나를 속이지 않고서야……. 가만, 주인은 아니지만 살기는 이 집에서 살기 때문에 이 집으로 찾아오라 한 건지도 모르지……. 별수 없다. 이왕 왔으니 저 집에 가서 물어나 보자.'

사나이는 그 집 대문간으로 다가갔다. 막상 대문 앞에 서보니 그 규모에 가슴이 떨렸다. 정승판서 대감들의 집도 이렇게 크지는 않을 것 같았다.

사나이가 대문 앞에 서서 부를까 말까 망설이고 있는데 마침 청지기인 듯한 사내 하나가 대문을 열고 나왔다. 사나이는 잘됐다 싶어 물었다.

"저어. 여기가 이서방 집이 맞소?"

"뭐, 뭐라고?"

"이 사람, 귀가 먹었나? 여기가 이서방 집이 맞느냔 말이오?"

"아니. 이놈이 죽으려고 환장을 했나?"

청지기는 어이없다는 듯 시선을 잠시 허공으로 돌렸다.

"이놈 봐라. 남의 집 노복 주제에 얻다 대고 반말이야, 반말이……."

"어디 이런 게……."

청지기는 주먹을 들어 사나이의 턱을 갈겼다. 순간 사나이는 오른발을 날려 청지기의 옆구리를 걷어찼다. 발길질이 어찌나 세었던지 청지기는 휘청하며 허리를 꼬부리더니 악을 쓰며 덤벼들었다.

"네놈은 이제 정말 죽었다. 어딘 줄 알고 덤벼들어, 이놈아."

"아니, 이게 청지기면 청지기답게 굴어야지 건방지게. 응, 이놈아."

둘이 엉겨 붙어 치고받으며 악쓰는 소리가 문 안에까지 들렸다. 집 안에서 어느새 구종별배들이 우르르 몰려나왔다. 사나이가 놀라 주춤하자 청지기가 구종별배들에게 말했다.

"이놈이 글쎄 대감마님을 이서방, 이서방 그렇게 부른단 말이네."

사나이도 어이없어 큰소리로 대꾸했다.

"아니면 아니라고 하면 될 일이지. 댓바람에 주먹질을 하다니……. 한양 인심이 사납다더니 말 한마디 물었다고 행악질이야? 에이 재수 없어. 이게 다 그놈의 이서방 탓이렷다. 어디 두고 보자."

사나이가 손을 털며 돌아서 떠나려 할 때였다.

"이놈 정말로 호된 맛을 봐야 세상이 뭔지를 알겠구나. 끌어들여라."

누군가의 한마디에 우르르 몰려든 사람들에게 붙들려 사나이는 집 안으로 끌려갔다. 그리고 쏟아지는 욕설과 주먹질과 발길질과 몽둥이질에 온몸이 터지고 깨졌다. 찢어져 나간 옷에 피가 배었고 코와 입에서도 피가 흘렀다. 정신마저 가물가물했다. 그러면서도 왜 이렇게 맞아야 하는지 알 수가 없었다.

"이제 됐네. 밖으로 끌어내……."

구종별배들이 사나이를 막 끌어내려는 참이었다.

"웬 소란들이냐?"

점잖고 묵직한 목소리가 들렸다. 별배들이 움찔하고 뒷걸음을 치자 청지기가 나서서 자초지종을 설명했다. 외출에서 돌아오던 집주인 양녕대군이 듣고 보니 의심이 더럭 났다.

'혹 임서방이 아닌가?'

곤죽이 되어 앉아 있는 그 사람 앞으로 다가가 보았다. 그 사나이도 다가오는 사람을 쳐다보았다.

'아니, 이서방이 틀림없지 않은가!'

"여보게. 이서방, 이서방 맞지? 나 좀 살려주게."

양녕대군은 터지려는 웃음을 감출 수가 없었다.
"우하하하하."
청지기가 깜짝 놀라 허리를 굽혔다.
"대감마님. 아시는 분이옵니까?"
양녕대군은 짐짓 근엄한 표정을 지으며 구종별배들에게 호통을 쳤다.
"네 이놈들. 나를 찾아온 손님을 몰라보고 어찌 이 지경으로 만들어 놓았느냐? 당장 사랑으로 뫼시지 못하느냐?"
한마디 하고 양녕대군이 안으로 들어가자 구종별배들이 부산하게 서둘렀다. 사나이를 부축해 사랑으로 데리고 가 다친 데를 닦아주며 안정을 시켰다. 잠시 후 술상이 들어오고 음식들이 들어와 상 위에 올려졌다.
'거참, 이상하다. 이서방의 의관이 전에 없이 번듯하고 구종별배들이 대감마님이라고 부르니……. 가끔 사냥이나 하면서 돌아다니는 한량이 아니란 말인가?'
"대감마님께서 잠시만 기다리고 계시라 하셨습니다."
술병을 들고 온 노복의 말이었다.
"이보시게. 대감마님께서 무슨 벼슬을 하시는가?"
"에엣? 아니 그분이 양녕대군이란 것도 모르셨습니까?"
"윽……."
'양녕대군을 모를 리가 있나. 금상의 맏형님이시고 선대왕 때의 세자가 아니시던가. 다만 몰라뵈었을 뿐이지. 내가 곤죽이 되도록 맞을 짓만 했구먼. 아이고, 목이 열 개라도 모자랄 판인데 안 맞아 죽고 이만하기가 다행이 아닌가?'

사나이 임서방은 정신이 아뜩했다.

노복이 나가고 잠시 후 양녕대군이 들어왔다.

"대감마님. 이놈을 죽여주십시오. 대감마님을 몰라뵈었사옵니다."

임서방은 꿇어 엎드려 고개를 처박았다.

"이보게, 임서방. 이게 무슨 짓인가? 우리 동업을 하기로 한 사이 아닌가? 헛헛. 일어나게."

양녕대군은 임서방의 어깨를 다독였다.

임서방은 고개를 들었으나 여전히 무릎을 꿇고 있었다.

"이 사람, 편히 앉게. 그렇게 불편해서야 어찌 동업을 하겠는가?"

술잔이 오고 가면서 임서방도 굳었던 몸이 풀어지며 두 사람은 이전의 친숙한 사이를 회복하고 있었다.

"대감마님. 아무리 미천하고 어리석은 소인이오나 그렇게 감쪽같이 속이실 수가 있사옵니까?"

"허허, 내가 언제 자네를 속인 일이 있는가? 자네 스스로 속아 넘어간 게지."

"하오나 그게……."

"그나저나 갑자기 나를 찾아온 걸 보니 마침내 동업할 일이 생긴 모양이지?"

"그게 아니옵고 사실은 재미난 구경거리가 하나 있어서……."

"엉, 무슨 구경거린데?"

양녕대군은 귀가 번쩍 뜨였다.

"하온데……."

임서방은 머뭇거렸다.

"무어든 괜찮네. 어서 말해보게."

"그러시다면……, 내일모레가 단오절 아니옵니까?"

"그렇지. 창포에 머리 감고 그네 뛰고 씨름하고 길쌈놀이도 하는 날이지."

"그런데 그날 반송정盤松亭에서 석척石擲놀이를 한다 하옵니다."

"석척놀이?"

"예. 그냥 석척놀이라면 별 구경거리가 못 되옵니다만, 그날 그 놀이에 제 아들놈 얼운이가 남부패의 대장으로 나선다기에 함께 구경이나 갈까 해서 이렇게 찾아왔다가…… 헤, 매만 실컷 맞았사옵니다. 헤헤."

"그러고 보니 그 아들 자랑이 하고 싶어 찾아온 게로구먼. 소년 천하장사라고 하던 아들 말이지. 그래 그 아들이 지금 몇 살인가?"

"금년에 열여섯이 되었사옵니다."

"오, 앞길이 양양하구먼. 좋아. 함께 가보세. 내 자네 아들 얼운이의 기개를 보아서 맘에 들면 내 밑에 두도록 하겠네."

"헉, 대감마님. 말씀만 들어도 감지덕지하옵니다."

반송정은 돈의문(서대문) 밖 모화관慕華館 북쪽에 있었다. 그 가운데 반송지라는 큰 연못이 있는데 그 연못을 사이에 두고 젊은이들이 남부패와 북부패로 나뉘어 석척놀이, 즉 상대방에게 돌을 던져 승부를 가르는 전쟁놀이 비슷한 놀이를 하는 것이었다.

반송지 주위로는 수십 보의 폭으로 반송이 들어차 있는데 빽빽하기가 비를 피할 지경이라고 했다.

석척놀이가 있는 날에는 반송정의 전 지역이 한눈에 다 내려다보이는 무악재 기슭에 구경꾼들이 인산인해를 이루었다.

아무튼 양녕대군과 임서방은 그날 남부패가 이긴 반송정의 석척놀이 구경을 신나게 했고, 남부패를 승리로 이끈 임서방 아들 얼운이의 과인한 힘과 활약상을 똑똑히 볼 수 있었다.

"조만간 자네 아들을 내 집으로 데리고 오게."

"아이고, 예 예. 대감마님. 얼운이 놈이 대감마님 댁엘 가게 되다니 참으로 꿈만 같사옵니다. 대감마님, 고맙사옵니다."

"내 잘 길러봄세."

얼마 후 얼운이는 양녕대군 집의 노복으로 들어갔다. 그러나 다른 노복과는 달리 대군저大君邸에서 암암리에 갑사들의 지도를 받으며 무예를 익히기 시작했다.

큰아버지 양녕대군의 집에 들락거리는 조카는 주로 진양대군과 안평대군이었다. 그러나 두 조카의 들락거리는 빈도나 백부와의 친밀도에서는 큰 차이가 있었다.

안평은 가끔 들려 너그럽고 자상한 스승에게 편한 마음으로 글씨 쓰기 지도를 받기나 하는 것처럼 백부 앞에서 자유롭게 글씨 쓰기를 하다가 돌아가곤 했다.

그러나 진양은 달랐다. 자주 들리기도 했을 뿐만 아니라 성품이 많이 닮아서인지 궁술, 사냥, 무술 이야기와 더불어 호탕한 한량 이야기까지 주고받으며 죽이 잘 맞는 친구처럼 백부를 따랐다.

그리고 또한 조정의 일을 아는 대로 시시콜콜 다 백부에게 전해주었으며, 백부나 기타 종실들에 대한 대간이나 중신들의 탄핵이 있을 때에는 백부의 내심을 대변이나 하듯 백부 앞에서 그들을 매도하며 저주하곤 했다.

"큰아버님. 대간이란 것들, 그것들은 말입니다, 사람이 채 되다 만 것들입니다. 제 놈들의 일은 입 다물고 있으면서 그저 남의 일이라면, 특히나 종실의 일이라면 입에 게거품을 물고 와글거리고……, 쪼잔하고 치사한 것들이……, 저, 그렇지요. 그 꼬락서니들이 꼭 측간의 똥통에서 오글거리는 구더기 같다니까요."

"맞는 말이다. 지긋지긋한 놈들. 주상이 아니었다면 나는 진즉에 강화도나 제주도로 쫓겨나 벌써 고혼이 되었을 것이다. 죽일 놈들."

진양대군이 어느 날 양녕대군의 집에 와 보니 뒤곁에서 당당한 체격의 소년 노복이 무술 연습을 하고 있었다. 바로 임서방의 아들 얼운이였다.

무술봉을 잡고 치면서 나아가고 막으면서 물러서고 있었다. 아마도 배운 것을 연습하고 있는 것 같았다.

나이는 어려 보이는데 다부진 몸매와 우람한 덩치는 아무래도 힘깨나 쓰는 장사 꼴이었다.

'나도 저런 놈 하나 내 몸 가까이 두고 싶은데……. 백부님은 어디서 저런 놈을 잘도 구하셨구먼.'

진양대군은 사랑으로 돌아와 양녕대군에게 물었다.

"큰아버님. 전에 못 보던 구종 하나를 보았는데……. 어찌 된 아이입니까?"

"아, 얼운이를 본 모양이구나. 단오절 좀 지나 우리 집에 왔지. 아직 어리긴 하다만 천하장사라고 하더라."

"에, 천하장사요? 단오절 날 씨름판에 나가 뽑힌 놈입니까?"

"그건 아니다만 아무튼 힘이 장사니까 그렇게 부르는 모양이다."

"몇 살입니까?"

"그러니까……, 올해 열여섯이구나."

"천하장사라니 힘이 얼마나 셉니까?"

"열다섯 살 때 그러니까 작년에, 한 손에 쌀 두 가마씩 양손에 들고 양주에서 도성까지 쉬지 않고 달려가 쌀 네 가마를 주고 왔다니까 그만하면 장사지……. 암, 천하장사라 해도 되지."

"큰아버님, 아니 저런 아이를 어디서 구해오셨습니까? 저도 하나 구하고 싶사옵니다."

"오라, 그 아이가 욕심이 나는 모양이구나. 하하."

"아니옵니다. 그 아이가 욕심이 나는 게 아니오라 그런 아이를 하나 구하고 싶다 그 말씀이옵니다."

"허허, 그게 그 말 아니냐?"

"아이고, 그렇다면 죄송하옵니다."

'장차 종실의 일을 꾸려나갈 사람은 진양이일 게야.'

양녕대군은 내심 그런 생각을 하고 있었다.

"아니다. 나보다는 장차 네게 더 필요한 아이일 것 같구나. 내가 네게 선사하마. 오늘 당장 데리고 가거라."

"아니, 백부님. 그게 정말이옵니까?"

"그렇다마다."

"백부님, 정말 감사합니다."

진양대군은 새삼스럽게 양녕대군 앞에 넙죽 엎드려 사의를 표 했다.

"허허, 그렇게 기뻐하기는 아직 이르지. 함께 지내면서 네 맘에 들어야 할 테니 말이다."

"예……, 고맙습니다. 큰아버님"

그날 바로 진양대군은 얼운이를 데리고 돌아갔다.

아직 봄인 것 같은데 어느새 여름이 저만큼에서 기다리고 있었다. 양녕대군은 이제 또 주유천하를 해볼 양으로 행장을 차리고 있었다. 진양대군이 배웅하러 찾아와 있었다.

"숙부님, 지금 떠나려 하십니까?"

"허허. 실은 진즉 떠났어야 했다만……."

"처음 들리실 곳은 정하셨습니까?"

"글쎄……, 묘향산 쪽으로 마음이 가는구나."

"그쪽에 아는 사람이라도 있사옵니까?"

"아는 사람은 없는 게 더 좋아. 그래야 주유천하답지. 미지와 생소가 주는 신선한 충격과 경탄이 없다면 떠도는 맛이 안 나지……. 허허."

양녕대군은 가솔들의 배웅을 받으며 숭교방 사저를 나서 흥인지문 쪽으로 걸었다. 진양대군은 성문 밖까지 따라가서 배웅할 작정이었다. 양녕대군과 진양대군은 나란히 걷고 뒤로 조금 떨어져 얼운이가 따르고 있었다.

"얼운이 녀석, 마음에 들더냐?"

"예. 힘이 세어서 일도 잘합니다만 그 성품이 뭐랄까 묵직하고 정직한 것이 아주 마음에 듭니다."

"허. 네 마음에 들었다니 다행이다."

세 사람은 성 밖 활인서活人署가 있는 곳까지 와서 멈췄다.

"큰아버님. 평안히 다녀오시옵소서."

“오냐. 내 걱정 말고 들어가거라.”

그리고 양녕대군은 좀 떨어져 서 있는 얼운이를 불렀다.

“이놈. 얼운아.”

“예. 대감마님.”

“사람이 세상을 살아가는 데 의리처럼 중한 게 없느니라. 이제 진양대군이 네 주인이다. 섬기는 주인을 위해서는 목숨을 초개 같이 버려야 하느니라. 알겠느냐?”

“예. 명심하겠사옵니다. 대감마님.”

5

김종서金宗瑞

이 임금(세종)의 치세 20여 년에 나라는 더욱 반석 위에 놓이고 국위는 더욱 떨치게 되었다.

새해(1439년, 세종 21)에 들어서자 임금은 평양에 행영성行營城(군사 주둔지의 성)을 쌓게 했다. 이는 고조선과 고구려의 웅혼한 기상을 고취시키고자 한 때문이었다.

임금은 또 평양에 우리 민족의 시조인 단군성조를 받들기 위한 사당을 짓고 제향을 모시도록 했다. 이는 장구한 역사를 이어온 이 민족의 주체성을 고양시키기 위한 조처였다.

또 남으로는 대마도에 경차관敬差官(지방 파견 중앙관원)을 파견하여 그들을 무마하여 다스리도록 했고, 북으로는 국경지방의 안정을 위한 정책으로 침략자 오랑캐인 여진족들을 계속 강경 진압해 나갔다. 지난겨울 두만강 건너의 여진족 거물 추장 임합랄林哈剌이 부족 군병 300여 명을 이끌고 또 쳐들어와 온성 지역을 모조리 휩쓸고 갔었다. 전에는 야인(여진)과의 싸움은 거의 수동적인 방어전으로 치러졌었다. 그러나 1433년(세종 15) 4월 최윤덕崔潤德이 파저강婆猪江 지역 야인들을 토벌한 이후부터는 능동적인 공격전으로 바뀌었다. 강을 건너 쳐들어가 그들 소굴을 소탕하는 토벌전이 된 것이다. 새해 들어서도 지난겨울의 온성 지역 침탈에 대한 응징으로 함길도 병마도절제사兵馬都節制使 김종서金宗瑞가 두만강을 건너가 그들의 소굴을 소탕하는 대토벌전을 감행하여 또 한 번 성공을 거두었다.

김종서는 삭풍한설 몰아치고 마적떼 야인들이 들끓는 조선 초기 함길도에 관찰사로 파견되어, 도저히 견뎌내기 힘든 간난신고를 통상 임기의 예닐곱 배나 되는 긴 세월 동안 기꺼이 감내해낸 인물이었다. 당시 관찰사 임기는 1년이 기준이었다. 세종 초기에는 한때 2년 동안에 무려 여섯 명이나 교체되기도 했을 만큼 함길도 관찰사는 견디기 어려운 자리였다.

세종은 1433년(세종 15) 12월 18일, 1년의 임기를 겨우 마쳐가던 조말생趙末生의 후임으로 좌대언左代言(좌승지)인 문관 김종서를 그 자리에 임명했다.

"북방 영토를 개척하라. 연連하여 고토故土를 회복하라."

고토는 고려의 윤관尹瓘이 건설한 9성 지역, 즉 두만강 남쪽 1,000리에 있는 철령鐵嶺에서 두만강 북쪽 700리에 있는 공험진公險鎭, 선춘령先春嶺까지 1,700여 리에 이르는 강역이었다.

광화문 앞에서 열린 출정식에서 백관百官을 거느리고 나타난 임금은 그에게 부월斧鉞(작은 도끼와 큰 도끼)을 내렸다. 함길도 관찰사 김종서에게 주어진 부월은, 그에게 다른 도의 관찰사와는 달리 전투에 나가는 군사령관의 통솔권과 함께 생사여탈의 전권을 부여한다는 상징을 띠었다. 임금에게 부월을 받을 때 김종서는 활과 화살을 차고 있었다.

지난해, 그러니까 1432년(세종 14) 2월 25일에 임금은 느닷없이 문관이요 대언代言(승지)인 김종서에게 활과 화살을 내렸다.

"항상 차고 있다가 짐승을 쏘라."

김종서는 깜짝 놀랐다. 잠깐 사이 임금의 뜻을 짐작하고 더욱 놀랐다.

'문무겸전하라.'

임금의 신뢰와 기대에 가슴이 벅찼다.

'장차 소임이 있으리로다.'

그리고 2년이 채 안 된 지금, 험지 북변에 보내는 장수에게 내리는 부월을 그에게 내린 것이다.

'짐승을 다 쏘고 싸워서 기어이 이기리라.'

'조정 안 신료의 무리에 섞여 잔머리를 굴리고 남을 밟고 일어서는 소인배가 되지 말고, 삭풍한설 몰아치는 황야에 서서 야인을 토벌하고 조국 강역을 넓혀 다지는 대인이 되자.'

김종서는 임지 길주吉州에 도착한 저녁 무렵 성루에 올랐다. 머나먼 변경에 선 장수의 제1성이 심호흡에 실려 한 가락 시조가 되었다.

삭풍은 나무 끝에 불고 명월은 눈 속에 찬데

만리변성에 일장검 짚고 서서

긴파람 큰 한 소리에 거칠 것이 없어라

1440년(세종 22) 12월 3일에 형조판서가 되어 돌아올 때까지, 그는 아수라계阿修羅界와 같던 험지 함길도를, 그리고 잃어버린 조종祖宗의 고토를, 안정된 조선의 강역으로 공고히 다지고자 시기와 모함 속에서도, 가족의 불행 속에서도 지성을 다하며, 무려 7년의 세월을 보냈다. 형조판서가 되어 서울로 돌아가기 직전 그는 백두산에 올랐다.

멀리 굽이쳐 흐르는 두만강의 하얀 물결과 아득한 운무 아래 끝없이 펼쳐진 대륙의 산야를 바라보며 한껏 가슴을 펴보았다. 우렁한 목소리에 얹혀 시조 한 수가 저절로 터져 나왔다.

장백산에 기를 꽂고 두만강에 말을 씻겨

썩은 저 선비야 우리 아니 사나이냐

어떻다 능연각상凌煙閣上(공신 기념 누각 위)에 누가 먼저 오르리오

오척 단구의 문관 출신 체신에는 전혀 어울리지 않지만, 그러나 그는 천둥벼락이요 염라대왕이라는 끔찍한 별명을 야인들에게 남기고, 백두산 대호大虎라는 거창한 별명을 조정 내외에 떨치며 돌아왔다.

나라의 험지를 개척하고 고토를 회복하며 변경의 삶을 안정시키려는 임금의 의지를 받들고자, 긴 세월 동안 그가 감내한 진충갈력의 간난신고는 진정한 유신儒臣의 피와 땀과 눈물이었다.

변함없이 강직 엄정한 관료로, 새로이 노회한 전략가로, 어느새 강궁强弓을 다루어 일발필중一發必中하는 장수로 돌아왔다. 그리고 임금이

끝끝내 확신하는 유신儒臣으로 돌아왔던 것이다. 유신, 당시 그것은 학문과 수양이 갖춰진, 말과 행동이 다르지 않은 진정한 인격자라는 칭호였다.

김종서가 삭방 함길도에 근무하는 동안 그는 육신의 고달픔보다 더 견디기 어려운, 가슴 저림으로 인해 괴로워한 적이 몇 번 있었다.

1435년(세종 17) 4월, 김종서는 함길도에 간 지 약 1년 반 만에 잠시 서울로 돌아와야만 했다. 노모가 병석에 누웠다는 소식을 접하자 김종서는 불효의 회한에 가슴이 저렸다. 늙은 부모가 있는 사람들은 부모가 병들어 있지 않아도 그것을 핑계로 지방관을 기피해 나가지 않는 것이 다반사인데, 멀고 먼 변방의 오지에서 병든 노모의 소식을 듣자니 쓰린 가슴을 그냥 누르고만 있기가 어려웠다. 붓을 들어 조정에 호소하자 임금이 상경을 허락했다. 김종서는 임금을 먼저 사정전에서 뵈었다.

혹한 속에서 성을 쌓고 강역을 넓히고 야인들과 싸운 이야기를 그린 듯이 이어가자 듣고 있던 임금이 갑자기 일어섰다.

"그 고생이라니……."

임금은 입고 있던 자기의 홍단의紅段衣를 벗었다. 김종서는 깜짝 놀랐다. 입회해 있던 승지와 사관이 벌린 입을 다물지 못하는 가운데 임금은 그 옷을 김종서에게 내렸다.

"망극, 망극하옵니다. 전하."

동절 삭방의 대지에 켜로 쌓인 빙설마저 다 녹여내고 말 것 같은 뜨거운 감격을 안고, 김종서는 어전을 물러나 양주로 바쁜 걸음을 재촉했다. 김종서의 형 김종흥金宗興이 양주부사로 가면서 노모를 모시고 그리로 갔기 때문이었다. 그동안 노모를 돌본 이는 형과 조카들, 그리고 놀랍게도 임금이었다. 임금은 수시로 의약과 식품 등을 직접 주선하여 내렸다.

"내 걱정 말고 너는 어서 네 직분으로 돌아가거라. 네가 성상께 충성을 다하는 것이 나를 돌보는 것이다."

임금이 차마 입 밖에 내지 못하는 말을 노모가 대신해준 셈이었다. 그런 노모의 재촉도 있었지만 함길도의 급한 일도 김종서를 재촉했다. 그는 내려온 지 12일 만에 다시 임금을 뵙고 하직인사를 올렸다. 그 자리에서 임금은 또 의복과 궁시弓矢를 내렸다.

병상의 노모가 가슴에 걸려 좌불안석인 채 돌아온 변방의 간고에 매달린 지 겨우 다섯 달 만인 그해 9월, 임금은 다시 그를 부르지 않을 수 없었다. 노모의 형세가 그 달을 넘기기 어렵다는 의관의 전언을 임금이 들었기 때문이었다. 부랴부랴 임금을 뵙고 양주에 가보니 노모는 이미 아들을 알아보지 못했다.

임종을 기다리며 간병하는 와중에도 함길도의 긴급사는 조정으로 달렸다. 임금은 양주의 김종서와 상의해 결정하라 했다. 가까운 듯했던 노모의 임종이 기약 없이 미뤄지자 임금은 다시 김종서를 재촉했다.

인사불성의 노모가 자꾸 잡아당기는 발길을 억지로 떼어서 함길도에 다다를 즈음 뽀얀 먼지 속으로 파발이 달려왔다.

"아아. 이렇게 가시다니……."

돌아서며 김종서는 주르륵 눈물을 쏟았다.

함길도 도절제사 김종서의 모母가 졸卒하니, 명하여 역마를 불러 분상奔喪하게 하고, 또 관곽棺槨과 부물賻物을 내려주었다.

1435년(세종 17) 10월 12일, 일개 도절제사 어머니의 죽음이 실록에 기록되었다.

조선의 관원은 부모가 사망하면 벼슬을 내놓고 물러나 3년 동안 시묘살이를 했다. 이는 임금도 말리지 않았다. 그러나 김종서는 달랐다. 임금은 김종서를 기복출사起復出仕(부모의 상중에 벼슬자리에 나아감) 시키라는 전지를 병조에 내렸다. 이어서 승정원에도 100일 후 기복출사 시키라는 전지를 내렸다.

'임종도 지키지 못한 불효자식이 어찌 100일 시묘로 여한을 더 하랴.'

김종서는 임금께 3년 시묘살이를 간청하는 상소를 올렸다. 임금이 글로 써서 답했다.

경이 친상에 효성을 다하고자 하는 마음은 참으로 훌륭하다. 그러나 예로부터 마지못해 기복출사 시키는 예가 자못 많으며 우리나라에도 전례가 있다. 적군의 강약에 잘 대처하고, 백성들의 일을 잘 처리하는 업무 같은 북방의 여러 일들을 과인은 오로지 경에게 맡겼고 여전히 의지하고 있노라. 경의 모친 상사를 당하여 북방 군무 등이 오래 비었으므로 심히 염려되는 터라, 이제 이미 장사를 지낸 후인 바, 옛날 기복출사의 예에 따라 그대를 다시 임지에 보내는 것이니 그리 알라. 다시 상소를 올리더라도 따르지 않을 것이니, 억지로 상복을 벗고 조속히 그 직책에 나아가라.

김종서는 1436년(세종 18) 2월 초, 다시 함길도로 떠날 수밖에 없었다. 김종서는 시묘살이는 못할망정 고기를 먹지 않는 일은 3년상 기간 동안 끝내 지키려 했다. 그렇게라도 하는 것이 미진하나마 효도를 행하는 도리인 것으로 여기고 있었다. 김종서가 고기를 먹지 않는다는 소문을 임금이 들었다.

> 상복을 벗는 일은 큰일이고 고기를 먹는 일은 작은 일이다. 경이 이미 상복을 벗었는데 사소한 예절을 고집하여 굳이 고기를 물리치는가. 삭방 도절제사의 임무가 참으로 중차대하니 고기를 먹지 않을 수 없도다. 경은 사소한 예절에 집착하지 말고 과인의 뜻을 따르라.

임금의 특명이 내린 까닭에 고기를 먹지 않을 수는 없었으나 불효에 한 발을 딛고 서 있는 것 같아 심사는 미편했다.

김종서에게는 그런 미편함 정도를 넘어 매우 가슴 아픈 일이 또 있었다. 자식들은 어린데 그의 아내가 병약하다는 사실이었다. 어린 자식들과 병약한 아내의 뒷바라지도 형의 몫이 되고 보니 아픔은 더했다.

그런데 1439년(세종 21) 1월, 김종서는 또 침통한 가슴을 안고 급히 서울로 달려와야만 했다. 고향 공주에서 병고에 시달리던 그의 아내가 명재경각命在頃刻이라는 소식을 받았기 때문이었다.

노모가 위중해서 내려왔던 때와 마찬가지로 아내도 금방 임종에 이르지 않았다. 하는 수 없이 이번에도 달포를 머물지 못하고 그냥 다시 떠나야 했다.

임금도 이제 그만 북방의 일에서 김종서를 놓아주고 싶은 마음이 간절했다. 그러나 마땅한 사람이 없었다.

병든 아내를 놓아둔 채 다시 삭방으로 떠나야 하는 김종서를 임금은 그냥 보낼 수가 없었다. 사정전에서 잔치를 베풀고 안장 갖춘 말도 하사했다.

김종서가 떠난 후 임금은 충청도 관찰사 정인지鄭麟趾에게 특별한 전지를 내렸다.

> 공주에 사는 김종서의 아내에게 어육魚肉의 종류와 다소를 논하지 말고 연속 대주어서 섭양攝養케 하라.

그런데 관찰사 정인지는 한 달이 넘도록 성한 사람도 아닌 병석에 누워 있는 사람을 돌보기 위한 임금의 특명을 전혀 이행하지 않았고, 이행치 않은 사연의 보고도 하지 않았다. 이 사실을 전해 들은 임금은 가슴이 철렁 내려앉았다.

> 함길도 도절제사 김종서의 아내가 병으로 고생한 지가 이미 오래였으므로 어육의 종류와 다소를 논하지 말고 연속 대주어서 섭양케 하라고 앞서 전지하였는데, 지금까지 한 달이 다 지나도록 한 번도 대주지 않았으니 그 연고가 무엇인지 사연을 갖추어 보고하라. 그리고 지금부터는 어육을 연속하여 대주도록 하라.

임금은 화가 꼭뒤까지 치밀었다.

'다 같은 문관들이니 정인지를 함길도로, 김종서를 충청도로 임지를 당장 바꿔놓고 정인지 하는 꼴을 좀 보고 싶기도 한데……, 보나마나 빤하지……. 북변의 야만인들을 아무나 어거할 수 있는 게 아닌지라……'

정인지, 이 충청도 관찰사가 근무하는 감영은 김종서의 아내가 누워 있는 바로 그 공주에 있었다.

정인지는 다시 깨우쳐주니 그제야 부랴부랴 구실을 찾아 변명의 보고를 올렸고 당장 어육을 조달하여 부리나케 갖다주었다.

삭방 함길도의 개척은 심지가 비록 강철 같다 해도 동시에 육신이 단철 같은 사람이 아니면 참으로 이루어내기 어려운 소임이었다. 맨손으로 호랑이를 때려잡은, 십몇 년이나 더 젊은 거한巨漢 이징옥李澄玉도 고된 육신을 견디지 못해 임금의 배려에 의지해 회령절제사會寧節制使에서 고향인 경상우도 도절제사로 체임遞任되어 내려갔다. 가장 큰 힘이 되었던 그가 떠나자 김종서의 삭방은 더욱 춥고 더욱 외로웠다. 이러한 때에 하필이면 더는 버티기 어려울 만큼 가슴이 무너질 줄이야 어찌 알았겠는가?

'누군가 나를 모함하고 있음에 틀림없으니…….'

'무려 십여 가지 죄를 들어 사헌부에서 나를 탄핵하려 한다니…….'

김종서는 맥이 풀려 더는 버틸 재간이 없을 것 같았다. 스스로 시시콜콜 변호하기도 싫었다.

……신은 죽은 다음에야 삭방의 일을 그만두고자 했는데 이제 불행히도 풍질風疾을 얻어 반신불수가 되었사옵니다. 갖은 치료를 다하나 효험이 없고 병증은 더 심해지니 여생이 얼마 남지 않은 듯하옵니다. 엎드려 바라옵니다. 기력이 남아 있는 동안 해골이나마 고향으로 돌아가게 하여 주시옵소서. 극통極痛 중의 소원을 누를 길 없사와 눈물로써 상서하옵니다.

상소를 받아본 임금은 깜짝 놀랐다. 임금은 도승지 김돈金墩 한 사람만을 불러 상소를 보여주고 조용히 물었다.

"김종서가 어찌 이런 가련한 호소를 하는가? 경은 들은 바가 없는가?"

"사헌부에 고발한 자가 있었다 하온데, 그 자가 일찍이 김종서와 다툰 혐의가 있어서……. 허나 탄핵은 그만두었다 하옵니다."

"어떠한 비리가 있어 탄핵하려 했던고?"

"죄상이 무려 십여 가지라고 들었사오나 소신은 그 내용은 잘 모르옵니다."

"십여 가지라……?"

"하오나 김종서는 유학자이옵니다."

임금은 '유학자'라는 말의 뜻을 잘 알고 있었지만 김돈의 말에 새삼스럽게 깨닫게 되었다.

'그래. 김종서는 진정한 유신儒臣이야. 그만큼 능력(학문)과 수양(충심)을 갖춘 자는 드물지. 위선자들과는 종種이 달라…….'

임금은 김종서에게 전지를 내렸다.

경은 마음을 굳게 가지라. 그런 병이 있다면 잘 조리하고 직무에 더욱 충실하라.

전지를 보낸 다음 조용한 때 김돈을 다시 불렀다.

"누구 짐작되는 자가 없는가?"

"소신의 짐작으로는 박호문朴好問인가 하옵니다."

"예전에 최윤덕이 그를 칭찬했고, 김종서가 그를 추천하여 과인이 회령절제사에 임명했지."

"그러하옵니다."

"김종서의 공은 실로 지대하다. 백성들을 새로이 모아 이주시키고, 야인 여러 종족들의 항복을 받고 귀화도 시켜서, 험지 동북지방을 개척하고 안정시킨 것은 오로지 김종서의 공로다. 고려시대 시중 윤관尹瓘이 북방을 정벌하자 조정의 대소 신료들이 그를 죽여야 한다고 떠들어댔으나, 임금(고려 예종)이 듣지 않고 끝내 9성을 축조하는 공을 이루도록 돌봐주었다. 예로부터 공을 이룬 뒤에 목숨을 보전한 자는 드물었다."

예종이 아니었다면 윤관은 그냥 죽었고 구성은 아예 없었을 것이라는 뜻이었다.

"황공하옵니다."

"경도 입을 다물고 있으라."

얼마 후 임금은 박호문으로부터도 육신의 중병으로 직무 수행이 어려워 도성에 돌아가기를 소원한다는 상소를 받았다.

박호문은 무과에 장원급제한 준재였다. 최윤덕이 파저강 지역 야인들을 토벌할 때, 목숨을 걸고 사전에 그 지역에 잠입하여 그 괴수 이만주李滿住 등의 실정과 그 지역 일대의 산천, 촌락, 도로 등의 실상을 자세히 정찰 파악하여 돌아왔고, 또한 최윤덕의 부장으로 함께 출전하여 그 토벌 작전의 성공에 크게 기여한 장수가 박호문이었다.

그때 임금은 정찰을 위해 적진에 들어갔다 살아 돌아온 그에게 입고 있던 수달피 의대와 보물인 대장검을 내려주었다. 그 수달피 의대는 왕비(심비)가 손수 지은 것이었고, 그 대장검은 태조 이성계가 손수 패용하던 것이었다.

북방 개척을 필생의 대과업으로 여긴 임금은 그래서 김종서, 이징옥, 박호문 등 고굉지신股肱之臣에게 그곳을 맡겼던 것이다.

"돌아와 요양하라."

돌아온 박호문을 임금은 내전에서 만났다. 내밀한 대화가 오갔다.

"중병이라 칭한 것은 구실이옵고 실은 때를 놓칠까 저어하와……. 아뢰옵기 황공하오나 김종서를 하루빨리 소환하여 후환을 방지하시옵소서."

임금은 깜짝 놀랐다. 그러나 침착하게 일렀다.

"음. 소상히 말해보라."

"예, 전하. 그는 본시 문관 출신이 아니옵니까? 그러므로 용약하여 싸울 만한 인사가 못 되옵니다. 장수의 기본인 활쏘기 말타기조차 제대로 하지 못하옵니다. 오로지 성상의 은혜가 하해 같아 북방의 병권을 오랫동안 쥐고 있으니 그를 송구스럽게 여겨야 하거늘, 오히려 오만방자해져서 안하무인이 되어가고 있사옵니다. 얼마 전에는 홀라온족忽剌溫族 추장 우디거兀狄哈의 항복을 기화奇貨로 그의 딸을 강취하여 첩으로 삼았으며, 그 첩을 통해 야인들과 모종의 수작을 꾸미고 있으니, 금품을 받고 병장기를 팔아먹는 지경에까지 이르렀습니다."

"여진 추장의 딸을 첩으로 삼았다는 말은 나도 들은 바 있지만……. 그들과 모종의 수작을 꾸민다고? 그리고 뭐? 병장기를 팔아먹어……?"

"오도리족(알타리족, 斡朶里族)의 판차凡察 등과 은밀히 결탁하여 서로 형제라 부르며, 김종서가 감기만 들어도 문병을 오는 사이가 되었사옵니다. 김종서의 부중에는 금은보화가 쌓여 있고, 창검과 궁시가 가득한 창고가 여럿이라 하옵니다. 이는 만일에 대비한 비축이라 하옵니다."

"만일에 대비하다니……?"

"함길도에는 김종서의 심복들이 쫙 깔려 있사옵니다. 자신의 비리가 탄로 나게 되면 야인들과 심복들을 무장시켜 들고 일어날 수 있게끔 만반의 태세를 갖추고 있사옵니다. 소신이 칭병하고 은밀히 상경한 것은 그의 심복 밀정들을 피하기 위함이었사옵니다. 전하께 엎드려 바라옵니다. 때가 늦기 전에 김종서를 소환하시어 후환을 제거하시옵소서."

"철석 같이 믿었던 김종서가 딴 마음을 품었단 말인가?"

"지금 함길도에 산재해 있는 야인들은 모두 김종서의 수족이나 같사옵니다. 때를 놓치기 전에 그를 소환하여 참해야 할 것이옵니다."

임금은 황당하기 그지없어 속이 울렁거렸지만 꾹 참았다.

"으음, 알겠도다. 이는 매우 엄중한 일이니 말이 밖으로 새어나가지 않도록 경은 집에서 병을 치료하고 있는 것처럼 가장하도록 하라."

"성은이 망극하옵니다."

박호문이 나가자 임금은 중신들을 소집했다. 중신들이 들자 임금은 박호문의 말을 그대로 전하고 그들의 의견을 물었다.

"경들도 익히 알겠지만 박호문은 최윤덕과 김종서가 천거한 사람이오. 지금 회령절제사를 맡고 있는 사람인데 병이 중하다 하여 귀환 조리하라 하였더니 이런 놀라운 사실을 일러주었소. 여러분들은 이 일을 어찌 생각하시오?"

"허허, 김종서가 그렇다는 것이옵니까? 허허."

"이거야 원……. 경천동지할 일이 아니오?"

"……?"

임금의 말을 듣자 중신들은 모두 경악을 금치 못하는 표정이었다.
"어억……."
"아니, 그럴 수가……?"
"그 참, 도저히……. 그, 그런 일이?"
중신들은 하도 기가 막혀서 말이 안 나오는지 감탄사로만 한동안 술렁거렸다. 서로의 놀란 표정을 쳐다보며 다 같이 놀랐음을 확인할 뿐이었다.
정작 놀라서 화기로 펄펄 끓어야 할 임금은, 중신들이 가라앉아 말하기를 기다리고 있는 듯, 별 표정 없이 앉아 있었다. 이윽고 술렁거림이 가라앉자 한 사람이 나섰다.
"전하, 황공하옵니다. 너무나 놀라서 소름이 돋고 정신이 아뜩하옵니다. 당장 김종서를 소환하여 심문하게 하시옵소서."
격앙된 음성이 뒤를 이었다.
"그러하옵니다, 전하. 김종서는 원래 오만방자한 성품으로 능력이 없으면서도 공을 탐하여 나서기를 좋아하는 자이옵니다. 변방 함길도에서 강대한 병권을 장악한 것을 기화로 능히 역모를 꾀할 자이옵니다. 시기를 놓치기 전에 급거 토벌해야 하옵니다."
또 한 사람의 분기가 뻗쳤다.
"토벌은 무슨 토벌이옵니까? 당장 잡아들여 참해야 하옵니다."
"그러하옵니다, 전하."
"시가 급하옵니다."
"때를 놓칠까 두렵사옵니다."
중신들은 너나없이 분기탱천하여 김종서를 당장 잡아 죽여야 한다고 주장하며 와글거렸다. 그런 와중에도 유독 한 사람만은 처음부터 입을 다물고 생각에 잠긴 듯 초점 잃은 눈으로 허공만 바라보며 곧게 앉아 있었다. 임금의 시선이 그쪽으로 향했다.

"아니, 황정승, 영상은 어찌해서 가만히 앉아만 계십니까? 영상의 생각으로는 이 일을 어찌 처리했으면 좋겠습니까?"

영의정 황희였다. 그제야 그는 천천히 입을 열기 시작했다.

"전하, 아뢰옵기 황공하옵니다만……, 박호문이 그와 같은 사실을 고변할 때 전하께서는 어찌하셨습니까?"

"어찌하다니요?"

"그의 말을 그대로 믿으셨는지, 그래서 화를 내셨는지, 아니면 의심이 생겨 조사해보겠다고 말씀하셨는지, 그것을 알고 싶사옵니다."

"그대로 믿고 화를 냈지요."

임금은 여전히 별 표정 없이 차분했다.

"전하, 전하께서는 참으로 그의 말을 믿으시옵니까?"

"글쎄, 사실은 그것이 확실치 않아서 경들에게 이렇게 물어보는 게 아니오?"

"전하. 한 말씀 더 올리겠습니다."

황희는 여전히 침착한 표정이었다.

"전하, 신이 알고 있는 김종서는 그런 위인이 아니옵니다. 그의 본태本態가 비록 교만하기는 하지만, 그것은 그의 곧은 성품에서 나오는 겉모습일 뿐이지, 불충에서 나오는 참모습은 아니옵니다. 신이 단언하옵는 바, 그는 심신의 수양을 갖춘 유신이기에 결코 재물을 탐하거나 역심을 품을 그런 위인이 아니옵니다."

"그쯤은 나도 알고 있오. 하지만 박호문의 말도 있지 않소?"

"신의 추측으로는 김과 박 두 사람 사이에 무슨 사단이 있는 듯하옵니다. 신의 생각으로는 김에게 앙심을 품은 박이 김을 무고하는 듯하옵니다. 아무래도 박호문의 반간지계反間之計인 듯하옵니다. 따지고 보면 전하와 김종서의 사이를 이간시키는……."

"반간지계라……."

"그러하옵니다, 전하."

"무슨 근거라도 있소?"

"신의 생각이옵니다만, 박호문은 머리는 총명하나 심성이 옹졸하고 지나치게 공로에 욕심을 내는 위인이옵니다. 야인과 결탁하여 형제처럼 지내는 쪽은 아마도 박호문일 것이옵니다. 또한 박호문이 김종서의 명에 불복하는 사례가 자주 일어난다고 하옵니다. 신이 들은 적이 있사온데, 판차凡察가 박호문에게 '장군이 이곳에 있으면 나도 여기 있겠지만 장군이 떠나면 나는 도망가겠다'라고 말을 했다 하오며, 심중에 품고 있는 계획까지도 털어놓았다 하옵니다. 무릇 변경의 장수로서 야인들을 인정과 도리로써 회유하여 따르도록 하는 것은 가한 일이나, 서로 결탁하는 것은 불가한 일이옵니다. 또한 예하 장수라면 원수의 지휘에 한마음으로 협력하고 받들어야 하며, 야인을 대우하는 방도도 김종서의 뜻을 따라야 하거늘, 그는 늘 원수元帥의 의견에 반대했고 명령을 따르지 않았다 하옵니다. 이런 여러 가지를 놓고 볼 때, 그는 능히 반간지계로 김종서를 죽음으로 몰아넣을 수 있는 위인이옵니다."

"허어, 영상은 박호문이 그런 위인이라는 것을 알고 있으면서도 지금까지 어찌 잠자코 있었습니까?"

"황공하옵니다. 신이 들은 것은 남의 입을 통해서 들은 것이지 신의 눈으로 직접 본 것은 아니옵니다. 더구나 먼 변방의 일을 남의 이야기만 듣고서 말씀드릴 수 있겠사옵니까? 지금 박호문의 일 또한 야인들의 반간지계일 수도 있사옵니다."

"야인들의 반간지계라……."

"전하, 먼 변방의 일이옵니다. 귀로 듣고서만 처결해서는 아니 되옵니다. 통촉하시옵소서."

"그렇다면 어찌해야 하겠습니까?"

"박호문을 잡아다 문초하는 것이 마땅하옵니다만, 지금으로서는 무슨 죄가 나타난 게 없사옵니다. 하오니 은밀히 도체찰사都體察使를 함길도에 파견하여 사실 여부를 확인케 함이 옳은가 하옵니다. 그다음에 박호문이든 김종서든 잡아들이면 될 일이옵니다."

"허어, 과인의 뜻과 같은 의견이 비로소 나왔습니다."

임금과 영상은 환한 미소로 밝아졌으나 나머지 중신들은 코를 싸매듯 고개를 들지 못했다.

"그렇다면 누구를 보내면 좋겠소?"

"함길도 사정에 밝은 황보인皇甫仁이 적임자인가 하옵니다."

"좋소. 그럼 바로 황보인을 함길도 도체찰사咸吉道都體察使로 삼아 함길도로 보내도록 합시다."

중신 회의를 마치고 임금은 은밀히 병조판서 황보인을 불러 그간의 사정을 말해주고 도체찰사 임무를 부탁했다.

"그러니 경은 박호문이 말한 내용이 사실인지 아닌지를 잘 살펴보시오. 만일 사실이라면 김종서를 잡아 도성으로 압송해올 것이요, 사실이 아니라면 왜 박호문이 그런 거짓말을 하게 되었는지를 알아보도록 하시오. 그리고 이번 일은 매우 난감한 일이니 아무도 눈치채지 못하도록 은밀히 조사해야 할 것이오."

"예. 명심 거행하겠사옵니다."

다음 날 이른 새벽, 황보인은 일을 도와줄 호종護從 군사 십수 기騎와 종사관從事官을 데리고 도성을 떠나 함길도로 발길을 재촉했다. 이번 출행 목적은 육진六鎭의 성곽 축조 상황과 개간된 땅의 면적 등을 살핀다는 구실이었다.

불철주야로 말에 채찍을 가해 나흘 만에 함길도에 당도했다. 함길도에 도착하자 여론 및 정보 수집을 위해서 수행 군사들을 각지로 나누어 보내고, 황보인과 종사관은 육진(종성, 온성, 회령, 경원, 경흥, 부령)을 두루 다니며 축성 상태와 개간지 실태를 조사하는 척했다. 그러면서 소문을 수집하고 군사들의 동태를 살피고 그들의 애로사항을 들었다. 박호문의 임지였던 회령 지역은 더욱 세심하게 관찰하고 청취했다.

그렇게 은밀한 조사를 다 시행해본 결과, 박호문이 임금께 보고했다는 내용과는 사정이 너무나 딴판이어서 실소를 금할 길이 없었다. 박호문의 비행은 아연실색할 지경이었으나, 김종서의 역심은 전혀 어불성설이었던 것이다. 서울로 돌아가기 전 황보인은 김종서의 본진을 찾았다.

"염찰廉察을 마쳤으면 속히 돌아가 복명을 하셔야지요."

그들은 왕명을 출납하는 부대언副代言(부승지)으로 어깨를 맞대고 근무하던 친근한 사이였다.

"허어, 내가 밀탐하러 내려온 줄 아셨소이까?"

"내 명색이 함길도 도절제사인데 사방팔방에 내 눈과 귀가 어찌 아니 박혀 있겠소?"

"하하하, 그런 줄도 모르고……. 내 조심조심 다닌 게 참 다행이었네 그려."

"제게까지 물어보실 양이면 전 이 자리에서 지금 전송해드리겠소이다."

"절제사께 물을 일도 없고, 또한 물을 일도 아니오이다."

"하하, 그러시다면 안으로 드시지요."

둘은 공적인 용무를 떠나 옛 친구로서 마주 앉았다. 그들에게 주안상을 차려온 여인은 야인 추장 우디거兀狄哈의 딸 우화兀花 였다.

추장 우디거의 항복을 기화로 그의 딸 우화를 김종서가 강취했다고 박효문이 임금에게까지 말했지만 실상은 전혀 그렇지가 않았다. 우화는 웬만한 장수는 당하지 못할 만큼 무예가 출중했다. 특히 말타기와 활쏘기는 일족 중에서 당할 자가 없었다.

김종서 때문에 자기 부족이 늘 싸움에 지고 쫓기고 흩어져서 살길이 막막해지자 우화는 아버지와 부족의 원수를 갚기 위하여 몸소 나섰다. 김종서를 죽이기로 작정하고 여러 번 암살을 기도했었다.

그러나 김종서를 죽일 수가 없었고, 오히려 그에게 사로잡히곤 했었다. 사로잡히면 김종서는 그때마다 선린만이 길이라 타이르며 놓아주곤 했었다.

김종서가 문관 출신이라는 것을 알고 있던 우화는 그를 자신의 무예로 은밀하게 기습해서라도 기어이 죽이려고 했었다. 기회를 만나 칼로 직접 기습했을 때도 김종서는 이미 기다리고 있었던 것처럼 막아냈고, 활을 쏘아 기습했을 때는 날아오는 화살을 손으로 잡아냈다.

'하늘이 낸 인걸이다.'

김종서의 사람됨에 감복한 우화는 스스로 그의 시녀가 되기로 작정했던 것이다.

"인사 여쭈어라."

"진녀眞女라 하옵니다."

우화는 또렷한 조선말로 이름을 밝히며 다소곳이 머리를 숙였다.

"장군이 여진족의 절세가인을 첩으로 얻었다는 소문은 이미 장안에서 들었습니다만 과시 그른 소문이 아닌가 봅니다."

"글쎄올시다. 본 이름은 우화이지요. 추장 우디거의 딸입니다. 제 곁에 있으면서부터 진녀라 부르지요."

"참된 여인이라……. 이름이 아주 그만이오."

"그렇습니까? 사실은 여진의 여자라서 진녀라 부릅니다."

"여진의 여자라서…… ?"

"그렇지요. 자. 어서 따라 올려야지."

우화는 황보인의 잔을 채운 다음 김종서의 잔도 채웠다.

"진녀 저 녀석이 날 죽이겠다고 몇 번을 들이닥쳤는지 모른답니다."

"대감……."

진녀는 김종서를 향해 눈을 살짝 흘겼다.

"네가 미워서 하는 소리가 아니다. 피일시차일시彼一時此一時라더니 이젠 오히려 남다른 추억이 되었구나."

"하기야 정작 밉다면 잠자리에선들 칼을 못 빼겠나?"

"여진의 피라서인지 꽤 뜨겁긴 합니다."

"허허, 나이가 거꾸로 들겠소이다."

"어느 때고 사냥이나 한번 오시지요. 저 녀석의 진가를 볼 수 있을 겝니다."

"그까짓 사냥 솜씨를 보러 오기는……. 잠자리 솜씨를 보러 온다면 모를까."

"우하하하……."

"와하하하……."

두 사람은 고개를 젖히고 한바탕 호탕하게 웃었다. 그런데도 진녀는 자리를 뜨지 않고 미소를 머금은 채 두 사람의 술 시중을 들었다. 황보인은 김종서의 또 다른 인품에 감탄을 금치 못했다. 자신을 죽이려던 여인을 사랑할 수 있는 인품과 열정이 있고, 그런 여인의 경애를 받아 곁에 둘 수 있다는 것은 아무나 할 수 있는 일이 결코 아니었다.

김종서의 본진에서 즐거운 하룻밤을 보낸 황보인은 다음 날 일찍 귀로에 올랐다.

"절재, 심려 놓으시오."

"사필귀정입니다. 조심해서 가시오."

"조심해서 가시고 또 오십시오."

진녀의 고운 목소리에도 정이 묻어났다.

도성에 도착하자마자 황보인은 함길도를 살피고 온 결과를 바로 글로 써서 올렸다.

천만번 박호문의 비리요 파행이었지 김종서에게는 일호의 비행이나 차착도 없었다. 하물며 어찌 반역행위가 있었으랴.

박호문은 회령절제사에 부임하자 절제사의 위엄을 과시하기 위하여 무리한 토목공사를 벌였다. 멀리 고향을 떠나 험한 변방으로 이주한 백성들은 살기도 바쁜데 날마다 토목공사에 동원되니 견디기 힘들었다. 회령의 백성들과 군사들 중에서 유난히 많은 도망자가 생긴 이유였다. 게다가 박호문은 포악한 성격으로 횡포가 심했고 형벌이 가혹했다. 김종서가 몇 번이나 직접 찾아가 시정을 촉구했으나 듣지 않았다. 드디어 1439년(세종 21) 4월에는 엄돌금嚴乭金이라는 백성을 일부러 몽둥이질을 하여 때려죽이는 사건이 발생했다.

박호문은 또 절제사의 위엄에 합당한 병영청사를 지어야 한다며 웅장한 새 청사를 짓기 시작했다. 동원된 백성들과 군사들의 원성이 높을 수밖에 없었다.

'절제사의 위엄은 튼튼한 성벽에 있는 것이 아니다.'

'웅장한 청사의 건립은 백성들과 군사들의 소중한 노동력 낭비요 군사력 낭비다.'

이렇게 생각한 김종서는 또 몸소 찾아가 중지를 명했으나 박호문은 듣지 않았다. 하는 수 없었다.

"본부 군사들을 데리고 가서 신축 청사를 아예 헐어버리고 오게."

김종서는 경력經歷(종4품) 이사증李師曾에게 지시했다. 이사증은 곧장 달려가 신축 청사를 다 헐어버리고 돌아왔다. 고된 사역에 시달리던 백성들과 군사들은 만세를 불렀으나 박호문은 원한으로 이를 갈았다.

박호문은 또 오도리족의 판차凡察 등으로부터 수시로 금품 등 뇌물을 받고 은밀히 결탁하여 내통하고 있었다. 그들에게 비밀스럽게 이쪽의 정보를 제공하기도 하고 그들의 약탈을 눈감아주며 약탈자들을 공격하라는 김종서의 명령에 불복하곤 했다.

1439년(세종 21) 겨울에는 여진족이 대거 기습해 들어와 도성의 병사들까지 달려왔었다. 그러나 박호문은 병을 핑계로 움직이지 않았다. 김종서가 찾아가 장수의 본분을 지켜 마땅히 출정할 것을 촉구했으나 오히려 반발하며 꿈쩍도 하지 않았다.

회령에서는 유독 정군正軍의 도망자도 많았다. 양인농민군良人農民軍인 정군은 변방을 지키는 육군의 중심 병력으로, 또한 이주 정착한 백성의 중심 부류였다. 이러한 정군이 도망쳐 사라진다는 것은 그만큼 변방 생활이 지난하다는 뜻이요, 그만큼 변방 지휘관이 포악하다는 의미였다.

> 갑인년(1434, 세종 16)에 12호, 을묘년(1435, 세종 17)에 23호, 병진년(1436년, 세종 18)에 33호, 정사년(1437, 세종 19)에 35호, 무오년(1438, 세종 20)에 16호, 기미년(1439년, 세종 21)에 33호.

도합 '152호'가 도망갔다. 박호문이 부임한 병진년 이후 도망자가 더 많아졌다. 그사이 경흥에서는 도합 20호, 종성에서는 도합 13호가 도망갔으며 기타 지역에서는 도망자가 없었다.

황보인의 보고서를 읽고 난 임금은 잠시나마 김종서를 의심했던 자신이 부끄러웠다. 가정사의 어려움을 딛고 북방 경영의 모진 고난을 일순의 주저도 없이, 일호의 차착도 없이, 공명정대함으로 감내하는 의기남아요 충의지사인 호걸 김종서가 더욱 존경스러웠다.

동시에 자기 더러움을 감추기 위해 그런 김종서를 참소한 박호문에게 몹시 화가 났다. 임금은 도승지 성염조成念祖와 우부승지 이승손李承孫을 불렀다.

"박호문의 죄가 이미 드러났다. 유사攸司(해당 관청)에 명하여 죄를 묻는 것이 마땅할 것이다. 의정부에서 논의하여 아뢰도록 하라."

결국 의금부로 넘겨진 박호문은 철저한 조사를 받았고, 그의 죄상은 낱낱이 백일하에 드러나게 되었다. 변방 절제사를 면하기 위하여 의원에게 뇌물을 주고 병이 중하다고 거짓으로 보고하게 한 죄까지도 밝혀졌다. 의금부에서는 박효문의 죄가 참형에 해당한다고 보고했다.

"그대로 시행하도록 하라."

규정대로 절차를 밟아 박호문을 참형에 처하라는 임금의 명이 었다.

"참형도 아깝다."

"찢어 죽일 놈이 아니던가."

신료들이나 백성들 중에 더러는 박호문을 그냥 죽여서는 안 된다고 입에 거품을 무는 자들이 있었다.

그러나 박호문의 참형 소식에 깜짝 놀란 사람도 있었다. 영중추원사領中樞院事(정1품) 최윤덕이었다. 건주여진 이만주를 토벌하는 파저강 전투에서 혁혁한 공을 세운 장수였다. 당시 박호문의 도움이 절대적이었다. 최윤덕은 영의정 황희를 찾아갔다.

"영상대감, 박호문이 죽을죄를 지은 것은 틀림없으나, 그가 세운 공로 또한 작지 않습니다. 공과 죄는 상쇄된다는 말도 있지 않습니까? 참형만은 면케 해주고 싶습니다. 더구나 그는 독자입니다. 영상대감께서 전하께 주청을 드린다면 그가 살아날 수도 있을 것입니다. 박호문은 총명한 사람이라 살려두면 후일 쓸모가 있을 것입니다."

듣고 보니 그럴듯했다.

"좋습니다. 공이 있는 사람은 그 공으로 죄를 사면받을 수 있지요. 주상전하께 주청을 드려봅시다."

다음 날 황희와 최윤덕은 임금 앞에 나아가 박호문의 감형을 청했다. 임금 역시 호의적이었다.

"알겠소. 내 곧 승지를 보내 의정부에서 계문啓聞(임금에게 아룀)토록 할 터이니 그때 소상한 의견을 올리도록 하십시오."

"성은이 망극하옵니다."

두 사람이 물러가자 임금은 좌승지 조서강趙瑞康을 불렀다.

"박호문의 죄는 크다. 군신 사이를 이간시켰고, 적이 쳐들어왔는데 칭병하고 출전하지 않은 죄가 너무 커서 내가 율에 의거 극형으로 다스려 뒷사람의 경계를 삼고자 했다. 그러나 다시 생각해보니 박호문이 과거에 파저강에서 공을 세웠고, 또한 오랫동안 북변을 진수했으며, 또한 독자이므로 특별히 사형을 면제하고 장형을 가해 여연閭延에 유배시키고자 한다. 그러나 대부大夫에게는 장형을 가하지 않는 것이 예전의 법이니, 승지는 의정부에 가서 정승들로 하여금 이 일을 의논하여 올리도록 하라."

조서강은 즉시 의정부로 향했다. 황희는 이미 임금의 호의적인 반응을 확인한 바였기에 미리 우의정 신개申槩와 의논해놓고 있었다.

대부에게는 장형하지 않는 것이 비록 예전의 법이오나, 박호문은 사형을 면했으니 특별한 성은을 입어 목숨을 보전한 것만으로도 충분하옵니다. 장형에 처하여 원지에 유배시키심이 가한 줄로 아옵니다.

결국 박호문은 죽음 직전에서 목숨을 구해 살아나게 되었다. 그리하여 그는 1440년(세종 22) 8월, 100도度의 장형을 받고 평안도 북방 여연閭延 땅으로 유배되었다.

"마땅히 죽여야 할 놈을 살려주시다니 전하께서 너무 관후하신 게 아니오?"

"그러게나 말입니다."

임금의 결정이 내려지자 중신들은 마음속으로는 불만이 컸지만 따를 수밖에 없었다. 그때의 형세로 보아서 만일 김종서가 모반을 했다면 조정은 그에 대적할 힘이 없었다. 조정의 당황스러움은 그만큼 컸었다.

그랬기 때문에 더 이를 데 없이 충직한 사람을 무고로써 모함하고 임금까지 놀라 떨게 했던 박호문에 대해서는, 조정 신료들의 분노가 그만큼 컸고 여운마저도 클 수밖에 없었다. 그렇지만 조정은 이내 잠잠해졌다.

6

왕후의 분노

임금이 내전에 들어설 때였다.

"그런 찢어 죽일 놈이 살아났다고요? 아이고 분한지고……."

엉뚱한 데서 분노가 터지고 말았다.

박호문이 살아서 귀양길에 올랐다는 소식을 들은 왕비 심씨가 임금을 보자마자 대노하여 울음을 터뜨렸다.

"아니, 여보 중전. 어찌 이러는 게요?"

"분하고 치가 떨려서 눈물이 쏟아지옵니다. 어이구……."

"허. 이 무슨 변고인고? 분하고 치가 떨려서 눈물이 쏟아지다니요? 김종서를 대신해서 화가 난 거요?"

"마마, 박호문이 어떤 작자입니까? 전하의 은혜를 저버리고, 적들에게 뇌물을 받아먹고, 충직한 상관을 모함하여 죽이려 하고, 신하와 임금 사이를 이간질하고, 왕실을 배반한 대역죄인 아닙니까?"

"그야 그렇지요. 그런데 그것이 중전에게 그렇게 분해서 치가 떨린다는 게요?"

"지난날 마마께서는 그 역적 박호문에게 신첩이 이 손으로 직접 지어드린 수달피 의대를 하사하시고, 태조대왕께서 패용하시던 장검을 내리지 않으셨습니까?"

"그래서 이번에 장 백 대를 맞고 여연 땅으로 귀양을 가지 않았소?"

"그때 신첩이 무어라 여쭈었습니까? 반남박가 박은朴訔의 일족이라고 여쭈었지요. 그 원수 박은의 일족! 그놈들을 그와 같이 애지중지하시어 무엇을 얻으셨습니까? 신첩 아비의 천추의 한이 맺힌 불공대천不共戴天의 원수 놈들인데……, 어이구. 남을 모함하는 데는 귀신 빰칠 만큼 비상한 박은의 재주를 박호문이 그대로 이어받아서 나라의 대들보 같은 김종서를 또 죽일 뻔하지 않았습니까? 박호문의 아들 박규朴葵는 또 어찌했습니까? 평안감사라는 위인이 야인이 쳐들어오니까 격퇴할 생각은 않고 가만 앉아서 군대만 더 보내달라고 외치다가 귀양을 가는 꼬락서니가 되었지요. 그런 더러운 무리들을 그래도 나라의 보국지재輔國之材라고 여기시고, 입고 계시던 수달피 의대까지 벗어주시면서 은고恩顧하셨으니 어찌 분하고 원통하지 않습니까? 천추의 원혼으로 지하에 계신 신첩의 아버님과 숙부님을 생각하면 지금도 치가 떨리고 소름이 돋사옵니다. 그런데 찢어 죽여도 시원찮은 박호문 같은 역적을 살려두시니 그게 전하의 고굉지신입니까? 박은 같은 천하의 간흉이, 영세토록 추앙받아야 하는 성상의 훈신이옵니까아……?"

"아니, 여보, 중전."

"그래서요, 천추의 한을 남기시고 비명에 가신 아버님의 원수 그 일족들에게 신첩은 손수 수달피 의대나 지어 바쳐서 따뜻하게 입혀야만 마땅하겠습니까아?"

사실 중전에게는 골수에 박혀 있는 천추의 한이 있었다. 그리고 그 한을 안고 살아가야만 했다. 세종 역시 그것을 잘 알고 있었지만 역시 참고 견디는 수밖에 없었다.

애당초 1418년(태종 18) 8월, 태종이 세자(세종)에게 왕위를 물려주고 상왕으로 물러날 때, 병권兵權만은 상왕이 가지고 있었다. 병권에 관한 한 세종이 처리하지 못하도록 엄명을 내렸다.

그런데 병조참판 강상인姜尙仁이 도총제都摠制 심정沈汀과 함께 금위군禁衛軍의 군사를 분속分屬시키면서 금상세종에게만 보고하고 상왕태종에게는 보고하지 않았다. 상왕은 이 말을 듣고 일을 시작할 때가 되었다 여기고는 강상인을 불렀다.

"이보게 참판. 상패象牌와 매패梅牌는 어떤 일에 쓰는 것인가?"

강상인은 별생각 없이 대답했다.

"대신을 부를 때 쓰는 것이옵니다."

"그런가? 그렇다면 이것을 금상에게 갖다 드리게."

강상인이 상패와 매패를 금상에게 갖다 드렸다. 임금이 물었다.

"이것은 무엇에 쓰는 것이오?"

"밖에 있는 장수를 부를 때 쓰는 것이옵니다."

"그렇다면 상왕전하께 갖다 드리시오."

강상인은 별생각 없이 대답하다가 깜짝 놀랐다. 상왕과 금상에게 한 말이 서로 달랐기 때문이었다.

상패는 상아로 만든 상아패를 이르는 것이었고 매패는 오매烏梅로 만든 오매패를 말하는 것이었다. 그것들은 임금이 밖에 있는 대신이나 장수를 부를 때 쓰는 것으로, 패마다 두 쪽으로 갈라 오른쪽은 임금이 갖고 있고 왼쪽은 신하가 갖고 있었다. 임금이 어느 대신이나 장수를 부를 때, 임금이 가지고 있는 패의 오른쪽을 대신이나 장수에게 보냈다. 그들은 자기가 가지고 있는 패를 꺼내 맞추어보고선 딱 맞으면 임금이 자기를 부른다는 것을 확신하고 부름에 응했던 것이다.

강상인은 상패와 매패를 다시 상왕께 바쳤다. 상왕은 우부대언右副代言 이우녕李友寧과 도진무都鎭撫, 최윤덕崔潤德을 불렀다.

"내가 병권에 관한 일은 친히 결재한다 했거늘, 병조에서는 순찰하는 일만 보고하고 군사 전반에 관한 일은 보고하지 않았소. 그러한 자를 이제부터 가려낼 것인데, 숨기는 자가 있으면 고문을 가할 것이오."

이 말이 병조에 전해지자 병조의 관원들이 상왕 앞에 엎드려 잘못을 빌었다. 병조의 법에 따르면 도총부都摠府(중앙군인 오위를 지휘 감독하는 최고 군령기관)에서 군사를 주관하고, 병조참판과 좌랑이 으레 군색軍色을 겸하고, 판서는 간섭하지 않았다. 군색은 병조의 한 분장으로 일군색은 용호영龍虎營과 호련대扈輦隊의 분장이고, 이군색은 보병과 기병의 분장이었다.

병조판서 박습朴習에게 묵은 원한이 있던 이우녕이 상왕에게 아뢰었다.

"상왕전하. 병조의 당상관과 낭속들은 반드시 이 일을 알았을 것이옵니다. 함께 고문하시여 실상을 알아보시옵소서."

상왕은 즉시 국청을 열라 일렀다.

"병조판서 박습 이하 병조참의, 병조정랑, 병조좌랑도 강상인, 심정 등과 함께 국문하라."

의금부에 국청이 마련되고 병조의 관원들이 상하를 막론하고 모조리 잡혀왔다. 강상인과 심정이 말했다.

"위사의 분속은 전례에 따라 한 것이고 상왕께 보고 드리지 못한 것은 깊이 생각지 못한 것입니다."

병조판서 박습은 억울함을 말했다.

"본조의 일은 각기 맡은 바가 있소. 위사衛士는 입직하는 당상관과 낭관郎官(정랑과 좌랑의 통칭)이 분속시키는 것이오. 원래 판서에게 결재를 청하는 것이 아닙니다. 설사 판서가 간여했다 해도 죽을죄는 아니므로 감출 이유도 없소. 사실 나는 아는 바가 없소이다."

사실 별것도 아닌데 상왕의 뜻을 미루어 짐작한 형조와 사헌부에서 대간들이 들고 일어나는 바람에 박습, 강상인, 심정 등은 귀양살이로 처분되고 말았다.

한 달 뒤 9월, 영의정이 된 심온沈溫이 명나라에 세종의 즉위를 알리고 명나라의 허락을 받기 위해 사은사로 가게 되었다. 그가 사신으로 떠날 때 송별하는 사대부들이 엄청나게 많아 그들의 거마가 장안을 뒤덮을 지경이었다. 심온은 세종의 장인이요, 심정의 친형이었다. 상왕은 마음이 몹시 언짢았다.

"오냐, 잘되었다. 어디 두고 보자."

상왕은 일찍이 왕비 민씨의 친동생 사형제를, 자기를 도와준 공이 지대했음에도 트집을 잡아 모조리 죽여버린 왕이었다. 외척의 발호는 왕권의 취약을 가져온다는 확신 때문이었다. 그런데 세종의 장인인 심온 집안의 권세가 하늘을 찌르고 있으니 절대로 용서할 수 없는 일이라고 보았던 것이다.

자주 상왕을 찾아오는 대신들이 바깥소문을 속속 전해주었다. 병조좌랑 안헌오安憲五는 원래 강상인, 심정 등과 사이가 좋지 않았다. 그는 상왕이 심온을 경계하고 있다는 눈치를 채고 고자질을 했다.

"상왕전하. 심정이 박습, 강상인에게 말하기를, 이제 호령이 두 곳(상왕, 금상)에서 나오니 한곳에서 나오는 것만 못하다 했사옵니다."

"그래? 그자들이 그런 말을 했단 말이지? 이런 괘씸한……."

그렇잖아도 심기가 불편했던 상왕은 노기가 충천했다.

"당장 귀양지에서 불러 올려라. 그리고 의정부, 의금부, 대간에서 번갈아 가며 국문을 시행하도록 하라."

마침내 조정이 발칵 뒤집혔다. 상왕을 모신 자리에서 국문이 벌어졌다.

강상인은 지독한 고문인 압슬형을 네 차례나 받았다. 압슬형은 사금파리를 깨어놓은 곳에 죄인을 무릎 꿇려 앉혀놓고 무릎 위에 무거운 돌을 여러 개 순차적으로 얹어놓는 형벌이었다. 강상인은 그 고문을 도저히 견딜 수가 없게 되자 거짓 자백을 하고 말았다.

"신이 박습과 더불어 심정을 궁궐 밖에서 만났사옵니다. 심정이 신에게 이르기를 '내금위의 사람이 부족해서 시위가 부족한데 어찌 보충하지 않느냐?' 했습니다. 그래서 신이 대답했습니다. '군사가 만약 한곳(금상이 있는 곳)에만 모인다면 많고 적음이 무슨 상관이 있겠는가' 라고 했습니다."

강상인과 심정을 대질시키자 심정이 말했다.

"신이 총제의 자리에 있기에 시위가 소홀함을 이야기했을 뿐이고, 한곳이 어쩐다 하는 말은 한 적이 없사옵니다."

강상인에게 압슬을 더 가하게 하자 그는 말을 바꿨다.

"신이 영의정 심온에게 '시위를 두 궁궐에 분속시키려면 갑사가 부족해서 삼천 명은 더 증원해야 합니다' 했고, 또 '군무는 마땅히 한곳으로 돌려야 합니다'라고 했더니, 심온 역시 '그렇소'라고 대답했사옵니다."

상왕은 듣고 싶은 대답이 나왔기에 더욱 조였다.

"간신들을 모두 제거해야겠다. 철저히 조사하라."

이때 참판 조말생이 상왕을 부추겼다.

"금상 전하께옵서 효도가 지극하시온데, 이 무리들이 군무를 농단했으니 그 마음을 측량키 어렵사옵니다."

상왕은 조말생에게 명령을 내려 죄인들을 더 혹독하게 고문하도록 했다. 그는 심정을 고문했다.

"영의정이 그렇다고 했소?"

고문에 못 이겨 심정이 헛소리로 대답했다.

"아…… 예, 예."

병조판서 박습 역시 압슬형에 못 이겨 허위 자백을 했다.

"신이 간여했습니다."

상왕이 선언적으로 크게 외쳤다.

"이 일의 주모자는 심온이다. 이른바 한곳에 어쩐다 하는 말은 그 뜻이 이미 드러난 것이다."

상왕은 좌의정 박은과 우의정 유정현柳廷顯을 상왕 거처인 수강궁壽

康宮으로 불러들였다. 박은과 유정현은 심온과 권세를 다투던 터라 심온을 모함했다.

"그가 한곳이라 말한 것은 상왕전하를 지칭한 것이 아님은 분명하옵니다. 틀림없이 금상 전하를 가리킨 것이옵니다. 이 일은 심정의 뜻이 아니오라 반드시 심온의 뜻일 것이옵니다."

"경들의 생각도 그러하오?"

"예, 상왕전하."

"박습 등은 마땅히 사형에 처해야겠으나, 심온은 어찌할꼬?"

상왕은 은근히 그들의 동조 건의를 기다리고 있었다. 우의정 유정현이 아부했다.

"상왕전하, 박습 등이 이미 자복했사오니 하루라도 심온의 형을 늦출 수는 없사옵니다."

이때 박은도 거들었다.

"심온이 돌아온다 한들 변명할 길은 없을 것이옵니다.

"알았소."

상왕은 바로 형 집행 명령을 내렸다.

"그 도당을 극형에 처하고 그 몸을 찢어서 각도에 돌려 보이도록 하라. 그리고 이욱李勖을 금부진무禁府鎭撫로 삼아 심온을 의주에서 기다리다 잡아 오도록 하라."

이 소식을 들은 금상의 왕비 심씨는 친정에서부터 데리고 온 여인 하나를 급히 안내인과 함께 보내어 귀국길의 심온을 국경 밖에서 만나보게 했다.

"대감마님, 의주에 들어가시면 바로 잡혀 처형되실 것이옵니다. 하오니 명나라로 피신하시라 하옵니다."

심온은 잠시 하늘을 쳐다보았다. 몇 점 흰 구름 아래로 기러기 무리가 동남쪽으로 날고 있었다.

"아니다. 귀국을 거두고 몸을 피한다는 것은 소인배의 짓이다. 일국의 영상, 더구나 왕비의 아비로서는 당치 않은 일이다. 비록 죽음이 기다리고 있다 해도 돌아가는 것이 떳떳한 군자의 도리다. 또한 잘못이 없는데 어찌 피한단 말인가? 어서 의주로 가자."

심온은 의주 국경에 닿자 바로 체포되었다. 심온은 상왕에게 주청했다.

"신이 명나라로 간 뒤 일어난 일인즉 그들과 대면하기를 원하옵니다."

상왕이 그에게 말을 전했다.

"박습 등이 이미 다 죽었는데 누구와 대면을 하겠다는 말이오?"

심온은 수원으로 압송되었다. 그사이에 심온도 그동안 일이 어떻게 되었는가를 들어서 알게 되었다. 심온은 결국 사약을 받아 마시고 죽었다. 그는 죽으면서 유언을 남겼다.

"내 후손들은 대대로 박씨와는 혼인하지 말라."

누구의 사주가 없어도 상왕은 심온을 반드시 죽이려고 했다. 그런데 좌의정 박은이 심온의 사형을 강력하게 상왕에게 주장했다. 박은은 그래서 심온의 가슴에 깊이 한을 심었던 것이다.

심온의 부인(왕비 심씨의 모친)은 관비가 되고, 강상인과 심정 등의 처자는 노비가 되었다.

박은, 유정현, 조말생 등은 금상의 왕비 심씨를 폐출하라고 주청했다. 그러나 상왕은 일거에 거절했다.

"왕비의 폐위는 차후로도 논하지 말라. 거론하는 자는 엄벌에 처할 것이다."

이렇게 세종의 처가는 풍비박산이 났던 것이다.

느닷없이 중전이 노기충천하여 악을 쓰자 임금은 몹시 당황하여 어찌할 줄을 몰랐다.

"허어, 여보, 중전, 이게 웬일이오? 이제 나이도 들어가는데 말이오?"

그때 옆에서 보다 못한 안상궁이 조심스럽게 한마디 여쭈었다.

"중전마마."

"무어냐?"

"그때 신도 배석하였사온데, 수달피 의대를 내리실 때에야 박호문이 오늘날 이 같이 배반할 줄이야 어찌 짐작이나마 하셨겠사옵 니까?"

"암, 그렇지. 그때야 어찌 짐작이나 했겠소?"

임금이 한숨 돌리며 고개를 끄덕였다. 그러자 왕비의 분노는 안상궁을 향하여 폭발했다.

"그러니까, 나는 '피를 쏟으며 말씀하신 아버님 유언' 따위는 무시해도 된다 그 말이냐?"

"아니옵니다, 중전마마."

"아니, 여보, 중전."

"이런 괘씸하고 무례한 것 같으니라고……. 이런 고약한 것. 얘들아 무감, 무감 게 없느냐?"

참으로 느닷없는 파란이었다.

"내 아무리 무골충 같이 살지만 더는 참을 수가 없구나. 얘들아 무감!"

"예, 중전마마."

무감들이 금방 달려왔다.

"이 안상궁인지 말대가리인지 끌어내서 한강 너머로 쫓아내라. 마음씨 착하고 아는 게 많아 대견하게 보아왔더니, 이제는 무례하고 당돌해져 더는 못 참겠구나. 즉시 거행하라."

"잠깐, 가만……."

"아니, 상궁 하나를 신첩 뜻대로 처분을 못 한다 그런 말씀이옵니까?"

"허어, 내 어찌 내명부 소관사를 참견하겠소. 허나 안상궁에게야 무슨 잘못이 있어서 한강 너머로 쫓아낸단 말이오? 잘못이야 다 내게 있는 게 아니오? 그러니 고정하시오."

"예. 알겠습니다."

"……?"

"말씀을 듣고 보니 명색이 중전인 신첩의 말보다는 안탁갑 상궁의 말이 더 옳다 그런 뜻이 아니옵니까?"

"허어, 여보. 그건 또 무슨 소리요?"

"애초부터 전하께서는 안상궁의 말이라면 무엇이나 가납하시고 신첩의 말에는 시큰둥하시더니, 오늘은 아예 신첩을 시이불견視而不見, 청이불문聽而不聞 하시옵니다. 이는 신첩이 이 안상궁 만큼도 국모로서 자격이 없다는 것이옵니다. 이제 전하께서는 둘 중에 하나를……."

"둘 중에 하나를……?"

"예. 안상궁을 택하시든지 신첩을 택하시든지 결정하시어 처분하십시오."

그러자 안상궁이 중전 앞에 엎드렸다.

"보잘것없는 신이 공주 땅 시골구석에서 구중궁궐에 들어와 그동안

과분하게도 크나큰 은혜를 입었사옵니다. 이제 무슨 여한이 있어 지존의 말씀을 어기겠사옵니까? 양위마마, 만수무강하옵소서."

안상궁이 흐느끼며 하직인사를 올렸다.

"꼴도 보기 싫다. 어서 끌어내라니까 뭘 꾸물대느냐?"

끌어낼 필요도 없었다. 안상궁은 인사를 마치자 곧장 일어나 서둘러 밖으로 나갔다.

"아니, 중전. 이 무슨 일이란 말이오?"

임금도 말리고 붙잡고 어쩔 사이가 없었다.

안상궁은 궁에서 나와 그길로 삼개나루(마포)로 향했다. 무감 둘이 따랐다.

궁중 내에서 지체가 가장 높은 상궁인 제조상궁提調尙宮이 쫓겨나는 일은 거의 볼 수 없는 일이었다.

그 소문이 궐내에 퍼지고 동궁에도 알려지자 세자빈 권씨가 놀라 어쩔 줄을 몰라 했다.

"얘들아, 이게 웬일이냐? 안상궁이 쫓겨나다니, 아무래도 무슨 착오가 계신 것이 아닌지 모르겠구나. 내가 지금 중전마마께 가서 알아볼 수도 없는 일이고……."

지식이 많고 총명하며 경우 바르고 자애로운 안상궁을 세자빈은 매우 존경하며 아끼는 터였다.

"얘들아. 아무래도 세자마마께 여쭈어야겠다. 지금 세자마마께서는 어디 계시냐?"

"서운관에 계신다 하옵니다."

"그럼 어서 그쪽으로 가자."

세자빈은 시녀들을 앞세우고 서운관으로 걸음을 재촉했다.

"아니, 빈이 여기는 웬일이시오?"

"마마, 제조상궁 안씨가 쫓겨났다 하옵니다. 어마마마께서 한강 너머로 쫓아내라 하셔서 지금 삼개나루 쪽으로 나갔다 하옵니다."

"안상궁이 쫓겨나다니……?"

"무슨 노여움이 계신지 모르겠사오나, 안상궁 그 성품에 자진自盡이라도 하지 않을지 걱정이옵니다."

"이거 큰일이로구나. 얘들아 급히 무감에게 일러 말을 대령시켜라. 시가 급하다 일러라."

"예."

시녀들이 급히 뛰어나가더니 금방 무감 둘이 말을 몰고 왔다.

마음씨 착한 세자였다. 죽을지도 모른다는 빈의 말에 서두르지 않을 수가 없었다.

"가자. 삼개나루로 달려라."

세자가 말에 오르자마자 세 사람은 질풍 같이 말을 몰아 나갔다.

그때 안상궁은 이미 나루터에 도착해서 무감 두 사람과 함께 배에 오르고 있었다.

'이제 내가 가면 도대체 어디로 갈 것이냐? 새까만 시골 계집이 구중궁궐의 제조상궁이라니……, 가당찮은 일이었지. 그간의 영화만으로도 분에 넘치는데 이제 무슨 미련을 둘 것인가. 강을 건너면 아무도 모르는 곳으로 가 조용히 죽어야지.'

안상궁이 죽기로 작정을 하고 마음을 가다듬고 있을 때 배는 어느새 강 가운데를 떠가고 있었다.

"멈추어라. 거기 배를 멈추어라."

"세자저하의 명이시다. 배를 멈추어라."

배는 강 중심에서 방향을 바꾸었다. 그리고 잠시 뒤 배에서 내린 안상궁은 무감의 말에 올라 세자와 함께 동궁으로 들어갔다.

그러나 출입하는 사람이 많은 동궁에 안상궁을 오래 감춰둘 수는 없었다.

"어마마마께서 아시면 어쩌지요?"

세자빈도 걱정이 컸다.

"가만, 좋은 수가 있소. 궁 밖이 더 안전할 테니까 내가 진양의 집에다 감추어두도록 하겠소."

"어마마마께서도 언젠가는 노여움을 푸실 날이 계실 것이옵니다."

곧바로 안상궁은 진양대군 저택으로 보내졌고 대군은 세자의 부탁에 따라 안상궁을 소리 없이 잘 감추어두었다.

7

원손 잉태

박호문 때문에 임금 내외가 곤혹스러웠던 시간도 잠시 스치듯 지난 뒤 찾아온 그해 가을, 임금 내외에게 일구월심 기다리던 참으로 반가운 소식이 찾아왔다. 세자빈 권씨가 잉태를 한 것이다.

세자빈 권씨는 원래 동궁의 후궁인 승휘承徽(종4품)였다가 딸을 낳으면서 양원良媛(종3품)으로 승차되었다. 첫째 딸은 잃었으나 둘째 딸 경혜敬惠는 지금 다섯 살이 되었다.

성품이 진중하고 학문을 좋아하던 세자는 첫 번째 세자빈인 휘빈徽嬪 김씨에게는 아무래도 정이 가지 않았다. 효성이 지극한 세자인지라 부모의 종용에 따라 노력도 해보았으나 싫은 사람은 어쩔 수 없는 모양이었다. 휘빈 김씨는 오지 않는 세자의 발길을 돌리기 위해서 이른

바 압승술이라는 술법을 쓰다가 폐출되고 말았다.

그래서 새로이 맞아들인 세자빈이 순빈純嬪 봉씨奉氏였다. 그런데 세자로서는 그녀 역시 정이 가지 않는 사람이었다. 순빈 봉씨는 무료한 일상을 이른바 대식對食(동성애)으로 견디려다 또한 폐출되고 말았다.

그리하여 임금은 세자와 의논해서 다시 세자빈을 간택하여 맞아들이는 대신, 세자와 사이가 좋아 자식까지 둔 양원 권씨를 세자빈으로 삼았던 것이다. 양원 권씨는 성품이 온화후덕하고 용모가 단아청순했다. 거기에다 효행 또한 지성스러워 임금과 왕비의 사랑도 지극했다.

이 세자빈 권씨가 무려 4년 만에 다시 잉태를 했다는 소식이 전해진 것이다. 세자 나이 어느새 스물일곱, 임금 내외는 물론 왕실과 조정에서도 원손을 얼마나 기다리고 기다렸던가? 여염 사가에서도 장자가 이런 지경이라면 별짓을 다했을 판이었다.

'제발 원손을 점지해주소서.'

간절한 자들은 삼신에게도 빌고, 조상신에게도 빌고, 사직신에게도 빌었다. 이러한 분위기를 잘 아는 세자빈 권씨는 그동안 너무나 죄스러워 견디기 힘들 지경이었다.

"마마, 신첩은 아무래도 왕비 될 운이 없나 보옵니다."

어느 때 권씨는 세자에게 면목 없음을 털어놓았다.

"아니, 그 무슨 말이오?"

"신첩이 미천한 궁인으로 들어와 황공하게도 세자빈의 자리에까지 올라왔사옵니다. 이런 대은을 입고도 원자를 낳지 못하니 말씀이옵니다."

"그야 아직 두고 볼 일이지, 벌써 못 낳는다 할 수는 없는 일 아니오? 누가 뭐라 합디까?"

"그런 건 아니옵니다만 신첩은 영 자신이 없사옵니다. 신첩 하나만 믿고 계시는 마마께 너무 뵐 낯이 없어 견딜 수가 없사옵니다."

"허어, 뵐 낯이 없어 견딜 수가 없다……?"

"예. 그러니 황공하오나 신첩을 도로 후궁으로 내려주시고 새 세자빈을 맞아들이고 또……."

"아니, 허 참, 빈의 머리가 어찌 된 거 아니오? 세자빈의 자리가 뭐 아이들 소꿉장난하는 사금파리인 줄 아시오? 올려놓았다 내려놓았다 하게……."

"하오면 제발 후궁이라도 몇 사람 두시옵소서."

"허어, 점점 더……."

"궁중을 일컬어 꽃밭이라 하옵니다. 궁중의 하 많은 꽃을 두고 마마께서는 어찌 한 꽃만 보시옵니까? 싫증도 나시지 않사옵니까?"

"아니, 여보. 오늘은 왜 이러시오?"

"어디서든 어서 원손이 태어나야 할 게 아니옵니까? 그러면 지금 몹시 기다리시는 부모님께 얼마나 큰 효도가 되겠사옵니까?"

"가만, 빈도 혹시 지난번 폐빈 봉씨처럼 나를 박대하려는 것 아니오?"

"아이고머니나. 어찌 그런 끔찍한 말씀을 하시옵니까? 신첩은 다만 마마의 사랑을 혼자 독차지하고 있으면서도 원자를 안겨드리지 못하니 황송해서 그러는 게 아니옵니까? 사실 불안하고 답답하기 이를 데 없사옵니다. 신첩도 여자이온데 시앗 보기 좋아서 그러겠사옵니까?"

"아하하하. 빈의 심정은 잘 알겠소. 허나 염려 마시오. 나는 내 뒤를 이을 원자를 반드시 당신에게서 얻을 것이오."

이렇듯 세자는 세자빈 권씨 하나만을 애지중지하며 다른 여인들은 거들떠보지도 않았다.

이러한 판국에 그 세자빈 권씨가 그것도 4년 만에 잉태를 했으니 궁중이 온통 뒤집어질 만한 경사가 아닐 수 없었다. 세자의 기쁨 또한 이루 다 말할 수 없이 컸다.

"여보, 빈. 이번에는 내 장담하겠소. 아들이 틀림없소."

"어떻게 아들이라 장담하십니까?"

"틀림없으니 두고 보시오. 아들도 아들이려니와 보통 아들이 아닐 것이오."

"어찌 그리 자신만만하시옵니까?"

"내가 꿈에 해를 보았다 이거 아닙니까? 태몽이 틀림없다 생각되어 그날부터 발설하지 않고 기다렸던 거요. 잉태 소식을 기다렸단 말이오. 꿈에 해를 보면 아들이요 달을 보면 딸이라 했으니 아들이 틀림없지 않소. 더구나 해를 보고 낳은 아들은 큰 인물이 된다 했소. 그러니 이번의 아들은 내 뒤를 이어 대통을 계승할 임금이 될 것이니 이치가 딱 들어맞지 않소?"

"그렇게만 되면 더 바랄 것이 없겠습니다만 신첩으로서는 영 자신이 없사옵니다."

"왜 그렇소?"

"첫딸을 낳으면 내리 셋을 낳는다 했으니 이번에도 딸이 아니옵니까? 세 번째 잉태이니 말입니다."

"그런 말도 있으나 이번은 아들이 틀림없소. 태몽으로 보아 아들인데 무슨 딴 소리가 소용되겠소? 그러고 참, 허리가 시리고 뻐근하지요?"

"아니, 어찌 그런 걸 다 아십니까?"

"여자가 잉태해서 아이를 가지면 허리가 시리고 뻐근한 것 아니오? 나도 그쯤은 알고 있소. 자. 이리 가만히 엎드리시오. 내가 주물러주겠소."

"에구머니나. 싫사옵니다."

"싫다니요? 내가 허리 아플 때는 늘 빈이 심지어 밤을 새워가면서까지 주물러주지 않았소? 그러니 이럴 때 나도 보답을 좀 해야겠소. 자. 어서 엎드리시오."

"호호호. 고맙긴 하오나 싫사옵니다."

빈의 잉태 소식을 들은 후로 세자는 낮에도 틈만 나면 동궁 자선당資善堂에 들르곤 했다.

임금은 세자빈의 잉태 소식을 듣자 가슴이 설레기 시작했다. 바로 며느리를 보고 싶었지만 여러 정사 때문에 마음만 바쁘다가 보름도 더 지나서야 겨우 틈을 내 내전을 찾을 수 있었다.

"마마, 오늘은 어찌 이리도 일찍 내전에 드시옵니까?"

왕비가 자못 놀라는 기색이었다.

"사실은 전부터 세자빈을 불러보고 싶었는데 오늘에야 틈이 났소. 어서 며느리를 좀 불러주시오."

"예, 마마."

이윽고 동궁빈 권씨가 불려왔다. 임금 내외는 퍽이나 자애로운 눈빛으로 그윽이 내려다보았다.

"어디 불편한 데는 없느냐?"

"예, 없사옵니다. 아바마마."

"네가 다시 태기가 있다 하니 아바마마께서는 매우 대견하게 여기시고 계신다. 무엇이든 물으시면 주저하지 말고 소상하게 여쭈어라. 작은 일 하나라도 다 들으시고자 하신다."

"성은이 망극하옵니다. 조석으로 전의청典醫廳 보약을 들고 있사오며 매일 약방 나인들이 들어와 진맥을 하옵니다. 소빈에게는 그저 지나친 광영이 있을 뿐이옵고 불편한 점은 조금도 없사옵니다."

"오오, 그러냐? 그래 세자는 자주 들리더냐?"

"예, 어마마마. 낮에도 틈이 있으면 들리곤 하옵니다."

"오라. 참 다행이로구나. 그래야지. 아내의 몸이야 남편이 아껴주는 게 제일이지."

"세자가 네게는 퍽이나 잘하는 편이지?"

"예. 어마마마. 너무나 잘해주는 것이 늘 송구하옵니다. 본디 미천한 분수에 너무도 큰 성은을 입은 소빈으로서는 몸 둘 바를 모를 지경이온데, 아뢰옵기 더욱 난감한 말씀이……."

"오냐, 아무 걱정 말고 말해보려무나."

"요즘에는 소빈이 몸을 가졌으니 허리가 아플 것이라며……."

"오, 그러면서……?"

"허리를 자꾸 주물러주려고 하여 소빈이 이를 사양하느라……."

"하하하. 거참 잘하는 일이로구나."

"호호호. 세자가 참 신통하지요, 마마?"

"그런가 보오. 중전."

"여자가 아이를 갖게 되면 몸이 무겁고 허리가 시큰거리는 것이옵니다. 그러니 세자가 제 아내의 허리를 주물러주는 것은 참으로 마땅한 일이옵니다."

"그 참 자상하기도 하구만……."

"하온데, 마마께서는 아들딸을 자그마치 열씩이나 낳도록 제 허리 한번 주물러주신 적이 있사옵니까?"

"어허, 그거참 미안하게 되었소. 나는 그런 일은 미처 생각지도 못했소그려. 세자가 제 아내에게 늘 데면스러운 줄만 알았는데, 사실은 그게 아니었구먼. 부처인연숙세래夫妻因緣宿世來라는 말처럼 그간 천생연분을 만나지 못해서 그랬던 모양이오."

"그런가 보옵니다. 아무튼 이번에 네가 또 수태했으니 고맙기 이를 데 없구나."

"황공하옵니다, 어마마마."

"이번에야말로 네가 원손을 낳아야 하느니라. 혹 무슨 탈이라도 생기면 안 되니 태아를 잘 기르도록 매사 조심조심해라."

"아뢰옵기 황공하오나 소빈이 워낙 미천한 출신인지라 배운 것이 없사옵니다. 태아에게 조금이라도 도움이 될까 해서 요즘에는 《효경》이며 《열녀전》 따위를 읽고 있사옵니다."

"저런, 기특한지고."

"틈틈이 맑은 하늘이며, 푸른 소나무며, 아름다운 국화꽃 등을 보며 심성을 가다듬고, 차분한 풍악을 들으며 정신을 가다듬고 있사옵니다."

"오호, 정녕 대견하구나."

"어느새 그리 마음을 쓰다니……. 아무렴 그래야지. 태아에게는 무엇보다도 그 어미의 마음가짐이 중요할 것이니라. 물론 아비의 정기를 타고 나는 것이지만 그 정기를 잘 기르는 어미의 성실함이 부족해서는 아니 될 것이야. 옛날 주나라 왕실에는 세 분의 훌륭한 현모양처들이 있었단다. 이 분들을 주실삼모周室三母라고 하는데, 첫째는 고공단보 古公亶父의 부인 태강太姜이요, 둘째는 계력季歷의 부인 태임太任이요, 마지막이 문왕文王의 부인 태사太姒였느니라. 이분들처럼 훌륭한 원자를 하나 쑤욱 낳아다오. 우리가 부모로서 이 일 말고 더 바랄 게 무에 있겠느냐?"

"황공하옵니다."

"그리고 출신 그런 게 무슨 계관係關인고? 너의 친정집이 한때 가난했었다는 것뿐이지 대대로 선비 집안이 아니더냐? 촉한蜀漢의 황제 유비 같은 분도 소싯적에는 돗자리를 짜서 생계를 꾸렸고, 우리 왕실의 선조이신 목조穆祖, 익조翼祖 할아버님께서도 함길도 붉은 섬에서 혈거穴居하신 적이 있었다. 너는 지금 당당히 이 나라의 금지옥엽인 세자빈인데, 지난날의 출신이 다 무슨 소용이 있겠느냐?"

임금 내외는 세자빈에게 미리 준비했던 많은 선물을 하사했다.

"어서 가서 좀 쉬도록 하여라."

"성은이 망극하옵니다."

세자빈 권씨가 동궁으로 돌아오자 세자가 내전에서 기다리고 있었다.

"웬 선물이 이리도 많소? 당신 아주 대복이 터졌소그려."

"예. 비단 열 필에, 다식, 유밀과, 과일 등을 이렇게 듬뿍듬뿍 내리셨습니다."

"그런데 이 맛있는 것을 나랑 함께 먹으라 하십디까, 아니면 세자빈 혼자 먹으라 하십디까?"

"호호호, 셋이 함께 먹어야지요. 어찌 둘만 먹겠사옵니까?"

"하하, 그렇구먼. 맞아, 셋이오."

이전 세자빈들과는 도대체 정이 없던 세자였다. 그런데 이 권씨 세자빈과는 이다지도 금슬이 좋았다. 과연 천생연분은 따로 있었다.

그해 1440년(세종 22) 12월이 되자 조정에서는 커다란 행사가 벌어졌다. 백두산 대호大虎 김종서의 개선을 축하하는 잔치였다.

지방관의 과만瓜滿(임기)은 2년을 넘지 못하게 되어 있었다. 그러나 김종서는 무려 만 7년 동안을 한곳 함길도의 지방관으로 근무했던 것이다. 이는 김종서가 아니고서는 함길도를 개척하여 나라의 든든한 울타리로 만들 수 없기 때문이었다.

그는 1433년(세종 15) 12월에 함길도 관찰사로 나갔다가 이듬해 3월부터는 함길도 병마도절제사兵馬都節制使가 되어 함길도 지역 야전군 총사령관을 겸임했었다.

무려 7년을 삭풍한설에 풍찬노숙을 마다치 않고, 개인한사個人恨事를 딛고, 악전고투를 감내하여, 마침내 사명 완수를 이룬다는 것은 아무나 할 수 있는 일이 아니었다. 그는 그만큼 충의에 투철하고 문무에 탁월한 흔치 않은 충신이었다.

임금은 섣달의 추위를 무릅쓰고 광화문까지 나가 그를 마중하는 환영연을 베풀었다. 임금은 땅바닥에 엎드린 김종서를 불러일으켜 두 손으로 그의 손을 붙들고 어루만졌다.

"이 손이 바로 육진을 개척한 손이구려. 이 손, 송피松皮처럼 거칠어진 경의 이 손이 함길도를 조선의 온전한 강토로 만들었소. 과연 백두산 맹호의 발과 같이 우람한 손이오."

"크흐……, 황공무지로소이다. 전하."

"참으로 장하오."

"황공, 황공하옵니다. 전하. 하해 같은 성은을 어찌 다 갚을 수 있겠사옵니까? 신 김종서, 불초 미력한 몸으로 수간뇌도지雖肝腦塗地라도 불능보이不能報而이올 뿐이옵니다."

"오오. 옛날 조자룡趙子龍이 장판교長坂橋 다리를 건너와 유비에게 한 말이 아니오? 단신으로 적진을 뚫고 아두阿斗를 살려냈을 때 말이오."

"그러하옵니다. 신이야 어찌 조자룡과 비교가 되겠사옵니까만, 삭풍 몰아치는 북변, 황량한 싸움터의 모진 고난도 다 녹아내리고, 오로지 하해 같은 성은만이 각골난망이옵니다."

임금은 여전히 김종서의 손을 놓지 않고 어루만지고 있었다.

"무엄 방자하구나, 김종서! 당장 어수를 놓고 엎드리지 못하겠는가?"

모두들 깜짝 놀라 쳐다보니 영의정 황희의 대갈일성이었다.

"환영의 자리이기에 웬만하면 그냥 넘기려 했으나 도저히 보아 넘길 수가 없구나. 승정원에 오래 있던 사람이 변방에 나가 장수 노릇 몇 년 했기로서니 이 어인 후안무치란 말인가? 근래 무관들의 버릇이 야릇하다더니 김종서도 무관이 되어서 그러한가? 더구나 그 망건편자의 꼴이 무언가? 사모를 똑바로 쓰지 못하는가?"

"황공하옵니다, 영상대감."

김종서는 얼른 손을 빼고 바닥에 꿇어앉았다. 그리고 사모와 망건을 고쳐 썼다. 그는 이 자리에 이르기 전 급히 융복을 벗고 조복으로 갈아입었었다. 그러다 보니 옷매무새가 흐트러진 모양이었다.

임금도 당황스러웠다.

"이보시오, 황정승."

"예, 전하."

"아니, 갑자기 이게 무슨 일이오? 삭풍한설의 변방에서 긴 세월의 분투 끝에 큰 공을 세우고 돌아온 사람에게 어찌 그리 각박하시오? 내가 오히려 면구스럽소."

"아니옵니다, 전하. 전하께서는 조금도 달리 여기시지 마시옵소서. 날씨가 매우 차갑사옵니다. 성상 용체에 감기라도 드시면 아니 되오니 어서 어주御酒나 드시옵소서."

백두산 대호 김종서에게도 이렇듯 무서운 사람이 있었다. 사실 그에게 형조판서를 제수해 도성으로 불러들이자고 건의한 사람도 황희였다. 게다가 남에게 큰소리치는 일이 거의 없는 황희였다. 자기 집 종의 자식이 수염을 잡아당겨도 '아야, 아야' 하며 끌려가 준다는 황희는, 그래서 별명이 호호야好好爺였다. 그런 그가 느닷없이 대갈일성에 무서운 꾸중을 퍼부으니 김종서는 물론 모인 사람들 모두, 그리고 임금마저도 놀라지 않을 수가 없었다. 임금은 사람 좋은 영상 황희가 별것도 아닌 일로 이렇듯 김종서에게 호된 질책을 가한 이유가 못내 궁금했다.

'아무래도 어떤 저의가 있음이야.'

며칠 후 경연의 자리에서였다.

그 일을 꺼낼 만한 계제가 되었을 때 임금이 황희에게 물었다.

"황정승."

"예, 전하."

"마침 생각이 나서 묻습니다만, 김종서는 어찌해서 그렇게 호되게 질책하는 것이오? 지금 이 나라에 장수로 보나 대신으로 보나 그만한 사람이 없는 것 같은데……."

"황공하옵니다, 전하. 그런데 옥돌은 쪼고 갈아야 빛을 낸다 하는 말이 있지 않습니까?"

"오라. 절차탁마라는 말이군요."

"그러하옵니다. 자르고 갈고 쪼고 닦아야 아름다운 제품이 되옵니다. 신의 나이 이제 일흔여덟이 되었기로……."

"허어. 어느새 그렇게 되었소이다."

"맹사성孟思誠은 재작년에, 허조許稠는 작년에 이미 고인이 되었습니다. 황각黃閣을 채웠던 사람들이 다 떠났습니다. 최윤덕의 나이도 벌써 예순다섯이옵니다."

"어느새 그리되었습니다."

"불초한 신이 이 자리를 지키면 이제 얼마나 더 지키겠사옵니까? 불초한 신이나마 떠나고 나면 그 뒤 이 자리를 누가 지키겠습니까?"

"음……."

"미거未擧한 신의 뒤를 이어 백관의 우두머리인 정승으로 쓰셔야 할 사람이 바로 김종서이옵니다. 그 김종서라는 옥돌을 지금 나이 먹은 신이 쪼고 갈아서 제대로 된 그릇을 만들어놓지 않으면 뒤에 누가 있어 그 일을 감당하겠사옵니까?"

"오, 과연……. 참으로 고맙소, 황정승. 경의 그런 깊은 뜻을 미처 몰라보았소그려. 고……, 고맙소, 황정승."

임금은 눈시울이 뜨거워지고 목이 메었다.

이 일의 소문은 금방 김종서의 귀에 들어갔다. 김종서는 사랑방 문을 닫아걸었다. 그리고 대궐 황각 쪽을 향해서 무릎을 꿇고 앉았다.

'영상대감, 백골난망이옵니다. 더욱 분골쇄신할 것이옵니다.'

눈물이 쏟아졌다. 그는 앉아서 하염없이 울었다. 너무나 벅찬 감격으로 복받쳐 오르는 통곡을 어찌할 수가 없었다.

이듬해 봄이 되면서 왕비 심씨는 불현듯 떠오르는 사람이 있었다. 떠오르자 보고 싶은 생각이 왈칵 간절해졌다.

'어느새 일 년이 넘었어. 그런데 감감무소식이라니……. 도대체 죽었는지 살았는지…….'

안상궁을 쫓아낸 이후 그 일조차 까맣게 잊고 있었던 왕비는 갑자기 생각이 나자 또한 몹시 후회스러웠다.

'나를 그만큼 충심으로 받들었는데 내쫓았으니…….'

어느 날 밤, 임금이 내전에 들자 왕비는 대뜸 안상궁 이야기부터 꺼냈다.

"마마. 작년에 안상궁을 쫓아낸 일이 있었지 않사옵니까? 그 뒤 무슨 소식이 없사옵니까? 혹 마마께서는……."

"아, 그 제조상궁 말이오? 허, 그 안상궁을 내가 어디다 감추어두기라도 한 줄 아시는 게요?"

"황공하옵니다, 마마. 도대체 소식이 없으니 답답해서……. 그때는 신첩이 제정신이 아니었나 보옵니다. 그저 비명에 가신 친정아버님 생각 때문에 그만 신첩이 잘못을 저질렀나 보옵니다."

"그래서요? 이제 그 일이 뉘우쳐진다 그 말이오?"

"예. 몹시 보고 싶사옵니다. 지난밤 꿈에도 그 훤칠한 모습으로 제 곁에 서 있었사옵니다."

"허허, 그럴 것을 왜 내쫓았소? 뭐, 둘 중 하나를 선택하라고 내게

들이대기까지 하지 않았소?"

"황공하옵니다. 이제 잘못을 반성하고 있사옵니다. 안상궁을 다시 옆에 두고 싶사온데 어찌하면 좋을지……."

"아, 그거야 중전 생각대로 하시오. 바로 내일이라도 영을 내려 안상궁을 찾아 대궐로 데려오라 하면 될 게 아니오? 어딘가에 멀쩡하게 살아 있을 것이니 찾으면 곧 나타날 것이오."

그러나 떠들어댈 일은 아니었다. 왕비는 다음 날 바로 안상궁을 찾아오도록, 그러나 조용히 사람들을 내보냈다. 그녀의 본향인 공주 고을에도 사람을 보냈고, 삼개나루 건너 일대에도 사람을 보냈다. 하지만 며칠이 지나고 달포가 지나도 감감무소식이었다.

그건 그럴 수밖에 없었다. 애초에 진양대군에게 안상궁을 맡기며 세자가 부탁한 게 있었기 때문이다.

"어마마마께서 찾으실 때까지는 누구도 안상궁의 행방을 알아서는 아니 되니 단속을 단단히 하게. 우리가 안상궁을 감춰두는 것은 어마마마의 명을 거역하는 일이 아닌가?"

세자는 중전이 언젠가는 안상궁을 다시 찾을 것이라고 애초에 짐작하고 있었다.

8

온천행

이듬해인 1441년(세종 23)이 되자 임금의 나이는 45세가 되었다. 나이로만 보면 아직 짱짱한 장년이지만 임금은 벌써 여러 가지 병증으로 몸이 편치 않을 때가 많았다. 우선 일찍부터 소갈병(당뇨병)과 각기병 그리고 피부병 등으로 불편했는데, 근자에는 안질이 또 크나큰 불편이 되었다.

일찍부터 하루 네 끼마다 주로 고기반찬으로 수라를 들면서 사냥이나 활쏘기 같은 운동은 전혀 하지 않으니 수명을 갉아먹는 여러 가지 만성질환이 떠나지 않았다.

게다가 유독 책을 많이 보는 까닭에 눈이 나빠졌는데, 더구나 일생일대의 대소원이요 천만세의 대소명이라던, 임금 자신이 확신하고 있는 고유문자 창제에 대한 집착 때문에 더 많은 문서를 읽다 보니 안질이 더 심해진 것이었다.

"어마마마. 아바마마께서 눈이 저토록 벌겋게 충혈이 되셨는데도 서책을 놓으시지 않사오니 큰 걱정이옵니다."

세자의 말이었다.

"안질에는 온정溫井만큼 효험 좋은 곳이 없다 해서 한번 행차하시도록 몇 번 말씀 올렸으나 그저 불윤不允이시니 답답하구나."

"소자에게 좋은 수가 있사온데……."

"좋은 수가……?"

"예. 아바마마께서는 영상(황희)의 말씀은 늘 가납嘉納하시는 편이오니 제가 영상을 한번 찾아뵐까 합니다."

"오. 과연……."

"그리고 최만리 부제학에게도 당부해보겠습니다."

"그렇구나. 그 고집이 또한 소용이 되겠구나."

왕비 심씨와 세자 향珦이 안팎으로 공작을 편 결과 드디어 온천행이 결정되었다. 행선지는 충청도 온수현溫水縣이었다.

왕비 및 세자와 함께 50여 명의 문무관원만 호종扈從하는 아주 간소한 행차로 행하라는 어명이 있었다. 시기는 농사철이 아닌 3월로 정하고, 백성들에게는 왕이 행차한다는 사실을 일절 알리지 말라 했다.

행차는 3월 17일 도성을 떠났다. 그러나 왕의 행차라는 이 큰 사건이 비밀로 지켜질 수는 없었다. 누가 시키지도 않았는데 연도의 백성들은 요란스러웠다.

"다들 나오시오. 지금 나와야 되오."

어찌 알았는지 누군가 앞장서 설치고 다녔다.

"무슨 일이오?"

"왜 그러시오?"

"우리 나라님이 말이요, 우리 백성들의 눈을 뜨게 하시려고 갖은 고생을 다하시다가 눈병이 생기셔서 어려움이 크시다 하오."

"그래서 온정에 가시는데 행여 백성들에게 폐를 끼칠까봐 행차를 숨기시고 가시는 길이라오."

"숨기고……?"

"그렇지만 우리가 그걸 알면서 어찌 멀뚱멀뚱 앉아만 있을 수가 있소?"

"암, 암. 길을 치우고 행차를 모셔야지……."

"맞소. 이런 때 방구석에 들어박혀 나오지 않는 자는 오랑캐 종자가 아니겠소?"

임금의 행차는 대개 그 행렬이 적어도 10리는 이어졌다. 그러나 이번 행차는 이전과는 달리 아주 간소해서 어느 정승의 행차인가 싶을 정도에 지나지 않았다. 게다가 임금이 연輦을 타지 않고 말 한 마리가 이끄는 간단한 수레인 초거軺車를 타고 갔기에 행렬은 더욱 조촐했다. 그런데도 연도에는 백성들이 줄을 잇고 끝없이 나와 부복俯伏하고 있었다. 임금은 놀라지 않을 수 없었다.

"아니. 백성들이 저렇게 운집해 있으니, 어찌 된 일인고? 알리지 말라 일렀거늘, 그 말을 어겼단 말인가?"

"발 없는 말이 천 리 간다 하였습니다. 백성들인들 눈치가 없겠사옵니까?"

중전 심씨는 오히려 당연하다는 듯 차분했다.

"그러면 알리지 않았는데도 이렇게 모여들었단 말이오?"

"물론이지요. 《시경》에도 '경시영대經始靈臺(영대를 지으려)하니 서민자래庶民子來(백성들이 자식처럼 달려온다)라' 하지 않았사옵니까? 알리지 않았어도 백성들이 스스로 달려온 것이지요."

"아니. 이제 보니 중전이 《시경》을 줄줄 외시고……, 허어, 학자가 다 되셨구려."

"호호호……. 당구삼년堂狗三年에 폐풍월吠風月입지요. 하도 호학하시는 군왕의 아내 노릇을 하다 보니……. 호호."

"하하하. 아무튼 이렇게 나오니 참 좋구려. 훤히 터진 들판을 보니 가슴이 시원상쾌해집니다."

"그렇습지요. 사시사철을 대궐 안, 도성 안에서만 지내시다 나오셨는데요……."

온수현 가까이에 이르자 백성들이 아예 인산인해를 이루고 있었다. 임금은 어가행렬을 잠시 멈추라 했다. 그러자 온수현의 현감이 황급히 나와 임금 앞에 부복했다.

"백성들에게 폐가 될까봐 행차를 알리지 말라 했는데 어찌해서 소문이 났는고? 길을 고치고 황토 흙을 깔고 이렇게 백성들이 수고를 하니, 과인이 신병 치료차 요양하러 다니는 처지에 몹시 민망하구려."

임금은 현감을 일편 나무라고 있었다.

"황공하옵니다, 전하. 하오나 소신이 일절 발설한 바가 없사온데 백성들이 어찌 알았는지 스스로 나와 길도 닦고 새 흙도 깔았사옵니다. 통촉하시옵소서."

"마마. 정말 서민자래 아니옵니까?"

"과연 그렇소. 중전."

임금은 이 백성들에게 고마움의 말 한마디 아니할 수가 없었다.

"보잘것없고 덕 없는 이 국왕을 위하여 이같이 따뜻한 정을 베풀어 주시니 그 마음들이 참으로 고맙소. 앞으로는 이 고을의 이름을 온양溫陽이라 하고 현에서 군으로 승격시켜 온양군으로 고칠까 하오. 절차를 밟아 확정토록 지시하겠소."

다음 해 실제로 온수현은 온양군으로 승격되었고, 그로부터 종6품의 현감이 아니라 종4품의 군수가 부임하게 되었다.

"그리고 우선 세자로 하여금 그 고마움에 대한 작은 정표라도 표시케 하고자 하니 누구 하나 앞으로 나오도록 하시오."

모인 백성들이 한참이나 웅성거리더니 허리가 굽은 백발노인 한 사람이 어가 앞에 나와 부복했다.

"마마, 노인의 허리가 활처럼 휘었습니다."

왕비가 자못 놀라워했다.

"허어, 머리도 순백이오. 거기 노인장은 금년 나이가 몇이오?"

"황공하옵니다. 천한 나이 일백여섯 살이옵니다. 그저 오래 산 덕분에 용안을 뵈올 수 있는가 삼가 아뢰옵니다."

"허어, 일백여섯 살이라……. 이 땅은 물이 좋고 인심이 순후하여 백 살이 넘도록 장수하는 모양이오. 앞으로도 백성들은 나라에 충성하고 부모에 효도하며 이웃과 잘 지내어 미풍양속을 더욱 빛내도록 하시오."

"황공하여이다."

"세자는 들으라."

"예, 부왕전하."

"세자는 저 노인에게 더 오래 장수하시도록 사향소합원麝香蘇合元 다섯 알과 비단 열 필을 하사토록 하라. 세자 네가 여기 온 기념이 되기도 할 것이니라."

"노인장은 들으시오."

"예, 세자마마."

"부왕의 어명 모시어 기념품을 내리는 바이오. 전 80 후 80의 강태공처럼 오래오래 장수를 누리시며 나라에 충성토록 하시오."

"성은이 망극하옵니다."

노인을 돌려보내고 온수현에 이르러 행궁을 정하자 임금은 타고 온 초거軺車의 뒤를 따르던 수레의 기록관을 불렀다.

"여기 도착하기까지의 거리를 다 기록했겠지? 여기까지 얼마가 나왔느냐?"

기록관이 장부를 보며 대답했다.

"예, 전하. 온수현까지의 거리는 2백 하고 51리로 나왔사옵니다."

기록관의 말에 주변에 있던 자들이 수군거렸다.

"251리로 나왔다고……?"

"아니. 어떻게 몇 리라는 것을 그리 자세히 알지?"

호종하던 문무관원들은 물론이요 백성들도 놀라 혀를 내둘렀다. 이번 임금의 행차에는 또 하나 특기할 일이 있었으니, 그것은 기리고차記里鼓車와 목인자격고木人自擊鼓라는 것이었다. 기리고차는 역시 한 마리의 말이 이끄는 간소한 수레인데, 수레바퀴에 몇 개의 치륜齒輪(톱니바퀴)을 연결하고 그 수레가 1리를 갈 때마다 치륜에 연결된 목인木人(나무 인형)이 자동적으로 북을 치게 했다. 이 북을 목인자격고木人自擊鼓라 불렀다.

목인이 북을 치면 그때마다 기록관이 1리, 2리, 그렇게 기록해서 어디까지의 거리가 얼마인가를 정확히 알 수가 있었다. 이 기리고차와 목인자격고는 임금이 손수 창안하여 만들도록 지시한 것이었다.

임금이 251리나 되는 먼 곳의 온정에 온 뜻은 불문가지였다. 그러나 요양에 전념해야 할 임금은 여기서도 요양은 건성이요 문자 창제 연구에 몰두해버리는 것이었다.

성삼문, 신숙주 등의 집현전 학사들을 데리고 왔음은 물론이요, 모든 다른 정무는 의정부 정승들에게 맡겼음에도 이 언문 연구에 관한 자료와 문적들은 한 가지도 빠뜨리지 않고 다 싸들고 와서 여기서도 초장부터 벌여놓는 것이 아닌가? 왕비 심씨가 깜짝 놀라 뛰어왔다.

"마마. 이게 도대체 웬일이십니까? 이러시면 아니 되시옵니다."

"허, 이건 그저……."

"모든 정사는 일절 폐하시고 환우만을 요양하시고자 거둥擧動하신 행차이십니다. 이곳에서라도 모든 일을 놓으시고 쉬셔야 하는데 그 언문 연구에만 그냥 골몰하시니, 그 언문이 용체보다 더 소중하시옵니까?"

"암, 더 소중하지요. 이 몸이야 이제 늙으면 죽어 없어지겠지만 이 언문이야 영원히 남아 우리 백성들이 길이길이 쓸 게 아니겠소? 그러니 내 몸보다 훨씬 더 소중한 것이지요."

"헉!"

"중전. 허나 너무 걱정 마시오. 나야 책을 보든지 뭘 연구하든지 해야지 멍하고 있으면 오히려 병증만 생기는 사람이오. 지금껏 함께 살아온 사람이 그걸 몰라서 이러시오?"

"마마. 그렇긴 하오나 여기까지 오셨으니 환우가 쾌유되실 때까지만 제발 책을 잡지 마시옵소서."

"알겠소. 나를 정말로 염려해주는 사람이 중전 말고 또 누가 있겠소? 내 중전의 마음을 어찌 모르겠소? 하지만 나는 사실 아무것도 하지 않고 우두커니 있으면 오히려 잔병이 더 붙는단 말이오. 내 병치레가 언문 연구 때문에 생긴 것은 아니니니 너무 염려 마시오, 제발."

하는 수 없었다. 중전은 조용히 물러 나왔다.

임금이 중전과 세자를 대동하고 대궐을 떠날 때, 세자빈도 없는 내전을 그냥 비워둘 수가 없었다.

"기강이 풀어질 수 있으니 대군 중에 누구 하나 들어와 있도록 해야겠소. 진양이 들어와 지키는 게 어떻겠소?"

임금이 중전의 의견을 물었다.

"글쎄요. 순서로 봐서는 진양이 지키는 게 마땅하기는 한데……. 그 성깔머리가 아무래도 걸리옵니다."

"하긴……. 여자들만 있고 무서운 사람은 없으니……."

"안평安平이나 임영臨瀛 중에서 고르시지요."

"임영에게 맡겨봅시다. 그 걸걸한 성품으로 잘 지켜낼 것이오."

그래서 임금 내외는 스물두 살의 넷째아들 임영대군을 믿고 그를 불러 부재 중 궁궐을 지키도록 했다.

임금 내외와 세자가 대궐을 비웠고 세자빈은 자리가 비어 있으니 어른이라고는 임금의 후궁들과 상궁 김씨 정도였다. 궁중은 그야말로 호랑이 없는 산중인 셈이었다. 의정부에는 정승들이 있었으나 이는 궁중과는 상관이 없었다.

"모여라. 다들 모여라."

"왜요, 대군마마?"

"모이면 좋은 수가 있느니라."

"무슨 좋은 일이옵니까?"

"좋은 일이 있다마다. 아바마마, 어마마마도 아니 계시고, 세자 형님도 아니 계시고……, 그러니 이 궁중이 전부 이제 내 차지인 것이야. 더구나 나는 이 나라의 멋쟁이인 임영대군이니라. 다들 모여라. 오늘 저녁 상품은 금관자金貫子, 순금으로 만든 금관자니라."

평소라면 궁에 들어와 큰기침 한번 해볼 수 없는 처지였다. 그러기에 거칠 것 없는 지금 더욱 큰소리를 쳐보는 것이었다.

"엥? 그 금관자 저를 주시와요."

"제가 씨원하게 주물러 드릴게요 잉. 저를 주세요."

평소에는 기강이 시퍼렇게 잡혀 쪽도 못 쓰던 궁녀들이 또한 기가 살아나 들썩거렸다.

"가만, 그게 아니다. 너희들은 잠깐 비켜나 있다가 내가 부르거든 다시 오고……. 을동乙童이 게 있느냐?"

임영대군은 궁으로 들어오면서 장안의 명기라는 금강매錦江梅를 데리고 들어와 소실 노릇을 하게 만들고 며칠 동안 밤낮을 붙어 지냈다. 그러다 갑자기 딴 생각이 난 모양이었다.

"예, 마마. 부르셨습니까?"

내시 박을동이 대령했다.

"내 전에 보아둔 중전 시비가 있는데……, 네 재주를 좀 보자꾸나."

눈치로 사는 박을동이었다.

"헤헤, 혹시 거 금지今枝가 아닌지요?"

"그래, 맞다. 너 당장 가서 데려올 수 있느냐?"

"날름 데려다 바칩지요, 헤헤."

"고게 수이 따라올까?"

"소인을 꽉 믿으시옵소서. 이 박을동이 꼬이는 데야 제까짓 게 안 따라올 리가 없습지요."

"하하. 어디 그럼 네 재주 한번 보자. 어서 냉큼 가서 꼬여 오너라. 지체 말구……. 네 헛소리 했다가는 그대로 물고가 나리라."

"아따, 그 염려 푹 놓으십시오. 냉큼 데려다 마마 앞에 대령합지요."

내관 박을동이 무슨 수를 썼는지는 모르지만 잠시 후 과연 중전 시비 금지가 제 발로 걸어와 임영대군에게 인사를 올렸다.

"대군마마. 중전 시비 금지 소명 받자와 여기 대령이옵니다."

"오, 이리 들어오너라. 여기 바짝 다가앉아라."

"예……."

"거 내 눈이 틀림없지. 이렇게 예쁜 계집을 놓칠 리가 없지. 자, 이리 내 옆으로 와 앉아라."

"으……."

"이것저것 예절 같은 것 따질 것 없다. 그저 편한 대로 놀면 되느니라. 자 자."

"에구머니나!"

"하나도 놀랄 것 없다. 내가 너를 진작부터 보아두었느니라."

“하오나 마마. 중전마마께서 나중에라도 아시면 쇤네는 어찌합니까? 무서워요.”

“걱정할 것 하나도 없다. 내가 다 알아서 할 것이니라. 자, 어서 이리로…….”

중전 시비 금지는 그날부터 며칠을 꼼짝 못하고 시달림을 당해야 했다. 임영대군은 그 며칠 금지의 속살을 밝히느라 밤낮을 가리지 않았다. 그러고는 아무런 포상도 언약도 없이 금방 내쫓고는 또 다른 계집을 불러들였다.

그렇게 연속 여러 궁녀들을 데려다 놓고 수욕獸慾의 광분으로 세월을 보내니 대궐 안팎의 소문인들 어찌 잠잠할 수 있었으랴.

임금 일행은 온수현 온정에 행차한 지 한 달 반 좀 지나 단오절에 귀경 환궁했다.

“역시 내 집 내 궁궐이 제일이옵니다.”

궁에 돌아와 편해진 마음을 중전이 임금에게 전했다.

“그렇지요. 그러기에 호마의북풍胡馬依北風이요 월조소남지越鳥巢南枝라, 북쪽에서 온 호마는 북풍을 맞으며 서 있고 남쪽이 고향인 월조는 남쪽 가지에 둥지를 튼다고 하지 않았겠소.”

“정말 그럴듯하옵니다.”

“자, 나는 편전에 나가보겠소. 정승들이 기다리고 있소.”

임금이 외전으로 나가자 중전은 김상궁을 가까이 들라 했다. 안상궁이 부재중인 동안 중전을 주로 시측하는 상궁이었다.

“별고 없었느냐?”

"그……. 둘째왕자 진양대군께서 사실은 불만이 대단하였사옵니다."
"아니, 진양대군이?"
"예. 양위마마에 세자마마까지 모두 궁을 비우시는데 어찌해서 그 다음 서열 첫째인 자신을 건너뛰어 넷째왕자인 임영대군에게 궁중을 지키라 했느냐고요."
"허허, 저런……. 제 주제도 모르는 위인 같으니라고. 제 행실이 오죽했으면 아우한테 맡겼을까? 반성도 할 줄 모르니……."
"그리고 저……."
"또 뭐냐?"
"저어……."
"아니, 뭐가 또 터졌단 말이냐? 사실대로, 있는 그대로 말하는 게 충신이니라. 어서 있는 대로 말하라."
"여쭙기가 너무 황공하온 일이라서……."
"괜찮다. 어서 말하라."
"임영대군께서……, 그동안……, 실덕失德하신 일이 너무 커서……."
"자세히 말해보라."
"저, 장안 기생 금강매를 데려와 소실로 삼았고, 또한 중전 시비 금지를 데려와 수청 들게 하였으며……."
"뭐, 금지를?"
"또한 인수부仁壽府 비자婢子 등등 열 명도 넘게 데려와 그렇게……."
"아이고, 이런 천하에 못된 작자가 있나? 그야말로 진양보다 한술 더 뜨는 작자로세. 부모와 형이 없는 동안 정신 차려 궁을 지켜야 할 처지에 술과 계집으로 허랑방탕이라니……. 게다가 지밀의 궁인을 겁탈하고……. 그럴 수가 있단 말이냐?"

"황공하옵니다, 중전마마."

"너희들은 도대체 무얼 했기에 사태가 그 지경이 되었단 말이냐?"

"죽여주시옵소서, 중전마마."

"사실 너희들이야 맥도 못 추었겠지. 그 덩치마저 우람한 위인을 무슨 수로 막았겠느냐? 그런 위인에게 궁을 맡기고 간 내가 잘못한 게지. 측수심 매인심測水心 昧人心(물속 깊이는 알아도 사람 마음속은 모른다)이라더니……."

"황공하옵니다, 마마."

"가지 많은 나무에 바람 잘 날 없단 말이 내게 딱 맞는구나. 자식을 여럿 둔 덕에 별일이 다 생기니 말이다. 양녕 백부님의 일이며, 제 형 진양이 받는 지탄을 모를 리 없을 터인데, 어찌 감히 이럴 수가 있는고?"

한편 외전에서도 임금이 그동안의 보고를 받는 중에 자연히 임영대군의 비행 사건이 또한 거론되었다.

"아니, 황정승. 넷째 임영이 궁녀를 겁탈했다구요?"

"황공하옵니다. 감히 보고할 수 없는 일이오나 왕실의 존엄을 생각지 않을 수 없사와 감히 여쭙는 것입니다. 전하께서 신칙申飭하시와 백성들의 오해가 없도록 조치하시옵소서."

"이거 황정승 볼 면목이 없소이다. 나라 안이 겨우 평온을 찾는가 했더니 이제는 왕자 놈들이 기강을 무너뜨리다니……."

"황공하옵니다, 전하."

"여봐라. 무감들 어디 있느냐?"

"예, 전하. 여기 시측侍側 대령해 있사옵니다."

"너희들은 즉시 가서 임영대군을 잡아 와 계하에 꿀리도록 하라. 그 놈의 발명發明은 일절 들을 필요가 없느니라."

"예이."

평소 온화 신중하던 성품과는 달리 임금은 몹시 화가 나 있었다.

"고이얀 놈 같으니라고……."

얼마 있지 않아 임영대군이 무감들에 끌려왔다.

"이 못된 놈. 당장 꿇어앉지 못하느냐?"

"예, 아바마마."

임영대군은 즉시 꿇어앉기는 했으나 기색은 뻔뻔하고 태도는 당당했다.

"이 불효막심한 놈아. 아비가 신병이 겹치고 눈병까지 생겨 잠시 요양을 가노라 궁궐을 비웠거늘, 너는 부모와 형이 잠시 출타한 것을 기화로 네가 궁의 주인인 것처럼 버티고 앉아서 술과 계집으로 허랑방탕했다니, 네놈이야말로 천하에 패륜무도한 놈이 아니고 무엇이냐?"

임금은 화가 치밀어 부들부들 떨기까지 했다.

"잘못했사옵니다. 용서하시옵소서. 내시 박을동이란 놈이 요사를 떠는 바람에 그만……."

"뭐라? 내시 박을동 때문이라고? 너는 가만있는데 을동이가 기생 금강매를 데려오고 중전 시비며 궁녀들을 데려다주었단 말이냐?"

"예, 아바마마."

"이런 뻔뻔하고 치사한 놈."

"……."

"제 잘못을 한낱 내시에게 떠넘기며 변명하다니……. 저런 졸장부가 어디 또 있겠느냐?"

"황공하옵니다, 아바마마. 그만 꼬임에 넘어가서……."

"그래도 변명을 해? 집어치워라 이놈! 천하에 못난 소인배 같으니라고……."

"아니옵니다. 꼬임에 그만……. 죽을죄를 지었습니다, 아바마마. 엉엉……."

부왕으로부터 이렇게까지 호되게 야단맞을 줄은 몰랐는지 임영은 소리 내어 울기 시작했다.

"사내자식이 울기는 또……. 천하에 못난 놈이로구나."

임영대군이 끝내 변명을 하며 하찮은 내시에게 떠넘기려 하고 억울하다는 듯 울기까지 하자 임금은 더욱 속이 상하고 울화가 치밀었다.

"너도 알고 있을 터, 후목朽木은 불가조야不可彫也요 분토지장糞土之墻은 불가오야不可杇也라 했으니, 썩은 나무는 조각할 수 없고 썩은 흙담장은 흙손질을 할 수 없다는 말이다. 공자께서는 낮잠 자는 제자에게도 이같이 말씀하셨다. 낮잠 자는 잘못과는 비교도 안 되는 잘못을 저질러놓고도 너는 변명을 늘어놓으며 치사하게 살아남기를 바란단 말이냐?"

"아니옵니다, 아바마마."

"치워라, 이놈."

"살려주십시오, 아바마마."

"듣기 싫다. 무감들은 듣거라."

"예이."

"아바마마, 잘못했습니다."

"치워라, 이 못난 놈."

아무래도 큰 거조擧措가 날 것 같았다. 이 사태를 지켜보던 집현전 부제학 최만리가 다급히 끼어들었다.

"전하, 한 말씀드리고자 하옵니다."

"무슨 말이오?"

"무감을 부르시다니……, 왕자님을 지금 어찌하시려 하옵니까? 의금부에 가두고 치죄하시려 하옵니까?"

"나는 일찍이 세자빈을 둘이나 내쫓아 죽게 한 일이 있소. 내 자식이라 해서 두호斗護할 수는 없는 일이오. 선왕께서는 과인의 형님이 방탕하다 하여 폐세자하시고 도성에서 내쫓기까지 하셨소. 세자의 처지로서도 그러했거늘, 오늘 저런 자식에게 무슨 사정을 두겠소."

"하오나 전하, 천륜 이상 지중한 것이 없사온데, 아드님을 어찌 극형으로 다스리려 하시옵니까? 그리하여 더욱 신하들을 놀라게 하시옵니까?"

"신하들을 놀라게 하다니, 그건 또 무슨 소린고? 내 자식을 내가 벌주는데 그대가 어찌 간섭을 하는고?"

"물론 왕자님은 전하의 아드님이십니다만 벌을 주실 때에는 이 나라의 법도를 따르셔야 하옵니다. 하옵고 일시적인 노기보다는 하늘 같은 인륜 도덕이 더 중한 것이옵니다."

"아니, 그래 최만리. 그러니까 저 불한당 같은 자식을 그대로 용서하란 말인고? 말이 되는 소리를 해야지……."

이때 황희가 조용히 임금을 불렀다.

"전하……."

"예, 황정승."

"신 삼가 한 말씀 올리옵니다. 최부제학의 주청이 옳은가 하옵니다."

"아니, 황정승."

"예, 전하."

"그래. 저 불한당 같은 놈을 내 자식이라 해서 살려주란 말이오?"

"그러잖으면 어찌하시겠습니까? 그리고 왕자님으로 말씀드리자면 한창 혈기왕성할 때에 자칫 그런 실수를 저지를 수도 있사옵니다. 그리고 또 남의 유부녀를 겁탈한 것도 아니온데……. 그저 근신을 명하시는 정도로 다스리시고 용서하심이 가하신가 하옵니다."

"그러하옵니다, 전하. 왕자님을 의금부에 가두는 것도 왕실의 체면상 있을 수 없는 일이옵니다. 전하, 통촉하시옵소서."

차마 죽음까지는 아니더라도 실로 무서운 벌을 받을 뻔했던 임영대군은 황희와 최만리의 간언 덕에 살아난 셈이었다.

임영대군은 고신告身만 삭탈 당한 채 폐서인廢庶人처럼 되어 그의 사저에 유폐되었다. 물론 임금 세종은 더 가혹한 벌을 가하고 싶었던 게 사실이었다.

정실의 아들만도 자그마치 여덟이었다. 이 울창한 숲속에 어질고 착하기만 한 세자가 있다는 게 임금은 늘 마음이 쓰였다. 심화가 너무 큰 탓이었는지 그날 밤 임금은 머리가 무겁고 신열이 났다.

온수현에까지 가서 치료하고 온 신병이 그새 다시 도졌는지 임금은 자리에 몸져눕고 말았다.

"마마. 너무 심려치 마시옵소서. 온정에까지 가서 치료하신 병환이 도지신 게 아니옵니까?"

속 끓이기는 마찬가지인 중전이 그러나 임금의 마음을 다독이려 했다.

“화가 치밀지 않을 수가 있소? 임영 그놈은 패륜아요, 불효막심한 놈이오.”

“황공하옵니다. 자식을 잘못 낳아 올린 신첩의 죄가 크옵니다.”

“자식이야 어디 중전 혼자 낳았소? 헌데 아무래도 뒷일이 염려스럽단 말이오.”

“뒷일이라 하오면……?”

“내가 멀쩡히 살아 있는데도 이 지경이니……, 앞으로 내가 죽고 나면 세자에게는 정실 아우만 일곱이나 되오. 후궁 자식들은 빼놓고도 말이오. 그 아우들 등쌀에 어질고 정 많은 세자가 어떻게 배겨낼지, 그게 걱정이 된단 말이오.”

“하오나 무슨 일이야 있겠습니까?”

“그야 알 수 없는 일이지만. 하여튼……. 아무래도…… 마음에 걸린단 말이오.”

“심려 마시고 우선 마마 옥체부터 돌보시옵소서.”

“…….”

어찌하랴. 마음을 가라앉히는 수밖에…….

임금의 병환은 그저 일상적인 시달림이었다. 안과 밖의 일에 결코 게으름을 피우지 않은 탓에 가끔 몸져눕기도 했으나 조금씩 나아지기도 해서 다행이었다.

9

원손 탄생

어느덧 장마철과 무더위가 지나자 궁에는 근래 없었던 크나큰 일이 닥치고 있었다. 동궁 세자빈의 산월産月이 다가오는 것이었다.

세자빈 권씨에게 산고 기미가 있다고 하자 왕비는 부리나케 임금에게로 달려갔다.

"전하, 세자빈의 산고가 시작되는가 하옵니다."

임금의 용안이 전에 없이 빛났다.

"오, 그래요? 알겠소. 바로 교지를 내리겠소. 중전이 잘 좀 돌봐주시오."

왕후는 들뜨려는 마음을 다독이며 돌아섰다.

세종은 동궁의 자선당에 산실청을 차리라는 교지를 내렸다. 예조참판 윤형尹炯을 산실청 제조提調로 임명했다. 산실청 개설의 명이 떨어지면 유관 기관의 관료들이 파견되어 산실 개설 전후에 산실 근처에서 번을 들며 밤낮으로 당직에 임했다.

소헌왕후는 상궁들을 데리고 다시 자선당으로 달려갔다.

"중전마마 납시오."

만삭의 몸으로 누워 있던 세자빈 권씨가 무거운 몸을 일으켜 밖으로 나왔다.

"내가 공연히 번거롭게 하나 보다. 어서 들어가 앉아라."

"어마마마께서 예까지 납시니 몸 둘 바를 모르겠사옵니다."

"이제 각별히 몸을 조심해야 하느니라."

"예. 각별히 조심하고 있사옵니다."

"전하께서는 물론이요, 모든 종친 그리고 모든 백성이 원손 낳기를 학수고대하고 있으니 반드시 큰 경사가 있을 것이야."

"황공하옵니다."

왕후는 다정하고 흐뭇한 눈으로 세자빈의 불룩한 배를 쳐다보며 가까이 다가왔다. 그리고 세자빈의 배를 살살 쓰다듬었다.

"떡두꺼비 같은 왕손을 하나 쑤욱 내놓아라."

"황공하옵니다, 어마마마."

"순산을 바라며 내가 준비한 것을 조금 가져왔다."

왕후가 손짓하자 상궁이 물건을 싼 보따리 여러 개를 들고 들어왔다.

"이것은 전하께서 특별히 명나라에 주문해서 가져온 탕약이다. 사흘에 한 번씩 오던 의녀와 시의가 이제부터는 매일 오도록 일러두었다."

"성은이 망극하옵니다."

"그리고 이것은 옷감이야. 가례 때는 따로 준비를 하겠지만 우선 소용되는 데 쓰도록 해라."

세자빈은 책봉된 지가 4년이 지났지만 아직 정식 가례는 올리지 못했다. 이전에 세자빈이 둘씩이나 폐빈이 되어 나갔기에 왕실에서는 조심조심 신중을 기하고 있었다.

다행히 권씨에게서는 그간 세자빈으로서 어떠한 흠결도 나타나지 않았다. 그리고 권씨는 이미 여아를 출산했고 이번에 또 출산을 앞두고 있었다. 이번의 출산이 끝나면 가례를 올리도록 이미 교지는 내려놓고 있었다.

소헌왕후는 보따리를 하나하나 풀어 보이며 일러주었다.

"이것은 명나라에서 가져온 직금織金이라는 것이다. 금실을 넣어 짠 비단이란다. 아기의 옷감으로 쓸 수도 있고 당의唐衣를 만드는 데 쓰기도 한다. 여자가 출산하고 나면 발이 따뜻해야 하니라. 이것은 금단金緞 한 필이다. 금사金絲를 넣어 두껍게 짠 비단이다. 신발을 만들어 신으면 좋을 게야."

"성은이 망극하옵니다. 기어코 아기씨를 순산하여 성은에 보답하겠사옵니다."

세자빈의 눈에서 뜨거운 눈물이 주르륵 흘렀다.

서운관에서 길일을 잡아 산실청 제조에게 통보했다. 산실청을 설치하는 날이 정해졌다.

"중전마마. 산실청 개설은 진시(오전 8시경)부터 시작하옵니다."

산실청 제조가 소헌왕후에게 보고했다.

산실청 설치는 정해진 절차에 따라 엄숙하게 시행되었다. 홀기를 든

집사가 들어와 홀기를 보고 목청을 돋우었다.

"방위도方位圖 부착!"

방위신을 맡은 관원이 들어와 부적을 사방 벽에 붙였다.

"당일도當日圖, 차지부借地符 부착!"

관원이 들어와 당일도와 차지부를 양쪽 벽에 붙였다. 당일도는 출산 시간을 관장하는 신의 가호를 비는 것이었고, 차지부는 출산 장소를 관장하는 신의 가호를 비는 것이었다.

"산석産席 설치!"

산석은 산모가 누워서 아기를 낳는 자리였다.

허리 아래쪽의 자리부터 마련했다. 먼저 곱게 짠 짚자리를 깔았다. 그 위에 백문석白紋席(민돗자리)을 깔았다. 또 그 위에 두툼한 양털 자리를 깔았다. 또 그 위에 양수와 하혈을 받아낼 기름종이를 깔았다.

다음에 허리 위쪽 자리를 마련했다. 먼저 백마 가죽을 깔았다. 그 위에 부드러운 짚자리를 깔았다.

다음으로 산모의 머리가 닿는 곳의 자리를 마련했다. 먼저 말가죽을 깔았다. 그 위에 사내아이를 낳게 해준다는 족제비 가죽을 깔았다.

"두상부적頭上符籍!"

산석의 머리맡에 붉은 글씨의 부적을 붙였다.

"태의胎衣(태아를 싸고 있는 막과 태반) 부적!"

태의를 담아 놓아둘 장소에 붉은 주사로 쓴 커다란 부적을 붙였다.

"저것은 무슨 부적이오?"

지켜보고 있던 소헌왕후가 물었다.

"예, 저것은 최산부催産符라 하는 것이온데 빨리 출산하여 산모의 고생을 덜어주고자 하는 부적이옵니다."

서운관 제조가 대답했다. 왕후가 고개를 끄덕거렸다.

"차지법借地法 삼차 봉독!"

관원이 나와 차지법이라는 축문을 세 번 읽었다. 아기 낳을 장소를 지신으로부터 빌리고자 하니 쾌히 허락해달라는 기원문이었다.

"견마승牽馬繩 부착!"

산모가 산통을 견디며 힘을 쓸 때 잡고 버티는 줄을 머리 쪽 벽에 단단히 걸어 늘어뜨렸다. 줄은 사슴 가죽으로 되어 있었다.

"저것은 말고삐가 아닌가. 내가 세자를 낳을 때 저 말고삐가 끊어지는 통에 깜짝 놀랐었지. 어느새 30년이 가까워져 오는구나."

산실의 내부가 정리되어 가는 모습을 찬찬히 지켜보던 소헌왕후가 흐뭇한 미소를 지으며 한마디 했다.

설치는 산실 밖으로 이어졌다.

"현초懸草 정釘!"

산실 문 밖의 벽에 세 치가 넘는 커다란 못 두 개를 박았다. 출산 때 깔았던 자리인 현초를 나중에 내다 걸기 위한 것이었다.

"동령銅鈴 게揭!"

구리 방울을 문밖 벽에 걸었다. 위급할 때 이 방울을 흔들어 의관을 부르기 위함이었다.

이로써 산실 설치가 다 끝났다.

만반의 준비가 다 되었음을 확인하고 나서 왕후는 편전으로 달려가 임금에게 고했다.

"오. 그렇소? 이번에는 제발 원손을 보게 해주면 좋으련만……."

"마마. 너무 심려치 마시옵소서. 이번에는 틀림없이 원손이옵니다."

"허어. 중전께서 어찌 그리 장담을 하시는 게요?"

"지성감천이라 하였사옵니다. 마마의 지극하신 자애가 하늘을 감동시키고 있음을 신첩이 알고 있사옵니다."

"내 자애가 아니라 중전의 지극한 기원의 소치일 것이오."

원자를 간절히 바라는 것은 비단 임금 내외뿐만이 아니었다.

세자의 나이 어언 28세인데 이제껏 딸 하나 달랑 두고 있을 뿐이니 왕실은 물론 조정에서도 일구월심 소원하는 바는 세손이 아닐 수 없었다.

7월 하순, 아침저녁으로 제법 서늘한 바람이 불어오고 있었다. 그러던 어느 날 마침내 해산의 진통이 시작되었다. 하지만 꼬박 하루를 극심한 진통으로 버둥거렸으나 해산은 이뤄지지 않았다. 산모의 기력은 쇠진해가는데 나와야 할 아이는 기척이 없으니 모두 걱정이 태산일 수밖에 없었다.

정무와 서책에 묻혀 사는 임금도 이날은 다 잊고 중궁전만 계속 들랑거리고 있었다.

중전 심비도 산모 곁에 바짝 붙어 정성을 쏟고 있었으나 이 난산은 참으로 이해가 되지 않았다.

"아니, 초산도 아니요, 이게 벌써 세 번째인데 어찌해서 이리 힘이 든단 말이냐?"

"어마마마. 황공하옵니다. 전의들 말로는 태중에 보약을 과다 복용하여 태아가 너무 커진 탓이라 합니다."

"아니, 보약 때문에 태아가 너무 커져서 못 나온다 그 말이냐?"
"예. 어마마마."
"허, 별일이 다 있구나. 왕실 여인들치고 태중에 보약 안 먹는 일도 있다더냐?"
"어마마마."
"응? 왜 그러느냐?"
"너무나도 귀하고 소중한 왕세손이어서 고이 잘 길러 모시고자 약을 너무 많이 먹고는 몸을 편히 지냈더니 이렇게 어려워진 모양이옵니다."
"결국 네 생각도 전의들 말대로란 말이지?"
"예. 만약에 태아를 낳지 못하고 제가 죽으면 보잘것없는 제 목숨이야 아까울 게 없사오나……, 아이는 어떻게든지……. 어떻게든지 살려 내어……."
산모는 눈을 감으며 정신을 놓고 있었다.
"빈마마. 으흐……."
"세자빈마마……."
의녀와 나인들이 울음을 참고 있었다.
"어허. 산모 곁에서 누가 방정맞게 우는 소리를 내는 게냐?"
"황공하옵니다, 중전마마."
"얘야, 정신 차려라. 응?"
"예, 어마마마."
"얘야, 마음을 편히 가져라. 예로부터 태아가 크다고 못 낳은 법은 없었느니라. 세상의 모든 짐승도 다 손을 퍼뜨려 살기 마련인데 하물며 사람이 자손을 못 낳을 리야 있겠느냐? 아무런 염려 말고 정신을 차리고 힘을 조금 더 주어보자. 자, 어서. 그리고 약방 나인들은 무얼 꾸물대고 있는 게냐? 아기가 쑥쑥 나오도록 힘들을 보태지 않고…….”

그러나 모두가 온갖 수고를 다하였지만 세자빈의 기운만 더 가라앉을 뿐 태아의 소식은 여전히 감감무소식이었다.

의녀에게 전의의 불수산佛手散(해산을 돕는 탕약) 처방이 내려왔다. 불수산을 달여 산모에게 먹였다.

그렇게 이틀이 지나고 사흘이 되어도 세자빈의 출산은 종무소식이었다. 간간이 닥치는 무서운 진통을 겪으며 세자빈은 자주 정신을 잃곤 했다. 중전 심비는 속이 타서 간장이 다 녹을 지경이었다.

“얘야, 아가. 세자빈. 아가…….”

“예……. 어마마마.”

“오. 정신이 드는구나. 얘야, 정신을 놓으면 안 된다. 정신을 바짝 차려봐라. 응?”

“어마마마. 저는 죽는 몸이옵니다.”

“아니, 얘야. 그 무슨 소리를…….”

“나무 위의 날짐승들은 큰바람 불 것을 알고, 땅속의 길짐승들은 큰비 올 줄을 안다 하옵니다.”

“그게 너와 무슨 상관이란 말이냐? 너는 죽지 않는다. 세상 여자들이 다 아들딸 낳고 잘들 사는데 무슨 헛소리냐? 더구나 너는 이번이 세 번째이니라.”

“하오나, 어마마마. 저도 죽기는 싫사오나……. 죽기는 싫사오나…….”

격심한 진통은 계속되었다. 산모는 이제 의식이 가물가물해지고 기력이 바닥을 기고 있었다. 어찌해야 한단 말인가? 참으로 창황망조蒼黃罔措한 때였다.

"이 일을 어찌해야 한단 말이냐? 응, 이 일을……."

중전 심비는 어찌할 바를 몰라 일어섰다 앉았다 안절부절못하였다.

"커흠."

이경(밤 10시경)이 지난 늦은 밤이었다. 연통도 없이 이 산실청에 느닷없이 진양대군이 찾아든 것이었다. 모두 깜짝 놀랐다.

"아니, 진양이, 여기가 어디라고 찾아온 것이냐? 형수가 아기를 낳는 곳인 줄 모르고 시동생이 들어왔단 말이냐?"

"어이구. 어마마마도 거 답답하신 말씀 그만두십시오."

"뭐라? 답답하다고……?"

"어마마마께서 이렇게 크게 근심하고 계시는데 소자가 가만있어서야 되겠습니까?"

"그래서 멀쩡한 시동생이 형수 산실청에라도 들어가겠단 말이냐?"

"다급한 판에 들어가서 해결이 된다면 못 들어갈 것도 없지요."

"아니, 뭐라고? 형수 산실청에 멀쩡한 장정인 시동생이 들어간다고?"

"아니. 이 다급한 판에 들어가면 들어갔지 뭘 따질 게 있습니까, 어마마마."

"그럼 네가 산파 노릇이라도 하겠단 말이냐?"

"산파요? 하하하. 못 할 것도 없지요?"

"이런 고얀 녀석. 농담할 때가 따로 있지. 이 경황 중에 웃음이 나오느냐?

"어마마마."

"오냐. 왜?"

"세자빈인지 형수인지 궁녀인지, 애를 낳다가……."

"저런, 저 저. 말버릇 보게나."

"애를 낳다가 죽든 말든 모르는 척 내버려두려다가 어마마마께서 여러 날 애가 타시는 게 딱해서 한 말씀드리고자 찾아왔습니다."

"그래, 무슨 한 말씀을 하려는 게냐?"

"예. 안상궁, 그 안탁갑 상궁을 데려다 산실에 넣어보시지요."

"아니. 안상궁이 어디 있단 말이냐?"

"소자의 집에 있습니다."

"뭐라? 안상궁이 네 집에?"

"그러하옵니다. 소자가 데려다 그동안 골방 구석에 잠가놓고 잘 먹였더니 그 말상이 가을이 오는 줄 알고 천고마비를 보여줍디다."

"참으로 별일도 다 있구나. 어찌 하필 진양이 네가 안상궁을 데려다 감추어두었단 말이냐?"

"지금 그런 걸 따질 계제가 어디 있겠습니까? 아무튼 안상궁은 삼신할매를 타고났는지 자기가 산고 수발을 해서 애를 못 낳고 죽은 여자가 없다 하오니, 어서 불러다 수발을 들게 해보시지요."

"오냐. 그렇구나. 마침 와주어 고맙구나."

안상궁은 득달같이 불려가 동궁 자선당 산실로 들어갔다. 안상궁은 산실에 들어와 먼저 중전에게 얼른 엎드려 인사를 올린 다음, 서둘러 나인들에게 이것저것을 지시했다. 그리고는 의녀에게 물었다.

"산모께서 불수산은 드셨소?"

"예. 어제저녁에 드셨습니다."

안상궁은 고개를 끄덕이고 산모를 주무르며 힘을 쓰게 했다. 그러자 산모가 용을 쓰기 시작했다. 그 순간부터 안상궁은 산모의 명치로부터 그 아래로 서너 차례 주무르며 힘을 쓰게 했고, 그리도 오래 애만 쓰다 지치곤 하던 산모가 마침내 아이를 쑤욱 빼놓는 게 아닌가.

아이는 멀쩡하고 튼실했다. 그리고 마침내 사내아이였다.

"빈. 정말 고생했고, 참으로 고맙다. 이제 마음 푹 놓고 후산後産을 하고 몸조리만 하면 된다."

"어마마마."

"오냐."

"소빈 이제 할 일을 다하였사옵니다. 하오나 앞이 캄캄하고 어둡사옵니다."

"무슨 소리냐? 정신을 차려야지. 이렇게 튼실한 원손을 낳아놓고 기쁘지도 않더냐?"

"기쁘옵니다. 이루 다 말할 수 없이 기쁘옵니다."

"그렇지. 그러니 어서 후산을 하고 몸조리를 해야지."

"예. 어마마마. 황공하옵니다."

중전은 서둘러 임금께로 달려갔다.

"마마. 원손 탄생을 하례 드리옵니다."

"오오, 정말 고맙소. 이게 다 중전이 애쓴 보람이에요."

"예, 마마……, 망극하옵니다."

중전의 두 눈은 가득한 눈물로 글썽거렸다.

"고맙소. 중전."

조용히 고개를 끄덕이는 임금의 용안에도 두 줄기 눈물이 주르륵 흘러내렸다.

얼마나 기다리던 세손이던가!

비록 내색은 하지 않았어도 종사에 크나큰 죄를 짓고 있다는 생각에 때때로 깊은 시름에 빠져있던 임금이었다.

'아아. 마침내 원손이 태어났구나. 원손이야, 원손.'

1441년(세종 23) 7월 23일 새벽이었다.

왕비는 다시 자선당으로 향했다. 임금도 가만히 앉아 있을 수가 없었다. 밝아오는 새벽의 내정內廷을 천천히 걸으며 들뜨는 심기를 달랬다. 풀잎에 반짝이는 아침 이슬이 이토록 아름답다는 것을 전에는 미처 알지 못했었다.

편전에 들자 도승지 조서강趙瑞康을 필두로 신료들이 들어와 하례를 드렸다. 임금은 속내를 털어 대답했다.

"세자의 나이가 이미 장년에 이르렀는데도 후사가 없어 내가 크게 근심하였소. 이제 적손이 생겼으니 내 마음이 진실로 기쁘기 한량없는 바이오."

잠시 후에는 영의정 황희가 집현전 학사들을 데리고 들어와 하례를 드렸다.

"전하, 원손의 탄신을 하례 드리옵니다."

"허허, 고맙습니다. 그런데 영상, 한 가지 영상의 의견을 듣고 싶소만……."

"예, 전하. 하교하시옵소서."

"이번 원손의 탄생은 참으로 큰 경사라 할 수 있소. 즉시 사면령을 내리고 싶으나 원자의 탄생이 아니므로 어떨지 모르겠습니다. 경의 의견을 듣고 싶소이다."

"즉시 사면령을 내려도 무방할 것이옵니다. 당나라 고종 때에 황손이 태어나 대사大赦하고 연호까지 바꾼 예가 있사옵니다."

"그러하옵니다. 지금 이 나라에 원손의 탄생보다 더한 경사는 없사옵니다. 즉시 대사하는 것이 옳은가 하옵니다."

집현전 학사들도 동조했다. 임금은 만면 가득 미소를 머금고 고개를 끄덕였다.

"알겠소. 그러면 바로 원손의 탄생과 이에 따른 대사령을 반포하겠소."

"성은이 망극하옵니다."

준비가 끝나자 임금은 근정전에 나아갔다. 만조백관이 시립한 가운데 임금의 교지가 낭독되었다.

"……. 생각건대, 세자의 나이 이미 서른이 거의 되었는데 아직도 적사嫡嗣를 얻지 못하여 내 마음에 근심되더니, 이제 세자빈이 7월 23일에 적손을 낳았다. 이것은 조종께서 덕을 쌓고 인仁을 쌓으심이 깊으셨고, 또 상천上天이 보우하심이 두터우심이다. 신과 사람이 다 같이 기뻐할 바이요 신하와 백성이 모두 다 기뻐할 일이다. 그러므로 7월 23일 새벽 이전에 대역모반한 것, 자손이 조부모나 부모를 모살했거나 때리고 욕한 것, 처첩이 남편을 모살한 것, 노비가 상전을 모살한 것, 독약이나 저주로 살인한 것, 강도를 범한 것 외에는 이미 발각되었거나 아니 되었거나, 이미 결정되었거나 아니 되었거나, 다 용서하여 제除해버리니, 감히 유지有旨(승지를 통하여 내리는 왕명서) 이전의 일을 가지고 서로 고하고 말하는 자는 그 죄로써 죄 줄 것이다."

그날 전국 팔도의 관아에서는 일제히 옥문을 활짝 열었다.

"천세, 천천세……."

풀려난 죄수들의 함성이 하늘을 울렸고, 기뻐하는 백성들의 환호성이 땅을 흔들었다.

그러나 중전 심비가 들뜬 마음으로 다시 찾은 자선당의 분위기는 이런 외전의 그것과는 전혀 딴판이었다. 세자빈이 원손을 낳을 수 있었던 것은 그녀의 기력에 의해서라기보다는 그녀의 의지에 의해서였다. 자신은 비록 죽는 한이 있더라도 원손만은 낳고 죽어야겠다는 무서운 의지였다. 그 때문이었을 것이다. 아기를 낳자마자 산모는 기운이 탕진되었음인지 몸을 거의 움직일 수가 없었다. 하루해가 다 가도록 후산도 못하고 있었다. 안상궁의 갖은 노력도 허사였다.

"어마마마……. 세자마마를 좀……."

"세자를 부르라, 그 말이냐?"

"예. 갈 길이 바쁜 듯하옵니다."

"아니, 빈. 그 무슨 소리냐? 마음을 모질게 가져야지. 이제 후산만 하면 되는데……. 정신을 차려야지."

세자빈 권씨는 이제 기력이 바닥난 모양이었다.

"몸을 움직일 수가 없사옵니다. 하오니 후산은 어려울 듯하옵니다. 세자마마를…… 좀…… 불러주시옵소서."

후산이 끝나지 않은 산실에는 아무리 남편이라도 들어갈 수 없는 것이 당시의 예의였다. 그러나 지금 그런 것을 따질 때가 아니었다.

세자가 불려왔다. 세자가 산실에 들어와 세자빈 옆에 앉자 산모는 백지장같이 창백한 얼굴 가득 안쓰러운 미소를 지었다.

"마마……."

"예, 빈."

"산실이라 황공하옵니다."

"별말씀을……. 참으로 수고하시었소."

"마마, 좋으십니까?"

"그러믄요. 좋고 말고요."

"그러시면 이제 아기가 있으니…… 소빈이 없어도 쓸쓸하지 않으시겠지요?"

"아니, 그 무슨 소리요? 갑자기 당신은 왜 나를 버리려 하시는게요?"

세자빈의 눈에 눈물이 그득히 고였다.

"마마. 신첩도 정말 떠나고 싶지 않사옵니다. 마마랑 아기랑…… 오래오래 살고 싶사옵니다. 아기가 무럭무럭 자라는 것을…… 보고 싶사옵니다."

"그런데 왜 그러는 게요? 기운을 내어 살면 될 게 아니오?"

"누가…… 자꾸 부르고 있사옵니다, 마마. 그래도 아기가 나와서…… 천행이옵니다. 세상에 나오지도 못하고…… 저랑 같이 떠나는 줄로만 알았지 않사옵니까? 마마……. 아기를 잘 부탁하옵고……, 아기랑 마마랑 모두…… 만수무강하시옵……."

세자빈의 두 눈에서 두 줄기 눈물이 양옆으로 주르륵 흘렀다. 세자빈은 남편 세자의 손을 꼭 쥔 채 숨을 거두었다.

빈의 나이 젊디젊은 스물넷이었다.

"여보오오…… 빈. 이게 웬일이오? 나는 이제 어쩌란 말이오?"

원손을 낳은 지 겨우 하루가 지난 7월 24일 새벽녘이었다.

23일은 온 조정과 온 나라가 경사로 들뜨고 대사령으로 부풀었다. 24일은 실로 급전직하였다. 왕실은 물론이요 온 조정과 온 나라가 슬픔의 도가니였다.

"여보, 중전. 세자빈이 정말 죽었단 말이오? 믿기지가 않소."

"예……. 흐윽……. 마마."

중전 심비는 흐느끼고 있었다. 많은 며느리 가운데 이 세자빈만큼 예쁜 며느리가 없었다.

"아니, 틀림없이 죽었단 말이오?"

"예. 마마. 흐윽……."

"아니. 숨이 딱 끊어졌다 그 말이오? 소생할 가망이 조금도 없다 그 말이오? 중전……."

"예……. 망극하옵니다."

"아니. 그렇게 멀쩡하던 며느리가 죽다니……. 어떻게… 소생시킬 방법이 없답디까? 안상궁에게 물어보았소?"

"마마께서도 참……. 죽은 사람을 누가 살려낸단 말이옵니까?"

"중전은 거 동궁에서 매달려 살면서 도대체 뭘 했단 말이오? 며느리는 떠억 죽여놓고…… 멀뚱멀뚱하게 그냥 돌아오다니……?"

"마마. 으흑……. 망극하옵니다. 그 아까운 며느리 대신 이 늙은 신첩이 죽을 수만 있다면 골백번이라도 그러고 싶사옵니다. 마마."

"어이구. 다 듣기 싫소. 어이구…… 그 아까운 며느리를 죽여놓고……, 어이구…… 멀쩡하게 그냥 돌아오다니……. 에잇."

임금은 벌떡 일어나 밖으로 나갔다. 임금은 밖으로 나서서 하늘로 고개를 돌렸다. 하늘을 보려고 함이 아니었다. 솟아오르는 눈물을 감추려 함이었다. 시부모인 임금 내외에게는 너무나 큰 충격이요 비통이었다. 임금 세종은 물론이요 왕비 심씨도 만 사흘 동안 음식을 입에 대지 않았다. 임금은 그 사흘 동안 조회도 열지 않고 정사도 돌보지 않았다. 그것은 세자빈 권씨가 마음씨 곱고 품행이 단정하며 효성이 뛰어나 임금 내외의 지극한 사랑을 받고 있었다는 방증이기도 했다.

그런데 이렇게 떠나다니……. 장안 백성들 또한 서러움에 겨워 닷새 동안이나 철시撤市하고 세자빈의 애달픈 죽음을 조상했다. 조정에서는 염빈도감斂殯都監을 설치하고, 백관이 공무복 예복인 흑색 단령을 입고 근정전 뜰에 나아가 애도의 조례弔禮를 올렸다.

임금은 경황 중에도 세자빈 권씨의 부친인 권전權專을 불러 위로의 말을 전했다.

"며느리가 시부모의 사랑을 받기는 대체로 드문 일인데, 경의 여식은 과인 내외의 지극한 사랑을 받았지요."

"망극하옵니다."

"경은 너무 상심하지 마시오. 경의 외손으로 이 나라의 대통이 이어질 것이오."

"성은이 망극하옵니다."

"세자빈의 장례는 내 어마마마보다는 낮추되 정소공주貞昭公主보다는 한 등급 올려서 거행할 것이오."

왕이 말하는 어머니란 태종비 원경왕후元敬王后요, 정소공주는 세종과 소헌왕후의 장녀, 다시 말해 훗날 문종이 되는 지금 세자의 누나를 말한다.

"성은이 망극하옵니다."

"또한 원손元孫이라는 이름을 가진 모든 사람은 서둘러 이름을 달리 고치도록 지시했소."

임금의 이름자는 백성들이 쓸 수 없었다. 그런데 임금은 원손이라는 글자마저도 쓸 수 없도록 했던 것이다. 이번의 원손은 그만큼 귀한 원손이었다.

임금은 당시 풍수가로 이름난 서운관 부정副正 최양선崔揚善에게 명하여 세자빈이 묻힐 장지로 아주 좋은 길지를 찾으라 했다. 최양선은 조수들을 데리고 여러 곳을 답사하고 나서 경기도 안산의 한곳에 장지를 정하고 이를 보고했다.

문제는 최양선이 암암리에 진양대군의 사주를 받아 일부러 길지가 아닌 흉지를 골랐다는 것이다. 이런 사실은 한 통의 상소문을 통해 처음 세상에 알려지게 되었는데, 전농시典農寺의 노비인 목효지睦孝智가 올린 것이었다. 노비가 상소를 올려서는 임금에게까지 올라가기가 어려웠는데, 이 상소문은 다행히 내시를 통해서 임금의 탑전榻前에까지 올라가게 되었다. 고대로부터 전해오는 풍수에 관한 명저와 필수 전적인 《동림조담洞林照膽》《곤감가坤鑑歌》《지리신서地理新書》, 장서葬書인 《금낭경錦囊經》 등에 기록된 구체적인 근거를 일일이 예시하면서, 장지가 잘못 선정되었음을 명쾌하게 밝힌 상소였다. 상소가 올라온 것은 그해 8월 26일이었는데, 그 요지를 쉽게 풀어 쓰면 이랬다.

주산主山에서 장혈葬穴(시신이 들어가는 자리)로 이어지는 내룡來龍이 약하고 끊어진 곳이 많아 장차 후손이 없어질까 두려우며, 청룡青龍(무덤 왼편을 둘러싸는 산)이 장혈을 감싸지 못하여 특히 아들에게 불행이 생길 수 있습니다. 또한 무덤의 좌향坐向이 잘못되었을 뿐만 아니라, 폐허가 된 옛 읍터나 장터는 무덤 터로 적당하지 못한데, 이곳은 안산의 고읍古邑이기 때문에 이 역시 금기를 범한 것입니다.

상소를 읽은 임금은 깜짝 놀랐다.

'아니, 후손이 없어진다니…….'

다른 임금 같으면 그런 상소를 읽었더라도 노비 따위가 뭘 알아 지껄였겠느냐며 무시했을 가능성이 크다. 그러나 임금 세종은 그날 즉시 그 장지를 찾아가 다시 자세히 관찰할 것을 명했다.

우의정 신개申槩를 위시해서 풍수학제조 이정녕李正寧, 예조판서 민의생閔義生, 지중추원사 정인지鄭麟趾, 첨지중추원사 유순도庾順道, 도승지 조서강趙瑞康 등에게 다른 풍수가들을 데리고 가 살펴보도록 하고, 진양대군과 안평대군을 종실의 대표로 동행케했다.

"다시 한번 자세히 살펴보고, 결점이 드러나면 다른 곳을 찾도록 하라."

안산에 가 살펴본 그들은 대체로 목효지의 주장에 냉소적이었다.

"일척안一隻眼(애꾸눈) 주제에 어찌 제대로 보았겠나?"

목효지는 한쪽 눈이 먼 애꾸눈이었다.

"흥, 내룡이 멀쩡하고 청룡은 몸을 굽혀 포근하게 감싸 안았는데……. 허허, 그 작자가 뭘 보았단 말인고?"

함께 온 풍수가들은 콧방귀를 뀌었다.

"애꾸눈 노비 주제에 뭘 안다고 감히 성상께 함부로 나불거렸다니……. 이놈을 가만둘 수는 없는 일이 아닙니까, 우상대감?"

특히 진양대군은 노기가 등등했다. 진양대군은 풍수지리에도 일가견이 있다고 소문이 나 있었다. 그는 사실 일가견이 있기도 했고 풍수라는 것을 주술이나 신탁처럼 맹신하기도 했다.

그는 사실 목효지의 주장에 내심 크게 탄복하고 있었다.

'이 병신 종놈이 어찌 이리 정확하게도 안단 말인가? 이놈이 무서운 놈이 아닌가? 참으로 조심해야 할 놈이로다.'

당시 함께 온 풍수가들은 최양선의 권위에 도전하는 것은 신세를 망칠 수 있는 커다란 모험이라는 것을 이미 잘 알고 있는 사람들이었기에, 잘못되어 있음을 간파했다 하더라도 그대로 말하기는 어려운 처지였다.

"과연 종놈 따위가 뭘 알겠소. 내가 보기에도 최양선이 잘 보아 길지를 찾은 것 같소."

진양대군은 장지가 흉지라는 것을 간파했으나 겉으로는 정반대로 길지라고 찬성하고 나섰다. 그는 목효지에 경탄은 했지만, 결코 사실대로 인정할 수는 없었다.

'목효지, 이놈은 그대로 두어서는 안 될 놈이야…….'

다음 날 그들은 임금께 별로 잘못된 것이 없다고 보고했다.

"목효지의 주장 가운데 장혈의 좌향이 약간 잘못되었다는 것 외에는 취할 것이 없사옵니다."

이렇게 해서 세자빈 권씨는 숨을 거둔 지 두 달 후인 9월 21일, 경기도 안산군의 와리산瓦里山(지금의 안산시 단원구 와동)에, 풍수적으로 보자면 결코 묻혀서는 안 될 악지 중의 악지에, 좌향만 약간 고친 장혈에 고이 묻히게 되었다.

임금은 사실 목효지의 상소에 드러난 그의 해박한 지식과 글솜씨를 알아보고 많은 생각을 했다.

'이렇게나 많은 책을 읽고 이처럼 논리정연하게 글을 쓸 수 있는 노비라니……, 틀림없이 가풍 있는 선비 집안의 자손이었을 것이다. 어떤 연고가 있어 노비가 되었겠으나 그냥 노비로 썩히기에는 아까운 인재다.'

목씨睦氏는 경남 사천을 본관으로 하는 단일 성씨로, 고려 말에는 중앙정계에 진출하기도 한 명문세가였다. 조선 건국에 공헌한 목인해睦仁海가 태종 때 역모 사건에 연루되어 처형되었는데, 그 영향으로 목효지가 노비 신분으로 전락되었는지는 알 수 없는 일이었다. 임금은 그가 애초에 노비 신분이 아니었음을, 그리고 간곡하게 진술한 그의 문장을 보고 극진한 마음씨도 알게 되었다.

세종은 신하들의 반대를 무릅쓰고 그를 면천시켜 양인 신분으로 만들었으며, 나아가 풍수학 분야의 관서에서 근무할 수 있도록 조처해주었다.

태어난 지 겨우 하루 만에 어미를 잃은 원손에 대한 임금 내외의 마음은 애틋하기 그지없어 그 사랑도 그만큼 더 지극했다. 임금은 원손의 이름을 홍위弘暐라 지었다.

"안상궁. 이리 가까이 오라. 어디 우리 홍위 녀석 좀 보자꾸나."

"예, 전하."

"아기를 이리 좀 다오."

"예, 전하."

"오라. 이 녀석 잠이 들었구나. 허. 이 녀석 오물거리는 입 좀 보게

나. 자면서도 젖을 빠는 시늉을 하는구려."

"흐윽……."

"또, 또……. 중전은 아예 울보가 된 게요? 걸핏하면 눈물바람이니……. 하마터면 이 녀석마저 잃을 뻔한 일을 생각해보셔야지요."

"황공하옵니다. 하오나 저 어린 것을 보면 저절로 눈물이 납니다. 어미 없이 자랄 것을 생각하면 가슴이 찢어지는 듯하온데, 또 저 아비 신세가 떠오르니 더욱 쓰라립니다. 아내 둘은 생이별로 나가 죽었고, 하나는 이렇게 사별했으니, 참으로 처복도 지지리 없는 사람이라……."

"그야 참 그렇소만……, 다 운수소관인 걸 어찌하겠소? 허어. 이 녀석 잠이 깨었구나. 나를 똑바로 쳐다보면서 이게 누군가 확인하는 것 같구먼. 자세히 보니 성군이 될 상이로구나. 누굴 닮았을꼬?"

"그 녀석, 제 아비보다는 오히려 전하를 닮은 듯싶사옵니다. 눈과 코가 꼭 같사옵니다."

"허허, 내가 보기에는 아무래도 제 할미를 닮은 것 같소만……."

임금과 중전 그리고 안상궁, 세 사람의 얼굴에서는 희열의 미소가 떠나지 않았다. 임금은 천천히 몸을 좌우로 흔들어 원손을 어르고 있었다.

"아 참, 중전."

중전이 눈을 빛내며 임금을 쳐다보았다.

"원손을 언제까지 안상궁이 돌볼 수는 없는 일 아니오?"

"그렇긴 합니다만……?"

"하는 수 없이……, 또 세자빈을 간택해야 하지 않겠소? 어차피 세자가 내내 홀로 지낼 수야 없는 일. 기왕이면 서두는 게 어떻겠소?"

"물론 법도로 보나 예절로 보나 세자빈이 없어서는 안 되겠지요. 하오나 세자가 어찌 생각할지 그게 마음에 걸리옵니다."

"하긴 나도 그렇소. 세자가 받은 충격도 이만저만이 아닐 테지요. 가만……, 그러면 그 일은 세자의 의견을 들은 후에 결정하기로 하고……, 우선은 우리 원손을 맡아 기를 사람을 정하도록 합시다."

"혹여 전하께서 생각해두신 사람이라도 있으신지요?"

"아니오. 이 일은 중전이 더 잘 알고 있을 터이니 중전이 정해보시오."

"신첩도 그 일에 대해서 좀 생각해보았사온데 혜빈 양씨惠嬪楊氏가 어떨는지요?"

혜빈 양씨는 임금(세종)의 후궁으로, 예모가 바르고 성품이 차분한 사람이었다. 이미 한남군漢南君, 수춘군壽春君, 영풍군永豊君이라는 아들 셋을 두고 있었다.

임금이 고개를 끄덕였다.

"혜빈 양씨라면 원손을 훌륭하게 키워낼 수 있을 것이오. 자, 안상궁."

"예, 전하."

"지금 가서 혜빈 양씨를 불러오라."

"예."

안상궁이 나가자 임금은 중전을 돌아보았다.

"아무래도 세자빈을 새로 맞아들여야 할 것 같소. 일국의 세자가 정실도 없이 지낸다는 것이 어디 말이나 되는 일이오?"

"그렇긴 하옵니다만……. 우선 세자의 의향을 한번 들어보는 게 좋을 것 같사옵니다."

"세자의 의향도 의향이지만 중전이 설득을 한번 해보세요. 지금 당장

이 아니더라도 세자빈은 있어야 할 것이오. 미구未久에 내가 물러나고도 싶은데……, 그때 세자빈이 없다면 왕실의 체통도 문제일 것이오."

그 소리에 중전이 깜짝 놀라 정색을 하고 물었다.

"전하. 물러나시다니요? 아니 되시옵니다."

"꼭 물러난다는 것은 아니고……. 내 신병이 점점 더 깊어지는 것 같아 좀 쉬고 싶은 생각이 든단 말이오."

중전의 긴장이 좀 풀어졌다.

"신첩이 늘 뭐라 말씀드렸사옵니까? 그러기에 우선 옥체를 보살피시고 다음에 정무를 돌보시라고……."

"허이구. 신병 얘기만 나오면 중전은 늘 기세가 뻗치십니다."

"마마. 신첩이 무슨 기세이옵니까? 사실이 그렇지 않사옵니까?"

"허허허. 알았소. 내 쉬면서 정무를 돌볼 테니까 너무 심려 마시고……, 세자 설득이나 잘해보시구려."

중전의 안색이 미소로 밝아졌다.

"예. 세자에게 잘 얘기해보겠습니다."

그때 혜빈 양씨가 들었음을 알리는 안상궁의 전언이 들렸다. 심비는 얼른 임금의 품에서 원손을 받아 안았다.

"전하, 찾아 계시옵니까?"

혜빈 양씨가 들어와 절을 올리고 한쪽으로 물러앉았다.

"음. 내 오늘 혜빈에게 아주 크게 부탁할 일이 하나 있네."

혜빈은 자못 놀라는 기색이었다.

"예, 하명하시옵소서."

"지금 중전이 안고 있는 이 아이, 세손 말이네. 혜빈도 알다시피 이 세손은 태어난 다음 날 어미를 잃었지 않았는가? 유모도 있고 보모도 있으니 성장하는 데야 별 어려움이 없겠지만, 그러나 금지옥엽인 세손의 양육을 그들에게만 맡겨둘 수 있겠는가?"

임금도 혜빈 양씨도 잠시 중전의 품에 안겨 있는 세손을 바라보았다.

"그래서 세손의 양육을 혜빈에게 부탁할까 하니, 혜빈은 세손이 장성할 때까지 친자식 이상으로 소중하게 잘 돌봐주기를 바라네."

혜빈은 놀랐다. 그리고 감격했다. 어디 보통의 일인가. 한 나라 세손의 성장을 책임져야 하는 막중대사였다. 그런 중차대한 사명을 맡길 만큼 임금과 중전이 자기를 알아주고 믿어주었다는 의미였다.

"전하, 신첩 불초한 신명을 다 바쳐 세손 아기씨를 돌볼 것이옵니다. 심려 놓으시옵소서."

혜빈 양씨의 목소리가 떨려 나왔다.

"이 세손은 장차 이 나라의 대통을 이어나갈 왕재라는 것을 명심해야 할 것이오."

"예, 명심하겠나이다."

원손을 안고 있는 중전 심비도 한마디 성원해주었다.

"나도 뒤를 보살펴줄 것이오. 하지만 혜빈의 사명이 실로 막중합니다. 혜빈의 덕으로 우리 원손이 무탈하게 자라 성년이 된다면 종사는 물론 천지신명께서도 혜빈의 공로를 잊지 않을 것이오."

"양전兩殿의 분부를 받들어 신명을 바치겠나이다."

"고맙소."

인사를 올리고 일어서는 혜빈 양씨를 따라 원손을 안은 안상궁도 일어섰다.

다음 날 임금이 중궁전에 들렀을 때, 중전은 함께 세자의 의향을 들어보자고 했다. 이윽고 세자가 불려오자 임금이 먼저 입을 열었다.

"《주자가례》에는 처의 복상이 기년朞年(1년 복상)이라, 1년 동안은 재취再娶를 못 하게 되어 있다만, 궁중의 법도는 그와는 상관이 없느니라. 그래, 너는 어찌 생각하느냐? 네 나이 아직 서른도 안 되었고 또한 세자의 몸으로 궐배闕配한 채 그냥 지낼 수는 없는 일이 아니냐?"

"아바마마 말씀이 옳지 않으냐, 세자야?"

중전도 세자의 궐배는 바라지 않았다.

"네 배필 문제로 여러 번 소란을 떤 꼴이 되어 조야에 면목이 없기는 하다만 그래도 법도는 법도이니 빈은 맞아야 할 것이다. 그래, 네 생각을 들어보자. 금혼령을 내리고 간택하여 가례를 치를 것이냐, 아니면 지난번처럼 궐내에서 네 마음에 드는 후궁이라도 있으면 간택하여 정할 것이냐?"

"아바마마, 어마마마."

"오냐."

"소자는 아무래도 정실 배필을 둘 복은 타고나지 못한 것 같사옵니다. 첫째 둘째는 쫓아내 생별했고 셋째는 사별했사옵니다. 하온데 또 무슨 염치로 다시 배필을 두겠다고 나서겠사옵니까?"

"아니, 그럼 홀로 지낸단 말이냐?"

"세자빈 자리를 비워둔단 말이냐?"

"아니지. 세자빈 자리를 궐위闕位로 둘 수는 없다. 어린 세손을 친자식처럼 돌보기도 하고 또 궐내 법도를 다잡아 지켜야 할 세자빈은 반드시 있어야 한다. 내자內子의 역할이 대수롭지 않은 듯하지만 사실은 중차대한 것이다."

"하오나 소자는 더 이상 배필을 두고 싶지 않사옵니다. 또 두면 또 죽을 게 아니옵니까?"

"또 죽다니 그게 무슨 소리냐?"

"소자의 팔자가 그런가 하옵니다. 아니오면 어찌 들이는 족족 죽사옵니까? 그간 셋씩이나 죽인 것도 아뜩한데, 이제 또 누구를 들여다 죽게 해야 하옵니까? 아니 될 일이옵니다."

"허어. 네 입에서 그런 말이 나올 법도 하다만……."

"소자의 생각으로는 마음씨 착한 후궁이나 하나 두어 소자의 수발이나 들게 하고 아기나 돌보게 하면서 조용히 지내고 싶사옵니다."

"오, 그래. 어디 네 마음에 둔 궁녀라도 있더냐?"

"예, 하나 있사옵니다. 동궁 내전 궁녀로 있는 양씨楊氏가 궁중 법도에도 밝고 사람 어질고 현명하여 후궁으로 삼으면 무난할까 하옵니다."

"음, 그렇다면 그 양씨에게 소임을 맡겨보도록 하자. 중전은 어찌 생각하시오?"

"예. 그 양씨 궁녀라면 만사 믿을 만하옵니다. 중전 시녀로도 있었기 때문에 그 애에 대해서는 신첩도 잘 알고 있사옵니다. 우선 마음씨가 인자하지요."

"예. 소자도 그 마음씨를 귀하게 여깁니다. 그리고 그저 평온하게 살고 싶사옵니다. 속 모르는 여자라면 우선 겁부터 나는지라 마음이 편치가 않사옵니다."

"세자의 의향이 그렇다면 그렇게 해보자꾸나. 중전의 뜻은 어떻소?"

"무방한가 하옵니다."

"그럼 우선 돈령부敦寧府(종친부에 속하지 않는 종친과 외척을 관리하던 관청)에 지시해서 궁인 양씨를 세자궁의 사칙司則(종6품)쯤으로 삼아 세자의 수발을 들도록 하고 세손도 보살피도록 하겠다."

"황공하옵니다."

"나중에 그 몸에서 왕자나 옹주가 탄생하면 귀인(종1품)이나 빈(정1품)으로 올려주도록 하자."

"예, 황공하옵니다."

"그리고 한 가지 일러두겠다만, 이 궁인 양씨는 출신이 죽은 세자빈과는 다르고, 또 이미 원손이 있는 바이니 후에라도 양씨를 정비로 봉하지는 말아야 할 것이다. 그 몸에서 난 왕자와 지금의 원손 간에 무슨 말썽이라도 생겨서는 아니 될 것이야."

"예. 그 말씀 명심하겠사옵니다, 부왕전하."

이로써 궁인 양씨는 세자(문종)의 실질적인 아내 노릇을 하게 되었다.

10

측우기

가을인데도 장마철처럼 비가 내리고 있었다. 수재로 인해 피해가 있을까 심란한 나날을 보내고 있던 임금 앞에 예조판서 민의생閔義生이 다가왔다.

"전하, 아뢰옵기 황송하오나 여러 곳에 물난리가 나서 민가가 휩쓸려 떠내려가고 평지에서도 물이 석 자가량 불어나 사람이 다닐 수가 없는 지경이라 하옵니다."

"허어, 큰일이오. 인명피해는 없소?"

"예. 다행히 인명피해는 없사오나 들판의 곡식들이 침수되어 수확량이 예년에 비해 크게 모자랄 것 같사옵니다."

"손실이 가장 심한 곳이 어디요?"

"황해도의 봉산鳳山, 토산兎山, 강음江陰 지방이라 하옵니다."

"그 고을 수령들에게 속히 파발마를 보내 구황 채비를 서두르라 하시오."

"예, 전하."

"그리고 도성 사대문에서 기청제를 지내는 게 어떻겠소?"

"그리하는 게 좋을 듯하옵니다."

"그럼 바로 사대문의 문루에서 하늘에 제를 올리도록 하시오. 그리고 일전에 각도 감사에게 우량雨量을 측정해 올리라 했는데, 어찌 되었소?"

"……?"

"왜 말이 없소?"

"황공하옵니다. 각 도에서 장계가 올라오기는 했는데……. 지방마다 토질도 다르고 또 흙 속으로 스며드는 비의 양을 측정할 방도가 없었다 하옵니다."

"허어, 이런 답답한……. 빗물이 새지 않는 그릇에 빗물을 받아 재면 될 게 아니오?"

"예. 호조에서 이미 그렇게 할 것을 시달하였습니다. 그러나 감사마다 빗물 받는 그릇이 달라 우량을 어찌 측정해야 할지 난감하다 하옵니다."

"그러니까 지금까지 비가 얼마나 왔으며 강물이 얼마만큼 불었는지 알지도 못하고 있단 말이오?"

"황공하오나, 그러하옵니다."

"허어, 이런 답답한 노릇이 있나? 농사를 주업으로 하는 나라에서 빗물의 양을 측정하지 못하다니 말이 되는 소리요? 이거 안 되겠소.

지금 당장 대호군 장영실로 하여금 비의 양을 측정할 수 있는 기기를 제작하도록 하시오. 우량을 알아야 농사도 제대로 지을 수 있고 또 물난리도 미연에 방지할 수 있을 것이오."

"지당하신 말씀이옵니다."

"가만, 세자가 동궁에서 흙비의 강우량을 재어본다고 하던데……, 지금 세자를 좀 입시케 하시오."

이윽고 세자가 임금 앞에 나타났다.

"부왕전하, 찾아 계시옵니까?"

"오, 그래. 내 듣자하니 흙비가 내릴 때면 세자가 그 양을 측정한다 하던데, 어찌해서 측정을 했는고?"

"농작물에 피해가 심한 것도 관계된 일이옵니다만, 내리는 흙비의 본질이 궁금해서 시작했던 일이옵니다."

"그래 무엇을 좀 알아냈느냐?"

"황공하옵니다. 아직 확실한 것은 좀 더 두고 관찰하고 궁구해야 할 것이옵니다. 하오나 하늘에서 황토를 머금은 빗물이 내린 것은 분명하오며, 황토와 함께 꽃가루들도 빗물이 머금고 있었사옵니다."

"꽃가루야 빗물이 꽃나무를 지나면서 머금었겠지만, 황토는 어찌 머금었을꼬? 흙비는 하늘이 재앙으로 내리는 벌이라서……."

"불초 소자도 그런 생각이 들어 흙비가 있을 때는 더욱 조신하게 지냈사옵니다만, 전날 춘방春坊(세자시강원)의 사부들 중에서 들려주신 고향 애기가 떠오를 때는……."

"고향 애기라?"

"예, 그분들 고향 어른들의 말씀이 봄에 흙비가 적당히 내리면 그해는 농사가 풍년이었다는 것이었습니다."

"허어, 흙비가 적당히 내리면…… 풍년이 든다? 아니 산천초목에 황토물을 퍼붓는데 어찌 흉년이 아니고 풍년이란 말인고?"

임금은 호기심에 고개를 모로 꼬았다. 생각이 깊을 때도 가끔 그러는 게 임금의 버릇이었다.

"그리고 흙비는 천벌이 아니라 천변지이天變地異 순환의 한 가닥이라고도 했사옵니다."

"천변지이의 한 가닥이라……?"

"예. 흔히 여름철에 태풍이 불면 남쪽 바다에서 일어난 검은 구름이 천둥 번개를 머금은 비를 내리는데, 이것도 천벌이 아니고 천변지이 순환의 한 가닥인 것처럼……, 그런 얘기를 들었다 하옵니다."

"흙비는 그럼 어떤 바다에서 일어난 구름이란 말인고?"

"그때 고향 노인들이 들려준 당시唐詩가 몇 편 있었다 하옵니다."

"그래? 그럼 그 당시도 스승들이 네게 들려주었겠구나."

"예. 변방의 풍경과 사정을 읊은 변새시邊塞詩였는데, 한두 편 기억이 나옵니다."

"난데없는 시습회時習會(복습회)가 되었다만, 어디 한번 시습해보겠느냐?"

임금의 측우기 생각은 어디 잠깐 바람 쐬러 나간 모양이었다.

세자는 즉시 시를 외기 시작했다. 그것은 당나라 시인 이태백이 지은 〈자야오가子夜吳歌〉 중의 한 구절이었다.

"장안일편월長安一片月이요 만호도의성萬戶擣衣聲이라. 추풍취부진秋風吹不盡 하니 총시옥관정總是玉關情이라. 하일평호로何日平胡虜 하여 양인파

원정良人罷遠征 할까. 장안에 조각달 비추이는데 집집마다 들려오는 다듬이 소리, 가을바람 하염없이 불어오니 온통 옥문관玉門關으로 치닫는 마음뿐. 어느 날에나 오랑캐 물리치고 우리 님 먼 전장에서 돌아올까."

"허, 옥문관에 부는 바람이라."

임금이 시의 한 구절을 따라 읊었다. 옥문관은 중국 서북부 감숙성에 있는 성이자 국경에서 밖으로 나가는 관문이니, 전쟁터를 상징하는 관문 이름이다.

"한 수 더 있사옵니다."

세자가 다음 시를 외기 시작했다. 이번에는 당나라 왕한王翰의 〈양주사凉州詞〉 가운데 한 구절이었다.

"포도미주야광배葡萄美酒夜光杯에 욕음비파마상최欲飮琵琶馬上催라. 취와사장군막소醉臥沙場君莫笑 하라, 고래정전기인회古來征戰幾人回인고. 맛좋은 포도주 야광 술잔에 찰랑, 말 탄 채 뜯는 비파는 마시기를 재촉하는 듯. 취했거니 사막에 누웠다고 비웃지 마소, 예부터 싸움터에서 몇 사람이나 돌아왔는고."

"오, 머나먼 오지에 황량한 사막이로구나."

"그러하옵니다. 흙비는 아무래도 그 오지 사막의 흙먼지 바람과 관계가 있을 것 같사옵니다."

"그럴듯하다만, 흙비가 오면 어째서 풍년이 되는고?"

"그도 상고 중이옵니다만, 아직은 흙비나 평소의 비를 정확히 측량할 수 있는 기구의 마련이 우선인지라, 그 때문에 선공감繕工監에 들락거리고 있사옵니다."

"오, 그래. 그래서 그런 기구를 만들어보았느냐?"

임금의 측우기 생각이 잠깐 바람을 쐬고 돌아온 모양이었다.

"예, 주철鑄鐵을 이용해 측정 기구를 몇 개 만들어보았사온데, 아직 마음에 들지 않아서 여러 가지로 더 궁구하고 있는 중이옵니다."

"오라, 그렇구나. 장영실을 불러 네게 보낼 것이니 하루라도 빨리 그런 기구를 만들어내도록 해보아라. 때에 따라 내리는 비의 양을 제대로 알아야 농사도 잘 지을 수 있고 수재나 한재에도 잘 대처할 수 있을 것이 아니냐?"

"예, 명심하여 기구 제작을 완성해보겠나이다."

"예판은 들으시오."

"예, 전하."

"지금 당장 장영실을 입시케 하시오."

"전하, 장영실을 지금 당장 입시케 할 수가 없사옵니다. 지금 도성에 없사옵니다."

"도성에 없다니?"

"채방별감採訪別監이 되어 경상도에 나가 있사옵니다. 조정에서 쓸 쇠와 구리를 채굴하고 있을 것이옵니다."

"아, 그래요? 측우기부터 만들어야겠소. 장영실이 있어야만 잘 만들 수 있으니 바로 역마를 보내 장영실을 불러올리시오."

장영실은 흠경각을 완성한 다음부터는 경상도에 내려가 있었다. 금, 구리, 철 등의 주요 광산을 다수 찾아내 채굴했고 그것들의 제련에 더 많은 관심을 기울여 그들 광물의 순도를 높이는 데 한참 정성을 쏟고 있었다. 어떤 기기나 제품을 만드는 데 있어서 그 정밀성, 내구성, 완성도 등은 사용하는 원료인 광물의 순도가 좌우한다는 것을 장영실은 잘 알고 있었다.

왕의 부름에도 장영실은 하고 있는 일 때문에 상경이 아무래도 늦을 수밖에 없었다. 세자는 스스로 측우기에 대한 궁구에 몰입하고 있었다. 장영실은 뒤늦게 도성으로 불려와 세자에게 보내졌다.

장영실은 세자의 지시에 따라 즉시 측우기 제작에 들어갔다. 세자는 가장 이상적인 빗물받이의 넓이와 깊이에 신경을 썼다. 세자는 웬만큼 되었다고 여겨져 완성된 기기를 설치하도록 했다.

서운관 앞에 측우기를 설치했다. 높이 두 자, 지름 여덟 치의 철제 원통이었다. 뿐만 아니라 청계천과 한강에는 자尺, 치寸, 푼分을 새겨 넣은 돌기둥을 세워, 언제든지 물의 높이를 알 수 있게 했다. 이것을 수표水標라 칭했는데, 수표가 세워진 청계천의 다리를 수표교라 부르게 되었다.

일단 측우기를 세워보기는 했으나 세자는 그 측우기로는 영 마음이 놓이지 않았다. 장영실도 그랬다. 너무 넓어서 물의 깊이를 세밀히 잴 수가 없었던 것이다. 그렇다고 너무 좁으면 내리는 빗물을 다 담아낼 수가 없을 터였다. 세자는 다시 새 측우기의 연구에 매달렸다. 내리는 모든 비의 양을 정확하게 측정할 수 있는 쇠 원통의 깊이와 지름을 어떻게 정할 것인가가 문제의 핵심이었다.

세자는 여러 번의 연구와 실험 끝에 마침내 가장 이상적인 깊이와 지름을 알아냈고, 장영실에게 부탁하여 그 치수에 맞는 측우기를 만들어내도록 했다. 깊이 1자 5치(34.7cm) 지름 7치(16.2cm)의 쇠 원통으로 된 측우기였다. 측우기 안의 빗물 높이를 재는 눈금은 푼分(당시 약 2mm) 단위로 측정할 수 있도록 했다. 이 측우기는 돌로 만든 측우대測

雨臺 위에 올려놓게 했다.

장영실의 정성을 다한 노력 끝에 마침내 1442년(세종 24) 5월 8일, 새로운 측우기가 완성되었다. 이 측우기가 완성될 당시 세자는 부왕을 따라 강원도에 가 있었다.

오늘날 세계 각지에서 쓰고 있는 측우기의 깊이와 지름은 장영실이 만든 측우기의 그것과 거의 같다. 서양 최초의 측우기는 1639년 갈릴레오의 제자였던 베네데토 카스텔리Benedeto Gastelli에 의해 처음 언급되었으나 제작되지 못했고, 이후 영국의 건축가이자 천문학자인 크리스토퍼 렌Christopher Wren이 1662년에 최초로 서양식 측우기를 만들었다고 한다. 장영실의 측우기는 서양의 그것보다 무려 220년이나 앞서 있었다.

11

다시 온천으로

1442년(세종 24) 새해를 맞이하면서 임금은 골똘히 생각하는 것이 하나 있었다. 온수현에 다녀온 후 조금 나았던 안질이 다시 점점 악화되었는데, 그럼에도 문자 창제의 일을 임금의 초조한 심사로는 조금도 미룰 수 없었다. 임금은 하는 수 없이 자신의 골똘한 속앓이를 중신들에게 털어놓기로 했다.

"경들이 내 사정을 좀 참작해주기를 바라오. 내 눈병이 날로 더 심해지고 있소. 우선 서책을 대하는 게 고통스럽소. 정무를 처결하는 일도 힘들고……."

"……?"

"그래서 이제 세자에게 대리청정을 시키려 하는데 경들의 의향은 어떻소?"

임금은 핏빛이 완연한 눈을 간신히 뜨고 중신들을 바라보았다. 고통을 참아내는 기색이 역력했다. 중신들은 임금의 딱한 모습을 보며 목이 메었다.

영의정 황희가 고이는 눈물을 감추려 고개를 들지 못한 채 간신히 입을 열었다.

"황공하옵니다. 전하의 환우를 소신들이 어찌 모르오리까? 하오나 세자에게 대리청정을 맡기심은 천부당만부당하옵니다."

바로 이어서 우의정 신개申槩가 반대의 뜻을 간곡히 아뢰었다.

"그렇사옵니다. 전하께서 비록 안질의 불편함에 계시나 아직 춘추가 한창이시옵니다. 안질은 치료하시어 곧 나으실 수 있사옵니다. 하오니 세자저하가 정무를 보게 하시어 조야를 놀라게 하실 수는 없는 일이옵니다."

"허나 내가 안질을 앓은 지 십여 년이 되었고, 더구나 근래 몇 년 동안은 병세가 더 나빠지니 쉽게 나아질 것 같지가 않소이다. 이제 세자의 나이도 서른이오. 대리청정을 한다 하여 정사가 어지러워질 리는 없지 않소?"

"그건 그렇지가 않사옵니다. 전하께서 비록 안질을 앓고 계시지만 아직 춘추가 성년盛年이시온데 갑자기 세자에게 대리청정을 시키신다면 온 나라의 신민들이 실망할 것은 물론이요 후세에도 영향이 클 것이옵니다. 또한 중국 조정이나 이웃 다른 나라가 이를 알게 된다면 무어라 하겠사옵니까? 신 등의 소견으로는 옳지 않은 일로 아옵니다. 통촉하여 주시옵소서."

예조판서인 김종서의 간곡한 상주上奏였다.

그러나 이 일에 대하여 골똘히 생각해온 임금은 쉽사리 물러서지 않았다.

"경들의 말하는 바는 다 옳아요. 그러나 나는 그런 일은 걱정하지 않소. 걱정스러운 것은 우리 조정의 사정이오. 경들은 나의 신병이 얼마나 심각한지를 잘 모르고 있단 말이오. 정사를 보기도 힘들고 종묘에 제사 지내는 일도 어렵소. 내가 세자에게 대리청정을 시키려는 데는 두 가지 이유가 있소. 첫째는 한 2~3년 정무를 줄이고 휴양하면 안질을 고칠 수 있다는 것이오. 둘째는 세자의 나이가 이미 서른이 다 되어간다는 것이오. 정치의 방법을 익혀야 할 때가 되었다 그 말이오. 가정에서도 가장이 유고有故 시에는 맏이가 가장을 대신하는데, 하물며 세자이지 않소? 세자는 임금의 후사이며 임금의 다음이오. 마땅히 정치의 전반을 배워야 할 것이니 경들이 오히려 그것을 주장해야 할 게 아니오?"

영의정 황희가 조용히 입을 열었다.

"전하. 전하께서는 후세의 군왕들에게 모범이 되셔야 하옵니다. 전하께서 만약 안질 때문에 세자에게 대리청정을 시키신다면, 후세의 군왕들 또한 전하의 전철을 따를 것이옵니다. 하오니 안질을 치유하실 방도를 찾으시는 게 옳은가 하옵니다."

반론의 여지가 없는 지적이었다. 임금은 허탈에 빠진 듯 힘없이 안질의 괴로움을 되풀이 호소했다.

"허 참, 내 병은 그리 쉽게 낫지 않으니 그렇지 않소? 온정에서 목욕을 하고 와서 얼마간 차도는 있었지만 다시 악화되었소. 내 병은 아무래도 쉬는 수밖에 도리가 없소."

우의정 신개가 새로운 제안을 했다.

"전하, 소신이 듣자오니 강원도 이천伊川 온정이 신효하다 하옵니다. 이번 춘등강무春等講武(임금이 지켜보는 가운데 치러지는 군사훈련의 일환으로 봄 가을이나 사계절 끝 무렵에 실시하던 수렵대회)도 시행하실 겸 이천의 온정에 행행하시어 입욕하시며 휴양하심이 어떻겠사옵니까?"

"그거 좋은 제안인 듯싶사옵니다."

좌참찬 황보인이 찬성했다.

"예, 그게 좋을 듯하옵니다."

다른 중신들도 고개를 끄덕였다. 임금이 더 이상 버틸 수가 없게 되었다.

"허, 좋소. 그렇다면 이번 한 번만 더 온정 치료를 해보겠소. 하지만 그래도 만약 차도가 없으면 나는 세자에게 정무를 맡길 것이오."

임금의 골똘한 생각은 엉뚱하게도 춘등강무 겸 온정 치료를 하는 것으로 결론이 났다.

"이번 노정은 매우 험난하오니 행행 중 사용하실 안여安輿(임금이나 왕비가 타는 가마)를 아주 튼튼하게 새로 제작하여야 할 것이옵니다."

"그리하시오. 대호군 장영실에게 부탁하는 게 좋겠소."

공조판서가 임금의 허락을 받고 장영실에게 양전兩殿이 각각 타고 갈 새로운 안여를 만들도록 특별 지시를 내렸다.

장영실은 세자가 지시한 측우기에 매달려 있는 중이었으나 이 일 또한 서두르지 않을 수가 없었다. 그는 선공감의 직장直長(종7품) 임효돈任孝敦과 녹사錄事(정8품) 최효남崔孝男 등에게 세부사항을 일러주어 이 중대한 일을 맡기고, 자신은 감독하며 제작을 진행시켰다.

장영실은 그때 세자가 지시한 측우기의 완성을 눈앞에 두고 있어서 안여 제작에만 전념할 수는 없었다. 그래도 양쪽으로 부지런히 뛰어다녔기에 행행 출발일에 맞춰 안여는 무사히 완성되었다.

1442년(세종 24) 3월 3일, 임금과 왕비는 각각 새로 제작된 안여를 타고 도성을 출발했다. 이번 행렬은 그 규모가 대단했다. 왕세자가 따랐고 진양대군, 안평대군, 영흥대군이 또 따랐다. 호종군사가 천여 명이었고, 구군장수驅軍將帥(수렵대회에 참가하는 장수)만 해도 동지중추원사同知中樞院事 이천李蕆을 비롯해 스무 명이 넘었다.

첫날은 경기도 풍천楓川에서 머물렀다.

다음 날 일행은 고삭탄高朔灘을 배로 건넜다. 가사평加士平을 지나자 길이 매우 험준해지기 시작했다. 강원도 땅에 들어섰음을 실감할 수 있었다. 가마를 메는 군사의 수를 배가했으나 가마의 진동은 줄지 않았다.

평강현平康縣의 노벌蘆伐은 사냥하기 좋은 장소였다. 사냥대회가 열려 세자를 비롯하여 대군들, 구군장수들이 사냥에 참가했다.

공을 다투기라도 하듯 넘치는 의욕을 보이는 구군장수들과 왕자들 가운데 특히 진양대군은 경쟁적으로 말을 몰고 달리며 사냥감을 좇아 활을 쏘았다. 이제 겨우 아홉 살인 영흥대군도 두 구군장수의 호위를 받으며 참가했다. 영흥대군이 말을 몰고 화살을 날리자 왕과 신료들이 박수를 치며 감탄의 환호성으로 그를 성원했다.

그런데 이 사냥대회에서 첫 번째 사고가 일어났다. 구군장수 이천이 공명심이 지나쳐 너무 서두르다 보니 그만 구군병사를 쏘아 쓰러뜨렸던 것이다. 화살을 맞은 병사가 중상이긴 했어도 생명에는 지장이 없어서 다행이었다. 이런 사고는 사냥 중에 가끔 일어나곤 했다. 그러나 병조兵曹에서는 그냥 지나칠 수가 없었다. 군기가 무너지는 것을 막기 위하여 이천에게 벌을 내리도록 임금께 주청했다.

"이천은 사냥의 공만을 탐하여 병사들의 인솔을 소홀히 했으며, 대오를 벗어나 함부로 활을 쏘다가 병사를 맞혀 중상을 입히는 과오를 저질렀습니다. 마땅히 유사攸司(해당 관청)에 명하시어 징벌토록 하시옵소서."

임금은 이천의 반성 서약으로 일을 끝내려 했으나 사헌부에서도 거듭 징벌을 주청하자 하는 수 없이 소환령을 내렸다.

"이천은 즉시 한양으로 돌아가 자숙 근신하며 다음 명을 기다리라."

다음 날 일행은 다시 이천 온정을 향하여 전진했다.

고성古城, 안협安峽 등을 지나 대현평大賢平에 이르러 밤을 보냈다.

그다음 날은 반나절쯤 나아가 도리평都里平에 이르렀다. 숲이 대체로 평탄하고 광활하여 사냥하기 좋은 곳이었다. 두 번째 사냥대회가 열렸다. 그런데 또 사고가 나고 말았다.

중신들과 함께 세자가 영흥대군을 대동하고 고지에 올라 사냥꾼들의 사냥 솜씨를 구경하던 중이었다. 첫 번째 사냥대회에서 괄목할 만한 솜씨를 자랑스럽게 내보이지 못한 진양대군이, 구군병사들의 몰이에 내몰린 사슴 한 마리를 좇아 기세 좋게 말을 달리며 화살을 잴 때였다.

마상에서 시위를 힘껏 당겨 만궁구전滿弓扣箭의 자세로 막 쏘려 할 때, 몰이꾼에 쫓긴 또 한 마리 사슴이 달리는 말 앞에 갑자기 나타났다. 말이 그 사슴을 뛰어넘고자 순식간에 공중으로 높이 치솟았다가 거의 수직으로 떨어지듯 내려와 땅을 박차고 달렸다.

진양대군은 말과 함께 공중으로 치솟으며 화살도 쏘았고, 말과 함께 또한 거의 수직으로 떨어지듯 내려왔으나, 말은 달리고 대군은 달리지 못했다. 대군은 말 등에서 거의 수직으로 미끄러져 땅바닥에 내동댕이 쳐졌던 것이다.

진양대군은 땅바닥을 잽싸게 짚은 완강한 팔 덕택에 큰 부상 없이 멀쩡했으나, 사냥은 그만 엉망이 되고 말았다.

"아니 저런, 사슴도 놓치시고 낙마까지 하시다니……."

이를 지켜본 중신들은 다들 눈이 똥그래지고 벌어진 입을 다물지 못했다. 그도 그럴 것이 진양대군은 태조대왕을 닮아서 말타기며 활쏘기가 벌써부터 참으로 과인過人하여 신무의 경지에 이를 것이라고 다들 믿어왔기 때문이다.

이런 소문처럼 진양대군은 평소 사냥에서도 웬만한 장수 못지않게 포획물이 늘 많았다. 왕자들, 즉 대군이나 군 들도 다 인정하고 있던 터라 그런 솜씨의 자신감으로 진양은 늘 스스로 오연傲然해왔다.

이날의 사고는 바로 그 오연함 때문이었다. 좀 더 따지고 보면 그 오연함의 근원 때문이었다. 남들은 모르나 진양대군 자신만은 똑똑히 알고 있었다. 가슴 속 깊숙이 남몰래 간직하고 있는 것이었다.

언제고 후련한 설원雪冤(분을 풀어 한을 없앰)을 남몰래 간직하고 있었던 것이다. 괴롭고 더럽지만 그때까지는 소리장도笑裏藏刀(겉으로는 웃으면서 속으로는 해칠 생각을 가짐)로 살 수밖에 없는 것이었다.

그것은 어떤 사람, 다시 말하면 어떤 두 사람(형 세자와 동생 안평대군)에 대한 내적 증오심, 여기서는 그중 한 사람에 대한, 오직 그 한 사람에 대한 내적 증오심을 버리지 못하고 있었던 것이다.

그것은 바로 그 한 사람에 대한 근원적인 열등의식Inferiority complex 내지는 적대감Cain complex 때문이었다.

세자는 심신단련의 일환으로 가끔 습사習射(활쏘기 연습)를 하고자 훈련원에 들렀다. 어느 날 일순一巡(화살 다섯 대를 쏘는 한 차례의 활쏘기)을 시작하려고 사대에 올라섰는데 진양대군이 들렀다. 진양대군도 가끔 들려 활쏘기며 말타기를 연습하곤 했었다.

"세자저하, 문후 여쭈옵니다. 그대로 습사를 시작하시지요."

"알겠네. 그럼 성원이나 해주게."

세자는 내관으로부터 활과 화살을 받아들고 서서 80간間(약 145미터) 떨어져 세워진 과녁을 보며 자세를 잡았다. 화살을 시위에 걸고 알맞게 당겼다. 만작滿酌이 되자 숨을 멈추고 탁 놓았다.

"관중貫中이오!"

고시무관告矢武官이 외치자 표적 옆에서 빨간 고전기告傳旗가 올라갔다. 세자는 첫발에 정곡을 맞혔다.

"관중이오."

"정곡이오."

"명궁이오."

사대 옆에서는 박수와 함께 함성이 터졌다. 그렇게 시작된 세자의 습사는 5순(25발)이 끝날 때까지 어김없는 관중의 연속이었다.

세자가 사대에서 내려오자 진양대군이 종자로부터 활과 화살을 받아들고 의기양양하게 사대에 올라섰다.

"저하께서 성원해주십시오."

"자네야 원래 명궁이 아닌가?"

진양대군도 그날은 5순을 쏘았다. 원래 자타가 인정하는 명궁이었으나 어찌 된 일인지 그날은 25대의 화살 중 22대만이 관중이었다. 한두 대 실수는 있었으나 세 대 이상의 실수는 좀체 없던 일이었다. 진양대군은 세자 앞에서 무안하기도 하고 뻗친 마음이 상하기도 했음인지 자신의 기추騎芻(말을 달리면서 목표물을 활로 쏘아 맞히는 무예)를 보여주겠다며 세자의 참관을 권유했다.

"성원하겠네. 좋은 재주를 보게 되었군."

일행은 장소를 옮겼다. 무과 과거가 있을 때 사용하던 장소였다. 진양대군은 활과 화살통을 갖추고 말에 올랐다. 출발 신호와 함께 달리고 돌며 때마다 다가오는 허수아비 표적을 향해 화살을 날렸다.

달리는 말 위에서 고삐를 놓은 두 손을 움직여 표적을 잘 맞혀나갔다. 그러나 아깝게도 마지막 표적에서 화살이 빗나가고 말았다. 진양대군은 말에서 내려와 뒤통수를 긁적거렸다.

"아직 미숙합니다."

"원숭이도 나무에서 떨어진다네."

세자는 진양의 어깨를 토닥여주었다. 진양은 세자보다 세 살 아래였다. 진양은 이상하게도 세자가 보는 데에서는 보이고 싶지 않은 실수를 저지르곤 했다.

세자는 부친인 임금을 닮아 몸이 부대하고 건장했다. 거기에다 부친보다 키와 덩치가 더 컸다. 얼굴이 잘생긴 데다 안색이 관옥冠玉같이 깨끗했다. 특히 수염이 옛날의 관운장처럼 길고 풍성해 용모가 웅위雄

威했다. 또 성품은 한없이 너그럽고 부드러우면서도 끈기와 뚝심이 있었다. 그리고 형제애가 매우 돈독했다. 아버지 임금의 판박이 같았지만 외모는 훨씬 두드러졌다.

진양대군은 세자의 이 외모와 성품에 늘 주눅이 드는 자신의 내면을 어찌해도 제어할 수가 없었다. 진양대군이 형 세자에게 내적으로 주눅이 드는 것은 또 있었다. 그의 학문의 깊이와 넓이였다.

인문지식을 넘어선 기타 분야의 지식, 예를 들면 수리, 천문, 지리, 역법, 기상, 명리, 음양, 풍수 등에서도 자국에서는 그를 능가할 자가 거의 없을 정도였다.

특히 수리와 역법, 천문에 있어서는 어느 전문가보다도 더 박식한 부왕 임금조차 따르지 못할 만큼 천재적이었다. 이 점에 있어서도 진양대군은 늘 내적 압박을 면치 못하고 있었다.

그런데 또 무예의 대표적 기술이라고 할 수 있는 궁술에 있어서도 진양은 형 세자를 압도할 수 없음을 내면적으로는 스스로 인정치 않을 수가 없었다.

도리평에서의 사고는, 형 세자가 고지대에서 구경하고 있지 않았다면, 형 세자가 저기에서 보고 있다는 생각을 진양대군이 하지 않았다면 일어나지 않았을 사고였다.

진양대군의 실수나 사고는 늘 형 세자 앞이거나, 형 세자를 의식할 때 유독 잘 일어나곤 했다.

세상에는 세종의 왕자 삼형제에 대한 관상을 조심스럽게 언급하는 사람들이 제법 있었다. 특히 언행이 사내대장부답다는 둘째 진양대군에 대한 언급이 많은 편이었다. 이마가 짧고 눈이 가늘며 턱이 좁다고

했다. 말하자면 관상이 쥐상[鼠相]이란 말이었다. 쥐상은 역사상 간신들에게서 많이 나타난다고 했다. 쥐는 보이지 않게 집안 구석구석을 구멍으로 헤집어놓기 때문에 큰일이 닥치면, 즉 태풍이 온다거나 폭우가 쏟아지면 담이나 벽이 무너지고 바닥이 가라앉아 집안을 망치게 만드는 주범이라고 했다.

쥐상 관상의 사람들은 아쉬울 때는 온갖 감언이설과 맹세나 장담으로 상대를 유혹해 이용하고, 자신의 뜻과 욕망을 이루고 나면 여지없이 배신하는 그런 부류의 사람이라고 했다.

진양대군의 낙마 소식에 왕과 왕비는 몹시 놀랐다.

"어찌 이런 일이 일어났는고? 진양이 말에서 떨어진 사유가 무엇인고?"

병조에서 달려와 사고의 자초지종을 보고했다.

도리평에 당도해 사냥대회가 열린다는 것을 알게 된 진양대군은 누구보다도 기운이 솟았다.

'내 실력을 보여줄 때가 온 게야. 암 본때를 보여야지.'

그리고 세자와 영흥대군은 사냥에 참가하지 않고 대신 고지대에서 대회를 관전할 거라는 소식을 접하자, 진양은 더욱 의욕이 넘쳐 피가 끓을 지경이었다.

'내 실력에 형 세자도 주눅이 좀 들어야지, 암…….'

진양의 진심은 기실 그것일 뿐이었다. 진양은 누구보다도 먼저 말을 달려 앞으로 나갔다. 그리고 마침 튀어나온 사슴 한 마리를 따라가며 좌우를 살피지 않고 무작정 쫓아 달렸다. 뒤에서 구군병사들의 함성이 들렸다. 그때 또 한 마리의 사슴이 진양의 앞길에 튕겨지듯 나타났던 것이다.

달리던 말이 갑자기 발 앞에 나타난 사슴을 뛰어넘고자 공중으로 치솟아 올랐다. 그리고 거의 수직으로 낙하해 앞발을 땅에 쿵 찍으며 내렸다가 다시 뛰어 내달렸다.

말이 앞발을 거의 수직으로 땅을 쿵 찍으며 내릴 때 진양대군은 말에서 미끄러져 땅에 쿵 내동댕이쳐진 것이다. 뒤따라오던 군사들이 놀라 달려왔을 때 진양대군은 몸을 움직여 일어서고 있었다. 다행히 그곳은 주위에 자갈이나 바위가 전혀 없는 풀밭이었다.

"몸 다친 데는 없다 하던가?"

"예, 전하. 하늘이 돌보아 어디 상한 곳은 없다 하옵니다."

"허어, 사복시司僕寺에서는 어찌 그런 맹랑한 말을 대군에게 내주었단 말이냐? 후유……."

임금이 안도의 한숨을 내쉬면서 명을 내렸다.

"아무래도 안 되겠다. 정신을 좀 차려야지. 사복시 제조와 판사를 한양으로 소환하여 문초토록 하라."

사복시 제조 이사검李思儉과 판사 김의지金義之가 즉시 도성으로 소환되었다.

"세자를 불러오라."

세자가 당도했다.

"세자는 지금 곧 대군들에게 가서 전하라. 차후로는 대군들의 사냥을 엄금한다고……."

"예, 전하."

세자가 나가자 임금은 옆에 있던 심비를 쳐다보며 근심 어린 심정을 토로했다.

"전에 없던 사고가 벌써 두 번씩이나 일어났소. 느낌이 좋지 않구려."

"너무 심려치 마시옵소서. 내일이면 온정에 당도할 것인데 무슨 일이야 있겠습니까?"

느낌과는 달리 평온한 밤을 보낸 다음 날, 일행은 다시 이천을 향해 길을 떠났다. 그날은 물살이 세고 양쪽 벼랑이 깎아지른 듯 서 있는 여울인 삼석탄三石灘을 건너가야 했다.

길은 점점 좁아지고 바닥은 온통 자갈이었다. 선두에서 행렬을 인도하는 삼군장수三軍將帥(총지휘관) 박종우朴從愚는 강가에 이르자 행렬을 정지시켰다. 그리고 말을 돌려 임금의 안여로 달려갔다.

"무슨 일이 있소?"

"별일은 아니옵니다만, 삼석탄에 세운 다리가 좁아 안여로는 지나기가 어려울 것 같사옵니다."

"그럼 말을 타고는 건너갈 수 있겠소?"

"황공하옵니다만 그렇게 하시는 게 좋을 듯하옵니다."

임금과 심비는 가마에서 내렸다.

중전 심비가 먼저 걸어서 다리를 건넜다. 그리고 임금이 말을 타고 뒤따라 건너갔다. 양전이 무사히 다리를 건너자 박종우는 안도의 한숨을 내쉬었다. 그리고는 군사들을 지휘하여 양전의 안여를 조심스럽게 옮겼다.

그다음 세자와 진양, 안평, 영홍 등 대군들이 다리를 걸어서 건넜다. 병사들까지 일행이 모두 다리를 건너고 보니 해는 어느새 저녁나절에 들어서 있었다. 박종우는 병사들을 독려했다.

"해가 지기 전에 이천 행재소行在所에 당도해야 한다. 서둘러라."

양전은 각기 안여에 다시 올랐다.

길은 여전히 좁고 험한 산길이었다.

강을 건너 10리쯤 왔을 때였다.

"뿌지직……."

임금이 탄 안여가 큰소리를 내며 진동하더니 앞쪽을 받치는 축이 부러졌다. 그 바람에 안여를 메고 가던 구군 십여 명이 옆으로 나동그라졌다.

"악, 전하께서 위태하시다."

소리치는 사이 앞 축이 부러진 안여는 앞으로 쓰러지면서 순식간에 임금이 타고 있는 채로 부서져 팍삭 주저앉고 말았다.

"전하! 전하!"

"전하를 구출하라."

박종우를 비롯한 구군장수들이 사색이 되어 부서진 안여로 달려들었다.

"서둘러 전하를 구출하라."

세자가 장수들에게 소리쳤다. 장수들은 말에서 내려 부서진 안여를 어깨로 받쳐 들었다. 그리고 임금을 부액扶腋하여 안여를 빠져나왔다. 다행히 임금은 털끝 하나 다치지 않고 온전히 무사했다.

왕비 심씨를 비롯하여 세자와 대군들 그리고 신료들은 자신들도 모르게 크게 한숨을 쉬었다. 안도의 한숨이었다.

한바탕의 소동 뒤에 임금은 말로 바꾸어 타고 길을 재촉했다. 해 질

무렵 일행은 마침내 이천 온정에 도착했다. 임금은 행재소에 좌정한 다음에야 크게 놀랐던 감회를 토로했다.

"도대체 가마를 어찌 만들었기에 한 차례도 움직이지 못하고 부서진단 말인고?"

"제작의 책임자와 참여자를 처벌치 않을 수 없사옵니다."

"의금부에 내려 추국토록 하시오."

파발이 왕명을 가지고 도성의 의금부를 향해 떠났다.

마침내 세자가 부탁한 측우기의 완성을 이뤄낸 장영실은 그다음 날 날아갈 듯 상쾌한 기분으로 이순지의 집으로 달려갔다. 이순지는 당시 봉상시윤奉常寺尹(제사와 시호에 관한 일을 보던 관아의 수장, 정3품)으로 승진한 상태였다.

장영실은 이순지를 보자마자 그 앞에 엎드려 울음 섞인 목소리로 보고하듯 말했다.

"나으리, 나으리. 드디어 측우기가 완성되었사옵니다."

"오, 어느새……. 참으로 장하이. 주상전하와 세자께서 아시면 엄청 기뻐하실 것일세. 아마도 큰 상이 내려질 것이야."

"모두가 나으리께서 돌봐주신 덕택이옵니다."

"내가 무슨 도움을 주었는가? 다 자네의 재주로 해낼 수 있었던 것이야."

이순지는 주방에 대고 주안상을 차려 오라 일렀다.

"우선은 우리끼리 축배를 드세. 만고초유萬古初有의 기기를 만들어 낸 셈인데 가만히 있을 수야 있나?"

주안상이 들어오자 두 사람은 잔을 높이 들어 측우기의 완성을 경축했다.

"참, 이천李蕆 대감은 어찌 되셨다 하던가? 혹 소식을 들었는가?"

"별 탈은 없을 거라는 얘기더군요. 화살 맞은 군사가 생각보다는 중상이 아니어서 쾌유가 빠르답니다. 그분이 어쩌다 그런 실수를 저질러서 곤경을 겪으시는지……."

그해 67세의 이천은 장수인 동시에 당대 최고의 과학자로서 이순지나 장영실에게는 스승과 같은 존재였다.

"운수가 사나워서 그런 게지. 이대감의 사예射藝(활 쏘는 재주)야 조선에서 다 알지 않는가."

"그렇지요. 사람의 일이란 참으로 예측 불가인가 봅니다."

두 사람은 술잔을 주거니 받거니 하며 이런저런 즐거운 얘기로 웃음꽃을 피워내고 있었다. 그런데 갑자기 밖에서 떠드는 소리가 났다. 두 사람은 하던 말을 멈추고 밖에 귀를 기울였다.

"어명이오."

"엉, 어명?"

두 사람은 깜짝 놀랐다. 실로 의아한 일이었다.

'먼 행재소에 계신 전하께서 측우기의 완성을 어찌 아셨단 말인가?'

밖에서 다시 큰소리가 들렸다.

"대호군 장영실은 곧장 나와서 어명을 받들라."

두 사람은 얼른 잔을 놓고 일어섰다. 장영실이 앞장서 나오고 이순지가 뒤따라 나왔다. 사랑방 앞마당에 관복을 입은 의금부 제조가 여러 명의 나졸을 거느리고 근엄하게 서 있었다.

두 사람은 뜻밖에도 의금부 제조의 출현에 영문을 몰라 잠시 마루에 그냥 서 있었다. 그러자 의금부 제조의 날카로운 호령이 귀청을 찢었다.

"대호군은 당장 꿇어앉지 못하는가? 어명이라 하지 않는가?"

사연이야 어찌 되었든 당장은 꿇어앉지 않을 수가 없었다.

장영실은 얼른 신발을 찾아 신고 마당 가운데로 나가 꿇어앉았다.

"주상전하께서는 대호군 장영실이 감독 제작한 안여를 타고 가시다가 중도에서 안여가 부서지는 바람에 큰 변을 당하실 뻔하였다. 장영실은 그 죄가 하늘에 닿아 있음을 알렸다!"

'아니, 그게 웬 말인가? 전하가 타신 안여가 부서지다니?'

장영실은 물론 이순지도 도저히 믿을 수가 없었다.

"뭣들 하고 있느냐? 죄인에게 어서 오라를 지워 의금부로 압송하지 않고?"

나졸들이 달려들어 장영실을 오랏줄로 꽁꽁 묶었다. 장영실은 그렇게 끌려갔고, 모든 것이 아득한 꿈속의 일처럼 몽롱한 채 의금부 옥방에 안치되었다.

'주상전하를 모시고 가던 가마가 부서지다니……. 그래도 전하의 옥체가 무사하신 것만은 참으로 다행이구나.'

"전하의 옥체가 조금이라도 상하셨다면 백번 죽어 마땅하겠으나, 아마 죽음만은 면할 것 같네만……."

의금부 제조의 말이었다.

임금의 온정 치료는 두 달 가까이 이어졌다. 임금이 도성으로 돌아온 것은 장영실이 하옥된 후 한 달 남짓 지난 1442년(세종 24) 6월 8일 경이었다. 의금부에서 장영실의 국문 내용과 해당 형벌을 임금께 보고했다. 죄목은 안여 제작 부실에 따른 불경죄였다.

"형률에 의거 장영실은 장 1백과 삭탈관직에, 선공직장繕工直長 임효돈任孝敦과 녹사 최효남崔孝男은 각각 장 80에 처해야 하옵 니다."

임금은 안타까운 마음을 금할 길이 없었다. 임금은 긴 한숨을 내쉰 다음 의금부 제조에게 일렀다.

"의금부 제조는 잘 들어라. 내가 세세한 내용은 알 수 없으나, 장영실이 안여 제작 감독을 소홀히 한 것은 틀림없이 측우기 제작 때문일 것이다. 또한 장영실은 지난 20여 년 동안 나라를 위해 세운 공로가 실로 적지 않다. 내 생각 같아서는 장영실의 죄만은 면제시켜 주고 싶지만, 국법이 엄연하니 그럴 수는 없고, 다만 그의 혁혁한 업적을 생각해서 장영실의 형량을 2등 감하고자 하니, 의금부가 알아서 잘 처리하도록 하라."

"성은이 망극하옵니다."

이 소식을 들은 장영실은 감격의 눈물을 흘리며 대궐 쪽을 향하여 사배를 올렸다. 얼마 후 장영실은 80대의 곤장을 맞고 삭탈관직이 되어 방면되었다. 그 뒤 장영실은 소식이 묘연해졌다.

세상에는 뒷말이 끊이지 않았다.

천민 장영실의 승승장구 출세를 시기한 자들이 일부러 안여에 몰래 손을 대서 부서지도록 조작해놓았다는 소문이었다. 사실 장영실은 양반들의 꾸준한 멸시와 시기의 대상이었다.

장영실의 소식을 알고자 특히 이순지가 백방으로 수소문하며 갖은 노력을 다했으나 그의 소식은 끝내 묘연했다. 임금이 찾으려 했다면 분명 찾을 수 있었을 텐데, 어찌 된 일인지 임금에게서도 그런 기미가 전혀 보이지 않았다.

각 도와 요지에 설치할 측우기의 제작도 급했고, 기타 장영실이 해야만 제대로 될 일들이 산같이 쌓여 있음을 누구보다도 잘 아는 임금이 그를 찾지 않았다.

긴 세월 동안 양반 사대부들의 반대와 시기에 이제 임금도 지쳤다는 소문이 파다했는데, 아마 그랬을지도 모르는 일이었다. 또한 중국에서 여러 이유를 들어 장영실 소환을 강요해서 임금이 보내기 싫어 일부러 감췄다는 소문도 있었다. 기타 많은 소문들이 오랜 세월 이어졌지만, 그의 행방도 그의 생사도 여전히 역사의 안개 속으로만 흘러들었다. 충남 아산의 아산 장씨牙山蔣氏 선영에 장영실의 추모비와 가묘만이 전해질 뿐이다.

12

문자 창제

강원도 이천 온정에 다녀온 뒤에도 임금의 신병, 특히 눈병은 별로 나아지는 것 같지 않았다.

눈병에 가장 나쁜 행동은 서책을 보는 것이다. 그런데 임금이 가장 열심히 하는 일이 서책을 보는 것이었다. 이렇게 서책 보는 일을 그만둘 수 없었던 가장 큰 이유는 바로 문자 창제의 궁구 때문이었다.

임금은 사실 등극 초부터 조선어에 알맞은 문자가 꼭 있으면 좋겠다는 생각을 했었고, 이후 쭉 그 생각을 떠나보낸 적이 없었다.

임금은 틈날 때마다 사역원에 들렀다. 주로 중국어, 몽고어, 일본어, 여진어 등을 구사할 수 있는 통사通事들을 양성하고 운용하는 곳이었다.

임금은 사람들의 말소리, 조선의 말소리는 물론 다른 나라 사람들의 말소리까지 그 발음을 다 표기할 수 있는 그런 표음문자를 만들고 싶었다. 임금은 특히 일본의 가나문자와 몽고의 파스파문자(Phags-pa, 원나라의 국사 파스파가 쿠빌라이 칸의 명을 받아 티베트의 문자를 개량해 만든 문자)에 관심을 가졌다. 그것이 표음문자이기 때문이었다.

세종은 이처럼 조선의 문자 창제에 대해서 오랜 세월 생각만 해오다가, 마침내 오로지 그것만을 파고들 수밖에 없다고 여기게 되었다. 자기 생전의 가장 중대한 과업이자 반드시 이루어야 할 마지막 과업이면서, 신하들의 일이 아닌 자신의 과업이라는 것을 자각하고는 드디어 거기에만 매달리게 되었던 것이다.

임금은 자주 집현전에도 들렀다.

"최부제학!"

임금은 집현전의 전임관專任官으로서 실제 행수行首 노릇을 하는 부제학副提學(정3품 당상관) 최만리를 찾았다.

"예, 전하."

"성, 신 두 수찬을 불러주시오."

집현전 수찬修撰(정6품)으로 문자 창제를 돕고 있는 젊은 수재 성삼문과 신숙주를 불러오라는 것이었다. 두 사람이 금방 불려왔다.

"소명 받자와 신 성삼문 대령이오."

"신 신숙주 함께 대령이옵니다."

"그래, 한 사람은 아음牙音(어금닛소리)이라 하고 또 한 사람은 후음喉音(목구멍소리)이라 하던 것은 귀결이 났느냐?"

"잉어, 뱅어 하는 '어'의 발음은 후음으로 분류해야 하옵니다."

성삼문의 여전한 대답이었다.

"아니옵니다. 잉어, 뱅어 하는 어의 발음이나 어망, 어촌 하는 어의 발음이나 같은 것이오니 아음으로 분류하는 것이 옳사옵니다."

신숙주 역시 여전한 주장을 계속했다.

"아니옵니다, 전하. 잉어, 뱅어 할 때의 어 소리와 어망, 어촌 하는 어의 소리는 분명 다르옵니다. 누구나 발음해보면 아는 일이옵니다."

성삼문의 주장이었다.

"아니옵니다. 어의 발음은 똑같은 소리이옵니다."

신숙주 역시 자기 주장을 고수했다.

"허, 이 사람들. 새파란 사람들이 어전이거늘 어찌 감히 무엄하게 다투는가?"

부제학 최만리가 젊은 두 사람을 나무랐다.

성삼문은 그때 나이가 25세요, 신숙주는 26세이니 조신朝臣으로서는 둘 다 참으로 조신操身해야 할 처지였다.

성삼문, 신숙주는 절친한 사이였다. 그러나 학문과 이론에서는 주장이 뚜렷하여 양보라는 게 없었다.

"아니요. 최부제학은 나서지 말고 물러나 있으시오."

"예, 황공하옵니다."

"음, 그럼 그 구분을 어찌해야 하는고? 내 생각에는 신숙주 주장대로 아음으로 분류해야 할 것 같은데 말이야."

"아니옵니다, 전하."

"허, 또 이 사람이! 어전이야, 성수찬."

"가만 물러나 있으라니까. 거 속도 모르고 최부제학은 왜 자꾸 나서는고?"

"황공하옵니다. 흠흠."

"성수찬."

"예, 전하."

"그렇다면 어찌해야 확실한 것을 알 수 있지? 아, 설, 순, 치, 후의 오음 중 어디에 속하는지 확실하게 분류는 해야 할 게 아닌가?"

"예, 황공하옵니다. 저희 둘의 의견이 다르니 아무래도 음운서 등을 더 찾아보며 연구해보아야 할 것 같사옵니다."

"하하, 하는 수 없지. 다음엔 아주 확실한 대답을 해야 할 것이야."

"예, 명심하겠사옵니다."

"아니다, 참. 이참에 요동에 와 있다는 음운학의 대가인 한림학사 황찬黃瓚을 찾아보도록 하는 게 좋겠다. 어찌 생각하느냐?"

성상문과 신숙주는 눈을 빛내며 서로 마주 보더니 이구동성으로 대답했다.

"성은이 망극하옵니다."

"그래, 두 사람이 통사通事를 데리고 다녀오도록 하라."

"예이, 어명 명심 거행이오."

임금은 음운 연구에 너무나 노심초사하는 바람에 몸이 점점 더 쇠약해져 갔다. 그해 겨울을 지내면서는 천식이 심해져 끼니를 걸러야 하는 일도 자주 생겼다.

섭생이 부실해지자 가장 혹사당하던 눈의 건강이 더욱 악화되었다. 안질 때문에 글자를 잘 읽지 못하게 되자 임금은 한탄했다.

"내 눈에 안질이 생겨 글자가 잘 안 보이니 답답하기 그지없도다.

그런데 글을 모르는 백성들은 눈이 아예 안 보이는 장님과 같을 것이니 그 얼마나 답답하겠느냐?"

임금은 자기 눈병을 빌어 자신을 한탄한 것이 아니었다. 자신의 눈병으로 체득한, 장님과 다를 바 없는 백성들의 울민鬱悶과 비창悲愴을 한탄했던 것이다.

내전에서는 매일 밤마다 왕비 심씨가 자리에 좌정하지 못하고 서성거리며 땅이 꺼지게 한숨을 내쉬었다.

"벌써 삼경이 넘었는데 오늘도 드시지 않을 요량이시구나."

"전하께서는 아직도 편전에 계시옵니다."

"역시 야대夜對(야간에 행하는 경연)를 하고 계시느냐?"

"예. 집현전 학사들과 논의를 하고 계신 줄로 아옵니다."

주로 문자 창제에 관한 논의였다.

"안질이 새해 들어 더욱 심하신데 큰일이로구나. 어찌 할꼬? 학문이 옥체보다 더 중하다 하시니, 이를 어찌 할꼬……, 어찌 할꼬?"

왕비 심씨는 땅이 꺼지게 한숨을 내쉬었다. 임금의 이 학문에 대한 열의를 왕비 심씨는 막을 재간이 없었다. 하기야 그 무섭던 부왕 태종도 이 아들의 호학 열정은 못 막지 않았던가.

그런데 이러한 임금 내외를 부모로 둔 자식 하나는 참으로 어처구니없게도 부모가 알면 놀라 자빠질 그런 황당무계한 일을 저지르고 다녔다.

"으읏차!"

진양대군은 몸을 솟구쳐 남의 여염집 담장에 올라앉았다가 담장 안으로 뛰어내렸다.

"쨍그렁."

기왓장이 함께 떨어져 산산이 깨졌다.

먼빛으로 두어 번 보아두었던, 이미 내력도 알아둔 여인이 기거하는 집을 찾아가, 범방犯房의 욕정에 겨워 월장을 용약勇躍 감행한 것이었다.

"컹컹."

앞마당에 개가 있었던가. 진양대군은 재빨리 뒷담 밑 나무둥치 뒤에 쪼그리고 앉아 숨을 죽였다. 개는 다행히 뒷마당을 뒤지지 않고 조용해졌다.

진양대군은 살금살금 걸어가 불이 켜져 있는 그 집 내실의 방문 앞에 섰다. 방 안의 여자는 자는 듯했다. 불을 켜놓은 채 잠이 든 것은 사람을 기다리다 깜박 잠이 든 것이리라. 진양대군은 방문을 열고 조용히 들어섰다.

방 안의 여인은 반라의 몸으로 백옥설부白玉雪膚를 드러내놓고 잠들어 있다가 깨어났다.

"에그머니나, 누구, 누구요?"

인기척에 놀라 깨며 질겁해 고함을 질렀다.

"하하하. 놀랄 것 없다. 과연 절세가인이로구나. 자, 소리는 치우고 말을 들어보자. 임자에게 서방이 있단 말이지?"

여인은 옷을 끌어다 앞을 가리며 단호하게 말했다.

"무례하오. 당장 나가시오. 해괴망측하게 야반삼경에 여자 혼자 자는 방에 들어와 무슨 수작이오? 보아하니 사대부집 양반 같은데 이 무슨 행패요? 안 나가면 고함을 지를 것이오."

"다 알고 왔느니라. 여자와 재물은 차지하는 사람이 주인이라 했거늘, 나도 그대 주인이 되려는 것이다."

"아니, 안 나갈 거요? 안 나가면 고함을 칠 것이오."

"허, 그 입 좀 다물지 못하느냐? '계집 팔자는 뒤웅박 팔자'란 말 알게 아닌가? 사내면 다 같은 사낸 줄 아느냐? 가슴 속엔 천하를 호령할 경륜이 있고 지혜는 맑은 샘물처럼 솟아, 일거수일투족에 천하가 요동칠 만해야 사내대장부라 할 것이다. 아차 실수로 절호의 기회를 놓치고 나 같은 영웅호걸을 따르지 않는다면, 북망산에 들어 후회한들 무슨 소용 있으랴."

"양반 나으리, 이러지 마시고 제발 나가주시오. 보아하니 어느 재상가집 아드님 같으신데, 공연히 큰 봉변이나 당하지 마시구요. 첩의 주인이 성미가 불같아서 만일 낌새라도 알아차리면 나으리나 첩이나 죽은 목숨이니 제발 나가주시오."

"하하하. 그쯤 두려우면 내 이리 오지도 않았을 터. 그대가 남의 소실이라는 것을 내 다 알고 왔느니라. 그 처지에 지조를 지킨들 열녀가 되겠느냐? 자, 자, 이 대장부의 높은 뜻을 거역하지 말고. 자, 이리……."

진양대군은 여인을 끌어 자리에 눕히려 했다.

"아악, 아니 되오."

"조여청사모성설朝如靑絲暮成雪(아침의 검푸른 머리가 저녁이면 눈 같은 백발이 됨)이라. 늙어서 할망구 되면 누가 어여쁘다 찾아줄 것인가? 자, 자, 이리로……."

"아악, 안 되오."

"이 허연 설부雪膚 젖통이가 내 오만 간장을 다 녹이는구나. 자, 어서……."

진양은 다짜고짜로 여인을 강압하여 끌어안고 이불 속으로 파고들었다.

"이리 오너라."

그때였다. 대문 두드리는 소리와 함께 우렁찬 사내의 목소리가 들려왔다. 이 집 주인이 분명했다.

"엇?"

"이리 오너라."

"이런, 재수 옴 붙었구나. 이거 큰일 나겠구나. 튀자."

행패풍류行悖風流가 본 경지에 막 이르려는 순간에 급히 몸을 추슬러야 했다. 옷을 대충 걸치고 서둘러 뒷문을 박차고 나갔는데, 무슨 기미라도 챘는지 금방 들어온 주인 사내가 뒤에서 외친다.

"저게 웬 놈이냐? 저놈 잡아라."

진양대군은 담을 뛰어넘어 달렸다.

"저놈 잡아라. 게 서지 못하느냐? 이 노옴!"

주인 사내도 순식간에 담을 뛰어넘어 뒤좇아 달려오며 외쳤다. 진양이 달리며 힐끗 돌아보니 그 사내는 손에 환도를 들고 있었다. 환도가 달빛에 번쩍였다.

"이크, 큰일 났구나."

진양은 그야말로 꽁지가 빠지게 달아났다.

"이놈, 게 섰거라."

진양은 죽을힘을 다하여 달리고 달렸다. 얼마쯤 달렸을까. 아무래도 십 리는 달린 듯했다. 앞에 나타난 검은 숲속으로 들어가 몸을 숨겼다. 살펴보니 환도를 들고 쫓아오던 사내는 되돌아가는 것 같았다.

"이 풋내기 같은 놈. 다시 한번만 나타나봐라. 제 모가지 들고 돌아가게 만들 테니……."

분 삭이는 소리가 저만큼에서 들렸다. 진양은 안심이 되자 바지춤을 내리고 방뇨를 시작했다. 고개를 드니 드넓은 하늘에 별이 가득하고 찬란했다.

북두칠성 옆 자미원紫微垣의 별들이 바로 앞 정면에서 빛나고 있었다.

"아니, 저건……."

진양의 이마를 겨냥하듯 정면으로 다가선 별 하나가 유난히 반짝이고 있었다.

"자미성?"

자미성은 천제天帝의 운명과 관련이 있다는 별이다. 진양은 눈을 크게 뜨고 다시 똑바로 쳐다보았다.

"맞아! 자미성이야, 자미성."

진양은 왼손으로 허리춤을 잡고 오른손바닥으로 이마를 탁 쳤다.

'음, 과연 자미성이야. 하늘의 계시인 게야. 음.'

방뇨를 마치고 허리춤을 수습한 뒤 진양은 발길을 옮겼다.

'하늘의 계시야.'

'제왕의 운명이 아닌가……."

회심의 미소를 지으며 걸음을 재촉했다.

진양이 남의 첩실을 겁탈하려다 죽을 뻔했다는 소문이 어느새 퍼지기 시작했다. 그 소문은 금방 온 장안으로 퍼져나갔다. 세상에는 비밀이 없는 모양이었다.

'다리가 빠르지 못해 그놈에게 따라잡혔다면? 으으, 안 되지. 이 멀쩡한 나이에 칼을 맞다니……, 안 되지. 더구나 제왕의 운명이 아닌가…….'

진양은 고개를 썰썰 내둘렀다.

'그렇지. 무예에도 일가견이 있다 했지. 백부께서 선사한……, 그래, 얼운이가 있지.'

겁탈 미수사건 후 진양대군은 외출 시에 얼운이를 데리고 다녔다.

그러던 어느 날 가끔 들르는 술청에서 얼운이의 옛 친구들을 만나게 되었다. 진양대군은 그 친구들에게 거하게 술판을 하사했다. 진양대군은 그 망나니 같은 얼운이의 옛 친구들에게 그 겁탈 미수사건을 무슨 대장부의 무용담인 것처럼 자랑스럽게 떠벌렸다. 물론 자미성 이야기를 쏙 빼고 떠벌릴 만큼은 진양대군도 분별력이 있는 셈이었다.

그런데 사실은 그렇게 떠벌린 것이 소문의 근원이 되었던 것이다. 대궐에서 이 소문을 먼저 알게 된 사람은 세자였다. 부왕이 알게 되면 보나 마나 크게 상심하실 것이요, 또한 아주 가혹한 처벌을 내릴 게 빤한 일이었다. 인정 많고 우애 깊은 세자는 서둘러 왕비 심씨를 찾아 떠도는 소문을 말씀드렸다.

"뭐라구? 남의 유부녀를 겁간하려다 하마터면 칼 맞아 죽을 뻔했다구?"

"황공하옵니다, 어마마마."

"어이구, 세상에……. 원 이런 변이……. 이런 창피한 일이 있단 말이냐?"

"이 일이 아바마마 천청天聽에 들어가기라도 한다면 얼마나 놀라시겠습니까? 그래서 감히 어마마마께 먼저 상의 말씀을 드리는 바입니다."

"아무렴, 그렇고말고. 그렇잖아도 아바마마께서는 요즘 간기열肝氣熱로 고생하시고, 안질이 더욱 악화되어 정무에 불편하심이 우심尤甚하신데, 그 소문의 말씀을 들으시면 얼마나 놀라시고 얼마나 크나큰 화를 끓이시겠느냐?"

"이 일을 어찌하면 좋겠습니까? 왕실의 체면도 문제구요."

"계집에 미쳐 환장하더니……. 그것도 하필 임자 있는 계집을 탐내다 혼이 나다니……. 참으로 알다가도 모를 일이로구나. 양녕 백부님을 닮았다더니 그 흉내를 낸단 말인가?"

왕가에서는 진양대군이 외모와 성품 등에서 그의 백부 양녕대군을 많이 닮았다는 이야기가 돌았다.

"어마마마. 너무 상심 마시옵소서. 소자가 잘 타일러서 앞으로는 그런 일이 없도록 근신을 시키겠사옵니다. 혹 아바마마께서 들어 아시게 되시더라도 잘 말씀 여쭈어주시기 바랍니다."

"아니다. 이건 예사로 넘길 일이 아니니라. 여봐라, 안상궁. 게 있느냐?"

"예. 중전마마."

"너는 진양대군의 사저에서 한 해 넘게 기거했으니 속내를 잘 알겠구나. 그 집에 가서 진양대군을 당장 불러오너라."

"어마마마. 불러다 어찌하시려구요?"

"내가 이래도 참고 저래도 감싸주며 늘 전전긍긍하다 보니 사람이 말라 죽을 지경이 되었다. 내 이번에는 결코 그대로 넘어가지 않을 작정이다."

"아이구, 어마마마. 그러시다가 시끄러워져서 아바마마께서 아시기라도 하시면 어찌하옵니까? 이 일은 소자에게 제발 맡겨주십시오."

안상궁이 끼어들었다.

"중전마마. 소신이 참견할 자리가 아니옵니다만 감히 한 말씀 여쭙고자 합니다."

"그래, 말해보거라."

"소신이 진양대군 사저에 오래 있으면서 느껴온 바입니다만 성품이 워낙 괄괄하여 꼭 불과 같사옵고, 뭐가 못마땅하여 성질이라도 나면 무슨 일이 벌어질지 몰라 몹시 불안하옵니다. 그 성품에 큰 나무람이라도 듣는다면 무슨 일을 저지를지 알 수가 없고, 부끄러운 마음까지 겹친다면 돌이킬 수 없는 무슨 일을 저지를지도 모르옵니다. 통촉하시옵소서."

"그렇사옵니다. 안상궁의 말이 옳사옵니다, 어마마마."

"오라, 그 위인이 울화를 못 참아 자진이라도 할 것이다 그 말이냐?"

세자가 대답했다.

"아니라고 단언할 수도 없지 않사옵니까?"

"그거참, 이러지도 저러지도 못하게 생겼다면 이 노릇을 어찌한단 말이냐?"

안상궁이 다시 끼어들었다.

"마마, 소신에게 한 가지 생각되는 방도가 있사옵니다만……."

"그래? 어디 말해보게. 무슨 좋은 수가 있나?"

"이참에 상감마마를 모시고 충청도 온양 온천으로 요양 차 행행을 하시오면 어떠하올지……."

"온양 온천으로 요양 차……?"

"예. 상감마마께서 안질로 고생하시는데 전에도 온정에 다녀오시면 나아지시곤 하셨지 않사옵니까? 다른 여러 병에도 좋으시고……. 자주 요양하실수록 좋다 하옵니다."

"어마마마. 그게 좋겠사옵니다. 그사이에 진양 아우의 일도 소문이 가라앉아 조용하게 될 것이옵니다."

"음, 그게 좋겠구나. 그런데 전하께서 응하실지가……?"

"예, 그것이 문제이옵니다."

"해마다 거둥하시는 셈이니……."

"소자에게 좋은 생각이 떠올랐습니다."

"무슨 생각 말이냐?"

"아바마마께서는 어느 누구의 말보다 영의정 황희대감의 말을 가장 잘 들으시옵니다. 그러니 이번에도……."

"오라. 그래 황정승을 잘 설득해서 아바마마께 온양 행차를 품주稟奏토록 한다 그 말이지?"

"예, 그러하옵니다. 그리고 또 무슨 일이든 안 된다고 앞장서서 주장하는 사람은 저 고집불통 집현전 부제학 최만리입니다. 이참에 그 최만리를 시켜서 온정 행차를 주장하게 하면 아바마마께서도 어쩔 수 없이 윤허하실 것이옵니다."

"호호, 거참 묘수로구나."

왕비 심씨와 이같이 합의한 뒤에 세자는 경복궁 중궁전을 나와 동궁에 돌아가 미복微服으로 갈아입었다. 그리고 무감 두 사람만을 데리고 걸어서 진양대군의 사저로 찾아갔다.

유부녀 겁탈 사건으로 물의를 일으켜놓고 바늘방석에 앉은 것처럼 몹시 불안하고 긴장된 나날을 보내고 있는 진양대군이었다. 언제 대궐에서 불호령이 떨어질지, 언제 입궐하라는 연락이 올지 몰라 좌불안석이 된 채로 나날을 보내고 있었다. 그러던 차에 하인들이 요란을 떨며 대문으로 달려나갔다.

"세자저하 거둥이시오."

하인들의 외침을 듣자 진양대군은 벌떡 일어나 뛰어나갔다. 그리고 대문간에 들어선 세자 앞 땅바닥에 납작 엎드렸다. 탕건머리에 버선발이었다.

"세자저하, 어인 행차시옵니까?"

"음, 마침 집에 있었구먼. 봄도 되어 바깥바람을 쏘이고 싶어 슬슬 걸어 나왔다가 들렀네. 듣자 하니 자네 집에 맛좋은 술이 있다 해서 말이네."

도둑이 제 발 저리다 했던가. 잔뜩 겁을 먹었던 진양은 의외로 부드러운 세자의 말에 안도의 숨을 내쉬었다.

"술이야 어찌 없겠습니까? 하오나 그러한 소문도 났습니까?"

"하하, 어디 얼마나 좋은 술이기에 궁중에까지 소문이 났는지 들어가 한잔 맛보세."

"예. 황공하옵니다. 저하."

어릴 때는 궁중에서 함께 자란 형제간이지만 이제 형은 임금이 될 세자요 아우는 그 신하의 신분이니 군신의 예로 맞아야 했다. 왕자들은 결혼을 하면 궁중에서 나와 사제私第와 녹전祿田을 하사받아 살게 되어 있었다.

사랑으로 들어가 좌정하자 진양대군의 내실 낙랑부대부인樂浪府大夫人 윤씨가 들어와 시아주버니인 세자에게 예를 올렸다.

"이 누추한 곳에 어인 행차시옵니까?"

"예, 계수씨. 그동안 별고 없으셨는지요?"

"황공하옵니다. 심려지덕으로 별고 없사옵고 어린 것들도 잘 자라고 있사옵니다."

"참으로 다행입니다. 그럼 그 어린놈들을 좀 보여주시겠습니까? 귀여운 모습을 보고 싶군요."

"황공하옵니다. 안 그래도 지금 큰놈은 옷치장을 하는 둥 들떠 있사옵니다. 큰아버님을 뵙는다고 말입니다."

"오, 그렇습니까? 하하하."

진양대군의 맏아들 장暲은 이때 여섯 살로, 세 살인 세손 홍위弘暐보다 세 살 위였다.

그날 세자는 조카 장의 제법 의젓한 태도와 말씨를 칭찬해주고 약간의 가양주家釀酒 대접을 받으며 우애 깊은 대화를 나누었다. 그러면서도 아우 진양대군에 관한 나쁜 소문이나 탈선에 대해서는 일언반구도 비치지 않고 돌아 왔다.

동궁에 돌아온 세자는 아들 홍위를 데려오라 했다. 동궁의 후궁인 사칙司則(종6품) 양씨楊氏가 홍위를 데리고 왔다.

"오늘은 보채거나 하지 않았느냐?"

세손 홍위는 세 살이라고는 하나 아직 두 돌이 안 되어 아직 말도 제대로 하지 못했다.

"예, 세손께서는 어찌나 착하신지 염려될 게 없사옵니다."

"음, 다행이구나. 제 어미 없음을 미리 알고 그러는지도 모르겠구나."

"장차 대통을 이으실 분이시라 다르신 모양이옵니다. 보통의 아기들과는 하시는 모습이 판이하게 다르옵니다."

"오, 그래? 아무쪼록 양사칙이 잘 좀 돌봐주기 바라오."

"예, 세자마마. 황공하옵니다."

양씨가 세손을 안고 나가자 세자는 고개를 천천히 돌려 천장을 보았다. 눈에 안개가 자욱이 끼고 눈물이 고일 것 같아서 눈을 껌벅거렸다. 껌벅거리는 눈앞에 홍위의 어미 권씨가 보였다.

아까 진양대군 집에서 조카 장을 안고서 웃고 있던 계수씨가 지금은 자꾸 죽은 세자빈 권씨로 보였다.

이때 임금은 반가운 기별을 받고 서둘러 집현전으로 나갔다. 요동 땅에 갔던 성삼문과 신숙주가 돌아왔던 것이다.

"전하, 다녀왔사옵니다."

"만리장정에 고생이 많구나."

"황공하여이다."

"그래, 잉어 뱅어의 어 소리는 무슨 소리로 결말이 났느냐? 황찬의 의견으로 말이니라."

"황공하옵니다. 그 또한 아음(어금닛소리)으로 함께 묶는 것이 좋을 것 같다는 게 의견이었습니다."

"옳거니……."

"그분이 우리 조선의 음운을 연구하여본 결과 조선 사람들은 후음(ㅂ목구멍소리)을 잘 발음하지 못한다 하였습니다. '발음하기 어려운 후음은 굳이 글자로 만들어놓을 필요가 없지 않겠느냐' 하는 것이 그분의 의견이었습니다."

"음, 과연 그럴 만하구나. 그렇다면 성수찬."

"예, 전하."

"그대 의견은 어떤가? 후음, 즉 목구멍소리를 살려야 한다는 주장이 아니었던가?"

"예, 하온데 역시 소신의 짧은 식견 탓이었사옵니다. 소신의 그 주장을 철회하옵니다."

"오라, 하하하. 이제야 앓던 이가 빠진 듯 개운하구나."

"황공하옵니다. 하온데 전하……."

"오, 그래……."

"황찬은 전하의 새 문자 창제의 열성을 듣고 감동된 바가 큰 듯하옵니다."

"오. 어찌해서……?"

"우리를 친절하고 자상하게 환대해주었을 뿐만 아니라, 전하를 직접 뵈러 오고 싶다 했습니다."

"그래? 언제 온다고 하던가?"

"해동에 그렇게 훌륭한 군주가 있다니, 고개가 숙여진다고 했습니다. 올해 자신의 나이가 칠순을 넘겼는데 조금만 젊었으면 조선에 가서 전하를 알현했을 것이라며 자신의 노쇠를 한탄했습니다."

"오, 고마운지고……."

성삼문과 신숙주는 황찬과의 대화 내용을 자세히 적어 가지고 와서 임금께 바쳤다.

……. 황찬이 설명했사옵니다. '여러 나라 또는 종족의 문자가 있지만 한자 이외

의 문자를 논한다면 파스파문자만한 것이 없습니다. 문자라는 것은 대개 오랜 세월이 흐르면서 자연히 만들어지는 것인데, 만약 사람이 일정한 시한을 두고 생각해서 만든다면, 그 우수성이 훨씬 뛰어나게 됩니다. 그러한 글자의 대표적인 것이 파스파문자이지요.' 성삼문이 묻고 황찬이 대답했사옵니다. '시한을 두고 만드는 글자가 어찌해서 더 우수합니까?' '사람이 문자를 만든다면 일정한 규칙을 정하게 됩니다. 그 규칙만 익히면 배우기가 아주 쉽기 때문이지요.' '파스파문자가 그러한 문자입니까?' '그렇지요. 한자는 세상의 모든 물상을 글자 하나씩으로 나타내는 표의문자이기 때문에 그 글자 수가 수만 자에 이르지요. 그러나 파스파문자는 음절을 기본으로 하는 표음문자이기 때문에 일천 자가 못되지만 모든 소리를 다 적을 수 있습니다.' '그 이치를 알고 싶습니다.' '자음과 모음이 결합하여 한 음절을 이루는 것입니다. 일곱 가지 음, 즉 순음脣音, 설음舌音, 후음喉音, 치음齒音, 아음牙音, 그리고 반치음半齒音, 반순음半脣音의 소리를 자음으로 하고, 여기에 모음을 합쳐서 음절을 이루게 하는 방식입니다. 바로 이런 방식이 사람이 기한을 두고 만드는 문자의 기본입니다.'…….

"오, 정말 놀랍구나. 그런데 어쩌면 과인이 생각하고 있는 것과 이렇게도 닮을 수가 있단 말인가? 내가 고안해낸 게 바로 그런 것인데……, 내 생각이 잘된 것이라니 참으로 다행이구나. 이거야말로 참으로 여합부절如合符節이 아닌가? 하하."

세종은 신하들 대부분이 강력히 반대하는 통에 소리글의 자모 대부분을 혼자서 궁구해 만들어내고 있었다. 그사이 많은 책을 독파했기에 이미 당대 제일의 음운학자가 되어 있었다.

세자는 진양대군의 일 때문에 부왕의 온천행을 바라고 있었지만 날로 심해지는 부왕의 안질 때문에도 행행을 소원하고 있었다. 임금은 풍질風疾과 각기脚氣, 그리고 소갈증消渴症 때문에도 어느 하루 편할 날이 없었지만 근래에 더욱 참기 어려운 것은 안질이었다.

'아, 정말 쉬고 싶다.'

그러나 임금은 쉴 수가 없었다. 아니, 쉬어서는 안 되는 것이었다.

'문자 창제는 내 한 몸보다 몇 만 배 더 소중하고 어느 무엇보다도 더 다급한 것이다.'

임금의 생각과 결심을 제대로 알아주는 사람이 거의 없었다.

'알아주는 사람이 없다한들 내가 어찌 일각인들 소홀히 할 수 있단 말인가.'

문자 창제는 책과 씨름하는 일이었다. 따라서 눈이 말을 듣지 않고서는 이룰 수 없는 일이었다. 안질이 심한 임금의 눈은 충혈까지 되어 잘 안 보이는 것은 물론이요 쿡쿡 찌르듯 쑤시기까지 했다. 그럴수록 세종의 마음은 더 급해졌다.

'서정庶政을 세자에게 맡기는 수밖에 없다. 세자가 잘해나갈 능력도 있으니……. 내 몸이 더 나빠지기 전에 문자 창제를 마쳐야 한다.'

임금은 작년부터 그러고 싶었으나 서정을 세자에게 맡기는 것을 중신들이 도대체 들어주지 않았다.

그러면서도 임금의 안질이 심해지자 중신들의 걱정이 또 태산이 되어 갔다.

"이대로 지낼 수는 없습니다. 성상께서 옥체를 보전하시도록 무슨 방도든지 강구해야 합니다."

"그렇다마다요. 우리의 불충이 너무 크오."

중신들은 임금의 용안을 뵙기가 참으로 민망했다. 나이로만 보면 금년 47세이니 아직 한창의 중년이었다. 그러나 임금의 기력은 이미 쇠진해가고 있는 형편이었다.

"다시 또 온정 행행을 주청합시다."

대소 신료들은 임금을 뵐 기회가 누구보다도 유리한 도승지 조서강趙瑞康에게 주청의 임무를 맡기고 기다렸다. 그러나 새 문자 창제에 몰두하고 있는 임금의 진지함 때문에 조서강은 입을 열 기회를 잡지 못하고 지나는 세월에 발만 동당거렸다.

세자는 다시 영의정 황희를 찾지 않을 수 없었다.

"저하, 너무 심려치 마시옵소서."

마침내 영상이 기회를 만들어 주청을 드렸다.

"전하, 금년의 춘등강무春等講武도 작년처럼 온천으로 가심이 어떠하신지요?"

"황정승, 내 안질이 염려되어서 그러시는 것이지요?"

"그렇지 않사옵니까? 전하의 환우가 나날이 걱정을 더해가시니 신등은 몸 둘 바를 모르겠사옵니다."

"나도 내 눈이 자꾸 흐려지고 또 오른손이 저려서 금년 봄에 온정에 가서 목욕을 해볼까 했으나, 다시 생각해보니 작년, 재작년 두 번이나 온천에 가 탕치湯治를 했어도 다 효험을 보지 못하고 공연히 백성들에게 폐만 끼쳤을 뿐이니, 아니 가는 게 나을 것 같소. 또 무슨 낯으로 온천을 간다 하고 나서겠소? 온천 가는 것은 그만두겠소."

"전하, 전하의 환우 때문에 가시는 일인데 백성들이 어찌 괴롭다 하겠사옵니까? 온천에 거둥하심을 오히려 반가워할 것이옵니다."

"그렇지 않아요. 그리고 두 번이나 온천에 가서 탕치를 했는데도 별 차도가 없질 않습니까?"

임금은 사실 이번에는 '꼭 관철하고 싶은 것'이 있어서 온천 거둥을 짐짓 사양하고 있었다. 그러나 영상은 영상대로 임금의 생각을 짐작하고 있었기에 거듭 온천 거둥을 주청했다.

"전하께서는 어찌 한두 번으로 효험을 보시려 하시옵니까? 근래에 신이 온천에서 탕치하고 온 사람들을 만나서 물어보았사온데, 반신불수이던 사람도 탕치 삼 년 만에 나은 일이 있다 하옵니다. 온천 목욕은 오래 할수록 좋다 하오니 전하께서도 오래 하시오면 효험을 보실 것이옵니다. 그리고 충청도는 아주 풍년이었고 백성들의 부역도 없사오니 온양 온천에서 탕치를 하시되 이번에는 아주 오래 하시기를 간절히 바라옵니다. 만약 그렇게 하셔도 효험이 없으시다면 그때 그만두셔도 되시지 않사옵니까?"

"황정승, 황정승도 아시다시피 내가 두 번이나 탕치를 거쳐보았으나 모두 다 효험이 없지 않았소? 효험이 있었다면 황정승이 청하기 전에 내가 먼저 가고자 했을 것이오. 효험이 없는 줄을 알면서도 굳이 거둥하는 것이 어찌 바른 일이겠소?"

"전하, 전하께서는 온천목욕이 효험이 없다고만 말씀하시옵니까? 재작년 전하께서는 온수현에서 목욕하신 후 안총眼聰(시력)이 좋아지시지 않았사옵니까? 그래서 그 후 온수현을 온양군으로 승격까지 시켜주시지 않았사옵니까? 그것이 바로 효험의 증거가 아니옵니까? 더구나 중전마마께서도 이미 신효하심을 보셨으니 금년에 아무쪼록 한 번 더 온정에 거둥하시옵소서."

"아무튼 나는 가지 않기로 결정했으니 그리 아시고 더 이상 온정 이야기는 하지 맙시다. 그리고 금년의 춘등강무에는 구군驅軍(사냥감을 한 곳으로 몰아주는 군사)을 쓰지 말고 금병禁兵(궁궐 수비군)만 거느리고 세자가 대행하도록 하시오."

더 이상 상주하다가는 옹고집으로 여겨질까 싶어 황희는 일단 편전을 물러 나왔다.

"어찌 되었습니까?"

빈청에서 기다리고 있던 중신들이 물었다. 영상은 희미한 미소를 지으며 가만히 고개를 저었다.

"허어, 이거 아무래도 큰일 났소이다. 이러시다 전하께서 쓰러지기라도 하신다면 그때는 더욱 망극한 일이 아니겠소이까?"

우상 신개申槩가 매우 침통한 표정이 되었다.

"영상대감, 그러시다면 주상전하께서는 불편하신 그대로 그냥 정무를 보시겠다는 뜻이옵니까?"

"그런 뜻은 아니신 듯합니다."

"예에? 그런 뜻이 아니시라면……?"

"세자저하로 하여금 섭정을 하도록 하실 뜻을 가지시고 계신 것 같습니다. 작년에도 그러한 말씀이 계시지 않았습니까?"

"섭정을요? 아직도 그 생각을 가지시고 계신단 말씀입니까?"

"필시 그렇소이다."

중신들이 술렁거리자 우의정 신개가 결연히 앞으로 나섰다.

"전하의 춘추가 아직 정정하신데 세자에게 정무를 맡기신다니, 이

웃 나라에서도 웃을 일이외다. 내가 기필코 주상께 온천 탕치를 윤허 받겠소이다."

신개는 다음 날 편전에 들어 임금에게 탕치 갈 것을 간곡히 주청했다.

"나의 병은 타고난 것이오. 하늘이 준 병이란 말이오. 그런데 어찌 탕치 정도로 고칠 수가 있겠소?"

조정에서는 물론이요 이제는 중전 심비와 세자, 그리고 왕자들도 임금의 탕치 주청에 가세했다. 그러나 임금은 여전히 거절이었다.

조정과 왕실이 다 같이 임금의 환우로 술렁거리는 사이 임금의 안질이 더 악화되었다. 그러자 조정에서 먼저 세자의 섭정을 거론하기 시작했다. 중신들이 드디어 의견을 모았다.

"더는 방도가 없소이다. 이번 한 번 더 온정 탕치를 하셔도 효험이 없으시다면 주상의 뜻대로 세자 섭정을 따르겠다고 하는 것이 어떻겠소이까?"

"좋습니다. 그렇게 합시다. 환우가 걱정이니 빨리 상고上告합시다."

황희 이하 중신들이 임금을 뵈었다.

"전하, 마지막으로 한 번이옵니다. 이번에도 탕치가 효험이 없으시면 전하의 뜻을 따르겠사옵니다."

임금은 내심 고소를 금치 못했으나 드디어 온천 행차를 윤허했다.

"내가 지병 때문에 번거롭게 여러 번 온천에 갔었으나 늘 별 효험을 보지 못해서 사실 부끄러웠소. 그래서 다시는 탕치를 하지 않기로 작정하고 있었는데 경들이 극진히 청하므로 이번 한 번만 더 따르도록 하겠소. 그런데 이번 역시 효험을 보지 못한다면 하는 수 없이 나는 세자에게 섭정을 하도록 시킬 터이니 그리들 아시오."

이리하여 임금은 1443년(세종 25) 3월이 되면서 집현전 학사들을 대동하고 온양으로 떠났다.

그 무렵 임금은 거의 모든 관심이 문자 창제에 가 있었다. 그러기에 집현전 학사들을 온천에까지 데리고 간 것도 당연한 일이었다. 새 문자 창제의 일은 이제 막바지에 접어들고 있었다.

임금의 성향을 잘 아는 왕비 심씨는 그래도 마음이 쓰이지 않을 수가 없었다.

"마마, 요양을 오셨으니 요양을 하셔야지요. 어찌 온양까지 오셔서도 서책만 대하시고 계십니까?"

그러나 임금은 그저 태평이었다.

"허허허, 쉴 때 쉬고 아프다고 드러누우면 무슨 일을 이룰 수가 있겠소? 그래도 이렇게 멀쩡히 심신을 버티고 있지 않소? 너무 염려치 마시오."

임금은 탕치는 하는 둥 마는 둥 하며 문자 창제에만 몰두하다가 4월 6일 도성으로 돌아왔다.

임금은 돌아오자마자 정무를 세자로 하여금 대행케 한다는 교지를 손수 작성하여 의정부와 육조에 내렸다.

"이, 이 일은……? 이게 아닌데……."

온천으로 떠나기 전의 약조를 알고 있던 신료들이나 모르고 있던 신료들이나 다 같이 경악을 금치 못했다. 세종의 교지가 뜻밖이요 너무 갑작스럽기 때문이었다. 대소 신료들은 떼를 지어 편전인 사정전으로 몰려갔다.

이미 그런 사태를 예상하고 있었던지 임금은 미소를 머금고 먼저 입을 열었다.

"내가 내린 교지는 읽어들 보았소?"

"전하, 신 등은 교지를 보고 두렵고 황공함을 금할 길이 없사옵니다. 지금 전하께서는 춘추 한창이신데 어찌 갑작스럽게 이러한 일을 하시려 하시옵니까?"

"아니, 이 일을 어찌 갑작스러운 일이라 하는 것이오? 온천으로 가기 전에 내 분명히 말한 바 있지 않소? 경들은 임금과의 약조를 어기려는 것이오? 그리고 춘추 한창이면 뭐합니까? 여러 가지 병이 깊어 심신을 제대로 구사하지 못하는 데도 경들은 경들의 고집만 부리실 것이오?"

"아니옵니다, 전하. 이 일은 고금에 없는 일이옵니다. 통촉하시옵소서."

"허어, 경들은 어찌 일구이언 하려는 게요? 내가 재차 분명히 말하거니와 나는 이제 병이 깊소. 그런데 근래에 와서 병이 더욱 심해지고, 또 내가 보위에 앉은 지 어언 25년이오. 근실해야 할 정사에 소홀함이 지나친 지 이미 오래되었소. 임금이 늙거나 병들면 세자가 정사를 대행하는 것은 중국에서도 종종 있던 일이오."

"하오나 전하……."

"잠깐, 내 말을 좀 더 들어보시오. 사람을 임용하는 일, 죄인을 처벌하는 일, 군사를 움직이는 일, 이렇게 세 가지는 내가 친히 결단할 것이오. 그 나머지 서정만 모두 세자의 재가를 받으면 됩니다. 이같이 한다면 나도 훨씬 편안하게 병을 조리할 수 있고, 세자 또한 서정에 빨리 숙달할 수 있을 것이오."

가타부타, 시기상조다 등등 여러 말이 한참 더 오고 갔으나 결국은 임금의 의지대로 결정되고 말았다.

신료의 임면, 죄인의 형벌, 군사의 운용 등 세 가지는 임금이 직접 처결하고, 나머지 일체의 서정은 세자가 맡아서 처결하게 되었으니 때는 1443년(세종 25) 5월 16일이었다. 그때 세자 나이 서른이었다.

13

훈민정음

임금은 몹시 기뻤다. 이제 마음 놓고 새 문자 창제에 더욱 몰두할 수 있게 되었기 때문이다. 임금은 편전과 집현전만을 오갔다. 문자 창제에 전념했던 것이다. 정인지, 신숙주, 성삼문, 최항, 박팽년, 이개李塏, 이선로李善老, 강희안姜希顔 등을 데리고 불철주야 총력을 기울여나갔다. 이러다 보니 임금의 안질은 다시 더 악화되어 눈은 거의 감고 있고 말로만 앞을 내다보는 지경이 되 었다.

애당초 새 문자 창제를 못마땅하게 여기고 있던 신료들은 다시 임금 앞에 나아가 그 일의 단념을 심히 재촉하기에 이르렀다. 그 대표적인 학사는 바로 집현전의 실제 수장인 부제학 최만리였다.

최만리는 임금이 그 헛된 연구로 용체가 위태해지고 봉안鳳眼까지

버리게 될지 모를 지경이라는 말을 듣고는 임금 앞에 나타나 사뭇 덤벼들었다.

"전하, 그 도로徒勞(헛고생)와 같은 문자 연구는 그만 작파하시옵소서."

"뭐라? 도로와 같다고……?"

"예, 전하. 그 언문의 연구는 그만 철폐하시라 그 말씀이옵니다."

"아니, 그 무슨 소린고? 철폐하라니……? 과인더러 지금 그 일을 그만 집어치우라 그 말인가?"

"예, 그러하옵니다. 전하께서는 한 줌 가치도 없는 일에 집착하시어 헛수고만 하고 계시옵니다."

"헛수고라고?"

"예, 전하. 분명 헛수고이십니다."

"이런 무엄방자한 놈! 아니, 이런 불충불궤不忠不軌한 언사가 다 있단 말인가? 그래 청맹과니나 다름없는 가엾은 백성들의 눈을 뜨게 해주고자 하는 막중한 일이거늘 헛수고라니……."

"전하, 그러하옵니다. 틀림없이 헛수고이십니다."

"아니, 그래도 저, 저 못된 놈이……. 백성들을 위해 주야불구 각고진력하는 일을 곧 죽어도 헛수고라니……."

"누구든 군왕 되시는 분이 마땅히 행하실 일은 천하의 대경대법大經大法에 의한 정치이지, 언문과 같은 쇄사瑣事(쓸모없고 자잘한 일)가 아니옵니다."

"저, 저런……. 나라의 글을 만들어 백성들의 눈을 뜨게 하는 일이 뭐 쇄사라고? 저런 고얀……. 저, 자라 콧구멍 같은 소견머리 하곤……."

참다못한 성삼문, 신숙주가 끼어들었다.

“성상께서는 어려운 한문을 몰라 눈뜬장님과 같은 백성들에게 쉽게 배워 읽을 수 있는 글을 만들어주시어 눈을 뜨게 하시고, 속에 든 생각을 적어내어 말을 하게 하시고자, 그 고역을 감내하시고 계신 것이옵니다.”

“이런 답답한 멍텅구리 선비들 같으니. 나는 그래도 자네 두 사람은 속이 환한 선비인 줄 알았는데, 이제 보니 아예 굴뚝 속이로구먼.”

“아니, 굴뚝 속이오?”

“자네들도 눈이 있는가? 성상께서는 이 정음 연구인가 언문 연구인가로 인해서 안질은 극에 달하시어 실명 지경에 이르시고, 천식이 우심하시어 침수조차 제대로 못 주무실 지경이시네. 이 일로 해서 성상께서 더욱 망극하시게 되어도 상관없이 정음인지 언문인지 그게 더 중하단 말인가?”

임금이 나섰다.

“잠깐. 그러니까 최부제학은 과인의 몸을 생각해서 문자 연구를 그만두라는 것인가, 아니면 문자 연구가 쓸모없는 일이니 집어치우란 것인가, 확실하게 말을 해보라.”

“황공하옵니다, 전하. 전일에 세자저하의 대리청정 전교를 내리실 때 무어라 말씀하셨습니까? 용체를 움직일 때마다 고통이 따르고 봉안鳳眼과 용이龍耳에 통증이 심해 더는 견디시기 어렵다 하시고, 이런 형편을 살펴 세자에게 대리청정을 시키노라 하셨습니다.”

“그런데…….”

“그때 신 등은 그 분부가 천부당만부당함을 알면서도 성상의 옥체를 생각해서 차마 한마디 상주치도 못하고 전교를 받들었사옵니다. 하온데 전하께서 세자에게 대리청정을 명하신 것은 실은 이 언문 연구 때문이 아니시옵니까? 이 언문 연구가 만기총람萬機總攬하시는 일보다, 전하의 환우보다 저 중하시다 이 말씀이옵니까?"

"그건 내가 이미 이야기한 일이 아닌가? 나는 아무것도 하는 일 없이 무위도식하면 오히려 없던 병이 더 생긴다고……."

"그렇지 않사옵니다. 황공한 말씀이오나 전하께서 세자저하로 하여금 대리청정토록 하신 것이 사실은 이 문자 연구를 위한 구실이셨습니다. 예전에 이미 성현들이 만들어놓은 진서문자가 엄존하온데, 하필이면 유별나고 이상한 글자를 만드시어 백성들에게 주시려 하시니 참으로 안타깝사옵니다. 전하의 환우가 쾌유되시는 길은 오로지 그 언문 연구의 철폐뿐이옵니다. 보잘것없는 언문 연구는 이제 그만두시든지 아니면 다만 삼문, 숙주 등에게 일임하시옵소서."

"최부제학이야말로 참으로 답답한 사람이로구먼. 그대들은 자신을 큰 충신으로 아는 모양이지만 실은 어리석은 선비요 고집불통 멍텅구리이니라. 한자와 우리 일상용어는 서로 달라서, 다시 말하면 말과 글이 서로 달라서 이를 같게 하는 것이 바로 훈민정음이란 말이오. 그대들은 그러한 훈민정음을 언문이라 하고 보잘것없다고 하나, 실은 이 훈민정음이야말로 진서문자요 필수문자가 되는 것이니라. 너희는 우리 조선의 새 글자를 오랑캐의 본을 따서 만드는 괴상한 글자라고까지 폄하하고 있다. 너희는 피가 마르고 눈이 멀도록 궁구를 거듭하고 있는 임금의 심정을 그렇게도 몰라준단 말이냐?"

임금의 목소리가 높아지고 있을 때 영의정 황희가 들어서고 있었다. 이때 황희의 나이는 81세로 고령이었다. 2년 전에 이미 노쇠를 이유로

사직을 간청했으나 임금의 불윤不允으로 초야로 돌아가 쉬지 못하고, 공적으로는 한 달에 두 번, 초하루와 보름에 입조하는 것을 조건으로 영의정을 계속 맡고 있었다. 그러나 황희는 기력이 노익장이어서 거의 매일 입조하고 있었다.

들어오면서 황희는 사태를 대략 파악하고 있었다. 고집불통의 최만리가 벼르던 끝에 임금께 덤벼들었고, 결국은 큰 거조가 날 기세임을 간파한 황희는 얼른 최만리를 내쫓는 게 상책이라 생각했다.

"급한 정사로 전하께 아뢸 일이 있으니 최부제학은 잠시 물러가 있게. 성상을 너무 괴롭혀 드리면 안 되지……."

"그게 아닙니다, 영상대감."

"허어, 나이 먹은 사람의 말은 일단 들어야 하는 게야."

"예에. 그러면……."

최만리가 나가자 성삼문 등도 다 나갔다.

"전하, 최만리가 비록 집현전의 주무 장관이긴 하나 훈민정음에 대해서는 잘 모르고 있사옵니다. 위인이 성정이 곧아 제 딴에는 성상의 용체를 염려한 끝에 충언을 드린 것이오니 관대히 용서하시옵소서."

"그거야 나도 알지만……. 하도 답답한 그 소견머리에 나도 모르는 새 언성이 좀 높아졌소. 허나 내 저를 수족같이 아끼는데 어찌 벌이야 가하겠소? 그런데 오늘은 경이 많이 늦었소이다."

"황공하여이다. 간밤에 비가 심해서 좀 늦었사옵니다."

"간밤에 비가 심해서? 아니 그러고 보니 관복이 아직도 젖어 있구려. 어찌 된 일이오?"

"황공하옵니다. 신의 안식구가 늙으니 자연 게을러져서 이렇게 되었는가 하옵니다."

"정경부인이 게을러지다니 그건 또 무슨 말씀이오?"

"하하, 예. 지난밤 비에 젖은 관복을 안사람이 일찍 말려서 다려놓아야 했는데, 그러지 못했다 이 말씀이옵니다."

"지난밤 비에 젖다니……. 그럼 그 비를 맞으며 경이 어디 순행이라도 했단 말이오?"

"아니옵니다. 신이 늙고 게을러서 집을 손질하지 못했더니 지붕이 새어서 벽에 걸어둔 관복이 그만 젖어버린 것이옵니다. 황공하옵니다."

"아니. 지붕이 새어서 관복이 젖었다 그 말씀이오?"

"황공하옵니다."

임금은 순간 눈이 똥그래지고 입이 딱 벌어졌다. 한동안 그러기를 마지못했다.

황희는 이때 일인지하 만인지상이요 백관의 우두머리인 영의정으로 재직한지 13년째였고, 관직 재직 기간이 무려 56년이었다. 그는 평생 국록으로만 살았다. 일 년 열두 달 국록으로 내리는 묵은 쌀만 먹었기에 그 집에서는 햅쌀을 구경한 지가 언제인지 까마득한 옛날의 일이었으며, 집은 낡을 대로 낡아 비가 새지 않는 곳이 없었다.

임금은 하도 어이가 없어서 이날 안상궁을 불러 급히 황희의 사저로 보냈다.

"성상의 어명 받자와 영상대감 댁 사시는 형편을 살피러 나왔습니다. 정경부인께 폐를 끼쳐 드려 죄송하옵니다."

"아이고, 이거 부끄러워 어찌하오. 세간들이 낡아 누추한 데다 청소마저 제대로 해놓지 않아서 말이오. 어서 오르십시오. 대감 처소는 저

앞 사랑채고 여기는 내실인 본채이옵니다."

"예, 고맙습니다. 정경부인 마님."

집을 살펴본 안상궁은 고개를 절레절레 흔들었다.

'아무리 그래도 일국 영상의 집이 이렇게도 낡고 초라할 수가 있단 말인가?'

먹을거리는 뒤주 속에 묵은 쌀 몇 말만 들어 있을 뿐이고, 지붕의 기와는 삭을 대로 삭아 하늘이 보이는데, 어떻게 손을 대 고쳐볼 수도 없을 만큼 낡아 있었다.

안상궁이 돌아와 고하는 말을 들은 임금은 자신의 아둔함을 통탄치 않을 수 없었다.

'나야말로 혼암昏暗한 군주로다.'

"이보시오, 중전."

"예, 마마."

"영의정으로 그토록 힘들게 산다면, 그것도 십여 년을 재직한 영상으로 이와 같이 산다면, 녹을 받아 사는 다른 관원의 형편이야 어떻겠소? 이러고야 내가 어찌 바른 정치를 한다고 할 수가 있겠소?"

"황공하옵니다. 하오나 어찌 생각하면 기뻐하실 일이기도 하옵니다."

"기뻐할 일이라고……?"

"예."

"아니, 어째서요?"

"일국의 영의정이 비가 새는 집에 살아 관복이 젖어 입조에 늦었다는 것은, 그 영의정이 얼마나 청렴결백한 정승인가를 말해주는 일이 아니옵니까? 이처럼 어진 재상은 아마도 고금에 드물 것인데 그런 재상을 신하로 두신 것이야말로 마마의 홍복洪福임에 틀림없사옵니다."

"허허허, 듣고 보니 그렇기도 하오. 황희야말로 보기 드문 현인일 것이오."

다음 날 임금은 내수사內需司의 관원을 불러 은밀히 영을 내렸다.

"극비리에 선공감과 협의하여 대궐에서 가까운 내수방內需坊쯤에다 집을 한 채 짓도록 하라. 집은 99칸으로 하되 아무도 몰래 은밀히 일을 진행시키라. 이 집은 영상 황정승이 살 집인데 황정승이 알면 펄쩍 뛸 것이요 일은 다 틀어지게 될 것이니라. 비용은 과인의 내탕금으로 충당할 것이니 그리 처리하고, 가재도구 일체도 궁실의 규모에 준하도록 일습을 모두 구비토록 하라."

"예, 전하. 분부대로 거행이오."

그리고 임금은 또 초헌軺軒이라는 탈것을 만들도록 지시했다. 이 탈것은 재작년 온수현 행행 때 제작해 실제로 사용했던 기리고차記里鼓車를 고안할 때 함께 고안했던 것인데, 만들기는 이번이 처음이었다. 임금은 스스로 그린 초헌의 설계도면을 선공감에 내주었다.

황희를 위하여 처음 만들었던 이 초헌은 그 뒤 정2품 이상의 중신으로서 나이가 많은 신하가 입조할 때 타고 다닐 수 있도록 더 많이 만들어 하사했다.

새집이 완성되어 하사받은 그 집으로 이사하던 날, 하사받은 초헌을 타고 가던 영의정 황희의 두 눈에서는 하염없이 눈물이 흐르고 있었다.

'성상……, 황공무지로소이다. 이제 다 늙은 이 몸이 무슨 수로 이 홍은鴻恩을 갚으오리까? 성상……. 으흑…….'

중전과 세자의 만류도, 반대파 신료들의 항변도, 문자 창제에 관한 한 임금에게는 도통 마이동풍이었다. 임금은 누가 보아도 오로지 문자 창제만을 위해 태어난 사람 같았다. 누가 보아도 치료부터 서둘러야 할 여러 병증에도 불구하고 임금은 나가나 들어오나 밤이나 낮이나 문자 창제에 대한 궁구에만 매달렸다.

세종은 자기 몸 하나 희생하는 게 문제가 아니었다. 문자만 만들어 놓으면 바로 죽어도 좋다는 결심이었다.

'내 몸은 한세상 살지만 내 문자는 만세토록 살 것이다.'

'이 한 몸 바쳐 이 나라 문자를 만들 수 있다면 몇 번이고 바칠 것이다.'

'내 문자는 영세광명永世光明이요 내 몸은 일세홍모一世鴻毛이니라.'

임금은 이런 생각과 사명감에 살고 있었다. 미상불 그런 까닭으로 버티고 있었다. 이 세상에 없는 독창적인 새로운 문자를 만들어내는 참으로 어려운 이 일의 방향과 단서는, 그래서 늘 임금의 독자적인 궁구에서 나와서 집현전 학사들에게 제시되곤 했었다.

역사상 미증유의 난제인 새 문자 창제라는 거대한 역사를 구상하고 궁구하고 완성하여 가장 소중한 자산으로 만대의 후손에게까지 전한 그 위대한 공로가, 몸으로는 갖가지 병마에 시달리고 가슴으로는 지옥 방불한 고뇌를 겪어가는 가운데서도 각고헌신한 임금 세종에게 결국 돌아갈 수밖에 없는 것은, 그의 이런 초인적인 희생정신과 사명감 때문인 것이다.

'소리는 입이라는 기관器官을 통하여 나온다. 소리는 소리가 발생하는 기관의 부위에 따라 다르다. 소리를 나타내는 문자의 획은 단순하고 그 수는 적을수록 좋다. 소리를 내는 목구멍, 혀, 어금니, 앞니, 입술

등의 움직임을 형상화한다면 자형이 가장 합리적이고 가장 이상적인 것이 될 것이다.'

임금은 자다가도 벌떡 일어나 붓을 들고 종이에 그림을 그리고 글을 썼다.

"예컨대 '君(군)'이라는 글자의 소리는 'ㄱ, ㅜ, ㄴ' 이렇게 초성, 중성, 종성으로 이루어지니……, 우선 그 초성의 글자 모양부터 만들어나가야겠지……."

"초성의 기본은 목구멍소리 후음喉音, 혓소리 설음舌音, 어금닛소리 아음牙音, 잇소리 치음齒音, 입술소리 순음脣音, 이렇게 오음五音이니까……. 그래, 오음의 글자부터 만들어나가면 되는 것이야."

어느 날은 내실에서 자다가 벌떡 일어나 중전 심씨에게 느닷없는 부탁을 한 적 있었다.

"이거, 자는데 미안하오. 어려운 부탁이 하나 있어서……."

"무슨 일이시옵니까? 신명을 다하겠습니다."

"별 게 아니고……. 중전이 입을 좀 벌려야 하겠소."

"예? 입을 벌리다니요?"

"왜, 겁이 나시오?"

"겁이야 안 납니다만……."

"하하, 사실은 그동안 글자의 모양을 어떻게 만들어야 하나 고심하고 있었는데 문득 좋은 생각이 떠올랐소."

"어떤 생각이신데……?"

"글자의 모양을 소리 내는 곳, 즉 발음기관의 모양새를 본떠 만들려고 합니다. 다시 말해 오음을 발음할 때 입 안의 움직임을 보고 그 모양새를 따라 그 형상에 맞는 자형을 만들려는 것이오."

"그런데 신첩이 왜 입을 벌려야 합니까?"

"하아 참, 내가 내 입 속을 볼 수는 없는 일이 아니오? 그래서 중전이 발음을 할 때 그 입 안을 보려는 것이오."

"오호호호, 그러시다면 얼마든지……."

그날부터 임금과 왕비 심씨는 중궁전에서 아예 나오지도 않고, 새로운 글자의 자형을 만드는 데 열중하고 있었다.

임금은 여러 날 관찰한 입 안의 구조를 종이 위에 그려가면서 발음과 밀접한 관계가 있는 부위를 자세히 살펴보았다.

"자, 내가 발음하는 대로 따라해보세요."

"예."

"자, 그러면……, 군!"

"군!"

임금은 스스로 다시 발음해보았다.

"군."

왕비도 따라 했다.

"군."

"이번에는 그!"

"예, 그."

"그……."

"그……."

몇 번씩 해본 다음 임금은 붓을 들어 종이에다 새로운 기호 같은 글자를 쓰고 그 뒤에 설명을 한자로 적었다.

"ㄱ …… 牙音, 如君字 初發聲. 發聲器官 形象(ㄱ …… 어금닛소리, '군' 자의 첫 발성과 같음. 혀뿌리가 목구멍을 막는 모양)

"허허, 이 새로운 글자 모양이 어떻소?"
임금은 소년처럼 웃으며 즐거워했다. 왕비는 신기한 듯 두 눈을 똥그랗게 뜨고 새로운 글자 모양을 오랫동안 쳐다보았다.
"참 간단하고도 기묘합니다."
"자, 그럼……, 다음을 해봅시다."
"남!"
"남."
"느!"
"느."
임금은 자신이 발음을 해보며 왕비의 입 안을 자세히 관찰했다. 여러 번을 그런 다음 붓을 들어 적었다.

"ㄴ …… 舌音, 如南字 初發聲. 發聲器官 形象(ㄴ …… 혓소리, '남' 자의 첫 발성과 같음. 혀가 입천장에 붙는 모양)"

적어놓은 새 글자를 왕비는 또 놀라운 눈으로 한참을 들여다보았다.
"전하, 참으로 신묘합니다."
"아직 멀었소, 자, 또 해봅시다. 미!"
"미!"

"ㅁ …… 脣音, 如美字 初發聲. 發聲器官 形象(ㅁ ……입술소리, '미' 자의 첫 발성과 같음. 입술 오므린 모양)

두 사람은 이렇게 하면서 방 안에 며칠이고 앉아서 새로운 글자 창제에 계속 몰두하고 있었다.

"전하, 전하는 인신이신 군왕이 아니라 신인이신 군왕이옵니다."

왕비는 임금이 적어놓은 것을 보면서 참으로 경탄해 마지않았다.

"아닙니다. 누구나 다 한곳에 전념하면 얻게 되는 열매지요."

이렇게 해서 임금은 자음의 기본 글자인 'ㄱ, ㄴ, ㅁ, ㅅ, ㅇ'을 만들어냈고, 이 글자를 기초로 하여 다시 자음 17자를 만들어낼 수 있었다.

세종은 집현전 학사들을 편전으로 불렀다.

"전하, 찾아 계시옵니까?"

"그래요. 내가 경들을 부른 것은 소리글자의 초성이라 할 수 있는 닿소리 17자가 완성되었기 때문이오."

"예에? 닿소리 17자가…… 완성?"

모두들 깜짝 놀라서 입이 벌어지고 눈이 휘둥그레졌다.

"그러므로 이 17자의 원리를 규명한 다음, 중성인 홀소리에 대해서 논의해볼까 하오. 그러면 문자 창제를 더 빨리 마무리할 수 있을 것이오."

정인지 등 학사들은 놀랄 수밖에 없었다. 그리고 또 부끄럽지 않을 수가 없었다. 임금이 이렇게 빨리 초성의 원리를 깨달아 글자 모양을 만들어낼 줄은 미처 몰랐기에 놀랐고, 자신들은 온갖 지식과 지혜를 총동원했음에도 아직 초성의 이치조차 파악하지 못하고 있어서 부끄러웠던 것이다. 특히 나이가 임금보다 한 살 위로 박학다식하다고 조정 내외에서 칭송이 자자하던 정인지는 더욱 그랬다.

학사들 면면에서 완연한 놀람과 부끄러움의 안색을 살핀 임금은 파안대소를 터뜨리며 분위기를 반전시켰다.

"하하하, 초성 17자. 내가 만들어냈다고는 하나 이는 모두 경들이 밝혀낸 오음의 이치가 있었기에 가능했던 게요. 자, 이것들을 보시오."

임금은 초성 17자가 적힌 종이를 학사들에게 내주었다.

그들은 참으로 신기하기 짝이 없는 새로운 글자와 그 옆에 한자로 예를 든 보기글자를 돌려 보면서 자신들의 탄복을 재확인했다.

임금은 학사들이 다 보기를 기다렸다가 기본 글자 다섯 개를 만들게 된 동기와 과정, 그리고 그 다섯 글자를 기본으로 하여 17자를 모두 만들게 된 과정을 천천히 설명해주었다. 그리고 정인지를 불렀다.

"학역재學易齋."

토론의 시작이었다.

"예, 전하."

"학역재는 내가 만든 17자의 특징이 무엇이라고 생각하오?"

"초성 17자는 발성 기관의 모양이나 움직임을 본떠 만든 것으로 아옵니다. 이 글자들은 모두 입 안에서 어떤 장애를 받으며 나오는 소리인데, 소리가 나올 때 그 기관의 모습을 형상화한 것인가 하옵니다."

"과연 학역재요. 아주 정확하게 맞춰냈소그려. 그러면 근보謹甫."

이번에는 성삼문에게 질문이 갈 판이었다.

"예, 전하."

"중성의 소리는 어떠할까?"

"신의 소견으로는 중성은 입 안에서 아무런 장애도 받지 않고 나오는 소리인가 하옵니다."

"음……."

임금은 말없이 고개를 끄덕이다 신숙주를 불렀다.

"범옹泛翁, 자네는 어찌 생각하는가?"

"신은 좀 달리 생각되옵니다. 중성의 소리 역시 발음기관이 장애를 받는다고 생각합니다. 다만 신의 학문이 부족하여 장애 받는 그 기관이 어느 것인지 확실히 모를 따름이옵니다."

"허허허, 두 사람 다 맞히긴 맞혔는데 반만 맞힌 게야. 나 역시 중성에 대하여 완전하게 연구한 것은 아니나, 내가 생각하기에는 중성은 입 안에서 아무런 장애를 받지 않고 나오는 소리임에는 틀림없는데, 다만 그 소리가 여러 가지로 나오는 이유는 혀의 다양한 움직임과 입의 다양한 움직임 때문인 것 같네."

"전하, 그렇다면 중성의 자형 역시 혀와 입의 움직임을 본떠 만들면 될 것 같사옵니다."

최항이 의견을 냈다.

"나도 처음에는 그렇게 생각했지. 그런데 그게 갈피가 잡히지 않아. 혀의 움직임이 어찌나 다양하고 복잡한지 그 움직임을 파악할 수가 없어……."

다른 의견을 내는 학사들이 없었다. 모두들 고개를 숙이거나 돌리고 생각에 잠기는 모양들이었다. 임금은 벽에 부딪친 듯 답답함을 느꼈다.

"자, 모두들 중성에 대하여 더 궁구해본 다음 다시 만나 의논하기로 하고 오늘은 이만 파하겠소."

소득을 기대한 모임이 소득 없이 끝난 때문인지 임금은 우울해졌다. 가슴이 꽉 막혀 어떻게든지 터뜨려야 할 것 같았다. 임금은 문을 열고 밖으로 나왔다. 눈이 내리고 있었다.

"벌써 겨울이란 말인가?"

임금의 마음을 아는지 모르는지 하늘은 탐스러운 함박눈을 뿌리고 있었다. 뜰도 지붕도 먼 봉우리도 온통 눈으로 덮여 있었다.

세종은 문득 신기한 것을 보기라도 하듯 눈을 내려주고 있는 하늘을 쳐다보았다. 하늘은 거무스름한 동공처럼 보였다. 눈은 커다란 동공에서 수만 송이 흰 꽃이 되어 소리 없이 차분하게 쏟아져 내리고 있었다. 감탄을 자아내는 멋진 광경이었다.

'하늘의 조화로군…….'

이렇게 생각하다가 임금은 번쩍 빛나는 섬광이 뇌리를 스치고 지나감을 깨달았다.

'그래 하늘이야. 하늘, 그리고 땅, 그리고 그 가운데 사람……. 아! 하늘, 땅, 사람, 이것은 바로 삼재가 아닌가! 예부터 사람들은 이 삼재를 우주 형성의 기본으로 여겨왔지 않은가! 하늘은 양陽이요 땅은 음陰이며 사람은 그 중간에서 음양이 함께 있는 중간의 존재가 아닌가! 음양과 오행이 바로 우주만상을 이루는 조화의 근본일진대…….'

'초성 17자는 결국 오행의 도를 따라 이룬 것이니, 중성은 음양의 도를 따라 이루면 될 게 아닌가!'

임금은 부랴부랴 편전으로 돌아왔다.

중성의 소리를 여러 가지로 내어보았다. 정말 삼재를 따름인지 역시 중성은 크게 세 가지로 구분되었다.

"아……."

'모든 소리의 기본이라 할 수 있다. 맑고 투명하다. 하늘을 닮았다.'

임금은 붓을 들어 종이 위에 하늘을 표시하는 둥근 기호를 그렸다.

그리고 붓을 꾹 눌러 동그란 점을 찍었다.

'、'

"으……."

'포근하고 차분하다. 땅을 닮았다.'

붓을 들어 땅을 표시하듯 옆으로 평평하게 그었다.

'ㅡ'

"이……."

'얇고 가볍다. 천지간에 아옹다옹 살아가는 사람을 닮았다.'

붓을 들어 서 있는 사람을 그리듯 밑으로 내리그었다.

'ㅣ'

세 글자가 이루어지자 임금의 생각은 봇물이 터지듯 쏟아져 내렸다. 하늘과 땅이 어우러지는 형상을 그려보았다. 그리고 또 하늘과 사람이 어우러지는 형상을 그려보았다.

소리를 내가며 이리저리 어우러지는 형상을 기호로 적은 다음 이것들을 또 음과 양과 중간으로 구분하여 적었다.

봇물이 터지듯 쏟아져 내리는 생각은 또 삼단 묶음처럼 착착 정돈

되어 떠올랐다.

“천天 … 양 … 、”

“지地 … 음 … ㅡㅓㅜ”

“인人 … 중 … ㅣ”

임금은 또 고개를 갸웃거리며 잠시 생각하다가 겹친 소리의 모양도 생각해냈다.

“ㅑ ㅛ ㅕ ㅠ”

이렇게 해서 임금은 짧은 시간에 가운뎃소리인 중성 11자를 창안해 낼 수 있었다.

이제 끝소리인 종성만 만들어내면 문자 창제는 완성을 보는 것이었다.

‘이 또한 음양오행의 원리를 따라 궁구해볼 일이로다.’

과연 신통한 생각은 연이어 신통한 생각을 낳았다.

‘만물은 땅에서 태어나 땅으로 돌아간다.’

“가만, 그… 아… 윽……ㄱㅏㄱ…, 각…….”

“느 오 은…… 논.”

“허어, 이렇게 여합부절如合符節일 수가…….”

초성인 17자를 그대로 종성으로 삼아보니 기가 막히게도 딱딱 들어맞았다.

“오오, 지성감천이로구나. 불철주야 노심초사하고 각고진력함을 하늘이 알아주신 것이야.”

임금은 새로이 만들어낸 자음 17자, 모음 11자, 도합 28자를 종이에 천천히 적어놓고 앉아 쳐다보았다.

ㄱ ㄴ ㄷ ㄹ ㅁ ㅂ ㅅ ㅇ ㅈ ㅊ ㅋ ㅌ ㅍ ㅎ ㅿ ㆁ ㆆ

ㅏ ㅑ ㅓ ㅕ ㅗ ㅛ ㅜ ㅠ ㅡ ㅣ ㆍ

그리고 그 28자 위에 한자로 '훈민정음訓民正音' 네 글자를 천천히 써넣었다.

이로써 마침내 오음의 발성 기관을 상징하여 응용한 닿소리 자음 17자를 만들었고, 천지인 삼재를 제자원리로 응용한 홀소리 모음 11자를 만들어냈던 것이다.

이런 제자원리는 다른 문자에서는 찾아볼 수 없는 매우 독창적인 것이었으며, 또한 중성(모음)을 독립시켜, 초성과 더불어 자모문자子母文字를 이루도록 한 문자체계는 인류 최초의 것이요 세계 유일의 것이 되었던 것이다.

임금은 스스로 감격하여 저절로 흐느끼고 말았다. 풍질병과 소갈병은 차치하고라도, 반 장님으로 만들어놓고도 늘 근질거리고 따끔거리고 찐득하여 제대로 문서를 볼 수 없게 괴롭히던 지독한 안질과 싸우며 기어이 이겨낸 수년간의 간난신고 끝에, 마침내 훈민정음 문자 창제라는 기적과도 같은 대위업을 이루어냈던 것이다.

집현전 학사들이 전심전력 돕는다고 도왔으나 결국은 임금 혼자 문자 창제를 이루어낸 셈이었다. 눈물이 하염없이 흘렀다. 임금은 한동안 흐르는 눈물을 느끼지 못하고 있었다.

임금은 집현전 학사들을 불러놓고도 한동안 말을 잇지 못하고 있었다.

"……."

"전하. 부르셨사옵니까?"

"……."

"전하……."

임금은 드디어 입을 열었다.

"마침내……, 우리의……, 우리의…… 문자가 창제되었소!"

울음 섞인 음성으로 말하며 훈민정음이라 적힌 종이를 내려주었다.

"전하, 하례 드리…… 옵니다. 흐흑……."

"전하, 감축…… 드리옵니다. 으흐흑……."

정인지, 성삼문, 신숙주, 최항 등 학사들은 감격으로 가슴이 벅차 말을 제대로 할 수가 없었다. 그리고 처절한 부끄러움으로 또한 가슴이 미어져 말을 제대로 할 수가 없었다. 그들의 눈물 역시 하염없이 흐르고 있었다.

"밤을 낮 삼아…… 노심초사하던 경들의…… 그 노고가 없었던들…… 어찌 이 같은 일이 이루어질 수 있었겠소."

울음 섞인 임금의 소회 토로였다.

"전하, 흐흑……."

"전하, 망극하여이다. 흑흑……."

"칠흑같이 깜깜한…… 밤길을 가듯 어두운 세상을 살던 가엾은 창맹蒼氓세상 모든 사람들이……, 눈은 있으되 보지 못해 청맹과니로 살던……, 관부세가官府勢家의 부당함에도 아자啞子벙어리 되어 살던……, 애처로운 저 백성들의 눈과 입을……, 이제야 틔워줄 수 있게 되었소."

하늘을 대신해서 만백성의 바른 생육을 떠맡은 인군의, 사명감으로 줄기차게 다져온 심지의 표출이었다.

"전하, 전하께서는 진실로 만세의 성군이시옵니다. 으흐흑……."

"전하께서는 문도편文韜篇 영허장盈虛章보다도 더 거룩하신 성군이시옵니다. 흑흑……."

여기 등장하는 '문도편 영허장'이란, 병서 《육도삼략六韜三略》의 한 편으로 여기 등장하는 위대한 현군, 즉 요임금을 말한다.

"전하, 반고盤古(천지창조 때 나타난 최초의 인간)와 여와女媧(천지창조 때 하늘과 땅의 부서진 곳을 보수한 여신) 이래 백성들의 눈과 입을 이같이 틔워준 성군은 없었나이다. 전하께서는 진실로 천천세의 성군이시옵니다. 으흐……."

1443년(세종 25) 섣달 그믐날이었다. 편전 안은 한동안 경외와 감개에 복받친 흐느낌의 도가니였다. 얼마 후 마음을 가라앉힌 임금이 새로운 감회로 신하들을 둘러보며 입을 열었다.

"경들은 들으시오."

분위기가 일신되어 차분해졌다.

"과인이 경들과 더불어 수년간 각고진력한 끝에 새로운 문자 28자를 만들어냈소. 그러나 이 문자만을 덜렁 내주어서는 백성들의 눈과 입을 바르게 틔워줄 수가 없소."

"전하, 그 무슨 말씀이시온지……?"

신하들은 아무래도 엉뚱한 임금의 말에 그 진의를 몰라 긴장하는 기색이었다.

"과인의 뜻은 글자를 만드는 데만 있는 게 아니오. 모든 백성이 새 글자를 상용하여 모르는 바를 깨달을 수 있도록 하고, 새로운 지식을 얻을 수 있도록 하려는 것이오."

"하오면……?"

"그래서 과인은 새 글자의 반포를 뒤로 미루고 몇 가지 더 할 일을 마저 마치려 하오."

"몇 가지 더 할 일이라 하시오면……?"

정인지가 고개를 들어 물었다.

"우선 첫째로는 새 문자를 만들게 된 동기와 원리, 그리고 그 사용법을 상세히 밝혀주어야 할 것이오. 이것을 밝혀주지 않으면 아무리 총명한 사람일지라도 새 글자를 쉽게 학습하여 자유자재로 사용할 수가 없을 것이오. 그러나 원리와 용례를 자세히 밝혀준다면 총명한 사람은 한나절이면 깨우쳐 익히고, 우둔한 사람도 열흘이면 능히 깨우쳐 익힐 것이오."

"망극하옵니다."

정인지 그리고 학사들은 임금의 깊은 뜻을 알고는 감탄의 새로운 감회에 빠져들었다.

"다음으로는 각 지방마다 다른 사투리, 즉 방언을 수집하여 한 가지로 통일하는 것이오. 한 나라 사람들이 서로 다른 말을 쓴다면 의사소통이 제대로 이루어질 수가 없소."

학사들은 또 한 번 더 깊이 감탄의 감회에 빠져들었다. 임금은 놀라워하는 학사들을 보며 빙그레 미소를 지었다.

"이 두 가지 일이 완성된 다음에야 과인은 이 훈민정음을 반포할 것이오."

"망극하옵니다."

"그리고 또 꽤 어렵고 커다란 일이 하나 더 있소."

"또 하나 큰일이옵니까?"

무심코 신숙주가 입을 열었다.

"그렇소, 또 하나 큰일이란 무엇인고 하면, 우리나라에서 쓰는 한자음을 모두 다 우리말로 정리 통일하는 것이오. 어떻소? 이 일은 범옹이 한번 해보겠소?"

"예, 신명을 다할 것이옵니다."

14

정음청

1444년(세종 26) 새해가 되었다. 정초가 지나자 임금은 하급관리들에게 이 훈민정음을 강습시키고, 한편으로는 각공刻工들을 모아 새 글자의 활자를 새기게 했다. 그리고 임금은 우선적으로 해야 할 관련 업무를 각 학사들에게 나누어 부탁했다.

훈민정음의 원리와 용례 설명은 정인지, 최항, 박팽년, 신숙주, 성삼문, 이개, 이선로 등에게 위임했다. 우리나라 방언의 수집과 정리는 신숙주, 최항, 성삼문, 강희안姜希顔, 조변안曺變安, 손수산孫守山 등에게 맡겼다. 그리고 한자음의 정리 통일은 신숙주, 성삼문, 조변안, 김증金曾, 박팽년, 이개 등에게 부탁했다.

임금은 새 문자에 관한 일을 이 정도에서 그만둘 수는 없었다. 주요

한 전적은 모두 다 새 문자로 바꾸고 싶었다. 임금은 그래서 대궐 안에 정음청正音廳이란 새로운 기관을 설치했다. 정인지를 그 수장으로 임명하고 새 문자, 즉 훈민정음에 관한 모든 일을 관장하도록 했다.

정음청의 개관과 동시에 임금은 집현전 학사들에게 송나라의 황공소黃公紹가 편찬한 운서韻書인《고금운회古今韻會》를 훈민정음인 새 문자로 번역케 했다. 임금은 세자와 진양, 안평 두 대군에게 이 일을 관장토록 했다.

새 글자인 훈민정음이 만들어지고 그 글자와 관련된 여러 일이 행해지면서 훈민정음은 은연중 언문諺文이란 별명을 갖게 되었다. 언문이란 세속의 일상용어를 나타내는 글자 내지 글이란 의미도 있지만, '좀말' 또는 '속된 말', '천박한 말'을 나타내는 글자 또는 글이란 뜻도 있었다. 임금은 언문에 관한 항간의 소문에 마음이 쓰였다. 틀린 말도 아니요 일상용어를 의미하고 있으니 오히려 더 타당하기도 한 어휘지만, 양반 사대부들 중에는 좀말, 천박한 언어의 뜻으로 훈민정음을 얕잡아 일컫는 자들이 많다는 소문에 몹시 당황했다.

'음……, 어느 후일에 이르러 훈민정음이나 또 그것으로 이루어진 전적前績들이 크게 위해를 당할지도 모르는 일 아닌가? 그래서 말살의 위험에 직면할 수도 있는 일이 아닌가?'

'있을 수 없는 일이요, 그래서는 안 되는 일이지만……, 그래도 알 수 없는 일이야……. 그리 되도록 그냥 놓아둘 수는 없는 일이야. 절대로…….'

임금은 울민의 몇 밤을 보낸 뒤 당시의 석학이요 명문장가인 권제權踶와 안지安止, 정인지를 불렀다.

"경들에게 특별히 부탁할 것이 있어 불렀소. 노고가 클 것이오."

"하명하시옵소서. 신명을 다할 것이옵니다."

"고맙소. 다름이 아니라 척박한 저 함길도 땅에서 이 나라의 창업을 이룩하신 조상들의 위업을 찬양하는 대송가大頌歌 또는 대서사시大敍事詩 같은 것을 찬술하여 주시오. 우선은 그 자료부터 수집하여야 할 것이오."

"진충갈력할 것이옵니다, 전하."

〈용비어천가龍飛御天歌〉의 태동이었다. 1445년(세종 27), 권제 등이 125장의 노래를 지어 올렸을 때 임금이 명명한 제목이 〈용비어천가〉였다.

'이 왕조의 창업과 선대의 위업을 찬양하고 구가謳歌한 전적이라면 누가 감히 함부로 손을 댈 것인가? 훈민정음을 확고히 지켜주는 영세의 호신부도 될 게야.'

임금은 마음속으로 살며시 미소를 지어보았다. 그러면서도 임금은 오래되기도 하고 방대하기도 한 왕조 창업의 자료가 어찌 확보될 것인지 몹시 궁금했었다. 그렇게 한편으로는 걱정도 되었지만 한편으로는 호기심도 컸었다. 임금은 아파 누워 있다가도 그 자료 이야기만 나오면 벌떡 일어났다. 그리고 집현전이나 정음청으로 가 권제 등을 만나 이야기를 들었다.

"그래서, 아기발도阿其拔都가 달아나……?"

"예, 전라도 운봉산 속에서 달아나기 시작한 왜장 아기발도는 3만여 명 휘하 군졸들을 이끌고 지리산의 노고단으로 올라가 결진結陣하였다 합니다."

"노고단으로 올라갔다……."

"예. 태조대왕께서는 그들의 뒤를 바짝 쫓아가시어 마침내 그들을 막다른 곳에 몰아넣고 대치하셨다 합니다. 이게 그 기록이옵니다."

"음…, 그렇군. 그러면 왜구는 산 위에, 우리 조부님께서는 산 아래에 계셨겠고……."

"그렇습니다. 그런데 홀연 적장 아기발도가 진두에 나타났습니다."

"아기발도란 자가 대체 누구요?"

"아기란 어린 소년이란 뜻이요, 발도란 몽고어로 뛰어난 장수란 뜻이라 합니다만, 왜구들이 어째서 이런 말을 썼는지는 모르겠사옵니다."

"아기발도가 진두에 나타나자 어찌 되었소?"

"예, 진두에 나온 아기발도를 보니 머리에서 발끝까지 갑주로 다 싸매어서 활을 쏘아도 화살이 들어갈 곳이 없었습니다. 그리고 우리 장병들은 아기발도가 나오자 모두 겁을 먹고 달아나기 바빴습니다. 그러니 아기발도는 무인지경을 휘젓고 다니듯 제멋대로 날뛰었습니다."

"무서운 효장驍將이었군."

"태조대왕께서는 그 재주를 아끼시어 애초에는 산 채로 사로잡으라 명하셨습니다. 그러나 이 때문에 우리 편 군사들이 많이 상하는 것을 보시고는 하는 수 없이 죽여서 잡고자 하셨습니다."

"오……."

"태조대왕께서 화살을 쏘셨으나 화살이 박히지 않았습니다. 그러자 대왕께서는 그 자의 투구를 쏘셨습니다."

"투구를 쏘셨다?"

"예, 투구가 강력한 화살을 맞자 순간 아기발도의 고개가 뒤로 푹 꺾이면서 입이 벌어졌습니다."

"저런, 입이 벌어져……."

"그때 이지란李之蘭 장군이 대왕 옆에서 활에 화살을 먹여 겨누고 있다가 그 순간을 놓치지 않고 아기발도의 벌어진 입을 쏘아 맞혔습니다."

"그럼 화살이 입속으로?"

"예. 그리하여 목구멍에 화살이 박힌 아기발도는 그대로 죽어 넘어지고 말았습니다. 불사신이라고 믿던 그가 죽어 넘어지자 혼비백산한 왜구들은 제대로 싸우지도 못하고 모두 섬멸당하고 말았습니다."

"오……."

"그때 지리산 냇물들은 죽은 왜구들의 피로 물들어 무려 열흘 동안이나 붉게 흘렀다 하옵니다."

"오, 정말 대단했구려. 이 기록이 지리산 지역 촌로들의 구전을 채집해서 기록한 것이란 말이지?"

"예. 전라감사의 장계이오니 틀림이 없사옵니다."

창업 선조들의 연고지에서 귀중한 많은 자료가 속속 올라오고 있었다.

훈민정음에 관한 일들은 따지고 보면 다 생소하고 난감한 일이었다. 그래도 일은 사뭇 잘되어가고 있었다. 그 원인은 물론 일을 맡은 신료들의 투철한 의지와 각고의 노력 덕분이었다.

그러나 그 요인의 핵심에는 여전히 임금 자신이 있었다. 세월을 더할수록 더욱 감내키 어려운 병고를 무릅쓰고 불철주야 솔선의 인고를 마다하지 않은 임금 자신의 악전고투가 있었던 것이다.

'인군人君 한 몸의 지옥이 만백성의 천국일진대 이를 어찌 감내치 않

으랴.'

자고로 폭군은 심지心地부터 폭군이듯, 성군은 심지부터 성군이었다.

허나 성군도 사람이었다. 일이 순조롭게 되어가자 그간의 피로와 긴장이 한꺼번에 풀리면서 임금은 마침내 드러눕고 말았다. 몸은 물먹은 솜처럼 축 늘어지고 눈은 벌겋게 부풀어 앞이 보이지 않았다.

세자가 달려왔다.

"아바마마. 쌓인 피로가 한계에 다다름이옵니다. 옥체를 보중하시옵소서. 훈민정음도 완성되었사옵니다."

임금은 몸을 좀 일으켜 등받이에 기대고 실눈을 떠 세자를 그윽이 바라보았다.

"세자야. 훈민정음이 완성되었다고는 하나 이제 겨우 기초적인 음성기호를 만들어낸 데 불과하다. 그러니 더욱더 갈고 닦아 온전한 우리 글자와 글이 되도록 해야 한다. 넉넉잡고 3년이면 될 것이니 너무 심려치 마라."

"아바마마. 그때에 쉬시면 늦사옵니다. 청주 초수리椒水里(충북 청원군 내수읍 초정리)의 약수가 안질에 탁효卓效가 있다 하오니 초수리에 거둥하시어 요양하시옵소서."

"세자는 애비 걱정 말고 정사에 흐트러짐이 없도록 애를 써야 할 것이야."

그때 중전 심씨가 들어왔다. 탕약 쟁반을 든 안상궁이 따라 들어왔다.

"마마, 탕제 드시옵소서."

"오, 그럽시다. 중전의 노고가 큽니다."

임금은 탕제를 받아 마셨다.

중전의 눈에 눈물이 흥건히 고여 주르륵 흘러내렸다.

"마마, 신첩에게 소원이 하나 있사온데 거두어주시옵소서."

중전 심씨는 눈물 그득한 눈을 들어 임금을 바라보았다.

"중전의 소원이야 마땅히 들어주어야 하겠지요. 무슨 소원이오?"

"꼭 거두어주시겠다고 확약부터 해주시옵소서."

임금은 중전의 어린애 같은 모습에 웃음이 절로 터졌다.

"허허허, 그러지요. 이제 말씀을 해보시오."

"마마, 청주 초수리에 납시어 요양을 해주시옵소서. 이것이 신첩의 소원이옵니다."

임금은 중전과 세자를 번갈아 보면서 빙그레 웃었다.

"마마, 이제는 뵙기조차 민망하옵니다. 옥체 보전이 없고서야 아무리 큰 뜻인들 어찌 이루어질 수가 있사옵니까? 마마 스스로도 잘 아시고 계시리라 믿사오나 병고를 감내하시면서도 옥체가 보전되시리라 자칫 여기시면……, 차마 그 망극함을 어찌 신첩이 상상이나 할 수 있사오리까?"

말을 하면서 중전은 또 눈물을 주르륵 흘렸다.

"알겠소. 중전의 뜻에 따라 초정으로 가겠소. 그리고 중전도 세자도 함께 가도록 합시다."

"마마, 흐윽……. 성은이 망극하옵니다."

기쁨에 겨워 중전은 목이 메었다.

"세자는 들으라."

"예, 아바마마."

"훈민정음에 관한 모든 자료와 전적들을 청주 초수리로 옮기라 이르고 관련 학사들도 모두 따라오도록 하라."

"아바마마, 요양을 가시면서 어찌 자료와 학사들까지……?"

"하루라도 음운 연구를 아니 하면 그만큼 정음의 반포도 늦어진다는 것을 세자도 알아야지……."

"예, 아바마마. 분부 봉행하겠사옵니다."

세자는 조용히 밖으로 나와 학사들을 찾아갔다.

다음 날이 되자 임금은 집현전 학사들을 정음청으로 불렀다.

부제학 최만리, 직제학 선석조辛碩祖, 직전直殿 김문金汶, 교리校理 최항, 부교리 박팽년, 하위지, 응교應教 정창손鄭昌孫, 부수찬副修撰 신숙주 등이 모였다. 임금은 밝은 표정으로 미소를 띤 채 입을 열었다.

"내 지난번 정음청을 개설하면서 몇 학사들에게《고금운회》를 훈민정음으로 번역하라 지시한 바 있소. 그리고 생각해보니 시급히 서둘러야 할 서적들이 또 있더란 말이오. 그중에서도 가장 시급한 것이《삼강행실도》요. 애초에《삼강행실도》를 편찬케 한 뜻은 백성들에게 충효의 사상을 널리 알리기 위함이었는데, 그것을 한자로 쓴 까닭에 백성들이 쉽게 깨닫지 못하고 있었소. 그래서 이를 정음으로 옮겨서 백성들에게 반포하면 어리석은 백성들이 쉽게 깨달아 충신, 효자, 열녀를 본받고 숭앙할 것이 아니겠소?《고금운회》를 맡은 학사들은 그대로 일을 진행시키고, 당분간 그 밖의 모든 서적들은 초수리 행재소로 옮기도록 하시오."

"분부 거행이오."

"그리고 직전 김문과 응교 정창손은《삼강행실도》를 정음으로 번역하여 올리도록 하시오. 번역이 끝나는 대로 바로 인출印出하여 모든 백성들이 읽도록 할 것이오."

뜻밖의 인물이 지명되자 다른 학사들의 시선이 그들에게 집중되었다. 지명된 두 사람은 새 문자 창제를 반대해오던 사람들이었다. 분위기가 야릇하게 돌아갔다. 다른 학사들은 어떤 불안감에 휩싸이고 있었다.

"전하, 아뢰옵기 황송하오나 신 정창손은 《삼강행실도》를 언문으로 고쳐 쓸 필요가 없다고 생각하옵니다."

불안은 당장 현실이 되어 당황과 놀람으로 변했다.

"아니, 정응교. 무슨 소리요?"

임금의 목소리가 뻣뻣해졌다.

"황공하옵니다만, 《삼강행실도》가 간행된 후에도 충신 효자 열녀 등이 나오지 않는 것은, 사람의 행동 여하가 사람의 성품 여하에 달려 있기 때문이옵니다. 굳이 언문으로 번역한 후라야 본받는다고는 말할 수가 없는 것이옵니다. 더구나 언문은 사대모화事大慕華에 어긋나는 문자이옵니다. 통촉하시옵 소서."

거기다 정창손은 말을 할 때마다 '언문'이라 칭했다. 학사들은 순식간에 사색이 되었고 임금은 분노로 일그러졌다.

"그대는 지금 무슨 말을 하고 있는가? 학사의 입으로 그따위 말을 쏟아 내다니, 참으로 용렬한 무용지물이로다."

정창손은 몸을 부들부들 떨며 구슬땀을 흘렸다.

임금은 노기가 서린 목소리로 이제 직전 김문에게 물었다.

"김문, 너도 《삼강행실도》를 정음으로 옮길 필요가 없다고 생각하느냐?"

김문 역시 수구파였으나 임금의 진노에 황겁하여 대답했다.

"아니옵니다. 신은 마땅히 《삼강행실도》를 언문으로 번역해야 한다고 여기옵니다."

목소리가 떨리고 있었다.

"음, 그렇다면 너 혼자서라도 《삼강행실도》를 정음으로 번역하라. 정음을 폄하하는 자에게는 굳이 맡길 필요가 없느니라."

말을 마치고 임금은 일어나 정음청을 나갔다.

최항, 박팽년, 이개 등 정음 연구에 참여하고 있는 학사들도 일어나 나갔다. 문자 창제에 반대해오던 수구파들은 여전히 정음청에 남아 침통한 표정으로 서로를 바라보았다.

정창손은 아직도 사색이 되어 진땀을 흘렸고 김문은 다른 사람들의 시선이 불편했던지 고개를 숙이고 있었다. 최만리가 땅 꺼지게 큰 한숨을 내쉬더니 한마디 했다.

"이거 큰일 났소이다. 정응교의 신상이 위태롭지 않소?"

직제학 신석조가 말을 받았다.

"그러게 말입니다. 정학사도 큰일이지만 집현전 자체도 파탄이 난 셈이오. 유학의 전당이 되어야 할 집현전이 엉뚱하게도 하찮은 언문의 연구기관이 되고 말았으니……. 그런데 김학사."

"예."

"김학사 생각에는 언문이 정말 쓸 만한 것이오?"

김문은 꿀 먹은 벙어리였다. 신석조는 추궁이나 하듯 다시 물었다.

"언문을 쓸 만한 것이라고 여기오? 왜 대답을 못하오? 그럼 화를 면하기 위하여 일부러 거짓 대답을 한 것이 아니오?"

"여러분들 뵐 면목이 없습니다. 전하의 노여움이 너무 크신 때문에 나도 모르게 그만……."

"잠깐, 지금 김학사의 잘잘못을 따질 때가 아닙니다. 내 생각에 김학사는 얼떨결에 그런 대답을 한 것 같은데 이제 그걸 따져야 무슨 소용이 있소. 그보다는 우선 정학사를 구해낼 방도를 찾아봅시다."

최만리의 의견이었다.

"전하의 진노가 이다지 크신 적이 없었는데, 무슨 수로 정학사를 구합니까?"

낙담한 신석조의 말이었다.

"가만, 좋은 생각이 떠올랐소."

최만리가 손가락을 들어 자기 머리를 가리켰다.

"좋은 생각이오?"

"예, 새 문자 창제를 반대해오던 학사들이 연명으로 상소를 올리는 것이오. 이 일은 정학사를 위한 일이기도 하지만 우리 집현전을 위해서도 반드시 해야 할 일이오. 만고의 진서인 한자가 엄연한데 굳이 언문을 쓰겠다니, 이 무슨 오랑캐 짓이오? 사대모화에 기를 쓰고 먹칠을 하는 게 아니겠소? 자고로 백성들이란 무식해야 다스리기 편한 법이오. 그들이 글을 알고 이치를 따지고 시문을 짓는다면 농사일은 누가 하고 장사는 누가 할 것이오? 우리에게는 이러한 대의명분이 있소이다. 허니 곧 연명상소를 올립시다."

"그것 참 떳떳하고도 현명한 묘책입니다."

학사들이 모두 기뻐하며 찬성했다.

"김학사는 어찌하시겠소?"

김문이 계면쩍은 듯 더듬더듬 대답했다.

"저 때문에 정응교의 처지가 어렵게 되었습니다. 연명상소에 저도 서압署押을 하겠습니다."

"좋습니다. 자, 이제 됐습니다. 오늘 밤 초경初更(7~9시)에 우리 집에서 만납시다. 내가 상소문의 초안을 써놓고 여러분을 기다리겠습니다."

최만리가 연명상소에 참가하는 자들을 자기 집으로 모이도록 했다.

"그럼 이따 초경에 뵙겠습니다."

사대모화에 빠져 있는 수구파 학사들은 새 문자 창제에 반대하는 뜻을 분명하게 표시하지 않고 그동안 지켜보고만 있었다. 그 이유의 첫째는 새 문자 창제라는 게 쉽사리 이루어질 리가 없다고 믿었기 때문이다. 세월만 보내다 말 것이라고 믿은 것이다. 둘째는 만약에라도 창제가 이루어진다면 그때 가서 반포와 사용을 반대해도 될 것이기 때문이었다. 그런데 그들의 예상과는 달리 임금이 주도하고 친히 궁구하더니 새 문자는 어느새 완성이 되었고, 반포도 하기 전에 벌써 한자로 된 전적들을 번역하기에 이르렀던 것이다.

최만리는 새 문자 훈민정음의 반포와 사용을 금지해야 한다는 상소를 써나갔다. 그 나름의 논리는 정연하고 문장은 도도했다. 그의 집에 모인 반대파 학사들은 그 상소문 초안을 보고 모두들 매우 흡족해했다.

"잘됐습니다. 대만족이옵니다."

신석조의 감탄이었다.

"좀 과격하지 않겠소?"

최만리의 염려였다.

"오히려 호소력이 있어 더 좋습니다. 틀린 말은 하나도 없지 않소?

이쯤은 되어야 주상전하께서도 우리의 뜻을 가납하실 게 아니겠소?"

다음 날 부제학 최만리를 위시하여 신석조, 김문, 정창손, 송처검宋處儉, 조근趙瑾 등은 여섯 개 항에 걸친 장문의 상소문을 들고 편전에 들어가 임금을 뵈었다.

임금은 무슨 상소인지 알았기에 심사가 언짢았으나 담담한 표정으로 그들의 상소를 받아 읽어나갔다.

……. 신 등의 구구한 좁은 소견으로는 자못 의심되는 점이 있사와 간곡한 정성으로 몇 가지 상주하오니 성스러운 재결裁決을 내려주시기 엎디어 바라옵니다.

첫째, 우리 조선은 조종祖宗 이래 대국을 섬기어 중화의 제도를 따랐습니다. 글과 법도를 같이하고 있는데, 언문을 창제하신 것은 보고 듣는 이들을 놀라게 하신 일이옵니다.

'언문은 모두 옛 글자를 본뜬 것이므로 새로운 글자가 아니다.'

어떤 이들은 이렇게 말하고 있습니다.

비록 옛날의 전문篆文을 모방했을지라도 그 독음과 합자 방식이 전혀 다르니 실은 전문과는 아무런 연관이 없습니다.

만일 이 언문 글자가 중국에 흘러 들어가서 이에 대한 비난이 일어난다면 대국을 섬기고 중화를 사모하는 도리에 크게 수치스러운 일이 될 것이옵니다.

둘째, 고래로 구주九州 안의 풍토와 말이 다르다 하나 말에 따라 새로이 문자를 만든 일은 없사옵니다. 몽고, 서하, 여진, 일본, 토번 등의 무리가 각기 그들의 문자가 있습니다만, 이는 모두 오랑캐의 일이니 언급할 가치도 없사옵니다.

옛글에 '중국의 문화로 오랑캐를 변화시킨다'는 말은 있사오나 '문명한 중국이 오랑캐로 변했다'는 말은 없사옵니다. 우리나라는 기자箕子의 유풍이 있어서 문물과 예악이 중국과 비길 만하다고 중국 사람들이 말했사옵니다. 그런데 이제 따로 언문을 만들어 중국을 버리고 오랑캐의 길을 따르게 되었으니 이 어찌 문명으로 가는 나라의 큰 과오가 아니겠사옵니까?

셋째, 신라 때 설총의 이두는 비록 비천한 속언이기는 하지만 모두 중국 글자를 빌어서 사용했기 때문에 문자가 서로 분리된 것은 아니옵니다. 비록 아전이나 노비들 같은 천한 무리들도 그것을 익히려 하면 몇 가지 글을 읽어서 문자를 대강 안 이후라야 이두를 쓰게 되기 때문에 이두 공부로 인하여 문자를 알게 된 자가 자못 많았습니다. 이는 또한 학문을 흥기시키는 데에도 크게 도움이 되었사옵니다. 이두를 시행한 지 1천여 년, 장부와 문서를 기록하고 계약과 회계를 하는 데 아무런 지장이 없사옵니다.

그런데 무슨 까닭으로 예부터 써오던 폐단 없는 글을 버리고 따로 비천하고 상스러운 글자를 창조하시옵니까? 만약에 언문을 시행하게 된다면 관리된 자의 무리는 오로지 언문만을 습득하고 학문하는 문자인 한자는 돌보지 않을 것이옵니다.

28자의 언문만으로 족히 세상에 입신할 수 있다고 여긴다면 무엇 때문에 고심노사苦心勞思하여 성리의 학문을 궁리하려 하겠습니까?

비록 언문으로써 능히 이사吏事를 다 집행한다 할지라도 성현의 글을 모르면 담벽을 대한 듯 사리의 옳고 그름을 판단하는 데 어두울 것이니, 학문 숭배의 사상이 점차 소멸될까 두렵사옵니다.

이두가 비록 한자에서 벗어난 것이 아니었는데도 유식한 사람은 오히려 비천하게 여겨 아전들만이 쓰는 글이 되었사옵니다. 그러니 장차 언문이야 어떠하겠습니까?

옛것을 버리고 새것을 좋아하는 것은 고금을 통해 우환이옵니다. 이번의 언문은 새롭고 신기한 하나의 기예에 불과하옵니다. 학문에는 방해됨이 크고 정치에는 유익함이 적으니 다시금 생각해보아도 잘한 일이라 할 수 없사옵니다.

넷째, '형살刑殺에 대한 옥사獄辭(죄인이 진술한 내용의 기록) 같은 것을 이두문자로 써서 듣게 한다면, 글 뜻을 모르는 어리석은 백성이 글자 한 자의 착오로도 원통함을 당할 수 있겠으나, 이제 진술한 내용 그대로 언문으로 써서 듣게 한다면 아무리 어리석은 사람이라도 쉽게 알아들어서 억울한 생각을 품는 자가 없을 것이다'라고 말하는 사람들이 있사옵니다. 그러나 중국은 말과 글이 같아도 억울한 송사가 심히 많사옵니다.

우리나라에서도 죄수가 이두를 알고 있는 경우에도 옥사가 거짓인 줄 알면서도 그릇 항복하고 인정하는 자가 많사온데, 그것은 옥사의 글 뜻을 알지 못해 억울함을 당하는 것이 아니라, 매를 견디지 못하여 원통함을 당하는 것이옵니다. 사정이 그렇다면 언문을 쓴다 한들 무엇이 다르겠사옵니까? 옥사의 공평 여하는 옥리의 옳고 그름에 달려 있는 것이지, 말과 글이 같고 같지 않음에 달려 있지 않사옵니다.

다섯째, 언문을 부득이하게 만들었다 하더라도 그 시행은 풍속을 변하게 하는 크나큰 일이오니 경솔히 해서는 아니 되옵니다.

마땅히 재상으로부터 백관에 이르기까지 모두가 함께 의논하되, 나라 사람들이 모두 옳다 하여도 반드시 천자에게 질정하여 어긋남이 없게 해야 하며, 백 년 후에라도 성인을 기다려서 의혹이 없게 된 연후에 시행해야 하옵니다.

그런데 갑자기 이배吏輩 십여 인에게 가르쳐 익히게 하며, 옛사람이 이미 완성해 놓은 운서를 경솔하게 고치고, 근거 없는 언문을 견강부회해서 공장工匠 수십 인에게 각본刻本토록 하여 급히 반포하려 하시니, 천하 후세의 공론을 어찌하시려 하옵니까?

> 이번 청주 초수리에 거둥하시는 데에도 농사 흉년인 것을 염려하시어 시종하는 모든 일을 간소하게 하라 명하시었습니다. 계달啓達하는 공무 또한 의정부에 맡기셨습니다. 그런데 어찌 유독 언문의 일만은 행재소에서까지 급급하게 하시어 성궁聖躬의 조섭調攝을 번거롭게 하시나이까?
>
> 여섯째, 이제 동궁께서 비록 덕성이 성취되셨다 할지라도 아직 성학聖學에 잠심하시어 그 이르지 못한 것을 더욱 궁구하실 때입니다. 언문이 비록 유익하다 할지라도 기껏해야 문사의 육예六藝, 곧 예禮, 악樂, 사射(활쏘기), 어御(말타기), 서書, 수數 가운데 한 가지일 뿐이옵니다. 하물며 만에 하나라도 정치하는 도리에 유익됨이 없사온데, 정력과 생각을 소모해서 때를 보내시니, 촌음을 다투는 학문에 실로 큰 손실이옵니다.
>
> 신 등이 모두 보잘것없는 글재주로 전하를 모시고 있사오나 마음에 품은 바가 있으면 감히 침묵할 수가 없어서 삼가 폐부를 다 헤쳐서 성충聖衷을 번거롭게 하나이다.

임금이 읽어보니 새 문자 창제의 발상에서부터 그 연구와 완성에 이르는 모든 과정을 비판했고, 사용 이후의 결과까지 비판적으로 예상한 것이었다. 글만은 큰 강의 흐름처럼 명문임에 틀림없었다.

그러나 아무리 명문일지라도 주제를 파악하지 못하고 핵심을 포착하지 못하고 있는 글이기에 실망이 컸고, 사대모화에 빠져 자신들의 본분을 망각하고 민생의 백년대계를 위한 임금의 각고진력을 비난하는 글이었기에 분노가 컸다.

'사변이 비록 조리정연하고 주장이 대경대법大徑大法하고 사례가 종횡무진하나 알맹이는 쏘옥 빠져 있고, 사대모화가 고황지병膏肓之病이

되어 속은 썩어 문드러졌는데, 겉으로 학문의 치장만 뻔드르르한 사이비 학사들이로고…….'

임금은 가슴통이 움직일 만큼 큰 숨을 쉬고 있다가 앞에 놓인 연상硯床을 쾅 내려치고 말았다.

"너희들은 도대체 어느 나라 사람이냐? 중국 사람이냐, 조선 사람이냐? 어찌하여 문물제도가 모두 중국과 같아야 한단 말이냐?"

최만리 이하 수구파 학사들은 숨을 죽였다. 가슴에서 방망이 소리가 들렸다. 그들은 일찍이 임금의 이 같은 분노를 본 적이 없었다.

"천하에 덜된 것들 같으니라고. 네가 설총을 옳다고 하면서 내가 하는 일을 그르다 할 수 있느냐? 너희가 사리를 똑바로 생각해보지도 아니하고 쓸데없는 말을 함부로 내뱉었으니 내 어찌 너희들의 죄를 묻지 않을 수 있겠느냐?"

"윽……."

"헉……."

학사들은 놀라서 새파랗게 질렸다.

"여봐라. 저놈들을 당장 하옥시키도록 하라."

"저, 전하……."

학사들은 몸을 떨었다.

"시끄럽구나. 도승지는 왜 가만있는가?"

도승지 이승손李承孫이 최만리 이하 일곱 명을 데리고 나갔다. 궐 밖에서는 벌써 의금부 제조가 나졸들을 이끌고 와 기다리고 있었다.

"후유……."

임금은 허탈했다. 앞날을 예측할 수 없이 악화되는 병마를 돌볼 겨를도 없이 피땀을 쏟으며 이룩한 훈민정음이었다. 자신의 참뜻을 모르는 그들이 야속했다. 얼마나 아끼고 소중하게 여기던 사람들인가? 그러나 그들의 짧은 소견머리가 안타까웠다.

'어찌해야 하나?'

인재를 아끼는 임금은 그들을 하옥시킨 것이 후회되었다. 신하들에게 상처를 입히는 일은 늘 삼가던 임금이었다.

'옥중에서 오늘 하룻밤 지내다보면 저들도 내 뜻을 짐작이라도 하겠지.'

임금은 다음 날 그들을 방면할 작정이었다. 그렇더라도 김문과 정창손에게는 그들의 못된 처신에 대한 반성을 좀 더 오래 시키고 싶었다.

다음 날 임금은 세자를 불렀다. 세자도 이 난리 소식을 듣고 임금을 찾아뵈려 편전으로 오던 중이었다.

"세자는 부제학 등이 올린 상소부터 읽어보아라."

"예."

세자는 상소를 찬찬히 읽어 내렸다.

"세자는 그 상소를 읽은 소감이 어떠하냐?"

"훈민정음을 창제하신 아바마마의 깊은 충심과 진의를 깨닫지 못하고 있사오나, 사변과 논리만은 정연한 듯하옵니다."

"옳게 보았느니라. 훈민정음을 반대는 하고 있으나 문장만은 탁월하다. 세자는 들으라."

"예."

"지금 곧 의금부 제조에게 명하여 그들을 방면토록 하라. 다만 김문에게는 장 1백 대를 가한 다음 방면토록 하고, 정창손은 파직토록 하라."

"분부 거행하겠나이다."

훈민정음 반대 상소를 올렸던 학사들은 신속하게도 하루 만에 방면 또는 중벌의 처분을 받게 되었고, 이후로 훈민정음을 반대하는 자가 다시는 없게 되었다.

세자는 그들을 방면 처리한 다음 오랜만에 동궁전인 창덕궁 자선당에 들렀다. 세자는 대리청정을 맡은 다음부터는 경복궁에서 지새울 때가 많았다. 동궁 내전은 사칙司則 양씨가 지키고 있었다. 오랜만에 들린 세자는 아들 홍위弘暐가 보고 싶었다.

"홍위는 잘 있소? 잠시 데려오면 좋겠소."

"예, 마마."

홍위는 이제 네 살이었다.

"홍위야."

"예, 아바마마."

"오늘은 누구랑 지냈느냐?"

"예. 양씨 엄마랑……."

"오냐, 잘했구나."

"요즘에 와서는 신첩을 어찌나 잘 따르시는지 잠시도 짬을 주시지 않으시옵니다."

"허허, 저런. 그러니까 나도 마음이 놓이오. 어미 없이 자라는 아이니 부디 잘 거두어주시오."

"아바마마."

"응, 왜 그러느냐?"

"진짜 엄마는 왜 없사옵니까?"

"음, 진짜 엄마는 일찍 돌아가셨느니라. 대신 양씨 엄마가 있지 않느냐?"

"예……."

15

진양대군

그런데 이때였다. 예고도 없이 동궁 내전에 진양대군이 나타났다. 술이 고주망태가 된 듯 비틀거리는 걸음걸이로 서슴없이 내전 안으로 들어섰다.

"아니, 진양이 아닌가? 이 밤에 웬일인가?"

"예, 세자저하."

"어서 오게. 그런데 술이 취했구먼."

"끄윽. 예, 형님. 술 좀 들었습니다. 술에나 취해야 신 같은 소인이 호연지기를 맛볼 수 있지요. 개만도 못한 신세가 달리 무슨 수가 있어야지요."

가시 돋친 주정이었다. 이에 놀란 사칙 양씨가 홍위를 감싸며 말했다.

"저, 세손 마마 모시고 안으로 들어가오리까?"

"아니다. 너, 홍위야."

"예, 아바마마."

"진양 숙부께 절을 해야지. 숙부를 보고 인사하지 않는 사람도 있나? 왜 쳐다보고만 있느냐?"

"무서워요."

"무서워? 아니 숙부가 왜 무서워?"

"커어. 그만두십시오. 이 미친 개 같은 숙부에게 절을 해보았자……. 숙부 또한 앉아 받을 처지가 못 되니 절이 무슨 소용이오?"

"……."

"왜 그렇게 노려보십니까, 세손 조카님? 꼭 미친놈 같지요? 하하. 그럴 것입니다. 굴원屈原의 말마따나 세상이 다 미친 세상인데 혼자 깨어 있으면 그 깨어 있는 사람이 미친 것이요, 세상이 온통 더러운데 한줄기 맑은 흐름이 있어 보았자 그게 더러운 똥물이지요."

"허어. 이보게, 진양!"

"예, 형님."

"어린아이 앞에서 그 무슨 소리인가? 자, 홍위야. 어서 인사드려라."

"그만두십시오. 싫다는데 왜 억지로 시키려 하십니까? 이래 보여도 저는 정실 왕비인 어마마마 몸에서 금상전하이신 아바마마 정기를 타고 나온 왕자입니다. 궁녀 출신 후궁 몸에서 난 조카에게 인사 한번 받는 게 뭐 그리 대단한 일입니까?"

아, 취중진담이라더니……, 진양대군의 속마음이 삐져나오는 판이었다.

“아니. 이 사람이 그 무슨 못된 소리야? 술이 취했어도 어린애 앞에서는 어른 태도를 보여야지, 당장 바로 앉아서 아이 절 받게. 당장 앉지 못하겠는가?”

세자의 눈살이 꼿꼿이 섰다.

“어, 예예. 받지요.”

진양이 엉거주춤 앉아서 상체를 가누고 있었다. 홍위는 평소 할아버지, 아버지에게 늘 해본 태도로 얌전하게 절을 했다. 절이 끝나자 세자는 양사칙에게 홍위를 데리고 나가라고 고갯짓을 했다.

“말을 함부로 하는 걸 보니 자네 술이 취해도 아주 고주망태가 되었구먼.”

“끄윽, 그런데 형님은 왜 새장가를 드시지 않습니까? 그 궁녀 권씨를 못 잊어 수절하시는 겁니까?”

“허어, 이 사람이. 무슨 말을 그렇게 함부로 하는 게야?”

“아니. 세상에 밥술이나 먹는 여염집에서도 첩을 두서넛은 거느립니다. 그런데 일국의 세자저하요 더구나 부왕전하를 대리하여 청정까지 하시는 형님께서 처복이 어쩌고 백성 보기 어쩌고 해서, 저런 양사칙인지 뭔지 궁녀 따위나 데리고 사신단 말이오? 아니, 그래, 형님이 아내 하나 더 간택하여 얻으시면 이 나라에 처자가 모자라 홀아비로 늙는 백성이 생길까 걱정하시는 겁니까?”

진양대군은 술이나 취해야 세자 형 앞에서 말을 할 수 있었다. 평상시에 진양은 이 형 앞에서는 감히 얼굴을 들고 제대로 말을 하지 못하는 처지였다.

“어이, 이 사람 진양. 그래도 이 사람이……. 하면 다 말인 줄 아는가?”

"꺼억, 죄송합니다만 그냥 짖어대지는 않습니다."

"너무 취했구먼. 그만 가서 자야겠네. 어서 가게."

"아니, 형님. 아직 못 갑니다."

"못 가다니?"

"예, 못 갑니다. 오늘은 모처럼 형님 만난 김에 속 시원히 실컷 말씀이라도 드려야 하겠습니다."

세자는 몹시 마땅찮기는 했지만 이왕 이리된 바에 진양대군의 넋두리나 한번 들어보기로 했다.

"그래, 말해보게."

"형님, 그 조정의 대신이라는 놈들부터가 싸악 다 글러먹은 놈들입니다."

"어째서?"

"아바마마께서 그토록 노심초사하시어 새 문자를 창제하시는데 그것을 오랑캐 글이라고 하는 놈들, 특히 그 최만리 같은 놈은 대역부도한 역당입니다. 그런 놈은 종로 네거리에 내다 놓고 찢어 죽여야 할 놈입니다. 그런 놈을 살려두다니요?"

"그리고 또……?"

"그리고 또 황희인지 누렁개인지 그 늙은이는 이제 그만 염치를 차릴 때가 되지 않았습니까? 해골이 다 된 주제에 황각黃閣에 주저앉아서 하는 일이 고작 왕자의 일을 부왕전하께 고자질하여 벌 받게 만드는 일이라니, 그게 정승이 할 짓입니까?"

"음, 임영의 일 말인가? 그거야께서 하신 일이지 어디 황정승이 한 일인가?"

"황희가 고자질하고 또 일을 침소봉대하여 그렇게 된 게 아닙니까? 제가 뭔데 왕가의 일에 왈가왈부한단 말입니까?"

"허어 이 사람, 어찌 그렇게만 생각하는가?"

"그도 그렇고……. 형님, 도대체 언제까지 우리를 썩어빠지게 내버려 둘 작정이십니까? 어디 창고지기든지 가마 메는 교꾼이든지 어디 한자리 내주셔야 하지 않습니까? 날마다 할 일이 도대체 없으니 이렇게 고주망태가 되어 지내는 것이 형님은 보기 좋습니까?"

"아니, 왜 할 일이 없다 하는가? 아바마마께서 안평과 함께하도록 명하신 일이 있지 않은가? 그 일을 하자면 그렇게 술을 퍼마시고 다닐 여가가 있겠는가?"

"그거야 어디 대장부가 벼슬이라고 할 일이랍니까? 그 《고금운회》의 일인가 하는 것 말입니까? 학사 녀석들이 내로라 잘난체하는 판 속인데 그런 곳에 제가 들어가 죽치고 앉아 있어야 합니까?"

"아니 그러면 무슨 벼슬을 달라는 말인가?"

"어이구 형님. 이 아우에게 줄 벼슬이 없어서 그러십니까? 이 아우는 형님이 대리청정을 하시게 되어…… 끄윽……. 그래도 이제나저제나 무슨 벼슬 소식이 오기를 기다리고 있었습니다. 그런데 이렇게 무정하실 수가 있습니까? 너무하십니다."

"허어, 이 사람. 왕자가 무슨 벼슬을 한다고 그러는가?"

"아니, 왕자는 벼슬을 왜 못합니까? 어이구, 안 시켜주니까 못하는 게지요. 참으로 답답하십니다. 답답하셔……."

"뭐, 내가 답답하다고? 허허허, 이 사람. 그럼 아우는 얼마나 시원한지 그 속셈이나 한번 들어볼까, 응?"

이때 진양대군의 나이 28세였다. 그러나 세자가 보기에는 철도 안 든 한참 아래 어린 동생 같이 느껴졌다. 당시 세자의 나이는 한참 피 끓는 31세였지만 천성이 온후하고 인자한 덕분에 나이는 들었어도 철부지 같은 아우들을 너그럽게 포용했다.

이날 진양대군의 행티도 꼭 어린 동생이 투정 부리는 것 같아 딱하게도 보였지만, 무언가 요구사항이 있어 어리광 부리는 것 같기도 해서 동정심이 생기기도 했다.

"예, 형님 앞이니 아무 거리낌 없이 말씀드리겠습니다. 사실 세상만사가 다 새옹화복塞翁禍福이 아니겠어요? 그러니까 엎어뜨려 안 되는 일은 메어쳐야 하고, 메어쳐서 안 되는 일은 엎어뜨려야 한다 이 말입니다."

"아니, 엎어뜨리고 메어치다니? 종묘사직이라도 엎어뜨려야 한다 이 말인가?"

"원, 형님도……. 종묘사직이야 우리 이씨의 것인데 누가 감히 엎어뜨립니까? 형님, 그게 아니고 지금 부왕께서 사실은 형님께 아예 양위를 하시고 싶어 하십니다."

"허어, 이 사람. 지금 그 무슨 큰일 날 소리를 하는 겐가? 부왕께서는 환후가 나으실 때까지 내게 잠시 대리청정을 시키신 것뿐이야. 그걸 몰라서 뚱딴지같은 소리인가?"

"큭, 에헤, 형님도, 따지고 보면 대리청정이나 양위나 그 말이 그 말 아닙니까? 사실 부왕께서는 지금 양위를 하시고 물러나 계시면서 달리 하시고 싶으신 일에 전념하시고 싶어 하신다, 이 말입니다."

"허어, 이 사람. 그런 불효막심한 말을 어디서 함부로 하는가?"

"불효막심이 아니라 효성지극이옵니다. 아버님 환후를 생각하면 말입니다. 그런데 저놈의 신하들이 저희들 생각만 하고 있단 말입니다. 임금이 바뀌면 큰 변동이 생길까 겁이 나서 난리법석이요 호들갑이 아닙니까? 그러니까 저것들을 모조리 쫓아내 집에 가 푹 쉬라 하고 형님께서 그만 용상에 오르십시오."

"엑? 뭐라고?"

"싹 몰아내고 쓸 만한 사람만 다시 골라 쓰시면 되는 겁니다."

"아니, 자네 정녕 제정신인가? 머리가 온전히 돌지 않고서야……."

"돌기는 왜 돕니까? 그래야 기라성 같은 우리 왕자들도 이 종묘사직을 위해서 그 포부와 기량을 한번 펴볼 게 아닙니까? 형님을 따라가지는 못하겠지만 그래도 학식과 문장으로는 안평 아우만한 인재가 어디 있습니까? 또한 임영 아우만한 장재將材가 어디 있습니까? 그리고 솔직히 말씀드려 재상감으로는 이 진양이만한 재목이 또 어디 있습니까?"

"어허, 큰일이로세. 진양이 자네가 미쳐도 보통 미친 게 아니구먼. 나에게는 부왕의 용상을 가로채라 하고, 자신은 명재상인 황희를 몰아내고 그 자리를 차지하겠다 하니……. 비록 농담이라 해도 그걸 말이라고 입 밖에 낸단 말인가?"

"형님도 참 답답하십니다. 자고로 아버지가 늙으면 자식이 가장 노릇을 하는 것이고, 큰 말이 나가면 작은 말이 대신하는 것이 정해진 이치가 아닙니까? 형님이 용상에 오르는 것은 언제고 정해놓은 일이며 다 늙은 황희는 조금 있으면 북망산천에 가야 하지 않습니까?"

"허어, 안 되겠네. 이제 그만하게. 누가 듣기라도 하면 정말 큰일 나겠구먼. 말 같지 않은 소리 그만하고 이제 가서 잠이나 자야겠어."

"차라리 누가 들으면 좋겠습니다. 요즈음 적막강산에 외톨이 나그네처럼 무료적적해 죽을 지경인데, 옥방살이든 귀양살이든 하는 게 백번 낫지요. 그러나 이왕이면 이 진양에게 어울리는 일을 하는 게 더 낫지요. 아무런들 이 진양이 늙어 꼬부라진 황희보다 못하겠습니까? 가문은 좋아 금지옥엽이요, 재기는 발랄하고, 성미는 대쪽 같고, 지략은 장량 한신이요, 술수는 제갈량 방통이며, 문장은 한퇴지 구양수라……."

세자의 언성이 높아졌다.

"당장 그만두지 못하는가?"

"엑."

"지금 여기에 어떤 귀와 입이 있는지도 모르고 함부로 입을 놀린단 말인가? 이런 말이 아버님 천청天聽에라도 들어가는 날이면 정말 큰일이 일어나고 말 텐데……. 지난번에는 다행히 아버님이 모르셨기에 무사했던 일을 잊었단 말인가? 남의 집 유부녀나 넘보다가 칼 맞을 뻔했던 사람이, 뭐 장량 한신이라고? 헛소리 그만하고 어서 가서 쉬어야겠네."

"아이구, 형님마저 나를 이다지도 몰라주십니까? 약속합니다, 약속하다구요."

"그리고 어마마마 걱정하시는 것 생각 좀 하고, 엉뚱한 짓은 제발 그만하게. 정신 좀 차리라구."

"예 예, 그야 알아서 할 겁니다, 형님. 아이구, 미친개처럼 소제小弟 혼자 실컷 짖어대다가 갑니다. 세자저하."

돌아서 나가는 진양의 등판이 오늘따라 유난히 쓸쓸해 보였다. 세자는 마음 바닥에 차오르는 긍휼의 정을 억눌러야만 했다.

진양대군은 술김을 빌지 않으면 형님 세자 앞에서 주눅이 들어 말

한마디 제대로 못하는 형편인데, 오늘은 술기운 덕택에 제 속을 제법 드러낸 셈이었다.

'태어난 분수인 줄 알지 않느냐? 기를 것 없는 녹전祿田 위에서 한평생 편히 놀고 먹으라는 부러운 팔자인데…….'

진양대군은 툭하면 어머니 심비를 찾아가 넋두리를 늘어놓기도 하고 떼를 쓰기도 하면서 부왕이 벼슬 한자리 내려줄 수 있도록 도와달라며 애걸복걸했었다. 그러나 그것만은 도통 어림없는 일임을 세자는 잘 알고 있었다.

봄이 무르익고 있었다. 청주 초수리의 행재소는 임금의 요양소 같아야 하건만 실제는 전혀 딴판으로, 차라리 집현전이요 언문청이라 해야 옳았다.

"지금 우리가 쓰고 있는 한자어를 우리말로 통일시켜 정리하는 일을 시작해야겠는데, 자네들 《홍무정운洪武正韻》을 읽어보았는가?"

임금은 불러들인 성삼문, 신숙주에게 새로운 일거리를 또 하나 맡길 작정이었다.

"명나라 태조께서 한림학사 악소봉樂韶鳳과 송염宋濂 등에게 명하여 간행한 한자의 운서가 아닙니까?"

"얼마 전에 읽어보았사옵니다."

신숙주가 대답했다.

"소감이 어떻던가?"

"그 방대함에 경탄했고 그 치밀함에 탄복했습니다."

"그럴 만한 책이지. 이제 우리도 우리말을 적을 수 있는 문자가 창제되었으니, 우리가 쓰고 있는 한자어의 발음을 우리 글자로 표시할 수 있게 되었지 않은가? 우리는 수천 년 중국의 영향을 받은 탓에 우리말에 한자어가 아주 많네. 우리도 이 한자어를 우리의 말과 글에 맞게 통일시켜야 하지 않겠는가?"

"예, 전하. 신 등도 사실 그런 생각을 하고 있었사옵니다만 워낙 방대한 일인지라……."

"엄두가 안 날만도 하지. 그러나 일은 시작을 하고 봐야지. 하다보면 길은 생기게 마련이야."

"황공하옵니다."

그날부터 임금과 성삼문, 신숙주 세 사람은 이 일에 매달리기 시작했다.

"음……. 이치로 본다면 이 세상 사람들의 말과 소리는 다 같아야 하는데 어찌하여 중국말과 우리말이 다르고, 여진말과 일본말이 다를꼬? 근보가 먼저 말해보겠는가?"

"그야 까닭이 있사옵니다. 지역마다 지세와 풍토가 다르고 그에 따라 풍속과 기질이 다르다 보니 호흡과 발성도 다르게 된 것이 아니옵니까?"

"과연 그렇구먼. 그건 그렇고, 똑같은 한자를 발음하는 것도 서로 다른 까닭은……?"

"이치로만 따진다면 중국 글자의 발음은 어느 지역 어느 시대에 읽어도 꼭 같아야 할 것이옵니다. 그러나 지역과 시대에 따라 말이 다르다 보니 그 말의 영향을 받아 저절로 변하게 된 것이옵고, 글자의 발음뿐만 아니라 사성과 음운과 청탁 등도 변하게 되었을 것이옵니다. 그리고 또 가르치는 사람들이 또한 서로 다르게 가르치다 보니 자연히 변동이 생기게 된 것이옵니다."

"맞는 말이네. 장소와 시대에 따라 말과 글이 다르게 된다면 우리나라 말과 글도 그리 될 게 아닌가?"

범옹 신숙주가 대답했다.

"그러하옵니다. 명나라 태조가《홍무정운》을 만들어 간행한 것이 바로 그와 같이 불편하고 불행한 변화를 방지하기 위한 것이었사옵니다. 지금 전하께오서 우리나라에서 쓰는 한자의 발음과 음운을 통일 정리하시려는 것도 바로 이런 폐단을 방지하기 위한 성의聖意가 계신 것이 아니옵니까?"

"하하하, 바로 그거야. 과연 근보와 범옹이로구먼."

"황공하옵니다."

"그러면 말이야. 우리가 맨 먼저 해야 할 일이 무엇일까?"

"한자음을 정확히 아는 것이 우선인가 하옵니다. 한자음을 정확히 알아서 우리의 새 문자인 훈민정음으로 정리를 한다면 가히 우리말의 음운을 후대에 바르게 전할 수 있을 것이옵니다."

신숙주의 대답이었다.

"옳거니, 한자음의 정리. 이것이 우선해야 할 일이야. 그런데 이 일 역시 쉬운 일이 아니야."

"그렇사옵니다. 시일이 걸리더라도 착실하게 모든 한자음을 다 정리해야 할 것이옵니다."

"아니야. 이 일은 시간을 끌 일이 아니야. 그래서 근보, 범옹에게 좀 더 수고를 끼쳐야겠네."

"진충갈력할 것이옵니다."

"오, 자네들 같은 젊은 학사가 곁에 있으니 내 무슨 걱정이 있겠는가."

"황공하옵니다."

"그 한림학사 황찬黃瓚이란 분이 지금도 요동에 그대로 있다 하던데……. 어떤가? 그분에게 자문을 받아보는 게."

"저희도 지난번 다녀간 명나라 사신에게 들어 알고 있사옵니다. 그 분에게 자문을 받으면 한자음 정리의 시간이 훨씬 절약될 것이옵니다."

"그런데 길이 머니 걱정이야."

임금이 걱정하자 신숙주가 나섰다.

"전하, 신이 다녀오겠습니다. 길이 비록 멀다 하나 꼭 가야 하는 길이 아니옵니까?"

"신도 함께 다녀오겠습니다."

성삼문도 나섰다.

"고마우이. 자네들이 다녀오겠다면 일은 이미 성공한 셈이네. 허나 요동까지는 먼 길인데 여기 초수리에서는 더 멀지 않은가. 그래서 말인데, 두 사람이 함께 떠난다면 기다리는 시간이 너무 길어. 그러니 말이야, 범옹이 먼저 떠나서 요동에 당도할 쯤 돼서 근보가 떠나면 도중에서 만날 수가 있지. 그럼 도중에서 만나 현황이나 의견을 주고받을 수도 있고, 기다리는 시간도 반으로 줄일 수 있지 않은가?"

"참으로 묘안이시옵니다. 그렇게 되면 자문하는 일도 중복되지 않사옵니다."

"그러면 미진한 것들을 간추려서 범옹이 먼저 떠나도록 하게."

"예. 분부 거행하겠나이다."

다음 날 신숙주가 먼저 청주 초수리를 떠났다.

말 한 필에 종자 세 사람뿐인 단출한 일행은 한양에는 머물지도 않고 곧바로 요동 길로 들어섰다.

이렇게 시작한 신숙주, 성삼문의 요동 길은 자그마치 열다섯 차례나 계속되었다.

그런 끝에 무려 1만 3천여 자에 이르는 한자음을 모두 우리말로 통일 정리한《동국정운東國正韻》이란 역작이 나오게 되었던 것이다.

이《동국정운》은 당시 매우 혼란스럽던 우리나라 한자 음운을 바로 잡은 것으로, 훈민정음의 창제와 함께 세종 시대에 이룩한 문자 혁명의 양대 위업이었다.

임금은 만 두 달을 초수리에서 보내고, 5월 7일 대궐로 환궁했다.

안질 치료를 위해 두 달이나 약수터에 가 있었지만 임금의 안질은 별로 나아진 게 없었다.

그건 약수가 효험이 없어서가 아니었다. 문자와 음운 연구에 치중하다 보니 피로가 가중되었기 때문이었다.

"마마, 안질에는 휴식이 제일이라 하옵니다. 이제라도 책을 좀 멀리 하시옵소서."

중전의 간청이었다.

"알겠소. 요동에 간 사람이 돌아올 때까지는 어차피 좀 쉴 수밖에 없으니 너무 걱정 마시오."

"그러시면 이번에야말로 제대로 한번 안질 치료를 하시옵소서."

중전의 거듭되는 청원을 거절치 못해 임금은 윤 7월 중순 다시 초수리로 거둥하여 안질 치료에만 전념했다. 과연 효험이 금방 나타났다.

눈꺼풀이 찐득찐득하고 눈앞이 흐리고 침침하던 증상이 한 달이 채 못 되어 씻은 듯이 사라졌다.

"마마, 어떠시옵니까? 안질이 정말로 치유되지 않았사옵니까?"

중전 심씨가 오랜만에 함박꽃 같이 웃고 있었다.

"허허, 이게 다 중전의 정성 덕분이오. 고맙소, 중전."

"망극하옵니다. 역시 초정 약수는 소문대로 신통한 효험이 있사옵니다. 한 달만 더 요양하시면 아주 완치가 될 것이옵니다."

"알겠소. 내 중전의 뜻을 따르겠소."

"성은이 망극하옵니다."

임금과 왕비는 참으로 오랜만에 마음 편히 요양을 하며 한가하고도 단란한 시간을 가질 수 있었다. 아마도 등극 이후 처음인 듯 참으로 안온한 한가함이었다. 그 덕분인지 임금은 일상에서 가장 괴롭고 불편했던 안질을 언제 그랬더냐 싶게 말끔히 벗어던지고 상경하게 되었다.

성삼문이 다시 요동으로 떠나고 달포 가까이 되자 신숙주가 돌아왔다. 서책 대하기 좋은 가을이 깊어가면서 임금은 훈민정음과《동국정운》등의 연구에 제대로 빠져들었다.

당시 동궁인 자선당資善堂은 경복궁이 아니라 창덕궁에 있었다. 세자는 정무가 많아 밤을 경복궁에서 지새우고 동궁에 돌아오지 못하는 때가 많았다. 그러다 보니 세자빈이 없는 동궁의 기강은 그렇잖아도 느슨한 판인데 더욱 허물어지고 있었다. 사칙 양씨가 있었으나 겨우 종6품의 지위였으니 궁내의 기강을 잡을 처지는 되지 못했다.

8년 전인 1436년, 세자빈 봉씨가 동성애 사건으로 폐출되면서 이른

바 맷돌 부부로 지내던 서른 남짓의 궁녀들이 장하에 볼기가 터져나가 혼쭐이 난 일이 있었다. 그런데 어른 없는 세월이 길다 보니 어느새 그때의 사건이 되살아나 동궁의 궁녀들 태반이 서로 짝을 지어 밤마다 열을 올리고 있었다. 따지고 보면 궁녀들의 이런 탈선의 최종 책임은 동궁의 주인인 세자에게 있었다. 세자가 한두 번이라도 궁녀들에게 승은承恩의 기회를 주었다면 그 기회를 잡기 위해서 궁녀들 모두 스스로 최선을 다하는 나날을 보냈을 것이고, 궁내의 기강은 저절로 잡혔을 터였다.

꼬리가 너무 길다 보니 궁 밖의 의금부에서 그 꼬리를 밟고야 말았다. 의금부에서는 이를 알았지만 궁중의 일인지라 당장 입건하지는 못하고 신중히 검토하고 있었다. 동궁의 시녀 하나가 어찌어찌 이 사실을 알게 되었고 그를 통해 다른 궁녀들에게도 알려졌다.

"얘들아. 우리 다 물고 나게 생겼어. 떼죽음 당하게 되었다구."

"다 물고라니? 왜?"

"그게 뽀록났대."

"그래? 어떻게 뽀록났지?"

"의금부에서 눈치를 챈 모양이야."

"의금부에서? 에고머니나, 다 죽었다……."

"아니, 왜 다 죽어?"

"이런 맹추야. 의금부에서 알고 있으면 상감마마에게 보고할 게 아니냐고? 그러면……, 세자빈을 둘씩이나 쫓아내시고, 지난번 그 아드님인 임영대군의 일로도 그렇게 꾸지람이 무서우셨던 상감마마께서……, 아이고, 어찌 우리를 살려두시겠냐고."

"그럼 어쩌지?"

"살길은 도망치는 길뿐이야, 도망쳐야지."

"도망? 어디로?"

"어디로든 우선 도망부터 쳐놓고 봐야지. 이대로 앉아서 죽을래?"

"그래. 우선 도망치자."

겁먹어 눈앞이 아득해진 궁녀들은 서로 밀어올리고 잡아끌며 궁궐 담장을 넘어 무려 백여 명이 달아났다. 사칙 양씨로부터 이야기를 들은 세자는 어머니 심비를 찾아가 상의했다.

"소자가 부덕하여 또 이런 사태가 벌어졌나 보옵니다."

"참으로 희한한 일도 다 있구나. 그래 이 일을 어찌 처리하면 좋으냐?"

"궐내의 일이니 가능한 한 백성들에게 드러나지 않도록 궐내에서 수습하는 도리밖에 없을 것 같사옵니다."

"그래. 백여 명이나 되는 궁녀들을 의금부에 넘기면 옥방이 요란해지고 그 소문으로 장안이 들썩거릴 것이다."

"아바마마께도 그렇게 말씀드리겠습니다."

"아무튼 동궁에서 일어난 일이니 세자가 처리할 일이긴 하지만 이렇게 큰일을 아바마마께 아니 여쭐 수는 없는 일이지."

"예, 어마마마."

세자는 임금이 주로 계시는 천추전千秋殿으로 찾아가 대강을 말씀드렸다. 임금은 깜짝 놀랐다.

"백여 명씩이나 되는 궁녀가 담을 넘어 도망가다니……, 허, 이런 해괴한 일이 있나? 우리 왕실에 무슨 요괴가 들었기에 동궁에서 이런 요망스러운 일이 일어나는고? 짐작되는 바가 있느냐?"

"황공하옵니다. 소자가 워낙 덕이 없다 보니 이런 일이 동궁에서 그치지 않는 듯하옵니다. 아무래도 소자가 세자의 자리를 다른 아우에게 물려주고 궐 밖으로 나가는 게 낫지 않을지……, 엎드려 아뢰옵니다."

"음……. 그래, 그것도 네 부덕의 소치라 아니할 수는 없지. 그러나 네 자질과는 아무런 관계가 없는 재변일 뿐이야. 그러니 너는 행여 그런 일은 생각만이라도 가지면 안 된다. 더구나 그런 말은 절대로 꺼내서는 아니 되느니라. 그렇잖아도 네 아우들이 잔뜩 불만을 품고 벼슬 투정을 부리고 대궐을 넘성거리는데, 그러다 공연한 트집이라도 생기면 큰일이다. 천품으로도 네 아우들은 너를 따를 자가 없거니와, 더구나 그간의 짧지 않은 세자의 세월은 제왕학을 제대로 습득한 유일무이한 자격자의 존재를 천명하는 것이니라. 그러니 너는 항상 오히려 그런 자부심과 사명감을 가져야 한다. 알겠느냐?"

"예, 황공하옵니다. 아바마마."

"그건 그렇고……. 이 일을 어찌 수습하면 좋을꼬?"

"이 일은 조정에서까지 논하게 하지 말고 왕실에서 처결하는 것이 조용하고 신속할 것 같사옵니다."

"왕실에서? 누가 맡아 하지?"

"같은 내명부에서 맡으면 위엄이 서지 않을 것이옵니다. 이 일은 아우들을 시켜 문책하고 처벌하도록 하면 좋을 듯하옵니다."

"아우 누구에게 맡기느냐?"

"진양이가 광평廣平과 금성錦城을 데리고 처리하도록 하면 될 것 같사옵니다."

"음, 그래 보아라. 기왕에 대리 섭정을 네게 맡겼으니 네 의향대로 해보아라. 허나 기강은 엄해야 하니 실수 없도록 처리해라."

"예. 분부 명심 거행하겠나이다."

세자는 세 아우들을 불러 그 일의 처리를 공무 사항으로 지시하고 영을 내렸다. 세자가 예상한 대로 진양은 만면에 희색이 완연해 벌쭉 입이 찢어졌다.

명을 받고 돌아간 진양은 제집 대문을 들어서면서부터 목청을 돋우고 자랑하기 바빴다.

"여보, 부인! 어디 있소?"

"어서 오세요, 대감. 오늘은 웬일로 만면희색이십니다."

"그렇소, 하하. 오늘 내가 드디어 소원을 풀었소."

"예에? 소원을 풀어요?"

"그렇소. 드디어 감투를 썼단 말이오."

"아이구, 감축드립니다. 대감, 그런데 무슨 감투를 쓰셨나요?"

"헴, 동궁에 권설금부옥사權設禁府獄司라는 관청을 임시로 세웠는데, 내가 거기 도제조都提調에 임명되었소."

"도제조요?"

"그렇소. 제조는 광평과 금성 두 아우가 맡았고, 판의금判義禁으로는 부승지 황수신黃守身이 임명되었소. 하하."

"그곳이 무슨 일을 하는 곳인가요?"

"동궁의 궁녀 백여 명이 담을 넘어 도망쳤다오. 금군을 풀어 모조리 잡아다가 죄를 다스리는 일이오. 허연 볼기를 까놓고 쳐야 하는 일이니 일할 맛이 아니 날 수 있소? 하하하."

"아니, 영의정이 아니면 병조판서, 그도 아니면 북변의 절도사라도 되어 삼군을 호령할 정도는 돼야 일할 맛이 나신다더니, 기껏 맷돌질 하다 달아난 시비들 볼기나 치는 일에 그렇게 신바람이 나십니까?"

"허허, 그 소견머리하고는……. 그러니까 아녀자들은 수염이 안 나는 게요. 등고자비登高自卑라. 낮은 곳으로부터 시작해 높은 곳에 오른단 말이오. 삼공육판이 다 그렇지 않소?"

아무래도 남세스러운 이런 일을 맡고서도 어쨌든 진양대군은 살맛이 나는지 팔팔해졌다. 진양대군은 매일 광평, 금성 두 아우를 데리고 동궁에 세운 권설금부옥사에 나와 위세를 드러냈다.

금군禁軍들을 동원하여 궁궐 부근의 여염집을 뒤져서 달아난 궁녀들을 잡아들였다. 사흘이 채 못 되어 대궐 근처 민가에 숨어 있던 도망자들이 모조리 잡혀왔다. 그 수가 85명이었다. 나머지는 아마도 어디 더 먼 곳으로 숨어든 모양이었다.

"커하암. 얘들아 무감武監!"

"예, 대감."

"거 도망쳤다 잡힌 계집들 중에서 우선 열 명만 끌어내 여기 대령시켜라."

"예이."

이윽고 무감들의 꾸짖는 소리와 함께 열 명의 궁녀들이 끌려와 바닥에 꿇려졌다. 대개가 울고불고 하여 눈물에 젖은 얼굴을 손으로 감싸 쥐고 있었다.

"으아하하하. 이거 내가 저승의 꽃밭에 앉아 재판하는 염라대왕 같구나. 거기 너, 맨 오른쪽에 앉은 너, 냉큼 이 앞으로 더 가까이 대령하라."

"으흑, 예, 마마. 살려주십시오. 소인은 그 짓은 아니 하였사옵니다."

"네 요년. 무슨 헛소리를 하는 게야? 아니 했다면 도망은 왜 쳤단 말이냐?"

"남들이 도망치기에 놀라서 엉겁결에 도망쳤사옵니다. 살려주시와요."

"살려주시와요?"

"엉엉, 살려주십시오."

"다시는 안 그럴 것이옵니다. 살려주시와요."

옆에 벌여놓은 형구들을 흘깃흘깃 곁눈질하며 코멘소리로 맹꽁이 떼처럼 울어댔다.

"썩 그치지 못하느냐?"

"조용히 해라. 조용히 해."

"어째 '계집이 셋 모이면 새 접시를 뒤집는다'더니 여럿이 한자리에 모이니 이거 귀가 따가워 못 견디겠구나. 조용히 못 하느냐?"

"거기 너, 가운데 앉은 자주색 저고리! 이리 앞으로 나와라."

"예."

별로 울지 않고 있는 궁녀였다.

"너, 울지 않는 걸 보니 제법 다부지구나. 그러고 보니 이목구비도 꽤 잘 빠졌구나. 그래 네 이름이 무엇인고?"

"예, 자선당 시비 방자이옵니다."

"오라. 네가 바로 방자년이로구나. 이 난리는 네가 선동해서 일어났다 하는데 틀림없으렷다? 이실직고하지 않으면 당장 물고가 나리라. 알겠느냐?"

"예, 대군마마. 소인이 선동해서 도망친 것은 사실이오나 소인은 맷돌 짝꿍 노릇은 안 했습니다요. 소인은 짝꿍도 없으니 사실이옵니다."

"요년, 무슨 헛소리냐? 닥쳐."

"예, 이크……."

"음. 애, 광평아."

"예, 형님."

"고것. 이목구비가 제법 잘 빠졌지? 예뻐 보이지 않느냐?"

"밉상은 아닌 듯하옵니다."

"저걸 너에게 줄까?"

"왜요?"

"왜라니? 데려다 첩이나 삼으면 되지. 맷돌 서방질을 했다 하지만 계집들끼리 비벼댄 건데 무슨 계관이냐? 까짓 거 때론 헌 계집도 첩을 삼는데 말이다."

"아이고 형님. 저는 싫사옵니다. 괜스레 큰일 나려구요."

스무 살인 광평의 대답은 나이와는 상관없는 것이었다.

"어이구, 못난 놈. 사내자식이 배포가 그리 작아서 어디다 쓰겠느냐? 그러면 너 금성아. 어떠냐? 너를 줄까?"

"아이고 형님, 싫습니다. 아바마마께서 아시면 임영 형님처럼 경(黥)을 치게요?"

"아니, 그때하고는 다르지. 그리고 사내대장부가 주색을 모르고서야 어찌 호방하다고 하겠느냐?"

"아이고, 저는 그런 거 다 싫습니다."

열아홉 살인 금성의 대답은 호방하지 못해서가 아니었다.

"허어. 다 싫다 하니 그럼 할 수 없구나. 내가 대장부의 덕을 베풀어야지. 애들아, 무감!"

"예, 대감."

"흠, 여기 이 계집은 주동자 중 하나이니라. 이따가 비밀스레 조사할 일이 있으니 내 사저로 데려다 가두도록 하라. 알겠느냐?"

도망자들을 잡아다 그 죄를 다스린다 하면서 진양대군은 예쁘장한 궁녀들을 무려 스무 명 넘게 자기 사저로 빼돌렸다.

"어험, 커하암."

스물여덟 살의 진양은 겨우 손에 잡히는 턱수염을 양손 번갈아 쓰다듬었다.

세자는 큰 아우 진양에게 이 일을 맡기기는 했으나 아무래도 미심쩍어 부승지副承旨(정3품) 황수신黃守身(황희의 아들)을 사실상의 주무자인 판의금부사判義禁府事로 삼아 함께 처결하도록 엮어놓았다. 부승지는 거의 매일 가장 가까이에서 부왕을 모시는 비서의 한 사람이었다. 이 사건 처리의 자초지종이 바로 부왕의 귀에 들어갈 것임은 명약관화한 일이었다.

"대감, 이럴 수는 없사옵니다. 기강을 엄히 세워야 하는 치죄의 공사가 아닙니까?"

그러나 진양대군은 기강이고 공사고 간에 오불관언이요, 애당초 안하무인이었다.

"아니, 부승지영감. 그 무슨 말씀을 그리하시오? 기강이니 공사니 내가 뭐 잘못 한 게 있소? 저것들의 죄는 서방질을 못 해서 생겨난 안달병이오. 그러니 쓸 만한 것들은 데려다 첩으로 삼아 서방질로 다스릴 것이요, 못생긴 주제에 안달병이 생긴 년들은 물볼기에 치도곤을 베풀어 다스릴 것이오. 내 처사가 뭐 잘못된 게 있소?"

"허음……. 거참……, 허음."

사람의 말이라야 사람이 듣고 대답을 할 수 있는 것이리라. 황수신에게는 진양의 말이 사람의 말로 들리지 않았다. 그러니 헛기침이나 할 수밖에 없었다.

"괜한 걱정은 다 거두시오. 내 적당히 알아서 할 테니 영감은 편안히 구경이나 하시오."

꼴을 보니 어차피 구경이나 할 수밖에 없었다.

진양을 불러다 일을 맡기면서 세자는 누누이 다짐을 했었다.

"세자저하. 아니, 그래 형님은 이 아우를 그리도 못 믿으십니까? 같은 어마마마에게서 나온 이 아우를 못 믿어 그까짓 궁녀 계집년들을 다스리는 것조차 미심쩍어 하십니까? 그저 눈 딱 감으시고 이 아우에게 맡겨두십시오. 알아서 화끈하게 잘 처리할 테니 다른 일이나 돌보십시오."

자기 사저로 빼돌리고 남은 60여 명의 궁녀들은 물볼기로 혼쭐을 낸 뒤 원래 있던 일자리로 돌려보냈다.

그날 진양대군의 사저 또한 느닷없는 난리를 겪어야 했다.

"아뢰오."

"무슨 일이냐?"

"분부 받잡고 죄인 궁인을 안치하옵니다."

"아니, 아직도 궁인이냐?"

"그러하옵니다. 부부인 마님."

"으흑, 으흑……."

"썩 그쳐라 요년. 뭣 때문에 찔찔 짜느냐?"

"부대부인 마님. 소인에게는 정말 죄가 없습니다요. 덩달아 담을 넘었을 뿐입니다요. 맷돌질을 안 했습니다요."

"시끄럽다, 요년. 어이구. 대감께서 하시는 일이니 어쩔 수 없긴 하다만 이 계집들 벼락을 어찌할꼬? 얘들아!"

"예. 마님."

"얘도 그 애들 들어 있는 그 방에 데려다 넣어라."

"마님. 거기는 거의 스무 명이 들어가 꽉 차 있는데요."

"무슨 잔말이냐? 그 방에 썩 쑤셔 넣어라."

석양 무렵 진양대군이 큰 기침을 하면서 집에 들어섰다.

"어서 오십시오, 대감. 그런데 이게 도대체 무슨 일이옵니까?"

"무슨 일이라니?"

"우리 집을 주사청루酒肆靑樓로 만들려 하시옵니까? 저 계집들을 다 어쩔 셈이오니까?"

"전부 다 첩을 삼을 작정이오."

"에엑, 첩을 삼아요? 스무 명 다 대감이 첩을 삼는다고요?"

"스무 명에 놀라는 거요? 진시황 삼천궁녀는 먼 나라 얘기지만 백제 의자왕 삼천궁녀는 가까이 이 땅의 일이오. 천하영걸 진양이 겨우 스무 명의 첩도 못 거느린단 말이오?"

"아이고, 아이고……."

"시끄럽소. 초상이라도 난 게요? 채신머리없이……. 잔말 말고 술상이나 푸짐하게 보아 오시오. 그거참, 이럴 때 임영 아우가 있어야 제대로 술맛이 나련만……. 늙은 빼다귀들 고자질 때문에 유폐되어 얼마나 울화가 터질꼬? 옳거니, 이따가 내 가만히 몇 년 골라서 임영 처소에 보내주어야겠소."

"그러고 나머지는요?"

"빤하지 않소? 쓸 만한 년부터 하나씩 차례로 수청을 들라 할 거요."

"아 아……."

"아니, 입을 딱 벌리고……, 갑자기 아귀가 되었소?"

그러나 이러한 남편의 심회와 성정을 잘 아는 부대부인 윤씨는 불만도 원망도 없이 기껍고 엽렵獵獵하게 그 시중을 다 들어주었다.

이런 어이없는 진양대군의 처결이라는 것이 조용할 리가 없었다. 소문은 중전 심씨에게 먼저 전해졌다.

먼저 세자가 호출되어 왔다.

"왕실 망신살이 또 뻗쳤으니 이 일을 어찌하면 좋은고? 궁녀들 일을 어쩌다 진양에게 맡겼단 말인가?"

세자가 나이 서른을 지나면서 중전 심비는 세자에게 말을 놓지 않았다.

"황공하옵니다, 어마마마. 그렇잖아도 아바마마 천청天聽에 전해질까 불안하여 그저 가시방석이옵니다. 부디 함구해달라고 승지들에게 부탁은 했습니다만……."

"그래 어찌할 셈인가?"

"진양이 빼돌린 자들 말고 나머지는 모두 태장笞杖으로 다스려 제자리에 복귀시켰으니 그저 모르는 체 덮어두는 것이 상책이 아니겠는지요?"

"아니, 그럼 그 빼돌린 궁녀들을 진양에게 그대로 준단 말인가?"

"그러는 게 좋을 듯하옵니다. 진양이 그 불같은 성정을 달래는 데

도움이 될 것이옵니다."

"당치 않은 소리. 엄연히 궁궐의 사람들인데 빼돌리다니, 말이 되는가? 지금이라도 모조리 회수해서 창덕궁으로 돌려보내야지."

"어마마마. 그리 되면 진양의 마음에 상처가 클 것이옵니다. 그리 되면 진양이 가엾어집니다."

"세자로서 정이 너무 많은 건 결코 좋은 일이 아닐세. 법도와 도리를 지키도록 해야지. 진양을 당장 불러오시게."

"이리로 말입니까?"

"그래. 내가 잘 타일러볼 게야. 제 놈도 사람일 텐데 어미 말을 듣지 않을 수야 없지."

진양대군이 입궐하여 대령하자마자 심비의 목청엔 노기가 묻어났다.

"진양이 너는 도대체 정신이 있는 사람이냐? 부왕을 대리하는 형 세자의 지시를 무슨 장난질인 줄 아느냐? 형의 지시는 바로 군명이다. 어명이란 말이다. 그런데 군명으로 처리하는 일이 그와 같단 말이냐?"

"어쩌다 보니 그렇게 되었습니다, 어마마마. 너무 나무라지 마시옵소서."

"뭐, 나무라지 말라고? 아니, 저런 뻔뻔스러운 모양 좀 보게. 부왕전하께서 아시면 무슨 벼락이 떨어질지 몰라서 이 모양이냐? 지난날 그 유부녀 겁탈 사건 때만 해도 나와 네 형이 얼마나 노심초사했는지 모른단 말이냐?"

"흐흥."

진양의 콧방귀였다.

"아니, 진양아."

"예, 어마마마."

"그래, 해도 정도껏 해야지. 그래 가지고서야 어찌 뒤탈이 없겠느냐 말이다. 이제라도 그 궁녀들 모두 다 돌려보내도록 해라. 부왕께서 아시기 전에 말이다."

"어마마마."

"그래."

"벼슬도 없고 실권도 없는 자식은 그저 죽으란 말입니까?"

"아니, 그 무슨 생뚱맞은 소리를 하는 게냐?"

"왜요? 왕자니 벼슬은 안 된다, 왕자니 큰일 할 생각은 아예 하지 말라, 왕자니 왕자다운 체통을 지켜라……. 그렇게 법도는 잔뜩 높아서 주색잡기는 안 된다, 첩도 들이지 말라 하고……. 마소나 돼지처럼 우리에 처박혀서 구유 통에 넣어주는 밥이나 먹으라 이 말입니까?"

좌우간 울화가 터지는 진양이었다.

"아니, 유王柔야."

"이보게, 진양이."

"차라리 칼을 내리십시오. 그저 콱 죽어버리면 어마마마고 아바마마고 형님이고 더는 속을 썩이지 않을 것 아닙니까? 아이고, 활활 타오르는 이놈의 속도 모르고 큰소리만 치십니까? 그냥 나가서 꼬꾸라져 죽는 꼴을 보아야만 시원하겠습니까? 어이구, 속 터져. 어이구, 답답해……."

진양대군은 제 가슴을 손으로 치면서 식식거리더니 그냥 돌아서 밖으로 뛰쳐나갔다.

"아니, 저, 저……."

"허, 저런……."

진양이 선불 맞은 돼지처럼 고래고래 소리를 지르며 식식거리다 갑자기 뛰쳐나가는 통에 중전도 세자도 할 말을 잃고 입 벌어진 장승이 되고 말았다.

잠시 후 중전 심비는 고개를 좌우로 흔들며 탄식의 한숨을 쉬었다.

"아무래도 아니 되겠다. 부왕전하께 바른대로 알려드려서 저 못된 버르장머리를 뜯어 고쳐놔야지, 이대로 놓아두었다간 무슨 큰일을 저지를지 모르겠다."

"어마마마. 어마마마 말씀이 백번 지당하옵니다. 소자도 그리 생각해본 적이 있사옵니다. 하오나 만일 그리 되면 저 성정에 정말로 씻지 못할 불효를 저지를 수도 있사옵니다."

"아니 씻을 수 없는 불효라니?"

"어마마마. 진양이는 임영과도 또 다릅니다. 진양이는 자진이라도 저지를 수 있는 성깔이오니……, 망극하옵니다."

"음……, 그러면 이대로 덮어두자는 말인가?"

"예, 어마마마. 제가 다른 날 조용히 다스려보겠습니다."

"궁녀 스무 명을 그대로 내주고?"

"어마마마. 대군저大君邸도 별궁으로 간주하고 있으니 그 궁녀들을 진양이의 별궁에 내리는 시비로 처리하면 되옵니다."

"다른 방도가 없는가? 허 참……, 그럼 우선 그리 해보세."

어찌할 도리가 없었다. 다음 날 바로 스무 남짓의 궁녀들을 진양대군의 사저인 별궁에 내리는 시비로 조처할 수밖에 없었다.

진양의 악다구니 푸념에 놀란 중전의 가슴은 꽤나 오래 진정되지 않았다. 언젠가는 다시 한번 어미의 진심으로 진양의 개과천선을 이뤄내겠다는 다짐을 하면서 중전은 스스로 놀란 가슴을 달래고 있었다.

그런데 또 가슴이 뚝 떨어져 기절하고 말 소식이 전해졌다. 전혀 진양의 일이 아니었다. 그것은 중전 심비의 모친인 삼한국대부인三韓國大夫人 안씨安氏가 위독하다는 전갈이었다. 심비는 얼굴에서 핏기가 가시며 털썩 무너져 내렸다. 일어서서 나가려 했으나 다리가 말을 듣지 않았다. 중전이 쓰러졌다는 소식을 듣고 임금이 쫓아왔다.

"마마, 신첩의 어미가 너무 불쌍하옵니다. 어미를 살려주시옵소서, 마마."

눈물이 비 오듯 흐르는 심비의 가슴 속처럼 임금도 가슴이 저려왔다.

일국 군왕의 빙모이면서도 겪어야 했던 비참한 세월을 임금도 잘 알고 있기 때문이었다.

"알겠소. 너무 심려치 마시오."

세종은 즉시 전의청典醫廳에 명하여 삼한국대부인 안씨의 진료에 전념토록 했다. 전의청에서는 날마다 안씨의 집으로 가 정성을 다했다. 심비도 날마다 안씨의 집으로 가 친히 간병을 했다. 흥천사興天寺의 승려들을 초정하여 안씨의 집에서 쾌유의 불공도 드리게 했다. 그러나 안씨의 병은 점점 더 위중해져 갔다. 임금은 만일을 생각해 영상 황희와 우상 신개를 불렀다.

"영상은 강상인姜尙仁 등의 모반대역 사건을 아십니까?"

"예, 기억이 납니다. 그때 신은 남원에 있었사오나 사건의 전모를 다 들어서 알고 있었사옵니다."

"경들이 알다시피 중전의 아버지 청천부원군靑川府院君 심온은 그때의 옥사에 연루되어 자진했지요. 그에 따라 그의 처자는 관노비가 되고, 선왕께서는 척분戚分 관계의 의리를 다 끊으셨습니다. 그러나 그 후 선왕께서는 유언으로 관노비 문서에서 안씨를 삭제시키고 설날에는 중전이 그 집에 가서 모녀간의 예절을 행할 수 있게 하셨습니다."

"……."

"만약에 상사가 나면 중전의 상례는 어떻게 행하는 게 좋겠소?"

"중전마마의 모친은 태종대왕의 유교를 받들어 이미 그 죄가 사면되었습니다. 또한 관노비 문서에서 삭제되고 삼한국대부인의 직첩도 회복하여 대궐에도 출입하였으므로, 중전마마께서는 당연히 마땅한 상례를 행하셔야 합니다."

"알겠소."

임금은 마음이 놓였다. 중전의 심기가 다소는 누그러질 것이기 때문이었다.

중전의 모친 삼한국대부인 순흥 안씨는 결국 회복치 못하고 마침내 임종을 맞고 말았다. 1444년(세종 26) 11월 24일, 향년 70세였다.

중전은 모친 안씨의 시신을 안고 대성통곡을 했다. 일국의 중전 자리에 있으면서도 아버지 심온의 목숨을 구하지 못했고, 어머니 안씨의 관노비 신세를 오래 구하지 못했었다. 그런 불효의 한이 눈물의 폭포가 되어 하염없이 쏟아졌다.

안씨의 빈소에는 의정부, 육조, 중추원, 승정원 등에서 차례로 조의를 표했고, 임금은 후하게 장사를 지낼 수 있도록 넉넉하게 부의를 보냈다.

상심이 너무 커 병을 얻은 중전은 장례가 끝나고도 병이 여전하자 다섯째 아들 광평대군 여璵의 집으로 피접避接을 나갔다. 그런데 병이 나아지길 바라고 나간 지 겨우 사흘 만에 느닷없는 또 하나의 슬픔이 닥쳤다.

중전의 손녀요, 세자의 후궁인 승휘承徽(종4품) 홍씨洪氏의 네 살 난 딸이 죽었다는 소식이 전해졌던 것이다. 그 손녀는 중전이 매우 귀여워하여 자주 데려다가 재롱을 보곤 하던 아이였다.

"불쌍한 것. 제대로 펴보지도 못하고 지다니……."

그런데 이것이 또 다른 참척지변慘慽之變(자식이 먼저 죽는 변고)으로, 그야말로 상명지통喪明之痛(자식 죽은 슬픔)이 다가오는 전조였음을 어찌 알았으랴.

다섯째 아들 광평대군은 오래전부터 창진瘡疹을 앓고 있었다. 그런데 그 창진이 갑자기 심해지더니 광평이 그만 덜컥 자리에 눕고 말았다. 종전의 창진과는 또 다른 부스럼 같기도 하고 두드러기 같기도 한 발진이 전신에 생기면서 열이 올랐다.

그런데 그 발진은 몸 밖에만 생기는 것이 아니라 입 안에도 생기고 목구멍에도 생겼다. 그러자 제아무리 발광지경發狂之境이요 환장지경換腸之境일지라도 눈만 멀뚱거리며 빤히 쳐다보기밖에 할 수 없는 기막힌 일이 벌어지고 말았다. 목구멍에 부어오른 부종 때문에 음식은커녕 물도 넘길 수 없게 되었고, 종당에는 숨도 쉴 수 없게 되었던 것이다. 전의들이 매달려 온갖 조처를 해보았지만 결국 발만 동당거렸을 뿐 시시각각 꺼져가는 광평의 목숨은 구할 길이 없었다.

중전 심씨는 광평이 병석에 눕자 병중인 자신의 몸을 돌보지 않고 밤낮없이 아들의 간병에만 매달렸다. 그러나 역시 눈만 번히 뜨고 금방금방 생목숨 꺼져가는 자식의 참상을 보고만 있어야 했다. 승휘의 옹주가 죽은 지 겨우 삼 일만에 광평은 그만 숨을 거두고 말았다. 1444년(세종 26) 12월 7일이었다. 참으로 허망한 일이었다.

20년을 모정의 품에 팔팔한 생기를 안겨주던 자식이 불과 며칠 사이에 싸늘한 주검으로 변했던 것이다.

"아이고 얘야, 광평아. 이게 웬일이냐? 광평아, 이게 도대체 웬일이란 말이냐? 아이고 광평아. 우리 아이가 이게 웬일이란 말이냐. 아이고. 으흐 으흑 꺼어억……."

광평대군은 성품이 너그럽고 온화했으며 용모가 풍염豊艶 준수俊秀했다. 학문에 힘써 일찍이 사서삼경과 《좌전左傳》 등에 능통했으며, 또한 음률音律, 산수, 서예, 격구擊毬에서도 일가견이 있었다. 사람들이 임금 세종을 닮았네 또는 장형 세자를 닮았네 하면서 찬사를 아끼지 않던 아들이었다.

아들의 숨진 얼굴을 부여안은 중전 심비는 애간장이 녹아서 끊어지는 듯이 애처롭게 울고 또 울면서 아들의 시신을 떠나려 하지 않았다.

"광평아. 아이고 광평아. 네가 지금 몇 살이라고 이게 무슨 꼴이란 말이냐? 어이구, 차라리 이 어미하고 바꿔 갈 것이지. 어이구……."

이렇게 되니 임금은 죽은 자식보다 그 어미가 더 걱정이 되어 세자를 보내 환궁토록 시켰으나 심비는 듣지 않았다.

세자는 하릴없이 돌아가야 했다.

그런데 이런 때에도 어디서 잔뜩 술을 마시고 나타난 진양대군이 고래고래 소리를 지르며 직령直領(무관복 상의의 일종)자락을 휘젓고 다녔다.

"어마마마. 우실 것 없습니다. 한 푼어치도 우실 것 없습니다. 광평 저놈은 불효막심한 놈이요, 불충막심한 놈이니 우실 것 하나도 없습니다. 저놈은 우리의 원수요 역적 같은 놈이란 말입니다. 그러니 일찌감치 잘 뒈진 겁니다. 어머님 자식도 아니고 우리 형제도 아닌데, 잘된 겁니다. 어마마마, 조금도 애통해하실 것 없습니다. 그리고 너희들, 거 찔찔 울고 짜는 소리 당장 그만두지 못해! 그 재수 없는 곡소리 당장 그치란 말이다."

새파란 아우가 죽어 그래서 모후가 극통에 계시니 진양대군인들 속이 편할 리는 없었다. 그러나 위로와 조상의 모양새는 사뭇 달랐다.

이윽고 백부 양녕대군이 와서 위로했다. 또 중부 효령대군이 와서 밤을 새워가며 진혼의 불공을 드리자 초상 치를 분위기는 많이 차분해졌다.

임금은 첨지중추원사僉知中樞院事 변효문卞孝文을 시켜 호상護喪하게 했다. 조정에서는 양전兩殿의 옥체가 염려되어 조위弔慰의 전문箋文을 올려드렸다.

이렇게 광평대군이 죽은 후로 중전 심비는 마치 넋 나간 사람 같이 지냈다. 멍하니 앉아 떠가는 하늘의 구름을 하염없이 바라보는가 하면 시도 때도 없이 눈물을 흘리며 땅이 꺼지게 한숨을 내쉬곤 했다.

"어미보다 먼저 가다니, 불효막심한 놈 같으니라고……."

임금은 중전 심비의 마음을 달래주려고 자주 내전을 찾았다.

"중전, 너무 슬퍼하지 마시오. 그러다 중전의 몸까지 상하겠소. 인명재천이라 했으니 어쩌겠소. 나머지 자식들도 있고……. 그러니 심기를 다잡으시오."

"아니옵니다. 신첩이 용렬하여 자식을 잃었습니다. 으흐흐흐……. 신첩이 덕이 없음이옵니다."

그러다 가끔 다투는 때도 있었다.

"아무래도 광평이 무슨 살煞이 닿았습니다. 아니고서야 새파란 나이에 그리 갑자기 갈 리가 있습니까?"

"아니, 중전. 무슨 살이 닿다니요? 인명재천이라 했으니 사람의 명줄은 하늘이 정하는 것이오. 살이니 뭐니 그런 거 다 헛된 미신이오."

"아닙니다. 그 애가 양자를 갔기에 그리 된 것입니다."

"아니, 양자를 가서 죽었다고요?"

"그러기에 그때 신첩이 뭐라고 말씀드렸습니까? 태조대왕의 아들에게 가는 양자이니 태조대왕의 손자들이 가야지, 왜 한 대 건너 증손자들이 가야 하느냐고요."

"아니, 한 대 건너 입양을 해서 그렇다는 거요?"

"광평과 금성은 태종대왕(방원)의 손자이지요? 그런데 태종대왕은 돌아가신 무안대군撫安大君(방번)과 의안대군宜安大君(방석)의 이복형님이지만 사실은 철천지원수가 아닙니까? 그런데 그 철천지원수의 손자로 하여금 그분들의 후사를 삼아 제향을 받들게 했지요. 그러니까 그 제향은 받지 않겠다며 화가 나서 광평을 잡아간 것이 아닙니까?"

"허, 참. 그게 말이 되는 소리요? 아녀자의 소견이라더니……. 중전도 여자라서 소견이 그렇소? 그래서 무안대군의 혼령이 자기 후사 노릇을 하는 광평을 잡아갔다 그 말이오?"

"그러잖으면 그 애가 이 나이에 왜 죽습니까? 금성도 알 수 없어 불안하옵니다."

임금은 다섯째 아들 광평을 무안대군의 후사로, 여섯째 아들 금성錦城을 의안대군의 후사로 삼아 제향을 받들도록 했었다.

"거, 말 같지 않은 소리 그만두시오. 어느 한구석 가당키나 한 소리를 해야지……. 그런 맹랑한 소리가 어디 있소?"

"아니옵니다. 살이 닿는 집에 양자 잘못 들어가 망하는 집이 한두 집인 줄 아십니까?"

"거, 중전의 체신에 미신으로 떠도는 소문을 믿는단 말이오? 몸을 생각해서라도 마음을 다잡고 정신을 차리시오."

그러나 중전 심씨는 임금의 말처럼 마음을 다잡고 정신을 차릴 수가 없었다.

16

태조의 가계

조선의 태조 이성계李成桂는 8남 3녀를 두었다.

먼저 신의왕후神懿王后가 된 본처 한韓씨에게서 장남 진안대군鎭安大君 방우芳雨, 차남 영안대군永安大君 방과芳果, 삼남 익안대군益安大君 방의芳毅, 사남 회안대군懷安大君 방간芳幹, 오남 정안대군靖安大君 방원芳遠, 육남 덕안대군德安大君 방연芳衍, 장녀 경신공주慶愼公主, 차녀 경선공주慶善公主 등 6남 2녀를 두었다.

그리고 신덕왕후神德王后가 된 후처 강康씨에게서 칠남 무안대군撫安大君 방번芳蕃, 팔남 의안대군宜安大君 방석芳碩, 삼녀 경순공주慶順公主 등 2남 1녀를 두어서 도합 8남 3녀를 두었던 것이다.

장남 진안대군 방우는 고려조에 과거에 급제하여 예의판서禮儀判書

밀직부사密直副使 등을 역임했다. 무예에도 뛰어나 검술은 거의 따를 자가 없을 정도였다. 형제간 우애가 깊고 부모 공경에 최선을 다하는 효자였기에 아버지의 무관역정武官歷程에도 도움이 컸다.

그러나 고려에 거역하려는 위화도 회군에서부터 아버지의 의지에 실망했다. 그래서 아버지가 회군에서 돌아와 우왕을 쫓아내고 창왕을 세우고, 다시 창왕을 폐위하고 공양왕을 세우자 방우는 고향으로 돌아가 은거하며 음풍영월로 세월을 보냈다.

1392년(태조 1) 7월 17일, 아버지가 역성혁명으로 조선을 건국하여 태조가 되자 방우는 고향 함흥에서 영원히 은거할 뜻을 내비쳤다. 태조는 8월 7일에 그를 진안군鎭安君으로 책봉하고 함경도 고원의 전답을 녹전으로 하사해 그의 은거를 허락했다. 그러나 진안대군은 울적한 심사를 털어내지 못했다.

'충忠이 있고 그다음에 효孝가 있는 것을…….'

태조 2년, 그는 고향에서 맥없이 죽고 말았다. 병사라 했다. 향년 40세였다.

그 외의 아들들은 아버지를 돕고, 아버지가 건국한 조선에서 은거 대신 각자 제 나름의 몫을 영위하며 살았다.

여기서 잠시, 태조의 가까운 조상들과 태조의 아들들을 개관해보자.

〈용비어천가〉에 목조穆祖로 나오는 이안사李安社는 태조의 4대조, 즉 고조부이다. 전라도 전주의 토호였던 이안사는 지방관 지전주사知全主事 및 산성별감山城別監과의 알력으로 인해 170여 가구를 이끌고 강릉도 삼척현으로 이주했다. 그런데 얼마 지나지 않아 그곳에 부임한 안

렴사按廉使가 하필이면 전주에서 다투던 산성별감이었다. 이에 이안사는 다시 일행을 거느리고 해로를 통해 덕원부德源府, 즉 의주宜州, 함경남도 문천 원산 지역)로 옮겨 갔다. 1253년(고려 고종 40)이었다.

이안사는 거기서 따르는 자들이 많아 큰 부족 집단을 이루게 되었다. 전주에서 함께 이주해온 170여 호뿐만 아니라, 삼척에서 따라온 자들도 많았고, 의주에서도 따르는 자가 많았기 때문이었다. 이안사의 세력이 커지자 고려에서 이안사를 의주병마사宜州兵馬使로 임명했다.

그런데 얼마 지나자 원나라의 산길대왕散吉大王이 쳐들어왔는데, 이안사를 치지 않고 계속 항복을 권유했다. 이안사는 사세를 감안하여 하는 수 없이 항복하고 산길과 유대를 맺고 살 수밖에 없었다. 그러면서 더 북쪽의 개원로開元路(원나라 때 만주지방의 행정구역) 남경南京의 알동斡東(두만강 하류 지역)으로 이동하여 정착하게 되었다.

산길의 주선으로 이안사는 거기서 원나라의 알동천호장斡東千戶長에 임명되었다.

이안사의 사후 그의 아들 이행리李行里(태조의 3대조인 익조)가 이안사의 지위와 기반을 이어받았다. 이행리는 고려 충렬왕을 찾아뵙고, 부득이 원에 항복했던 그간의 사정을 고하고 용서를 구해 충렬왕의 이해를 얻게 되었다.

이행리의 세력이 점차 커지고 위상이 높아지자 여진족 천호장들이 이에 불만을 품고 이행리를 적대시하게 되었다. 그러다 여진 천호장들이 자신을 타도하러 올 것이라는 정보를 입수하게 되자, 즉시 부족을 이끌고 두만강 하류의 붉은 섬 적도赤島로 피하게 되었다. 함께 살던 알동의 주민들이 다 따라왔다.

물길이 적의 침입을 막아주었다. 거기서 지내는 동안 이행리는 직도稷島, 추도楸島, 초도草島에서 재목을 베어와 튼튼한 배 열 척을 건조했다. 그 배를 타고 일행은 동해 바닷길을 헤쳐 옛 터전인 의주로 다시 옮겨와 살게 되었다.

원나라는 1258년(고려 고종 45) 함경도 화주和州(영흥 지역)에 쌍성총관부를 설치하고, 다루가치(darughachi, 達魯花赤)를 파견하여 관할지역을 관리 감독케 했다. 그러다 1300년(충렬왕 26), 원나라는 많은 부족민을 거느리고 있는 이행리를 칙명勅命으로 다루가치에 임명하고 관할 지역을 다스리게 했다.

이행리가 죽자 아들 이춘李椿(태조의 2대조인 도조)이 지위와 세력을 이어받았다. 이춘은 농업과 목축업이 수월한 함주咸州(함흥 인접 지역)로 이동 정착하여 안정적으로 세력을 불리게 되었다. 이춘은 본처 자식으로 이자흥李子興과 이자춘李子春 두 아들을 두었다.

이춘이 심한 풍질로 죽음을 앞에 두고 있을 때, 지위와 세력을 물려주어야 할 장자 이자흥이 몸이 너무 쇠약해져 있었다. 이자흥의 아들 이천계李天桂는 아명이 이교주李咬住였는데, 아직 어렸다. 이춘은 하는 수 없이 차남 이자춘과 어린 손자 이교주를 불러 유언을 남겼다.

"다루가치 지위와 권한은 장자장손長子長孫 승계를 원칙으로 한다. 네 형 자흥이 아무래도 벼슬을 이어받을 수 없을 것 같으니 장손인 교주에게 승계시켜야 옳다. 그러나 장손 교주가 아직 어린 관계로, 우선 차자인 자춘이 네게 임시로 전해주겠다. 그러니 장손인 교주가 성인이 되면, 네가 받은 지위와 권한을 반드시 그에게 넘겨주어야 하느니라. 알겠느냐?"

이자춘이 대답했다.

"예, 명심하겠나이다."

다루가치가 된 이자춘(태조의 부친인 환조)은 원의 세력이 쇠미해지자 암암리에 공민왕을 만났고, 공민왕의 밀지에 의해서 이자춘은 쌍성총관부를 공격할 때 협력했다. 이에 원의 세력을 몰아내고 그 지역을 되찾는 데 성공했다.

그래서 고려는 그에게 동북면병마사東北面兵馬使를 제수했다. 이 일로 이자춘은 고려의 공신도 되었고, 중앙정계에 기반을 잡음과 동시에 동북면에 자신의 세력을 더욱 확고히 정착시킬 수 있게 되었다.

이자춘은 말년에 그의 지위와 세력기반을 아버지의 유언대로 장손인 조카 이천계(이교주)에게 넘기려 했으나, 이천계가 그 모든 게 자신에게는 너무 과분하여 감당할 수 없다고 극구 사양해서 하는 수 없이 자기의 친자親子에게 넘겨줄 수밖에 없었다고 소문을 냈다. 결국 이 모든 것을 친자 이성계李成桂에게 넘겨주었다.

그러나 이 주장은 어디까지나 이자춘의 일방적 주장과 선전일 뿐이었다. 이자춘은 애초부터 조카 이천계에게 그 지위와 세력기반을 넘길 생각을 하지 않았고, 바로 친자인 이성계에게 넘겼던 것이다.

장성하여 성년이 된 이천계는 이춘의 유언을 밝히고 자신이 적장자임을 내세우며 이성계가 받은 벼슬과 재산을 되찾으려 했으나, 이성계 측의 오불관언吾不關焉(모르쇠)과 반대로 결국 뜻을 이루지 못하고 말았다.

아무튼 이성계는 곧 일만호의 식읍이 주어지는 만호장이 되었고, 가별초家別抄라는 가문 직속의 정예 병사집단도 거느리게 되었다. 개인적으로 그는 특히 신궁이라 할 만큼 활의 명수이기도 했다.

이성계는 고려 최고의 무장으로서 요동에서부터 한반도의 최남단에 이르기까지 종횡무진 맹활약했다. 그 결과 몽고군, 홍건적, 여진족, 왜구 등을 무찌르는 데에 늘 앞장섰기에 그의 명성은 하늘을 찌를 정도였다. 그래서인지 이성계에 관한 여러 가지 소문 또한 명성만큼이나 인심을 찔렀다.

왜구 소탕의 분전奮戰 중 한때 어느 산촌에서 휴식을 취하고 있을 무렵의 일이다.

"문자관상文字觀相(글자와 얼굴을 함께 보는 관상)에 귀신같다는 복술가가 있습니다."

촌로의 말이었다.

"파적破寂 삼아 구경 한번 해보시지요."

나중에 이지란李之蘭으로 개명한 여진인 부장 퉁두란佟豆蘭의 말이었다.

"그래 볼까?"

두 사람은 촌로의 안내로 그 복술가를 찾아갔다. 먼저 퉁두란이 신청했다. 복술가는 문자판을 가리키며 퉁두란에게 글자 하나를 골라 자기 앞에 내놓으라고 했다.

퉁두란은 글자판을 잠시 훑어보다가 문問 자를 골라 복술가 앞에 내놓았다. 복술가는 골라낸 글자를 보고 나서 퉁두란의 얼굴을 찬찬히 살폈다. 그리고 잠시 후 말했다.

"어느 집 대문이고 대문 앞에 가 입만 벌리면 먹을 것이 나오니 평생 굶주리지는 않을 것이오. 괜찮은 팔자요."

복술가는 문 글자를 다시 글자판에 끼워 넣었다.

그다음 이성계가 나섰다. 역시 글자를 고르라 했다. 이성계는 복술가가 어찌 나오나 보고 싶어 퉁두란이 골랐던 문問 글자를 다시 골랐다. 복술가는 이성계의 얼굴을 한참이나 뜯어보더니 일어나 이성계에게 큰절을 했다.

"아니, 왜 이러십니까?"

이성계가 놀라 물었다. 복술가는 세 번의 절을 마치자 정좌하고서 입을 열었다.

"참으로 존귀하신 분이 오셨는데 어찌 예를 올리지 않겠습니까?

글자를 보니 이리 보아도 군君 자요 저리 보아도 군君 자입니다. 어른께서는 앞으로 임금이 되실 팔자이니 그를 잊지 마시고 늘 존체尊體를 보중하시옵소서."

"오호, 아무튼 듣기는 좋은 말씀이오. 고맙소."

이성계는 복채를 두둑이 주고 나왔다.

17

무학대사

함경남도 안변군에 위치한 설봉산雪峯山(지금 북한의 지도로는 강원도 고산군에 있음)의 귀주사歸州寺를 이성계가 오랜만에 찾아왔다. 이성계가 젊은 시절 공부하던 절이었다.

주지도 바뀌었고 승려들도 거의 다 바뀌어 있었다. 그런데 그사이 절이 많이 낡아 안타까운 마음이 더욱 컸다.

'언제고 내게 이 절을 보수하거나 개축할 수 있는 기회가 오면 좋겠구나.'

이성계는 이런 생각을 하며 공부하던 시절 주로 묵었던 요사채의 객실을 찾아갔다. 밤늦게 자리에 들어 이 생각 저 생각을 하다 잠이 들었다.

객수가매客愁假寐에 전전반측輾轉反側으로 깊은 잠을 이루지 못했음일까? 이성계는 그 밤, 전에 없던 갖가지 꿈을 겪고 있었다.

멀고 가까이 새벽닭 울음소리가 들리더니 웬 방아 찧는 소리가 여기저기서 들렸다.

머리 위로 꽃잎이 낙엽처럼 우수수 떨어지더니 갑자기 큰 불이 일어나 요사채를 태웠다.

"불이야. 불이야!"

외치는 소리에 번쩍 잠을 깨 눈을 뜨고 보니 이성계가 자는 방에도 불이 막 옮겨 붙고 있었다.

"아이코……."

이성계는 부리나케 일어나 문을 박차고 밖으로 내달렸다. 문밖으로 뛰어나오다 쨍강 소리에 밑을 보니 웬 거울이 밟혀 깨졌다.

마당에 이르러 뒤돌아보니 그가 자던 방도 이미 화마에 휩싸이고 있었다.

'불부터 꺼야지…….'

이성계는 물을 퍼오려고 우물 쪽을 향해 뛰려고 했다. 그러나 이상하게도 등이 무거워 뛸 수가 없었다.

'허어, 이게 웬일인고?'

고개를 돌려 자기 뒤를 보니 자신이 커다란 서까래를 짊어지고 있는데 그것도 세 개나 짊어지고 서 있는 게 아닌가!

'아니 이런……, 웬 서까래를 다 짊어졌단 말인고?'

얼른 그 서까래를 벗어 내려놓고 달리려 했으나 서까래는 이상하게도 벗겨지지 않았다.

'허, 이게 웬일인고?'

등에서 서까래를 벗겨 내려놓으려고 안간힘을 썼으나 도대체 벗겨지지가 않았다. 땀을 흘리며 안간힘을 써보아도 좀체 벗겨지지가 않았다. 이성계는 계속해서 안간힘을 쓰다가 잠에서 깼다.

어제 저녁 누워 잠들었던 모습 그대로 깨어나 눈을 떴던 것이다. 동창이 부옇게 밝아오고 있었다. 한바탕의 꿈이었다. 그 밤, 그 절 어디서고 애당초 불은 나지 않았었다.

'허 참, 이상야릇한 꿈이로다……. 헌데 이게 도대체 길몽인지 흉몽인지, 아니면 별 것도 아닌 개잠자다가 노루 꿈 꾼 것인지…….'

이성계는 해몽에 귀신같다는 무녀가 근처에 살고 있다는 이야기를 들었다. 다음 날 그 무녀를 찾아가 해몽을 부탁했다.

이성계의 꿈 이야기를 다 듣고 난 무당은 무녀복을 차려입고 신단 앞에 나아가 한동안 손을 비비며 주문을 외웠다. 그러고 나서 커다란 무당방울을 손에 들고 일어나 신을 모셔오는 강신무를 추었다. 껑충껑충 뛰기도 하고 뱅글뱅글 돌기도 했다.

"어엇쑤! 신령님 마수 임래요."

신령님이 무녀의 몸속에 들어와야 해몽이든 점괘든 풀이를 해줄 수 있다고 했다. 무녀들의 이런 춤은 신령을 모시는 그들의 정성 어린 예절이었다. 꽤나 오랜 시간 춤을 추던 무당 여인은 이를 멈추고 조용히 앉았다. 여인의 이마에 땀이 송골송골 맺혀 있었다. 무녀는 가쁜 숨을 참아가며 이성계에게 말했다.

"처사님, 이거 미안하게 되었습니다. 웬일인지 신령님이 오시지 않습니다. 신령님을 모시지 못하면 해몽을 해드릴 수가 없는데, 어찌하지요?"

"뭐, 그럼 다음에 오지요."

"아무래도 신령님께서 그 해몽을 어려워하시는 모양입니다. 다음에도 그러실 것 같은데……. 참, 저 아랫마을에 설봉암인지 설봉사인지 거기 뒤쪽에 토굴이 하나 있는데, 그곳에 오래전부터 고승 한 분이 들어오셔서 참선하고 계신다는 소문을 들었습니다. 그 고승께 해몽을 부탁해보시는 게 어떻겠습니까?"

"아, 그래요? 그럼 그분께 부탁을 해보지요. 고맙습니다."

이성계는 무녀가 일러준 설봉사 토굴을 찾아갔다. 과연 거기 토굴에서 초로의 고승 한 분이 수도를 하고 있었다.

이성계는 고승에게 공손히 예를 올린 다음 찾아온 이유를 말했다. 꿈 이야기를 들은 고승은 고개를 한 번 끄덕이더니 이성계의 신분과 과거사를 듣고 싶어 했다.

"소승이 무얼 알겠습니까만 선비님의 신분과 이력을 간단히 말씀해 주시면 소승이 짐작되는 바를 말씀드리겠습니다."

이성계는 이 고승을 대하면서 깊은 존경심과 신뢰감이 절로 우러났다. 그래서 그는 자신에 대한 모든 것을 고승에게 다 털어놓았다.

"오, 오늘 장군을 뵙게 되어 참으로 기쁩니다. 이 또한 부처님의 가피인가 합니다. 저쪽 조용한 요사로 옮겨갑시다. 소승이 쓰는 승방이 있습니다."

그들은 토굴을 나와 고승의 승방으로 자리를 옮겼다.

날이 저물고 있었다. 고승은 종자인 듯한 수도승을 불러 차를 내오게 했다.

"부르기 전에는 오지 마라."

고승은 주위를 살피고 문단속을 한 다음 조용히 입을 열었다.

"소승이 짐작하는 바로는 장군의 그 꿈속에 부처님의 뜻이 들어 있는 듯합니다. 그 꿈은 아무나 꿀 수 있는 그런 꿈이 아닌 것 같습니다. 부처님께서 장군에게 기대하는 바가 있기 때문에 꿈으로 암시를 주어 장군으로 하여금 노력하도록 만드는 것 같습니다."

"아, 그렇습니까? 무슨 암시를 주는 것입니까? 소장으로서는 전혀 짐작이 되지 않습니다."

"소승이 오언절구를 하나 적어보겠습니다. 뜻을 말씀해보시지요."

"오, 대사님의 한시입니까? 그렇게 하지요."

이어 스님은 일필휘지로 한시 한 수를 적어 내려갔다.

몽조 夢兆

화락능성실 花落能成實

경파기무성 鏡破豈無聲

계명고귀위 鷄鳴高貴位

용동공덕공 舂動恭德功

무학자초 無學自超

이성계는 스님이 써놓은 글귀의 뜻을 새겨보았다.

"꿈의 징조. 꽃이 지고 있으니 능히 열매를 맺을 것이다. 거울이 깨지는데 어찌 소리가 나지 않으리. 닭들은 목청 돋우어 '꼬끼요' 하며 고귀위告歸位(고귀한 지위)라 외치고, 방아를 찧으니 '쿵덕쿵' 하며 공덕공恭德功(크나큰 공덕을 공경함) 하네. 무학자초."

스님은 조용히 이성계의 얼굴을 올려다보고 있었다.

"하하, 꿈 해석이군요. 꽃이 떨어지고 있으니 마땅히 열매가 열린다는 뜻이 아닙니까? 예, 결과가 있다는 의미군요. 좋은 결과가 있어야 하겠습니다. 그리고 거울이 깨지면 소리가 나니까, 소리가 나니까……, 남들이 듣는다……, 그러니까 세상에 알려진다 이 말 아닙니까?"

"맞습니다. 장군의 업적이 세상에 알려질수록 더욱 몸을 낮추고 겸손해져야 할 것입니다."

"예, 알겠습니다. 그다음 구절은……?"

"풀이를 해보시지요."

이성계는 써놓은 이름을 보고 이 고승이 무학대사라는 것을 알게 되었다.

"하하하, 대사님. 대사님이 써놓은 한시에 경탄하여 포복절도하겠습니다. 고귀위가 바로 꼬끼요, 꼬끼요 하며 우는 닭소리군요, 하하하."

"아주 잘 맞췄습니다. 그다음도 말씀해보시지요."

"방아 찧는 것은 큰 공로를 공경하는 움직임이라, 이런 뜻이 아닙니까? 방아 찧는 것이……, 방아 찧는 것이……."

"방아는 어느 때 찧지요? 그리고 왜 찧지요?"

"그야, 쌀이든 보리든 방아를 찧어서 식량을 장만해야 먹고살 게 아닙니까?"

"방아는 식량을 장만하기 위해서만 찧습니까?"

"예? 그게 아니라면……?"

"더 신나게 찧는 방아도 있습니다."

"더 신나게요?"

"쿵더쿵, 쿵더쿵, 오호라, 크나큰 잔치로다."

이성계는 고개를 갸웃하다가 손뼉을 쳤다.

"하하, 그렇군요. 떡방아 맞지요? 쿵더쿵, 쿵더쿵……. 공덕공恭德功이 바로 그 쿵더쿵, 쿵더쿵 하는 소리군요. 큰 공로를 공경하는 커다란 축하잔치를 위해서 여러 군데서 떡방아를 찧는 소리군요, 하하하."

"바로 맞췄습니다. 그렇습니다. 크나큰 공로를 축하하려는 잔치를 준비하고자 방아를 찧는 것이지요."

무학은 〈몽조〉 시가 적힌 종이를 이성계에게 건네주었다.

"참으로 고맙습니다. 하하하."

"허허허. 장군을 만나게 되어 소승 또한 기쁘기 한량없습니다."

무학대사의 유명한 〈몽조〉 시는 이렇게 해서 탄생했던 것이다. 두 사람은 그리워하던 옛 사람을 다시 만난 듯 해후의 기쁨으로 손을 맞잡고 우정을 다졌다. 생면부지의 두 사람이 그새 금방 죽마고우처럼 허물없는 처지가 되어갔다.

"그런데 대사님, 꿈 이야기 중 한 가지가 빠진 것 같은데요. 그 내용은 깜빡 잊으셨는지요?"

"뭐가 빠졌습니까?"

"제가 벗어 내려놓으려고 버둥거렸으나 결국 내려놓지 못한 그……."

"서까래 말씀이군요. 그렇지요. 그게 빠졌지요. 그러나 그건……."

"불길한 징조인가요? 그래서 일부러 빼놓은 것입니까?"

"결코 그렇지는 않습니다만……. 하여튼 저녁 공양이나 들고 나서 다시 이야기해야겠습니다."

대사는 창문 위에 늘어져 있는 설렁줄을 잡아당겼다. 승방 바깥 처마 밑에 매달린 작은 종이 몇 번 딸랑거렸다. 잠시 후 종자 제자승이 방문 앞에 와 섰다.

"여기서 손님께 공양을 드려야겠다. 그리고 참, 내 곡차穀茶도 내오너라."

"예, 곧 차려 올리겠습니다."

두 사람은 차려온 저녁 밥상에 앉아 덕담에 곡차를 곁들여가며 오랜만에 맛있는 저녁을 먹었다. 종자가 저녁상을 다 치우고 나자 두 사람의 이야기는 다시 이어졌다.

"꿈에 소장이 있던 절에 불이 났는데, 그것도 무슨 뜻이 있습니까?"

"그렇지요. 지금부터 소승이 하는 이야기는 가슴 깊이 간직만 하시고, 밖으로 말하거나 드러나지 않게 아주 조심해야 합니다. 절대로 언행으로는 기미조차 나타나게 해서는 아니 됩니다."

"예, 알겠습니다. 명심 거행하겠습니다."

무학대사는 방밖 사위四圍를 다시 한번 확인했다.

"장군이 자던 그 절에 불이 나서 다 타게 된 것은, 이 나라 고려가 불원간 멸망하리라는 것을 꿈으로 예시하는 것입니다. 고려는 기울고 있습니다. 머지않아 새로운 왕조가 이 땅에 서게 될 것이라는 징조입니다. 장군께서 등에 짊어진 서까래를 내려놓으려고 해도 서까래가 떨어지지 않은 것은, 장군께서 그 서까래를 평생 짊어지고 있어야 하는 운명을 또한 몽조로 예시한 것입니다."

"아니. 서까래라 하면 무거운 짐이 아닙니까? 그 서까래를 세 개씩이나 짊어지고 있어야 한다면……. 아이구, 그거참, 고생 복이 터진 팔자란 뜻이 아니오?"

"아주 편한 짐은 아니지만 그러나 아주 영광스럽고 복된 짐입니다."

"영광스럽고 복된 짐이라니요?"

무학대사는 소리를 한껏 낮추어 말을 이었다.

"세로로 세워진 한 줄의 등에 가로로 서까래가 세 개 놓여 있으니 그 것을 글자로 생각하면 무슨 글자가 되겠습니까?"

"아니……?!"

"놀라실 것 없습니다. 바로 그렇습니다."

"아니, 그럼……."

"그렇지요. 임금 왕王 자가 분명하지요. 장군께서 앞으로 군왕이 되신다는 아주 신령스러운 길몽입니다."

이성계는 입으로 터지려는 감동을 손으로 막으며 눈을 휘둥그레 뜨고선 넋 나간 사람처럼 무학대사를 바라보았다.

"이것은 천기天機(하늘의 기밀)이니 우리 둘만 알고 절대 비밀로 지켜가야 합니다. 천기누설은 재앙으로 돌아온다 했습니다. 그래서 몽조로 기록하지 못하는 것입니다."

"예, 잘 알겠습니다. 하지만 너무 놀랍습니다. 소장이 그런 자격이 있겠습니까?"

"이는 하늘의 계시이오니 자격은 이미 지니고 태어나신 것입니다. 앞으로는 처신에 더욱 진중하셔야 합니다."

"예, 명심하겠습니다."

"그리고 앞으로 장군께서 잊지 말고 지켜야 할 일이 몇 가지 있습니다."

"예, 꼭 지키겠습니다. 말씀해주시지요."

"첫째, 어떠한 경우에도 이 천기가 누설되지 않도록 언행에 신중을 기해야 합니다."

"예, 잘 알겠습니다."

"둘째, 장병들과 백성들로부터 신망과 존경을 받도록 늘 유의해야 합니다."

"예, 명심하겠습니다."

"셋째, 천기를 들은 이 절, 바로 이 절을 소중히 여겨 중수 중창하고 하늘의 뜻이 이루어질 수 있도록 정성껏 불공을 드려야 합니다."

"예, 열심히 하겠습니다."

두 사람은 조용조용 이런저런 이야기로 시간 가는 줄을 몰랐다.

"그런데 참, 소장이 대사님의 수행 전력도 들을 수 있으면 좋겠습니다만……."

"그야 어려운 일이 아니지요. 뭐 특별한 수행 전력은 없습니다만 나름대로 열심히 노력은 해왔습니다. 그러나 아직도 득도에 이르지 못하여 수행중입니다만……."

무학대사는 1327년 합천에서 태어났다. 부모는 왜구에 잡혀갔다 돌아온 하층민으로, 갈대를 베어다 삿갓을 만들어 팔아 근근이 생계를 유지하는 처지였다.

열여덟 나이에 집을 떠나 수선사修禪社(지금의 송광사)의 소지선사小止禪師에게서 수계하고 법명 자초自超를 받아 수행정진을 시작했다.

용문산 혜명국사慧明國師에게서 불법을 배웠다. 1353년 원나라에 유학하여 인도 승려 지공선현指空禪賢과 고려 승려 나옹혜근懶翁慧勤을 스승으로 모시고 선불교를 배워 체득했다. 그때 나옹으로부터 무학無學(더 배울 것이 없음)이라는 법호를 받았다. 그래서 정식 명칭이 무학자초無學自超가 되었다.

1356년에 귀국하여 양산 천성산 원효암元曉庵에 머물렀다. 그러다 운수납자가 되어 전국을 떠돌았다. 중국에서 스승으로 모시던 나옹선사가 1358년에 귀국하여 경기도 양주 천보산에 회암사를 중수하고 주지로 있게 되자, 무학대사가 그 소식을 듣고 찾아와 뵈었다.

회암사는 원래 인도에서 중국을 거쳐 고려에 온 지공화상指空和尙이 터를 잡고, 그를 스승으로 모시던 나옹선사가 스승의 지시에 따라 도량을 열었던 절이었다.

무학대사는 스승 나옹선사를 찾아뵙고 나서 또다시 행각선사가 되어 방랑길에 올랐다.

나옹선사는 1371년 공민왕의 왕사가 되자 회암사를 대대적으로 중창한 뒤 무학을 불러 수좌승으로 삼았다. 그런데 나옹선사는 1376년에 갑자기 우왕으로부터 회암사를 떠나라는 명을 받게 되었다. 이에 밀양의 영원사로 가고자 길을 떠나던 중 잠시 여주 신륵사神勒寺에 들렀다가 그만 거기서 입적하고 말았다.

회암사는 한때 승려가 3천 명이나 있을 정도로 큰 절이었다. 나옹선사가 회암사를 떠나자 승려들은 수좌승인 무학대사를 업신여기기 시작했다. 출신이 천하다는 이유에서였다. 무학대사는 또다시 방랑길에 올랐다. 그러다 설봉사 토굴에서 이성계를 만나게 되었던 것이다.

무학대사와 이성계는 곡차를 마셔가며 밤이 새도록 이야기를 주고받았다. 쇠잔해가는 나라와 도탄에 빠진 백성들을 위하여 무엇을 어떻게 해야 할 것인가 상의하기도 했다.

이성계는 무학대사가 사주명리, 음양오행, 풍수지리, 그리고 천문과 도참 등에서도 그 수준이 높은 경지에 있음을 알고 더욱 놀라고 더욱 존경해 마지않았다.

"앞으로 장군은 누구에게도, 여기 승려들에게도 신분이 드러나지 않도록 조심해야 합니다."

"예, 명심하겠습니다."

다음 날 두 사람은 헤어졌다.

이성계는 가끔 이 설봉사를 찾아와 절을 수리하고, 불상과 불구, 불경 등을 갖추어주었다.

얼마 후 이성계는 함경도 길주의 광적사廣積寺가 잦은 병화의 영향으로 폐사되었다는 소식을 들었다. 이성계는 즉시 광적사에 가서 그곳에 방치된 대장경과 오백나한상을 바닷길을 이용하여 설봉사로 옮겨왔다. 이성계는 설봉사 경내에 응진전應眞殿을 짓고 거기에 오백나한상을 모셨다.

이성계는 1386년에 절을 크게 확장하여 짓고, 절 이름을 석왕사釋王寺(임금 됨을 풀이한 절)라 개칭해 부르기 시작했다. 이성계는 가끔씩 이곳에 찾아와 자신의 소원 성취를 비는 불공을 드렸다.

이후 이성계는 석왕사에서는 물론, 도성 관아와 성 밖 병영에서도 무학대사를 만나 둘만의 시간을 갖으며 곡차를 곁들인 환담과 밀담을 나누곤 했다.

18

위화도 회군

원나라 말기, 수재와 한발이 잦아 민생의 피폐가 점점 극심해지고 있었다. 그러나 원 조정은 여전히 조세와 부역을 강요할 뿐 백성들의 실정은 전혀 돌보지 않았는데, 이에 전염병마저 돌자 민심이 흉흉해졌다. 드디어 분기한 백성들이 사방에서 일어나 반란을 일으켰으니, 이른바 홍건적紅巾賊의 난이었다.

하루하루 먹을거리를 걱정할 지경까지 극심한 궁핍에 내몰린 소작농 출신의 주원장朱元璋도 하는 수 없이 홍건적의 일원이 되었다. 그는 거기서 작은 무리를 이끄는 소두령이 되었다가 최고 지휘관까지 올라 권력 기반을 다지기 시작했다. 그러다 천하 패권을 다투는 각축장에 뛰어들어 마침내 경쟁자를 다 물리치고, 1368년 남경을 수도로 하는 명明나라를 건국하여 천하의 주인이 되었다. 원나라는 명군에 쫓기고 흑사병에 거꾸러지다 보니 북쪽 초원으로 내쫓겨져, 결국 북원北元이라는 잔명殘命으로만 유지하게 되었다.

명의 황제가 된 주원장은 건국 초기 군사력의 미진을 외교술로 보완하며 국력을 제고했다. 명 건국 초기 십 수 년, 군사의 주력은 북방으로 밀린 북원 세력과 대치하고 있었고, 동북에서는 북원의 장군 나하추納哈出의 세력과 대치하고 있었다. 고려와 여진을 대비하는 병력과 남방의 왜국 세력에 대비하는 병력은 명색으로만 유지하고 있었다. 그렇게 군사력이 미진한 지역은 유화적인 외교 술책으로 힘을 보완하며 국력을 제고할 기회를 엿보고 있었다.

그러다 동북에서 저항하고 있던 북원의 장군 나하추가 1387년 부하 장병을 이끌고 명에 투항하여 해서후海西侯에 봉해지자, 동북 지역은 병력을 투입해 방어할 필요가 없는 무주공산이 되었다. 그러자 명은 갑자기 고려에 대하여 대국의 힘을 과시하며 명에 복종할 것을 강요했다. 그간에 외교적인 통례로 오가던 사신과 마필 등의 공물도 트집을 잡아 거절하기에 이르렀다.

그러다 1388년(고려 우왕 14) 명 황제는 원이 지배하던 철령 이북 지역에 대한 연고권을 주장하며 고려에게 이곳이 명의 소속이라고 통고하기에 이르렀다.

'철령을 따라 이어진 북쪽, 동쪽, 서쪽은 원래 개원로開元路(원이 만주 지역에 설치한 지방 행정기구인 함평부의 개원현)에서 관할하던 군민軍民이 소속해 있던 곳이다. 중국인, 여진인, 달달達達인, 고려인 등을 그대로 요동에 소속시켜야 한다.'

다시 말해 이 지역을 요동도사遼東都司(명이 요동에 설치한 최고 군정기관)의 관할하에 두겠다는 통고였다.

이 지역의 주민 대부분은 고려인이나 여진인이었다. 고대에는 고려인이나 여진인이나 사실 같은 민족이었다.

이 땅은 원래 고려의 땅인데 원이 강제로 점거한 후 1258년에 쌍성총관부雙城摠管府를 두었다. 이후 근 백 년이 흐른 뒤 공민왕 때 배원정책排元政策에 따라 원의 세력을 몰아내고 이 땅을 겨우 다시 찾았다.

이렇게 다시 찾을 때에 그 지역에 세력기반을 두었던 이자춘의 협력이 큰 도움이 되었다. 고려는 그래서 이자춘을 동북면병마사에 임명했고, 그 세력기반이 이성계에게 이어졌던 것이다.

역사적으로 이 지역, 철령에서부터 두만강 북쪽 700리의 공험진公嶮鎭까지는 그래서 예로부터 고려의 땅이 분명한 것이었다. 그런데 그 땅이 자기들의 것이라고 명나라가 통고하여 왔던 것이다.

고려 정부는 이 시기를 놓칠 수 없다 하여 마침내 요동 정벌을 결정하게 되었다.

요동 정벌이 결정되자 이성계는 사불가론四不可論을 들어 요동정벌을 그만둘 것을 우왕에게 건의했다.

"지금 군대를 출동시키면 네 가지 불가함이 있습니다. 작은 나라가 큰 나라를 거역하는 것이 첫 번째 불가함이요, 여름철에 군사를 동원하는 것이 두 번째 불가함이며, 거국적인 원정을 하면 왜구들이 그 빈틈을 노릴 것이니 세 번째 불가함이요, 바야흐로 무더위 장마철이라 활과 쇠뇌의 아교가 녹아내리고 대군이 질병에 시달릴 것이니 네 번째 불가함입니다."

그러나 최영崔瑩 편에서는 지금이야말로 요동을 확보할 수 있는 절호의 기회임을 사리를 들어 아룀으로써 우왕으로 하여금 요동 정벌을 감행하게 했다.

이성계는 요동을 기어코 공격할 바에는 진군하기 좋은 가을에 하자고 건의했다. 그러나 최영은 사불가론이 사실상 가당치가 않을뿐더러 가을 공격은 거의 불가능하다고 판단했다. 가을 공격은 그 지역의 혹독한 겨울을 포함해야 하기 때문이었다.

최영의 판단은 다음과 같았다.

첫째, 명나라는 비록 대국이라 하나 아직 세력이 부실해 화남華南(중국의 남부)에서만 머물러야 할 처지였다. 명군의 주력이 북원北元을 완전히 제압했다 했으나 초원으로 몰아낸 데 불과하여 아직 방어를 소홀히 할 수 없어 마음 놓고 이동할 수가 없었다. 또한 중원 지역에서는 명교明教(백련교)의 내란이 빈발했고, 흑사병도 다 가시지 않아 군사들의 이동에 제약을 받고 있었다. 그러므로 요동에는 명목상의 군대 이외에는 더 보낼 여력이 없었다. 요동 지역 주민들은 대부분 고려인과 여진인이었으므로 고려군이 들어가면 차지하기 쉽고 다스리기도 편한 상황이었다. 아마도 지역민들은 고려군을 흔쾌히 환영할 것이었다.

이성계는 이전의 어려운 모든 전투들에서 패배한 일이 거의 없었다. 그에게는 그의 집안을 위해서만 충성을 바치는, 사병이라고 할 수밖에 없는 노련한 여진인 전사들의 집단이 있기 때문이었다. 이성계 자신도 백전노장이지만, 그가 출정하는 싸움마다 늘 승리하는 데에는 이들 몽골식 전투에 노련한 여진인 전사들의 공로가 컸다. 이성계 또한 마상에서 달리며 자유자재로 활을 쏘며 적을 몰아가는 몽골식 전투에 유능했기 때문에 어떠한 전투든 지는 법이 거의 없었다. 그러므로 이번 싸움은 이성계가 출정하면 가장 쉽게 이길 싸움이었다.

둘째, 이번 싸움은 또한 시기를 놓쳐서는 안 되는 싸움이었다. 명에서 준비가 되기 전에 쳐들어가 자리를 차지하고 있어야 했다. 그러므로 하절기의 불편 정도를 따질 게 아니라 곧바로 진군해야만 했다. 여름이 끝나면서 요동에서는 농작물 수확이 가능했다. 고려로부터의 군량 수송은 지극히 불안한 것이었는데, 그런 걱정 없이 현지에서 군량 확보가 가능했던 것이다.

셋째, 왜구가 뒤를 노릴 것이 염려된다 했지만 그 당시에는 전혀 그럴 염려가 없었다. 왜냐하면 가마쿠라 막부가 무너지고 다음으로 들어선 아시카가 막부가 흉흉한 민심과 사분오열된 국토로 고전을 면치 못하고 있어, 통일된 군사력을 구사할 여력이 없기 때문이었다. 당시에 왜는 고려의 승려 양유良柔 같은 이의 도움을 받으며 간신히 정사를 이어가고 있는 형편이었다. 도적떼와 같은 소규모 왜구의 침입은 모르지만 대규모 침입은 불가능했다.

넷째, 장마철 나름의 어려움이 없을 수 없지만 그래도 겨울 추위보다는 낫고, 활과 쇠뇌의 아교가 녹아내린다고 하지만 감은 줄이 끊어지지 않는 한 아교와 상관없이 활과 쇠뇌는 쏠 수 있다. 여름철의 질병이 있을 수 있지만 계절 나름의 질병이야 다 있는 것이며, 대적해 싸워야 할 적군 또한 계절적 형편은 똑같다. 이성계의 주장대로 가을에 공격해 들어간다면 무시무시한 요동의 혹한 속에서 불안한 군량 수송을 기다려야 하는데, 그것은 불가능한 일이었다.

이성계도 이런 사실을 전혀 모를 리가 없다고 최영은 생각하고 있었다. 최영의 판단으로는, 이성계의 사불가론이란 반대를 위해 꾸며댄 참으로 구차한 변명에 불과했다.

우왕과 최영이 추진한 이번 요동 공격은, 고려 국력 신장의 대전환이요 민족사에 고구려 고토를 다시 회복할 세기적 업적일 수도 있었다. 요동을 차지한다면 늘어난 백성의 수와 광활한 요동 벌의 농지를 차지하게 되는 것이었다. 또한 요하 주변에서 생산되는 풍부한 철을 차지할 수 있기에 국력은 크게 향상될 것이었다.

사람과 마찬가지로 나라도 이른바 기회라는 것이 있다. 이 요동 공략은 이 나라와 이 민족에 찾아온 절대 놓칠 수 없는 대약진의 호기이자, 대국으로 발전하는, 나아가 주변 여러 종족들이 차지했던 중원을 고려국도 차지할 수 있는 천재일우의 기회가 될 수도 있었다.

우왕은 서경(평양)에 머물며 우선 전투에 나서는 정군征軍 3만 8,830명과, 시중드는 군사인 겸군傔軍 1만 1,600명 등 총 5만의 군사와 말 2만 1,682필을 동원하고, 압록강에는 부교를 설치토록 했다.

이어 최영을 총사령관인 팔도도통사에 임명하고, 조민수曺敏修를 좌군도통사에, 이성계를 우군도통사에 임명하여 요동 정벌군을 편성했다. 출정군은 좌우군 도통사가 나누어 거느리고 나아가게 했고, 최영은 왕을 보좌하며 후방(평양)에서 감독, 후원하기로 했다.

출정군은 10만 대군이라 자칭하면서 1388년(우왕 14) 음력 4월 18일에 평양을 출발했다. 5월 7일, 압록강 하류의 하중도河中島인 위화도威化島에 도착했다. 도착할 무렵 때마침 장맛비가 내렸다.

이성계가 조민수와 상의했다.

"조장군, 요동까지는 앞으로도 여러 강을 건너야 하는데 장마철에 진군이 제대로 되겠소?"

"글쎄올시다. 아무래도 군량의 운반이 큰 문제일 것 같소이다."

"더구나 사졸들 중에 환자가 생기고 있어요."

"항용 있는 일이긴 하지만……, 장마철이라 아무래도 더 많이 생길 것인데 그것도 걱정이 됩니다."

"답답한 일이오. 이럴 때 굳이 진군을 해야 하는지……."

"한번 회군回軍을 청해볼까요?"

"아무래도 그래야 할 것 같소이다."

조민수의 마음을 안 이성계는 회군을 청하는 장계를 올렸다.

임금은 허락하지 않았다.

대신 환관 김완金完이 과섭찰리사過涉察理使(감시의 임무를 띤 임시 직책)로 오면서 두 장군에게 줄 선물을 가져왔다.

"전하께서는 장군들의 노고를 치하하셨소. 하루빨리 진군하시기를 바라시오."

이성계와 조민수는 김완을 억류하고 또다시 회군 장계를 올렸다. 두 사람은 반역 행위가 분명하다는 것을 알면서도 김완을 억류해두었다.

장병들의 군심이 산만해지고 있었다. 장병들 중에는 이성계가 자신의 본거지인 동북면으로 달아나지 않을까 염려하는 자들도 있었다.

며칠 주춤하던 장마가 다시 억세졌다.

2차 장계도 거절당할 것은 빤한 일이었다.

앞으로 진군해 나아갈 것인가, 아니면 자의로 회군할 것인가. 회군은 물론 왕명을 거역하는 반역행위였다.

이성계는 고민에 빠졌다.

'아니, 이럴 때 나타나셔야 할 게 아닌가?'

무학대사 모습이 떠올랐다. 장막 위로 퍼붓는 요란한 빗소리도 들리지 않았다.

이성계는 무학대사가 각인시켜 준 천기天機를 골똘히 반추하고 있었다.

꽤나 늦은 시각이었다.

경비병이 삿갓을 쓰고 도롱이를 둘러쓴 어떤 사람을 안내해 들어왔다. 이성계는 자리에서 벌떡 일어섰다. 그리고 자기가 앉았던 의자를 가리키며 권했다.

"아아, 대사님! 이 밤중에……, 어서 이리 좌정하십시오."

바로 무학대사였다.

"아, 아니오. 이쪽에 앉겠소."

대사는 참모들이 회의 때 앉는 다른 의자 쪽으로 돌아섰다. 이성계는 삿갓과 도롱이를 벗겨 한쪽에 놓았다.

"마침 대사님을 생각하고 있던 참이었습니다."

"소승이 좀 늦었습니다. 허어, 워낙에……, 비가 참 복스럽게도 쏟아집니다."

"아, 그렇습니까?"

"이 장대비야말로 장군께 크나큰 복이지요."

"아, 그렇습니까? 그렇다면 그나마 다행입니다만……."

둘은 이내 곡차를 들기 시작했다.

"이거 진퇴양난인지라 대사님의 고견이 듣고 싶었습니다."

"그야……. 그럴 수도 있겠지요. 허허."

"대사님의 고견으로는 이 거병이……, 성패를 예견한다면 어찌 되겠습니까?"

"음……. 장군의 생각은 어떻소?"

"예, 소장의 생각으로는 성공할 것도 같고, 또 실패할 것도 같은데……. 확실히는 아무래도 갈피가 잡히지 않습니다."

"확실히 성공할 수 있다면 진군하겠습니까?"

"그렇다면 나아가고도 싶습니다만……."

"성공해서 요동을 장악하고 나면 장군은 어찌 되겠습니까?"

"그야 공로를 인정받아 더 고위직으로 승차할 수도 있겠지요."

"그야 당연하지요. 그러나 장군의 길은 멀어질 것입니다."

"길이요?"

"그리고 홍무제가 조용히 있겠습니까?"

"계속 싸워야 하겠지요."

"고려는 지키려 할 것이니 이 요동은 계속 각축장이 될 것이오. 고려에서 요동을 지킬 장수는 장군뿐이니……."

"아, 그렇기도 하겠습니다. 아, 그렇다면……."

무학대사는 주위를 살피더니 소리를 낮췄다.

"내가 그래서 부랴부랴 찾아왔습니다."

"……?"

무학대사는 다시 한번 주위를 살피더니 왼손 손바닥을 폈다.

"잘 보시오."

그리고는 오른손 검지로 북쪽을 가리키고 나서 왼손 손바닥에 글씨를 썼다.

폐구변장吠狗邊將!

집 지키는 개처럼 변방 장수로 살아야 한다는 말이었다.

이성계가 고개를 끄덕였다.

무학대사는 검지로 다시 남쪽을 가리키고 나서 왼손 손바닥에 또 글씨를 썼다.

몽조천명夢兆天命!

꿈에 본 징조는 천명이라는 말이었다.

이성계는 고개를 천천히 끄덕였다.

무학대사는 이성계를 물끄러미 한번 쳐다보고 나서 다시 손바닥에 글씨를 썼다.

개창국주開創國主!

새로운 나라를 세워 임금이 되라는 말이었다. 이성계는 놀란 눈으로 무학대사를 한참이나 쳐다보았다.

무학은 다시 손바닥에 글씨를 썼다.

순천자흥順天者興 역천자망逆天者亡!

하늘의 뜻에 순응하는 자는 흥하고 거역하는 자는 망한다는 뜻으로, 일찍이 제갈량이 남긴 말이었다.

이성계는 다시 고개를 끄덕이다가 대오각성이나 한 사람처럼 눈을 크게 뜨고 허리를 펴더니 무학대사의 손을 덥석 잡았다.

"깨우쳐주시어 고맙습니다. 이제 머리와 가슴이 시원합니다."

무학은 작은 소리로 일렀다.

"개경에서 준비할 기회를 주면 아니 됩니다. 그리고 고향에 가별초가 남아 있다면 즉시 연락해서 동원하십시오."

이성계에게는 그 집안에만 충성을 다하며 늘 따라다니는, 주로 여진인으로 구성된 가별초가 있었다. 무술이 뛰어난 사람들이었다. 그의 고향을 지키는 가별초는 늘 고향에 남아 있었다.

"예, 알겠습니다."

이성계는 일어나서 막사의 문을 열고 보초 옆에 있는 호위병을 불렀다.

"곡차 좀 가져오라 일러라."

다음 날 무학은 떠나고 이성계는 장수들을 불러 회의를 가졌다.

"만일 명나라 영토를 침범함으로써 천자로부터 벌을 받는다면 즉시 나라와 백성들에게 참화가 닥칠 것이오. 내가 이치를 들어서 회군을 요청하는 글을 올렸으나 주상께서는 잘 살피시지 않으시고, 최영 그분 또한 노쇠한 탓인지 내 말을 듣지 않습니다. 이제는 그대들과 함께 직접 주상을 뵙고 무엇이 옳고 무엇이 그른지를 자세히 아뢰고, 측근의 악인들을 물리쳐 백성들을 안정시켜야만 하겠소."

조민수 이하 장수들 대부분이 희색이 만면하여 어깨를 펴고 안도의 한숨을 내쉬었다. 그러나 회군을 반대하는 사람들도 있었다.

'아, 이건 아닌데…….'

심정적으로 반대하는 사람이었다. 그런데 대놓고 항의하는 사람도 있었다.

"왕명이 없는데 회군하면 반역 행위가 됩니다."

좌중군左中軍으로 참가한 조순趙純 장군은 극렬히 반대했다. 국가의 대업을 신하들이 망칠 수 없다고도 했다. 조순은 훗날 고향 검암儉岩(경남 함안군)에 은신했는데, 이성계 등극 후 여러 번 불렀으나 끝내 응하지 않아 결국 처형된 인물이다.

회군 결정이 전해지자 병사들은 만세를 부르고 박수를 치며 좋아했다.

그해 5월 7일, 공요군攻遼軍(요동공격군)으로 위화도에 왔던 군대는 보름만인 5월 22일에 발길을 돌려 회군 길에 올랐다.

평안도 성주成州까지 올라와 있던 우왕과 최영은 서북면 조전사漕轉使 최유경崔有慶의 보고를 받자 서둘러 남하하기 시작했다. 우왕과 최영은 서경(평양)에서 하루만 쉬고 계속 후퇴하여 5월 29일 개경에 도착해 방어 준비를 했다. 그러나 병력이 턱없이 모자랐다.

회군병들은 앞장선 기병대를 따라 보병들도 기를 쓰고 속도를 냈다. 평양에서도 쉬지 않고 곧장 개경으로 달렸다.

6월 1일 선발대가 개경에 도착했다. 엄청난 속도로 달려왔던 것이다. 선발대는 위화도에서 억류했던 환관 김완에게 조정에 보내는 편지를 주어 성 안으로 들여보냈다.

현릉玄陵(공민왕)께서 지성으로 명나라를 섬기는 동안에는 천자도 무력으로 우리를 억누를 생각은 한 번도 하지 않았습니다. 그런데 지금 최영이 총재冢宰가 되자 조종祖宗 이래로 큰 나라를 섬기던 뜻을 망각한 채 먼저 대군을 일으켜 상국을 침범하려 했습니다. 한여름에 많은 사람을 동원하니 온 나라의 농사가 결딴나고, 왜놈들은 수비가 허술한 틈을 타 내륙 깊이까지 침입해 약탈을 자행하며, 우리 백성들을 살육하고 우리 창고들을 불살랐습니다. 게다가 한양 천도 문제 때문에 온 나라가 소란한 지금, 최영을 제거하지 않으면 필시 나라가 전복되고 말 것입니다.

다음 날인 6월 2일, 임금은 회군 장병들을 회유할 작정으로 밀직부사密直副使 진평중陳平仲을 내보내 글을 전했다.

명령에 따라 출정했는데 진군하라는 지시를 위반한 데다 군사를 이끌고 대궐을 침범하려 하니, 이는 인륜을 어기는 짓이다. 이런 불미스러운 일이 일어난 것은 부족한 이 몸 때문이긴 하나 군신간의 대의는 진실로 역사적으로 보편적인 원칙이니, 글 읽기를 즐기는 경들이 이 사실을 모를 리가 있겠는가? 차라리 군사를 일으켜 명에 대항하는 것이 낫다고 생각해서 나는 여러 사람과 논의했으며, 그 사람들이 모두 옳다고 했는데 이제 와서 어찌 감히 어기는가? 그대들이 최영을 지목해 이러쿵저러쿵 말하지만 최영이 나를 보호하고 있는 것을 경들도 잘 알고 있는 사실이며, 나라를 위해 그간 힘써 수고한 것도 또한 경들이 잘 아는 사실이 아닌가? 이 교서를 받아보는 즉시 쓸데없는 망상을 버리고 개과천선하여 끝까지 함께 부귀를 보존할 것을 생각하라. 나는 진실로 그렇게 되기를 바라는 바이니 경들은 숙고하기 바란다.

우왕은 교서를 보낸 다음 외교 수완가 설장수偰長壽를 내보내 회유를 시도했다. 그러나 회군 장병들에게는 마이동풍일 뿐 그들은 진지를 구축하는 데에만 전념했다. 이날 이성계의 고향에서 급거 출발한 가별초 정예 기마병 1천여 명이 도착해 회군 세력에 합류했다.

최영의 방어군에서는 직속부대장 안소安沼가 정예병을 거느리고 대비하고 있었으나, 궁궐 수비병까지 다 합해도 군병의 수가 워낙 적어 공격군을 막아낼 재간이 없었다.

다음 날인 6월 3일, 마침내 궁궐의 담장이 무너지고 공격군은 노도같이 돌진해 들어갔다. 왕과 최영은 궁궐의 화원에 피해 있었는데, 공격군은 화원을 가히 수백 겹으로 둘러쌌다.

이성계는 대궐 안이 보이는 암방사巖房寺의 뒷산에 올라가 대라大螺(큰 나팔)를 불게 했다. 대라는 이성계 부대만의 트레이드 마크였다. 전투의 고비에서 대라를 불면 아군은 사기가 더욱 고취되고, 적군은 기가 꺾이고 사기가 떨어지는 묘한 나팔이었다. 그 나팔소리가 들리자 개성 사람들은 이성계가 회군하여 돌아왔음을 알고 기뻐했다.

최영은 모든 희망을 포기하고 우왕에게 하직 인사를 올렸다. 그리고 곽충보郭忠輔 장군을 따라 밖으로 나가 이성계를 만났다.

이성계는 최영을 보자마자 눈물을 쏟았다. 그리고 사과했다.

"참으로 어쩔 수가 없었습니다. 내 본 뜻이 아니었습니다. 국가가 편안하지 않고 백성들의 원망이 하늘에 사무쳐 부득이하게 일어난 일입니다. 이 사람을 용서하시고 부디 잘 가십시오. 부디 잘 가십시오."

이성계는 문하시중 이색李穡을 만나 상의한 뒤 군대를 대궐 밖으로 철수시켰다.

이성계는 곧 우왕을 폐하고 창왕昌王(당시 9세)을 세웠다. 최영은 그의 고향에 유배되었다가 그해 12월 공요죄攻遼罪(명나라 요동을 공격하려던 죄)로 처형되었다. 최영이 죽었다는 소식에 개성 사람들을 위시해서 온 나라 사람들이 방문을 닫아걸고 울었다.

이성계는 다음 해인 1389년 11월, 창왕을 폐하고 공양왕恭讓王을 세웠다. 공양왕은 허수아비에 불과했다.

공양왕 옹립 3년 후인 1392년 7월 17일, 이성계는 정도전, 배극렴, 남은 등 신진사류들의 추대에 의해 왕위에 올랐다. 왕씨王氏들의 불온한 움직임과 함께 공양왕은 저항했으나 공양군恭讓君으로 강등되어 유배되었고, 마침내 마지막 유배지 삼척에서 세자를 비롯한 아들 둘과 함께 교살되었다. 왕씨들 또한 도륙을 당하는 지경에 이르고 말았다.

이성계는 등극 후 무학대사를 왕사로 삼았다. 태조가 된 이성계는 새 나라는 새 도읍지가 있어야 한다고 생각했다. 계룡산이 좋다 하여 거기에 궁궐터를 다지기도 했다.

"옛 신라의 도선국사가 지은 《도선비기道詵秘記》에 '이씨가 한양에 도읍을 정한다'고 했습니다."

최종적으로 무학대사의 말에 따라 태조는 1394년 10월 28일 한양으로 천도했다.

애초 고려에서 공요군이 출정하여 위화도까지 진출했다는 소식을 들었을 때, 명나라 태조 주원장은 크게 당황하여 종묘에 나가 제사를 지내고 길흉의 점을 쳐보기도 했다. 그러다 회군 소식을 듣고 크게 기뻐하며 마음을 놓았다.

주원장(홍무제)은 원래 맹자의 '역성혁명론'에 분개해서, 전통적으로 지내오던 맹자의 제사를 금지해버린 인물이었다. 그런데 1391년(조선 역성혁명 1년 전)에 점성국占城國, 즉 참파국(Champa, 베트남 중남부)에서 왕위 찬탈의 역성혁명이 일어났다. 주원장은 그때부터 점성국의 조공을 거부했고, 이후 영락제는 이 역성혁명을 구실로 점성국을 쳐서 아예 점령해버렸다.

그러나 주원장은 이성계의 역성혁명은 인정해주었다. 주원장이 고려에 보낸 선유성지宣諭聖旨(황제의 뜻을 전함)에 그 이유가 담겨 있다.

> 조선왕은 나에게 도움을 주었도다. 고려가 1388년 군마를 압록강으로 보내 장차 종주국을 치려했을 때, 이성계가 반대하고 회군하여 왕위를 얻고 국호를 바꿨다. 이는 천도를 따른 것이니라.

19

왕자의 난

태조 이성계의 장남인 진안대군鎭安大君 이방우李芳雨는 문무를 겸비한 수재형 호남아였다. 그는 특히 서예와 검술에 있어 가히 달인이었다. 또한 부모에게는 효자였으며 아우들에게는 우애 깊은 형이었다. 그는 고려 왕조에서 과거에 급제하여 예의판서禮儀判書(조선의 예조판서)를 역임했다.

1388년(창왕 즉위년), 밀직부사로 밀직사密直使 강회백姜淮伯과 함께 사신으로 명나라에 가서 창왕의 친조親朝를 청했다. 친조란 왕이 명나라에 가서 황제를 직접 만나 황제로부터 고려의 왕임을 공인받는 절차로, 황제의 공인을 받으면 창왕의 정통성과 왕위는 굳건해지는 것이었다. 그러나 황제는 고려가 알아서 하라며 허락해주지 않았다.

이방우는 아버지 이성계가 요동 정벌에 나설 때 임금과 함께 있었으며, 임금과 함께 이동해야 했다. 그는 일종의 인질이었다. 그러다 아버지가 회군하게 되자 탈출하다시피 빠져나와 아버지를 따랐다.

그러나 그는 회군을 심정적으로 반대하고 있었다. 아버지 이성계가 막상 정권을 잡자 모든 것을 버리고 강원도 철원의 보개산寶蓋山으로 들어가 은거했다. 이성계는 등극 후 함경도 고원高原 땅을 방우의 녹전祿田으로 하사했다. 녹전이란 세금을 거두는 수조권收租權을 행사할 수 있는 토지를 말한다.

이방우는 고향인 함경도 함흥으로 돌아와 지냈다. 그는 자주 고주망태가 될 만큼 술을 많이 마셨다. 그러다가 1393년(태조 2)에 맥없이 죽고 말았다. 사람들은 그가 술을 많이 마시기 때문에 죽었다고 했다. 또 다른 사람들은 그가 술을 많이 마시게 된 원인 때문에 죽었다고 했다.

태조 이성계는 등극 후 개국공신 정도전, 배극렴, 조준 등에게 누구를 세자로 삼는 것이 타당한가를 물었다. 공신들이 다 같은 뜻으로 진언했다.

"시평즉선적장時平則先嫡長이라 하니, 태평한 시절에는 적장자가 우선입니다. 세난즉선유공世亂則先有功이라 하니, 세상이 어지러울 때에는 공 있는 자가 우선입니다."

그때 태조의 두 번째 부인인 신덕왕후 강씨가 이를 밖에서 들었는지 슬피 울었는데, 그 울음소리가 태조와 공신들에게도 들렸다. 1392년 8월 20일, 태조는 신덕왕후 강씨의 둘째 아들이자 자신의 여덟 번째 아들이며 막내이기도 한 11세의 의안대군 방석芳碩을 세자로 책봉하고 정도전, 남은 등을 보도輔導로 삼았다. 공신들은 태조의 뜻에 따라 이방석을 세자로 받들어 모실 수밖에 없었다.

1396년, 명나라는 조선에서 명나라에 보낸 표전表箋(공식 외교문서)과 국서國書(왕이 국가의 이름으로 다른 나라에 보내는 서신)에 명나라를 모욕하는 무례한 구절이 있다 주장하며, 그 작성자인 정도전을 명으로 보내라고 압박했다. 이에 태조와 정도전은 명나라와 정면 대결하기로 뜻을 모았다.

정도전은 태조의 명을 받아 요동 정벌을 위한 준비 차 대규모 진법훈련을 실시했다. 이와 동시에 왕족이 거느린 사병도 참가하도록 지시했다. 정도전의 의도는 이 기회에 왕족들의 사병을 국가의 지휘체계 안으로 끌어들이자는 것이었다. 그러나 정도전의 의도를 사전에 간파한 방의芳毅, 방간芳幹, 방원芳遠은 자신들의 사병을 진법훈련에 내보내지 않았다.

그러자 왕명을 어겼다 해서 이들의 부하 장수들이 불려가 태형을 맞기에 이르렀다. 이방원은 세자 책봉에서 밀려난 데다 사병까지 빼앗기면 꼼짝없이 정도전 등에게 당할 것이며, 따라서 더는 물러날 곳이 없다고 판단했다. 마침 태조가 병중이었다.

이때 박포朴苞가, 정도전을 위시한 이들이 한씨 소생의 왕자들에게 태조가 위독하다고 속여 동시에 궁중으로 불러 모은 뒤 그들을 일시에 다 제거할 계획을 세우고 있다는 소문을 들었다. 이에 이 사실을 이방원에게 몰래 일러주었다.

1398년 8월 25일, 이방원은 그의 처남 민무구閔無咎, 민무질閔無疾과 이숙번李叔蕃, 조준趙浚, 하륜河崙, 이거이李居易, 박포 등과 함께 정도전 일파의 음모를 미리 타파한다는 명목으로 자신들의 사병을 동원하여 의거를 일으켰다. 그리고 정도전, 남은, 심효생沈孝生 등을 습격해 참살

해버렸다.

그런 뒤 세자 방석을 잡아 귀양 보냈는데, 그 도중에 죽였다. 방석의 동복형인 방번芳蕃도 죽이고, 경순공주慶順公主(신덕왕후 소생)의 남편 이제李濟도 죽였다. 신덕왕후의 후사들을 다 죽인 셈이었다.

병중이던 태조가 뒤늦게 이 참변을 알고 방원을 불렀다.

"이 짐승 같은 놈아. 혈육을 무참히 죽이다니……. 천륜이라는 것도 모른단 말이냐?"

2년 전 신덕왕후 강씨가 죽은 후로 태조는 방번과 방석 두 형제를 극진히 아꼈다. 그런데 그들이 불쌍하게 죽임을 당하고, 지금까지 모든 것을 의지해오던 정도전마저 죽자, 태조는 크게 상심하여 왕위를 내놓고 정사에서 손을 뗐다. 이것이 제1차 왕자의 난이다.

하륜, 이거이 등이 방원을 세자로 세우려 했으나 방원 자신이 사양했다. 염치를 좀 챙겨야 하기 때문이었다.

그 대신에 둘째 방과芳果가 세자에 책봉되어 태조를 이어 왕위에 올랐다. 그가 제2대 정종定宗이었다.

제1차 왕자의 난을 일으켜 세자 형제를 죽인 자들이 정종 즉위에 공이 있다 하여 공신에 책봉되었다.

정종은 즉위 다음 해, 한양의 터가 좋지 않다면서 조정을 다시 개경으로 옮겼다.

제1차 왕자의 난에서 사전 밀고도 하고 의거에 적극 동참하는 등 자신의 공로가 크다고 생각했던 지중추부사 知中樞府事 박포朴苞는 막상 일등공신에서 탈락되자 불만이 컸다. 박포는 그 불만을 여러 사람에게 말하고 다녔다.

이방원이 이 말을 듣고 정종에게 아뢰자 박포는 충청도 죽주(충북 영동)로 귀양살이를 가게 되었다. 박포는 곧 풀려나 돌아왔지만 가슴 속의 불만은 원한이 되어 뭉쳐 있었다.

어느 날 방간이 회안대군 방간芳幹의 집에서 장기를 두고 있었는데, 방간이 방원에 대한 불평을 늘어놓았다. 자기가 공로도 있고 손위인데 방원이 세자 자리를 노린다는 것이었다. 박포는 이런 방간의 심사에 불을 지폈다.

"군사를 일으켜 방원을 치면 그만 아니오. 급습하면 타수가득唾手可得(손바닥에 침 뱉기처럼 쉬운 일)일 것이오."

이에 방간은 박포와 함께 즉시 병력을 이끌고 방원을 치러 나갔다. 방원도 소식을 듣고 즉시 휘하를 소집하여 출동시켰고, 개성 선죽교에서 두 병력이 마주치게 되었다.

방원의 휘하 목인해睦仁海와 김법생金法生이 방간 쪽의 화살에 맞아 전사했다. 방간의 조아爪牙(유능한 휘하) 이성기李成奇 또한 방원 쪽 이숙번李叔蕃의 화살에 맞아 전사했다.

그러나 방원 쪽의 군세가 훨씬 우세하여 방간은 쫓기게 되었다. 결국 방간과 박포는 추격당해 사로잡히고 말았다. 거병 작란作亂하여 동기를 모해한 죄로 정종에 의해서 방간은 황해도 토산兎山으로 유배되고, 박포는 다시 죽주로 유배되었다가 처형되었다. 이것이 제2차 왕자의 난이다.

하륜 등이 주청하자 정종은 상왕 태조의 허락을 받아 그해 2월 이방원을 왕세제王世弟로 삼은 뒤, 11월에 그에게 왕위를 넘겨주었다. 그가 제3대 태종太宗이었다.

형제끼리 싸워 이긴 쪽이 태종의 즉위에 공이 있다 하여 또 공신에 책봉되었다.

20

격세 입양

제1차 왕자의 난 때 죽은 무안대군撫安大君 이방번李芳蕃과 의안대군宜安大君 이방석李芳碩은 어린 나이에 아무런 죄도 없이 참으로 억울하게 죽은 사람들이었다.

훗날 세종은 이 가여운 숙부들을 생각해 양자를 들여 제사라도 받들게 하고 싶었다. 그러나 그 숙부들의 후사를 입양시키는 데에는 논란의 여지가 많았다.

태조의 아들인 이 두 사람의 후사를 정하려면 태조의 다른 아들의 아들, 즉 태조의 손자, 다시 말해 무안대군과 의안대군의 조카를 입양시켜야 옳은 것이었다.

그러나 무안과 의안은 태조의 아들이긴 했지만 제2왕비인 신덕왕후 강씨의 소생인지라 나이가 손자뻘이었다. 태조의 다른 아들들, 다시 말해 제1왕비인 신의왕후 한씨의 소생이 낳은 아들들이 입양을 가야 하는데, 나이가 양부養父보다 더 많다는 모순이 있었던 것이다. 아무리 양자라 해도 자식이 아비보다 더 나이가 많을 수는 없는 일이었다.

그리고 또 신덕왕후의 소생들(무안대군, 의안대군)이 신의왕후의 소생인 형들(태종대왕 등)에게 무고한 죽임을 당했기에, 철천지원수라는 원한이 영혼에게도 있으리라 생각되어 비록 나이가 알맞은 자가 있다 하더라도 양자 보내기에는 매우 꺼림칙한 점도 있었다.

세종은 무고하게 타살당해 한을 품고 죽은 숙부들의 안타까운 원혼을 생각하면 가슴이 아팠다.

'어찌하랴. 제향이라도 모셔드려야지. 내가 나서서 돌봐드릴 수밖에 없지 않은가.'

그래서 세종은 자신의 다섯째 아들 광평대군을 무안대군 방번의 봉사손奉祀孫으로, 여섯째 아들 금성대군을 의안대군 방석의 봉사손으로 입양시켰던 것이다. 세종 스스로 결정한 일이었다.

그런데 광평이 그렇게 갑자기 죽자 항간에는 이상야릇한 쑥덕공론들이 퍼져 돌았다.

"네깐 놈이 차리는 제사는 결코 받아먹을 수 없다며 죽여버린 거란 말이야."

"이제 두고 보라지. 의안대군의 후사로 들어간 금성대군도 조만간 요절하고 말 걸세."

"그렇구먼. 죽여서 파양罷養을 시키는 게 아닌가?"

미신의 세상이 만든 어이없는 풍설이지만 이와 무관한 사람들조차 듣기에는 소름 끼치는 말들이었다.

중전 심씨로서는 이런 소문에 대경실색하지 않을 수 없었다. 심씨는 가슴이 떨려 견딜 수가 없었다.

중전이 세종에게 조르기 시작했다.

"마마. 어쩔 수 없습니다. 파양을 해주십시오. 파양을요."

"파양이라니요? 별안간 그건 또 무슨 소리요?"

"아들 하나를 또 생으로 죽이기 전에 우리 쪽에서 먼저 파양하시라 이 말씀입니다. 그대로 두면 저쪽에서 또 죽여서 파양할 게 아니옵니까?"

"뭐요? 저쪽에서 또 죽여 파양을 한다? 그게 무슨 소리요?"

"똑같은 원한을 가지고 있을 텐데, 또 죽이지 말란 법이 있습니까? 자식 하나 죽이고 신첩은 가슴에 불덩이가 들어 매일 목구멍으로 화기가 올라와 죽을 지경이옵니다. 그런데 이제 또 자식이 죽는 꼴을 어찌 볼 수 있겠습니까? 그 꼴을 보기 전에 신첩이 미리 약이라도 먼저 먹고 눈을 감는 게 낫지요."

"아니, 자식이 또 죽어요? 어떤 자식이 또 죽는단 말이오?"

"그걸 모르십니까? 금성 말이에요, 금성!"

"아니, 금성이 또 죽는다고요?"

"의안대군에게 입양한 것을 파양하지 않으면……, 어이구 또 죽어야 한다지 않습니까? 그러니까 어서 파양을 하시라 이 말씀이에요. 자식이 또 하나 죽어나가는 꼴을 마마께서는 기어이 보시렵니까?"

"원 별소리를 다 듣겠소. 입양을 시켜서 죽고 파양을 아니 해서 죽고……. 도대체 그런 소리가 어디서 나온 것이오? 어떤 요망한 것들이 그런 소리를 나불거렸다는 게요?"

"요망이 아니라 내로라하는 복자卜者들이 다 그런다고 합니다."

"아니 그래, 일국의 왕실이 세속의 점쟁이들 말을 믿고 대사를 결정하라 그 말이오?"

"하오나 다른 일도 아니고 자식 일이옵니다. 해가 된다는 일을 굳이 할 필요가 있사옵니까? 신첩이 죽는 일이라면 백번을 해도 좋습니다. 하지만 자식이 죽는다는 데야 무슨 일인들 못 합니까? 파양을 하지 않으면 신첩이 미리 죽을 것입니다."

"저, 저, 저런. 허어 참……."

"여러 자식을 낳아 기를 때 자식이 흔해서 이 집에도 하나 주어 죽이고 저 집에도 하나 주어 죽이자고 낳아 기른 게 아니옵니다. 다른 일은 몰라도 이 일은 절대로 아니 되옵니다."

"절대로 아니 되면 어쩌란 말이오? 그래, 점쟁이들 말을 듣고 대의로 정하여 한 번 입양시킨 자식을 도로 끄집어내오라 그 말이오?"

"그렇고말고요. 자식이 중하지 대의가 중합니까?"

"허어, 중전. 대의가 더 중한 것이오. 자식은 그다음이오."

"아무리 그래도 신첩은 자식이 더 중합니다."

"나도 안 되겠소. 사람이 무슨 강아지 새끼인 줄 아시오? 남의 집에 주었다가 도로 빼어오고 그런단 말이오?"

"그러시면 우리 금성이를 또 죽여야 한단 말씀입니까?"

"허, 이런 답답한……. 멀쩡한 금성이가 왜 죽는단 말이오?"

"아이고, 답답……. 멀쩡한 아이가 죽어나가니까 신첩의 속이 다 타서 숯검댕이가 되는 게 아닙니까?"

열 손가락 깨물어 안 아픈 손가락 없다 했다. 임금인들 어찌 모르겠는가. 중전 심씨의 이 집요함이 복자들에 대한 믿음 때문일지라도, 중전이 병이라도 걸리면 큰일이므로 임금은 누그러지며 음성을 낮췄다.

"여보 중전. 내게 좋은 생각이 있소."

"예? 좋은 생각이오니까?"

"기왕에 결정하여 이미 오래된 일이 아니오? 더구나 종실의 일인데 과인이 어찌 소인배 노릇을 할 수 있겠소? 만일 그렇게 하면 세상이 과인에게 손가락질하며 욕할 것이요, 또 후세에도 두고두고 웃음거리가 될 것이오. 그러니 이렇게 하면 어떻겠소?"

"어찌하시게요?"

"금성의 앞날이 탄탄대로가 되게 하고, 무안대군과 의안대군도 위로하고, 또 이번에 죽은 광평의 영혼이 극락왕생토록 하기 위해 살풀이 겸 큰 재를 올립시다."

"재라면 불공 말씀입니까?"

"그렇소. 49일재를 올리든 100일재를 올리든 드는 비용에 대해서는 내가 다 책임질 터이니, 중전 마음이 후련해질 때까지 올려보라 이 말이오."

본디 임금 세종은 불교를 싫어하지 않았다. 그리고 중전 심씨는 불공을 매우 좋아했다. 중전의 얼굴 펴지는 기색이 완연했다.

"……."

"그리고 그 집전을 효령 형님께 부탁하면 오죽이나 잘해주시겠소. 효령 형님께서는 우리 내외에게 항상 불제자가 되라 하시었으니 이번 집전에 기꺼이 정성을 다하실 것이오."

"그렇게 하면 파양을 아니 해도 별일 없을까요? 우리 금성이가 정말로 무사히 잘 살 수 있을까요?"

중전 심씨의 마음 한구석에는 오래전부터 웅크리고 들어앉은 불안이 있었다. 그 불안은 세월의 흐름에도 가시지 않고 있다가 드디어 그 반절이 급기야 비참하게도 실현되었던 것이다. 그것이 광평의 죽음이었다. 그러기에 그 나머지 반절의 불안도 기필코 터질 것이라고 믿지 않을 수 없어 중전은 더욱 놀라 겁을 먹고 있었던 것이다.

광평과 금성을 무안대군과 의안대군에게 입양시킨 것은 1437년(세종 19)이니 이미 7년 전의 일이었다. 당시 중전 심비는 마음이 개운치 않아 사주풀이로 장안에 이름난 어느 복자에게 광평과 금성의 사주를 보게 했었다. 변장한 상궁이 가서 보았다.

"두 사람 다 조사早死할 팔자요."

"아니, 일찍 죽는단 말이오?"

"그렇소만……."

"혹 무슨 병으로?"

"거참 이상하오. 두 사람 다 목구멍 때문에 죽어요."

"예에? 목구멍이요?"

"하나는 목구멍이 막혀서 죽고, 하나는 목구멍이 터져서 죽는 팔자요."

"세상에 그런 팔자가 어디 있소? 다시 한번 잘 보시구려. 복채를 더 드리겠소."

"아니요. 내가 삼세번을 풀이해본 것이니 더 보아야 소용없소."

상궁의 말을 들은 중전 심비는 하도 꺼림칙하여 임금에게 사주 본 이야기를 해주었다.

"거, 점쟁이들이 앞일을 그리 잘 알면 조정에 데려다 벼슬을 주어도 높은 벼슬을 주었겠소. 천여 년 왕조사에 그런 일은 없었소. 다 근거 없는 속세의 미신일 뿐이오."

"……."

중전의 찜찜하던 의구심은 그러나 이번에 광평의 죽음으로 인해서 현실의 공포로 폭발하고 말았던 것이다. 그래서 더욱 금성에 대한 불안이 가시지 않았다. 임금도 그 사주풀이 이야기가 상기되어 더욱 믿음직스럽게 중전에게 대답해주었다.

"아암, 그렇고말고요. 부처님의 영험함이야 중전이 나보다 더 잘 알지 않소."

"아이구 참. 그 생각을 미처 못 했습니다."

"하하, 거 보시오. 이제 아무 걱정 말고 재를 올리면 되오."

"하오나 마마. 저……, 유신들이 또 가만히 있지 않을 것입니다."

"물론 가만히 있지 않을 것이오. 귀가 따가울 만큼 또 벌떼처럼 일어나 앵앵거릴 것이오."

"그러면 어찌합니까?"

"좋은 수가 있소. 이번에는 몰래 효령 형님께 부탁해서 감쪽같이 시행하면 아무도 알아채지 못할 것이오."

중전 심씨는 사실 한참 전부터 불교 독신자가 되어 있었다. 친정아버지 심온과 숙부 심정이 무고를 당해 억울하게 죽고, 친정어머니 안씨는 관비가 되어 제주도로 쫓겨나는 참담한 비극을 겪으면서 완전히 불교에 귀의했던 것이다.

임금 또한 불교 옹호론자였다. 임금 세종은 비록 억불숭유의 이념으로 지배되는 국가의 군왕이었지만, 불교 전적을 포함한 다방면의 방대한 독서의 영향으로 군왕이기 이전에 이미 세상과 인생에 대해 나름의 관점을 확립한 거의 철인이었다.

유교는 종교가 아니라 실천윤리라는 것, 도덕과 정치질서를 확립하기 위한 학문이라는 것을 알았다. 또한 유교로써 백성을 다스릴 수는 있지만 유교로써 백성의 안심입명安心立命(의혹과 번뇌를 떠나 마음이 안정되고 모든 것을 하늘의 뜻에 맡기는 것)을 얻을 수는 없다는 것도 알았다.

세종은 즉위 10년을 전후하여 불교 옹호정책을 펴기 시작했고, 20년이 되면서는 자신도 내적으로는 불제자가 되었다. 이와 같은 임금의 태도를 유신들이 그저 지켜보고만 있을 리는 없었다. 임금은 거센 반발에 직면해야 했고 빗발치는 공격에 대처해야만 했다. 이러한 반발과 공격에서 집현전은 항상 그 본산이자 선봉이었다.

유명무실했던 집현전을 부활시킨 것은 임금 자신이었다. 다량의 전적과 자료들을 비치하고 유능한 선비들을 선발 수용하여 연구와 편찬에 전념하도록 했으며, 그로써 문풍의 진작, 국력의 제고, 문화의 창달에 크게 이바지했다. 만세의 업적이 될 훈민정음 창제를 비롯해서《치평요람治平要覽》《자치통감훈의資治通鑑訓義》《정관정요주貞觀政要註》, 역대병요《歷代兵要》《고려사》 등의 사서 편찬,《효행록》《삼강행실》《오례의주상정五禮儀注詳定》 등 유교화를 위한 윤리서의 편찬,《훈민정음해례》《동국정운》《사서언해》《운회언역韻會諺譯》〈용비어천가〉〈월인천강지곡〉 등 훈민정음 관련 전적의 편찬,《농사직설》《팔도지리지》《의방유취醫方類聚》 등 실용서의 편찬을 이루어낸 위대한 기관이 었다.

집현전은 또한 세종이 가장 많이 드나들었기에 세종과 가장 친숙한 관서였다. 이렇듯 세종의 가장 친숙한 옹호세력인 집현전이 세종의 불교적 태도에는 가장 격렬하게 저항했던 것이다.

세종 6년 집현전 제학提學(종2품) 윤회尹淮가 소두疏頭가 되어 벽불闢佛, 척불을 청원하는 장문의 상소를 올린 이후 크고 작은 반대 공격이 연달아 이어졌다. 물론 임금은 불윤不允이었다.

세종 14년에는 집현전 부제학(정3품 당상관) 설순偰循 등이 승결僧結(승려들에게 소속된 토지)을 몰수하라는 상소를 올렸다.

"승려 또한 과인의 백성이요 적자赤子(가녀린 백성)가 아니오?"

이렇듯 임금은 의연히 대처했던 것이다.

세종 15년, 효령대군이 주관하고 왕비가 참예한 수륙재가 한강에서 성대히 거행되었다. 당연히 조정의 유신들이 벌떼같이 일어나 윙윙거리고 떠들어댔다.

세종 16년에는 양주의 유서 깊은 대사찰 회암사에서 효령대군이 경찬회慶讚會(경축 법회)를 크게 베풀었다. 집현전 부제학 설순 등이 또 상소하여 금지시키기를 청원했다. 그러나 회암사 불사는 아무런 제한을 받지 않았다.

세종 17년에는 석가탄신일의 회암사 불사가 과도하다는 지적이 일었다. 그 폐단이 막심하다 하여 집현전 부제학 김돈金墩이 소두가 되어 격렬한 상소를 올렸다.

세종 18년에는 효령대군이 흥천사興天寺에서 사리각舍利閣 등 사찰 건물에 대한 대대적인 중수 불사를 시작했다. 집현전 부제학 안지安止가 즉각 상소하여 강력히 반대했다.

세종 21년에는 집현전 부제학 최만리가 강경한 논조의 상소를 올려

홍천사의 불사 중지를 요구했다. 세종이 불윤不允하자 사헌부, 사간원, 성균관의 신료들이 함께 떼로 덤벼들어 맹렬한 공격을 퍼부었다. 그러나 홍천사의 중수는 중단되지 않고 계속되어 5년만인 세종 23년에 완료되었다.

홍천사에서는 중수 완료를 축하하는 대대적인 경찬회가 거행되었다. 유신들의 불만이 봇물처럼 터질 수밖에 없었다. 최만리를 선봉으로 각 관서의 유신들이 총동원되어 그해 겨울 무려 30여 차례의 상소를 올렸다.

> "불교는 어버이도 없고 임금도 모르고 세상을 어지럽히는 이단입니다. 백성들을 병들게 하고 나라를 망치게 하는 혹세무민의 종교이니 지체 없이 불사를 엄금하고 불교를 철폐하소서."

머리가 지끈거릴 만큼 넌더리가 나고 온몸에 소름 돋을 만큼 염증나는 일이 계속되었다. 웬만한 임금 같으면 귀가 따갑고 힘에 겨워서라도 견뎌내지 못했을 일이었다. 그러나 세종은 화를 내지도 않고 의연히 대처하면서 끝끝내 불교를 옹호했다.

물론 이번에 재를 올리는 불사도 유신들의 반대를 견뎌낼 각오를 하지 않을 수 없었다. 이번의 불사는 49일재로 하고 효령대군이 주재를 하며, 홍천사의 고승들이 광평대군의 사저와 금성대군의 사저 양쪽에서 동시에 행하기로 했다. 그리고 중전 심씨는 수시로 아들들의 사저에 나가 불사에 참예하기로 했다.

왕실의 극통으로 더욱 황막荒漠했던 엄동이 지나면서 1445년(세종

27)의 새해가 왔다. 세종은 지난해의 흉사를 잊고 국면을 새롭게 하기 위하여 광폭의 인사 조치를 단행했다. 영의정은 그대로 황희였으나 공석이던 좌의정에 신개申槪, 우의정에 하연河演, 좌찬성에 황보인皇甫仁, 우찬성에 권제權踶, 좌참찬에 이숙치李叔畤, 우참찬에 정인지鄭麟趾를 제수했다. 병조판서에 안숭선安崇善, 형조판서에 남지南智, 한성부윤에 조혜趙惠, 예문관대제학에 신인손辛引孫을 임명했다. 한확韓確을 지중추원사 겸 판병조사, 김을현金乙鉉을 중추원부사, 이심李審을 첨지중추원사, 천문학자 이순지李純之를 동부승지로 삼았다.

또 그동안 개칭改稱을 마음에 두고 고심했던 진양대군의 군호를 왕후 심씨와 상의하여 수양대군首陽大君으로 바꾸어 확정했다.

세종이 왕후에게 말했다.

"내가 왕위에 오를 때 스물두 살이었소. 내가 이미 성년이 되었는데도 아바마마 태종대왕께서는 어리다고 크게 걱정을 하셨습니다. '나이 어린 네가 왕위에 오르면 군사를 통치할 힘이 부족할 것이다. 그 틈에 다른 형제들이 군사력을 나누어 가지고 왕통을 흐트러뜨릴 염려도 있다' 하시면서 군사에 관한 일은 아바마마께서 직접 관장하셨습니다."

"아, 그러셨군요."

"아바마마께서는 형님의 세자 자리를 폐하시면서 양녕대군이라는 봉호를 주셨습니다. 양讓은 양보하다, 겸손하다의 뜻을 가지고 있고, 녕寧은 평안하다의 뜻을 가지고 있습니다. '양보하고 겸손해야 평안할 것'이라는 가르침을 평생 잊지 말고 살도록 아바마마께서 형님께 명하신 것입니다."

"예, 그런 성념聖念이 계셨군요."

"우리가 둘 다 눈을 감은 뒤에 세자에게 금방 무슨 어려운 일이 있지는 않을 것이나, 멀쩡한 아들이 죽은 것처럼 사람의 일이란 알 수 없는 것이오. 우리가 없어지고 세자가 왕위에 올라 혹시라도 일찍 죽게 된다면, 뒤이어 왕위에 오르는 홍위弘暐에게는 어린 왕을 비호해주고 수렴청정을 해줄 대비와 대왕대비마저 없는 신세가 되고 맙니다."

말하는 세종이나 말을 듣는 소헌왕후나 얼굴이 어두워졌다.

"장성한 숙부들이 많기도 한데……, 그 등쌀을 어찌 배겨내겠습니까?"

"내 생각엔 진양(수양)이만 올바르면 별일은 없을 것이오."

"과연 진양이가 염려되옵니다."

"언젠가 중전이 말하지 않았소. 제 놈이 쌍 뿔 달린 머리 수首 자를 원한다고……. 그래서 이번에 진양의 군호를 바꾸어 수양대군으로 정한 것이오."

"수양대군이라……."

"제 놈이 백이숙제의 수양산首陽山을 모를 리 없고, 내가 그렇게 봉호를 내리는 뜻을 모를 리가 없을 것이오. 딴 마음 먹지 말고 임금에게 충성하라는 명령인 것이오."

"참 잘하셨사옵니다."

그런데 신년에 이런 심기일전을 위한 세종의 조처가 채 끝나기도 전에 또다시 무참한 슬픔이 덮쳐왔다. 새해 들어 겨우 보름이 지날 무렵, 양전의 일곱째 아들 평원대군平原大君이 열아홉의 팔팔한 나이로 두창을 앓다가 그만 갑자기 세상을 뜨고 말았던 것이다. 다섯째 아들 광평대군이 죽은 지 겨우 달포가 지난 때였다.

"아이고……. 으윽."

중전 심씨는 하루에도 몇 번씩 혼절하여 의식을 잃곤 했다.

"인명재천이라 하지만……. 이럴 수도 있단 말인가?"

임금은 중전의 간병을 철저히 하라 엄명을 내리고는 편전으로 돌아갔다. 임금은 편전에 아무도 들이지 말라 했다. 그리고는 드디어 뜨거운 눈물을 쏟아냈다.

21

내선內禪 불발

임금 세종이 겪은 가정적 불행은 유별나게 가혹한 것이었다. 조선조 어느 임금도 세종만큼 가혹하게 이 같은 불행을 겪은 이는 없었다.

아무도 들이지 말라 했으나 세자는 아우들을 데리고 편전을 찾았다.

"아바마마, 옥체를 보중하시옵소서."

"이 모두가 내가 덕이 없음에서 온 것이야. 내가 모자란 탓이거늘 누구를 원망하랴."

"망극하옵니다."

임금은 지난 가을 이후 자신을 다시 괴롭히는 신병에도 마음이 무거워짐을 상기했다. 임금은 긴 한숨을 쉬고 나더니 뜻밖의 한마디를 꺼냈다.

"아무래도 내선內禪(임금이 생전에 그 아들에게 왕위를 넘겨줌)을 해야 할 것 같다."

세자가 깜짝 놀랐다.

"아바마마. 이는 천부당만부당한 일이옵니다. 고정하시옵소서, 아바마마."

세자는 그 부당함을 마침내 눈물로 호소했지만 임금은 묵묵부답인 채 모두 물러나게 했다. 내선의 소문은 금방 퍼졌다.

좌의정 신개는 빈청에 들어서자마자 거기 모인 중신들에게 갑자기 일어나기를 재촉했다.

"우리가 이렇게 앉아 있을 때가 아니오. 성상께서 내선을 말씀하셨어요. 다들 나를 따르시오. 촌각을 다투는 일이오."

"아니, 내선을 하신다구요?"

"어서 가서 뵙시다."

중신들은 웅성거리며 편전에 당도했다. 그런데 임금은 집현전에서 우리글 언문諺文(훈민정음)으로 번역된 《고금운회古今韻會》를 읽고 있었다. 임금의 모습은 초췌했고 미간은 찌푸려져 있었다.

"어쩐 일이오?"

"말씀드릴 게 있사옵니다."

"그래요? 말씀해보시오."

임금의 목소리에는 힘이 빠져 있었다.

"전하, 황공하오나 내선을 하신다 하셨습니까?"

좌의정 신개가 조심스럽게 물었다.

"아니, 그걸 어디서 들었소?"

임금은 깜짝 놀란 모양이었다.

"수양대군에게 들었습니다."

"수양의 성정이 급하긴 급하구먼, 허허허. 미구에 아무래도 내선을 해야 할 것 같소만……."

임금은 가볍게 너털거렸다. 그래도 중신들은 그대로 침통한 모습들이었다.

"전하, 내선을 하신다 하심은 절대 불가한 일이옵니다. 그 뜻을 거두어주시옵소서."

"허허. 뭐 그리 침통해하십니까? 과거지사에 내선이 그리 많지는 않았지만, 형편이 그럴 수밖에 없다면 어쩔 수 없는 일이 아니오? 내 몸에서 병도 떠나지 않는데 근년에는 수재와 한재가 잇따르고, 이제는 두 아들이 연거푸 세상을 떴소. 그러니 이는 필시 하늘의 뜻이 내게서 떠났다는 징후일 것이오."

"하오나 전하, 그것은……."

"가만, 내 말을 마저 들으시오. 병 때문에 조회에도 나가지 못하고 또 외국 사신들도 만날 수 없어 제반사를 내관을 시켜 전달하게 되니, 임금이 되어서 과연 이래도 되겠소? 그래서 세자에게 내선을 해서 정사를 보게 하고 나는 뒤에 앉아 군사에 관한 일만 처결할까 하는 것이오. 그러니 경들도 내 딱한 사정을 좀 돌봐주시오."

이전에 임금의 말이 이렇게 처량하게 들린 적은 없었다. 중신들의 눈에서 눈물이 흘러내렸다.

임금의 처지가 사실 딱하다 아니할 수는 없었다. 그러나 그렇다고 그냥 내선을 받아들일 수는 더욱 없는 일이었다. 신개가 눈물을 닦지 않은 채 입을 열었다.

"전하, 그 어인 말씀이시옵니까? 비록 환후가 계시다 하나 영명하심에 변화가 없으시며, 더구나 춘추 바야흐로 왕성하시어 기거起居에 전과 다름이 없사옵니다. 비록 내관이 명령을 전할지라도 모두 승지를 통해서 시행하므로 이는 어디까지나 정당한 일이온데 무슨 시비가 있겠사옵니까? 전하께서 친히 내선의 불가함을 잘 아시면서 이를 따르려 하시니 신 등이 어찌 옳다 하겠사옵니까? 행여 밖에 이 사실이 퍼질까 두렵기도 하오니 속히 명을 거두시어 의연한 평온을 지켜주시옵소서. 신 등은 죽는 한이 있다 해도 이 명은 받아들일 수가 없사옵니다."

"그 참, 경들도 참으로 딱하오. 그리도 내 심정을 몰라준단 말이오? 내 지병이 날로 더 심하여 조회에도 나가지 못하고 대소의 공무를 처결하지 못한다 하지 않았소?"

"전하, 지금처럼 세자저하께서 섭정하시는 것으로도 아무런 이상이 없사옵니다. 내선의 어의御意만은 거두어주시옵소서."

세자의 섭정은 용인用人, 형인刑人, 용병用兵에 관한 것 이외의 모든 서정庶政을 세자가 관장, 재결, 처리하는 것을 뜻한다. 세자는 서정일지라도 매우 중대한 사안은 임금의 재결을 받아 처리하곤 했다.

중신들은 날이 저물었는데도 물러갈 기색이 없었다.

"전하, 내선의 어의를 거두어주시옵소서."

정말로 죽을 때까지라도 그들의 뜻을 관철할 기세였다. 임금은 피로했다.

"알겠소. 후일에 내선의 가부는 장담할 수 없지만 오늘만은 경들의 뜻을 따르겠으니 그만들 물러가시오."

"성은이 망극하옵니다."

임금은 심신이 다 늘어지는 것 같았다. 아무리 인명재천이라 생각해도 멀쩡한 자식을 둘씩이나 잃은 비감이야 어찌 쉬 가시랴. 의연한 일상도 우울해 보였다.

그런데 그런 우울을 걷어내는 일들이 생기면서 임금은 활기를 되찾게 되었다.

"전하, 《치평요람治平要覽》이 완성되었사옵니다."

우참찬 정인지의 보고였다.

"허허, 학역재學易齋가 큰일을 해냈구려."

"그저 성은이 망극하올 뿐이옵니다."

임금은 1441년(세종 23)에 일찍이 정인지 및 집현전 학사들에게 하명한 적이 있었다.

"치자治者는 흥하고 난자亂者는 망하나니, 득과 실이 다 같이 역사에 있다. 따라서 선한 것은 본받고 악한 것은 경계할 수 있도록 그대들이 여러 사서에서 정치의 귀감이 될 만한 사실들을 뽑아서 책으로 엮어 내도록 하라."

임금은 정치에서 역사가 중요하다는 것을 진즉에 깨닫고 있었다. 이에 중국과 우리나라 사적 중에서 정치의 귀감이 될 만한 것들을 간추려 책으로 만들어내고자 했던 것이다. 그 결과, 중국 주나라에서 원나라까지, 그리고 우리나라 기자조선에서 고려까지의 역사에서 내용을 간추려 무려 150여 권의 책으로 엮은 대작이 탄생되었다. 임금은 정인지가 올린 일부의 책을 보며 얼굴이 환해졌다.

"학역재의 학문이 날로 발전하고 있음이야."

"성은이 망극하옵니다."

다음 날이었다.

동부승지 이순지가 어떤 책을 들고 와 임금께 올렸다.

"이것이 무엇인고?"

"천문, 역법을 종합 정리하여 알아보기 편하게 편찬한 《제가역상집諸家曆象集》이옵니다."

"허허, 그렇구먼. 어느새 완성되었단 말이지?"

"그렇사옵니다."

"새해 들어 과인이 좀 우울했는데 이제 심기가 펴지는 것 같구먼."

"망극하옵니다."

《제가역상집》은 중국과 우리나라에 소장된 천문학 서적과 역서 등을 조사, 교정하여 체계화한 서적이다. 이런 종류의 책은 중국에도 없는 것으로, 이후 이해하기 쉬운 천문학 개설서로 널리 읽히게 되었는데 이 역시 임금의 명에 의해 이뤄진 책이었다.

임금은 이 서책들의 완성을 보자 〈용비어천가〉의 진행 상황이 궁금해졌다.

"선왕들의 공적을 간추려 시가로 만들라는 것은 어찌 되었는가?"

정인지가 응대하여 아뢰었다.

"소신이 알기로는 시가가 다 완성된 줄로 아옵니다."

"오, 그래? 그런데 왜 내게는 보고가 없는가?"

"우찬성 권제가 마지막 정리를 하고 있는 듯하옵니다. 한시만 지어오던 터에, 언문으로 시를 지으려 하니 어찌해야 할지 몰라 난감했던 곳이 많았다 하옵니다."

"허, 과연 그랬겠구먼. 마무리를 짓고 있다니 곧 볼 수 있겠지."

"며칠만 기다리시면 보실 수 있을 것이옵니다."

그해 4월 5일, 우찬성 권제 등은 총 125장章의 대서사시를 전문箋文과 함께 임금에게 올렸다. 훈민정음이 창제된 지 1년 반 만에 훈민정음으로 이루어진 첫 작품이, 그것도 대작이 탄생한 것이다.

임금은 가슴이 뛰고 손이 떨렸다. 흥분된 마음을 가라앉히며 작품을 읽기 시작했다. 우리글로 시가를 짓고 그 시가를 구절구절 한문으로 풀이하는 한역시를 붙인 작품이었다.

소국인 조선 고유의 문자로 적은 글을 따라 대국의 만고진서萬古眞書라는 한자가 그 뜻풀이를 하고 있는, 기가 막힌 시가작품이 탄생한 것이었다.

"오오. 그 정취가 한시보다 훨씬 진하게 풍기는구려."

용안에 환희가 가득 빛났다. 세종은 그 자리에서 125장에 이르는 시가를 다 읽었다. 마지막을 읽어갈 때 임금의 희열은 이제 눈물로 쏟아졌다. 그것은 혹독한 병마와 일가의 불행에서 허우적대면서도 끝내 살아서 대업의 결실을 보게 되었다는 성취감의 눈물이었다.

"이렇게 훌륭한 시가를 어찌 나 혼자만 볼 수 있겠는가? 지금 당장 주자소鑄字所에 넘겨 인쇄토록 하라. 그리하여 하루빨리 만백성에게 배포하여 읽을 수 있도록 하라."

중전은 그즈음에도 주로 누워서 지냈다. 몸은 여위고 얼굴은 해쓱해졌다. 임금은 조신하게 중전 옆에 다가앉아 낮으나 낭랑한 목소리로 〈용비어천가〉를 읽어주었다. 읽어감에 따라 중전의 두 눈은 차츰 젖어들었다. 젖어 들던 눈은 이윽고 주르륵 눈물을 흘리기 시작했다. 온갖 환후에도 불구하고 몸을 돌보지 않고 오랫동안 생사를 초월한 듯 그 일에 골몰하던 남편 임금의 지난 모습이 주마등처럼 연상되었다. 임금의 가슴도 벅차올랐다.

'자자손손으로 성군이 비록 계승할지라도 하늘을 공경하고 백성 다스림에 부지런하셔야 이에 더욱 영세하시리라. 아아. 후사後嗣의 임금이시어, 이를 살피소서. 낙수洛水에 사냥 가서 황조皇祖(임금의 조상)만을 믿을 것입니까?'

마지막 장을 읽으며 임금은 흐느끼고 있었다.

"전하……."

중전 심비는 가만히 손을 뻗어 임금의 손을 잡았다.

"중전……."

"전하께서는 하늘이 내리신 성군이시옵니다. 만백성이 천천세를 부를 것이옵니다."

"이게 다 중전의 보살핌 덕분입니다."

"당치 않으시옵니다, 전하."

"중전이 언제나 내 곁에, 내 마음속에 계셨소. 그것이 나를 지탱하는 큰 힘이 되었소."

"전하, 망극하여이다."

임금은 하루라도 빨리 훈민정음을 만백성에게 반포하고 싶었다. 반포를 하자면 그에 앞서 《훈민정음해례》를 완성해야만 했다. 임금은 정인지를 불렀다.

"정음해례가 얼마나 진행되었소?"

"글자를 만든 원리인 '제자해制字解'는 완성이 되었사옵니다."

"음, 애썼소. 하지만 해례는 제자해만으로는 안 될 것이오. 각각의 소리를 설명하는 초성해初聲解와 중성해中聲解, 종성해終聲解가 있어야 할 것이고, 각각의 소리를 합하는 방식인 합자해合字解와 글자를 사용하는 본보기인 용자례用字例도 있어야 할 것이오."

"지당하신 말씀이옵니다. 소신 또한 그리 여기고 있사오나 소신 혼자의 힘으로는 감당하기 벅찬지라……. 아무래도 시일이 문제인 듯하옵니다."

"그렇겠소. 학역재는 이 일만 맡고 있는 것도 아닐 테니. 헌데 이 일은 기약 없이 기다릴 수 있는 일이 아닌데……. 아무래도 안 되겠소. 내가 세자에게 선위禪位를 하고 이 일에 매달려야 할 것 같구먼."

"헉, 전하. 선위라니요? 그, 그건 아니 되시옵니다."

"허허, 그대는 그런 일엔 마음 쓰지 말고 정음해례에만 전념하면 되는 것이오. 선위 문제는 의정부, 육조와 상의해서 결정할 것이니까 말이오."

정인지를 내보내고 나서 임금은 한동안 생각에 잠겼다. 과거에 신개 등에게 선위의 의향을 내비쳤다가 그만 철회해버린 일이 떠올랐다.

'이번에는 내선이 아니라 세자가 군국 이외의 모든 정무를 재결裁決하는 것으로 매듭을 지어야겠어.'

임금은 도승지 이승손李承孫을 시켜 영의정 황희, 우의정 하연, 예조판서 김종서를 불러오라 했다. 좌의정 신개는 병중이었다. 도승지는 빈청으로 나갔다.

"전하의 하명으로 왔습니다."

"무슨 하명이시오?"

"중대사가 있으니 편전으로 들라 하셨습니다."

"……?"

"혹시 또 선위하시려는 일이 아닌지요?"

김종서가 고개를 갸웃거렸다.

"선위라……?"

그들은 긴장했다.

"아무튼 들어가 뵙시다."

그들은 잔뜩 긴장되어 들어갔는데 임금의 용안에는 미소가 퍼지고 있었다.

"전하, 신 황희 대령이옵니다."

"긴히 상의할 일이 있어 드시라 했습니다."

"하교하시옵소서."

"지난번 내가 세자에게 선위를 하고자 했었는데, 아시다시피 신병 때문에 요양코자 했던 것입니다. 그런데 경들의 낙루 간청에 마지못해 내 뜻을 철회했었지요. 그동안 거듭거듭 생각해보았는데 아무래도 안 되겠습니다. 복잡한 일들을 일일이 재결하다 보니 심신이 너무 피로해져서 없던 병도 더 생길 것 같아요. 그래서 오늘 경들을 부른 것은 세자에게 선위코자 함이 아니고 재결권만을 넘기고자 함이오. 허나 군국軍國의 사안만은 내가 직접 재결할 것입니다. 그러니 경들은 바로 세자 재결의 절차를 상의하여 올리도록 하세요."

영의정 황희가 가늘게 떨리는 몸을 무릎쓰고 아뢰었다.

"전하, 내선에 비할 바는 아니오나 정사가 두 곳에서 나오는 일이온지라…….”

“가만, 태종대왕께서도 이미 하셨던 일입니다. 그때는 내선을 하셨지만 과인은 내선을 하자는 것은 아니질 않습니까? 재결만 세자에게 맡기는 일이에요.”

“전하, 강상인姜尙仁의 옥사를 잊으시지는 않으셨을 것이옵니다. 그 같은 옥사는 정사가 양편에서 나왔기 때문이었습니다. 하오니 통촉하시옵소서.”

“황정승, 그리고 경들. 오늘은 내 말을 깊이 새겨들으시오. 경들은 지금 내 병이 어느 정도인지나 알고서 이처럼 고집을 부리는 것이오? 내 이 쇠약한 몸으로, 이 어두운 눈으로 억지로 제반 서무를 다 재결하게 되면 내 분명 오래 살지 못할 것이오. 경들이 그렇게 고집을 부리는 것은 내가 일찍 죽기를 바라는 것이란 말이오.”

임금은 다소 격앙되어 있었다.

“…….”

대신들의 등골에 진땀이 흘렀다.

“내가 한가로이 요양을 좀 더 해서 다만 한두 해라도 목숨을 더 부지할 수 있다면 과로로 빨리 죽는 것보다는 더 나은 일이 아니겠소?”

“황공하옵니다.”

“새로운 조장條章(규정이나 법률 등)이나 군무軍務 같은 큰일은 내가 직접 재결할 것이고, 나머지 서무는 세자로 하여금 재결토록 할 것이오. 재차 말하거니와 이것은 내 몸을 조섭하기 위한 방편이오. 그런데 경들은 어찌하여 내 이 딱한 사정을 모르쇠로만 대하는 것이오?”

황희가 대신들에게 머리를 돌려 조용히 고갯짓으로 동의를 구했다.

"전하, 황공하옵니다. 전하의 어의가 정 그러시오면 신들은 어의를 따르겠나이다."

임금의 용안이 환하게 빛났다.

"고맙소. 경들이 내 뜻을 알아주니 심신이 가벼워지는 것 같소."

임금은 다음 날 의정부와 육조에 교지를 내려 이를 확정지었다.

놀란 것은 세자였다.

"아바마마, 소자 아직 어리고 미거하여 섭정하는 것도 벅차옵니다. 서정을 재결하기에는 소자의 학문과 경륜이 너무 부족하옵니다. 통촉하여 주시옵소서."

세자는 거의 울상이었다.

"세자는 내가 가르친 셈인데 세자의 학문과 경륜을 내가 어찌 모르겠느냐? 다시 거론하지 말라."

"하오나, 아바마마……."

"이미 대신들과 의논하여 정한 일이니 그리 알라."

세자는 따를 수밖에 없었다.

이제는 재결까지 하게 되었으니 이름만 세자이지 국왕이나 다를 바가 없었다.

임금 세종은 마음부터 홀가분했다. 마음 놓고 학사들과 더불어 정음해례에 관한 연구에 몰두할 수 있어 기뻤다.

"내가 다소 한가해져 정음의 일을 좀 더 잘 돌볼 수 있게 되었소. 그대들도 좀 더 분발하여 나에게 뒤지지 말라."

"분부 명심하겠나이다."

그들과의 문답이 좀 더 자주, 좀 더 길게 이어졌다. 이는 주로 임금의 방식이었다.

잃어버린 자식으로 인한 가셔지지 않는 애통을, 그런 자식들이 준비탄으로 쇠잔해가는 왕비에 대한 애련을, 임금은 이런 문답 속에 짐짓 묻어가며 또 한 해를 보내고 있었다.

22

소헌왕후

1446년(세종 28)이 시작했다. 새해에는 모든 것이 새로워지고 희망이 이루어지기를 빌며 소원 성취를 바라기 마련이다. 그러나 임금의 가장 큰 걱정은 찬란하게 빛날 새해에도 아랑곳하지 않고 심신이 더욱 쇠잔해가기만 하는 중전 심씨였다.

"어마마마, 아직도 그 불효막심한 자식들을 못 잊고 계십니까? 예? 부모형제 다 버린 그 못된 놈들을 어마마마께서도 아예 버리셔야 하시거늘 아직도 못 버리셨습니까? 예?"

다른 자식들과는 달리 수양대군은 꼭 술이 취해야만 찾아오곤 하는 것 같았다.

"그래, 못 잊는다. 잊을 수가 없는데 어찌하란 말이냐? 이 어미가 죽어 땅에 묻힌들 어찌 잊으리오."

"아, 제 놈들이 세상 마다하고 가버렸는데 뭣 때문에 자꾸 생각하십니까? 이 말썽꾸러기 개망나니 소자가 대신 콱 뒈지지 않고……, 착실하고 말 잘 듣는 개들이 잘못 죽어서 그러시는 겝니까?"

"저런 고얀. 이놈아, 그걸 말이라고 하는 게냐? 너는 이 어미 속을 그저 못 찢어놓아서 안달이냐?"

"그까짓 이왕 죽은 사람은 죽은 사람이요 산 사람은 산 사람이니까 깨끗이 잊어버릴 것은 잊어버려야 한다, 이 말 아닙니까? 그렇게 애통해하시다가 어마마마가 돌아가실까 봐 소자도 속이 타서 이러는 겝니다. 어이구."

말이야 틀린 말은 아니지만 어미를 위로한답시고 제가 내키는 대로 떠들어대서 오히려 화병만 돋우고 있었다.

중전 심비는 누가 무슨 소리를 해도 듣지 않았다. 하루 중 절반은 넋이 나간 사람처럼 우두커니 서서 먼 곳을 바라보거나 멍하니 앉아서 초점 잃은 눈으로 주위를 둘러보곤 했다.

눈발이 날리거나 바람이 세찬 날에는 한숨이 더 길어지고 눈시울이 붉어졌다.

"아이고, 몹시도 춥겠지……. 아이고, 얼마나 추울까……."

들릴 듯 말 듯 희미한 소리로 혼자 자꾸 중얼거렸다. 그러다 정월이 다 가기도 전에 중전 심씨는 그만 몸져눕고 말았다.

"아니, 중전이 기신起身을 못 한다고?"

여전히 병치레에 시달리는 임금이 깜짝 놀라 내전으로 걸음을 서둘렸다.

'거, 죽은 자식들 때문에 기어코 탈이 나는 게 아닌가…….'

임금이 들어서자 심비는 몸을 일으켜 앉으려 했으나 임금이 말렸다.

"중전. 이게 어찌 된 일이오?"

"마마, 황공하옵니다. 어디 별로 아픈 데는 없사온데 몸이 공연히 가라앉사옵니다."

"아픈 데는 없는데 몸이 가라앉는다? 허어, 기력이 빠져나간 모양이오."

"그런가 보옵니다. 아무래도 죽을 때가 된 듯하옵니다."

"죽을 때가 되다니, 그 무슨 당치 않은 소리요? 정신부터 차려야겠소."

"나이 겨우 스물쯤에 죽는 애들도 있는데 쉰이 넘은 신첩이야 오래 산 셈이지요. 차라리 진작 죽었으면 대신 애들이 더 살 수 있었을지도 모르는데……."

"거, 쓸데없는 소리는 그만하고……. 전의청 약을 열심히 들고 벌떡 일어날 생각이나 하시오. 부모 앞에서 죽은 자식들이야 그게 어디 자식이오? 그리고 산 사람은 살아야 하는 게 세상의 이치요. 세상에 자식 죽인 부모가 어디 한둘이오? 그들이 다 중전 같으면 어디 성하게 살 사람이 몇이나 되겠소?"

"세상에 자식 한둘 잃지 않은 부모가 없다 하지만, 신첩은 신첩 혼자만 잃은 것 같고 그래선지 세상 모든 게 빛이 없어 보입니다."

"나 같은 병골도 잘 버티질 않소. 다 세월 가면 무던해지는 것이니 약 잘 들고 일어나실 생각이나 하시오."

"예, 그러지요. 신첩이 무슨 큰 복이 있어 일찍 죽기나 하겠습니까? 신첩은 쉽사리 죽지는 않을 테니 너무 걱정 마시옵고 마마 용체 보중에나 제발 유념하시옵소서."

"알겠소. 그러니 마음을 좀 넓게 펴시고 약도 잘 드시고 어서어서 일어날 생각을 하시오."

"황공……하옵니다. 마마……."

힘없이 대답하면서 심비는 눈물을 줄줄 흘렸다.

중전 심비는 누운 지 달포가 지나가는데도 차도가 없었다. 어디 특별히 아픈 데가 없어 병은 더더욱 잡히지 않고 있었다.

"불사를 해보고 싶구나. 병마를 쫓는…… 불사 말이다."

심비는 문안 온 아들들에게 구병救病을 위한 불사의 뜻을 내비쳤다. 그러나 대궐의 일이라 불사는 쉬운 일이 아니었다.

수양대군은 번쩍 떠오른 생각이 있어 즉시 형 세자를 찾았다.

"저하, 제가 어마마마를 제 사저로 모시겠습니다. 조금도 불편 없이 계시며 복약도 하시도록 하겠으며, 또 소원하시는 불사도 무엇이나 다 해드리겠습니다."

"뜻은 갸륵하네만……, 어마마마께서야 아무래도 늘 사시던 궁중만은 못하실 게 아닌가?"

"자식의 집인데 어떻습니까? 부모가 자식의 집에 와서 언짢아하시는 수도 있습니까?"

"딴은 그렇구먼."

"저하, 저는 지금껏 어마마마의 속만 썩였는데 이제 한번 어마마마께 효도할 기회를 갖고 싶습니다. 제가 부왕께 말씀드려도 되겠으나 야단만 맞고 안 될 것 같으니, 저하께서 말씀 올려 어마마마를 제 집에 모시게 해주십시오."

"그리 해보세."

세자가 수양대군의 뜻을 부왕께 전해드리자 잠시 생각하더니 허락하며 수양대군을 불렀다.

"너희 어머니의 병은 심화心火로 일어난 병이다. 마음을 치료해야 하는 병이니 원하는 대로 불사를 행하도록 해라."

"예, 저도 그렇게 생각했사옵니다. 정성을 다하겠습니다."

"수양 너를 걱정해서도 심화를 끓였으니까 네가 개과천선하여 지성을 다하면 어머니가 기뻐서 심화가 풀릴 수도 있다. 부디 정성을 다하여라."

"명심하겠사옵니다, 아바마마."

3월 초에 중전 심씨는 둘째 아들 수양대군의 사저로 옮겨 요양하게 되었다. 수양대군은 전의청에서 오는 약재를 시탕侍湯에 정성을 다함은 물론, 어머니가 소원하는 불사라면 무엇이고 정성을 다해 시행했다. 그러나 중전 심씨의 병세는 호전되는 기미가 보이지 않았다.

"얘야, 수양."

"예, 어마마마."

"너희 내외가 수고가 너무 많구나. 그토록 원하던 벼슬자리 하나 주어지지 않은 너에게 와서 이렇게 폐만 끼치는데 병이 나아지지 않으니 미안하구나."

"어마마마, 그 어인 말씀이옵니까? 그동안 소자가 어마마마께 불효만 저지른 게 사무치게 후회가 되옵니다."

"얘야, 수양."

"예, 어마마마."

"이제 제발 술을 삼가고 새사람이 되도록 해라. 그리고 불도를 믿도록 해라. 그래서 대자대비하신 부처님 마음을 본받도록 해라."

"예, 어마마마. 명심 거행하겠사옵니다."

"이게 유언이라 생각해라. 죽으면서 하는 말만이 유언이 아닌 게야. 하기야 이제 내가 죽지……, 어찌 살아나겠느냐?"

"어마마마. 어찌 그런 말씀을 하시옵니까? 소자 가슴이 미어지옵니다. 어마마마."

"아니다. 내가 못 일어나리라는 것을 나는 안다."

"못 일어나시다니요? 왜 못 일어나신다고 그러십니까?"

"아무튼 그건 두고 보면 알 일이고……. 사람은 누구나 한 번 나서 한 번 죽는 것이니 뭐 억울해할 일도 아니다. 얘, 수양아. 내 말이 유언이라 생각하고 잘 들어라."

"예, 어마마마."

"네 형 세자는 아바마마를 가장 많이 닮은 사람이니라. 외모 풍채는 물론이려니와 그 찬찬하고 현철한 것과 너그럽고 인정 많은 것까지도 꼭 빼닮았으니, 너희가 다 본받고 따를 만한 사람이다."

"소자도 잘 아옵니다."

"그런데 네가 자주 떼도 쓰고 속도 썩인다는 것을 나도 안다. 지금이야 부모 밑에 있으니 별일이 없을 것이다만……, 부모가 천세 후에는 다를 것이니 각별 조심하도록 해라. 네 형 세자야 천만번 감싸려 하겠지만, 신하들이 들고 일어나면 불가피한 일이 일어날 수도 있을 것이야."

"예, 어마마마."

"그리고 부모가 천세 후 네 형 세자는 임금이 되고 저 어린 원손 홍위가 세자가 된다……. 그리고 네가 너희들 형제들의 제일 맏이가 된다. 아바마마께서도 그걸 아시고 네 대군 호를 수양으로 확정하셨을 것이다. 물론 머리 수 자가 네 소원이라는 것을 진즉 말씀도 드렸다만……. 그러니 혹 다른 아우들이 딴 마음을 가지고 형이나 조카의 왕좌를 탐내어 무슨 분란이라도 일으킬지 모르니 잘 살피고…… 잘 다스려야 할 것이다."

"예, 어마마마. 걱정 마시옵소서. 소자가 잘 다스리겠습니다."

"부왕전하도 저렇게 환후가 끊이지 않으니 오래는 못 사실 것이다. 네 형은 체신이 좋아 아바마마보다는 더 수壽할 것이다만은……. 그러나 사람의 수라는 것이 광평이나 평원처럼 멀쩡한 체신과는 상관없기도 하는 것이니……, 혹 미성년의 나이에 네 조카가 왕위에 오를지도 모르는 일이다. 그럴 때야말로 네 보살핌과 보위가 막중할 것이니라. 알겠느냐?"

"예……. 염려 놓으십시오."

"원손 홍위가 궁녀 출신의 형수에게서 태어났다 해서…… 네가 괄시를 한다면서?"

"……!"

"사람은 그 출신도 중요하지만 그 인성이 더 중요하다. 인성 말이다. 이전에 세자빈 둘이 쫓겨난 것은 그 출신이 미천해서가 아니고 그 인성 때문이었다는 것을 너도 알 게 아니냐? 아바마마께서나 네 형 세자도 출신 좋은 양가 규수를 다시 데려올 줄 몰라서 궁녀 출신의 네 형수를 세자빈에 봉한 줄 아느냐? 더구나 가장 중요한 종사宗社의 일인데 말이다."

"……?"

"네 형이 보위에 오르면 세자빈은 왕후로 추봉될 사람인데 과거의 출신이 무슨 계관이 있겠느냐? 이제 내 말을 듣고도 원손을 괄시하는 마음을 가진다면……, 너는 내가 낳은 자식이 아닐 것이다."

"……!"

"아무튼 원손은 네 조카라 하나 장차는 임금이 될 사람이요……, 너는 신하가 될 사람이니……, 추호라도 괄시하는 기색은 드러내지도 말고 마음속에 그런 생각을 품지도 말아라. 행여 훗날에라도 같은 아버지의 혈손들끼리 피를 흘리는 일이 있어서는 절대 아니 될 것이니, 네가 지닌 네 위치가 참으로 중요하다는 것을…… 한시도 잊어서는 아니 될 것이야."

"예……. 흠……."

"아이고, 말하기도 힘이 드는구나. 애야, 수양."

"예, 어마마마."

"그래, 내 말 알아들었느냐?"

"예에……."

"원손 홍위 그 어린 것이 어미 없이 자라는 것을 생각하면 측은지심이 생기지도 않느냐? 내 맹자를 다 알지는 못하지만 워낙 호학하는 부군을 둔 덕택에 몇 마디는 들은풍월로 알고 있다. 너야 잘 알 것이다만……. 무측은지심無惻隱之心은 비인야非人也라 하였으니, 불쌍히 여기는 마음이 없으면 사람이 아니니라. 또 측은지심惻隱之心은 인지단야仁

之端也라 하였으니, 불쌍히 여기는 마음이 어짊의 시작이니라. 아무쪼록 이제부터라도 가엾은 원손을 잘 보살펴주도록 해라."

"예에, 험……."

"그리고 원손 홍위를 좀 불러오너라. 여러 날 안 보았더니 무척 보고 싶구나."

"예? 예에……."

수양대군은 이 원손 홍위 이야기만 나오면 비위가 상하고 배알이 뒤틀렸다. 수양대군이 생각할 때 원손 홍위는 후궁의 몸에서 태어난 아이이니 분명히 서자였다. 그런데 서자인 홍위가 적자인 자기보다 더 대우받으며 장차 고스란히 왕업을 이어받을 것이라 했다.

그렇게 되면 자기들 적자들은 근처에 얼씬거리지도 못하고 밖으로 밀려나 빈둥거려야 할 신세가 될 것이었다.

위중한 환후의 어마마마를 자기 집에 모셔 구완하는 처지인지라 내색은 못하고 있지만, 배알이 뒤틀리는 것은 여전했기에 어마마마의 부탁에 시원스러운 대답이 나올 수가 없었다.

아무튼 전언을 받은 혜빈 양씨가 원손을 데리고 와서 왕후 곁으로 왔다.

"할마마마, 아프지 마세요."

이제 여섯 살인 원손은 말씨가 유난히 또렷했다.

"저걸 두고……. 내가……. 커억……."

왕후는 원손의 손을 꼭 잡고 무슨 말을 하려다 목이 메는지 숨을 컥컥거렸다.

수양대군 내외의 지극한 정성에도 불구하고 소헌왕후의 병세는 점점 더 심해지더니 3월 하순에 들어서자 갑자기 더 위중해졌다. 그간 주로 수양 사저에 머물던 임금 세종도 몹시 당황했다.

"엄내관 듣거라. 중전의 병세가 심상찮으니 빨리 가서 세자에게 알리도록 해라."

내관 엄자치嚴自治의 말을 전해들은 세자도 깜짝 놀랐다.

"뭐라고? 어마마마께서 위중하시다고? 환궁하시기조차 어렵다 하시더냐?"

"예, 그런가 하옵니다."

세자는 대경실색했다. 서둘러 수양 사저로 달려갔다.

"어마마마. 소자 향珦이옵니다. 어마마마."

세자는 어머니의 손을 잡고 울먹였다. 어머니의 손은 온기도 없는 꺼칠한 막대 느낌이었다. 어느새 이 지경에 이르렀단 말인가.

"오, 세자……. 나는 세자가 있어서…… 예나 지금이나…… 보이나 안 보이나…… 늘 마음이 편하지……. 그런데…… 정사를 돌봐야지……. 이 에미 걱정은 하지 말고……."

세자는 그날 밤새도록 어머니 중전 곁에서 간병했다.

다음 날 세자는 아버지 세종에게 주청했다.

"아바마마. 종묘사직, 명산대천, 그리고 원근 신사神祠 사찰에 중신들을 보내 어마마마의 쾌유를 비는 기도를 드리도록 하고 싶사옵니다."

"잘 생각했다. 내 도승지에게 일러 그리 시행토록 하겠다."

세종은 신임 도승지 유의손柳義孫을 불러 일렀다.

우의정 하연을 종묘에, 우찬성 김종서를 사직에 보내고 기타 중신들을 명산대천 신사사찰 등에 보내어 중전의 쾌유를 빌도록 했다.

세자는 또 아버지 세종에게 건의했다.

"아바마마, 또 한 가지 청이 있사옵니다. 모반대역이나 모고살인이 아닌 모든 죄인을 사면하여 어마마마께서 큰 복을 받으시도록 하고 싶사옵니다."

세종은 다시 도승지를 불러 사면령을 내리게 했다.

그러나 세자의 효성도 기도와 사면도 모두가 허사인 듯했다. 중전 심비는 하루가 다르게 더욱 심해져 갈 뿐이었다. 세자 이하 모든 대군들이 식음을 전폐하고 밤을 새워가며 시탕侍湯을 했다. 그러나 심비의 숨결은 이미 임종에 들어서고 있었다.

"전하를……. 어서 전하를……."

왕후는 자신의 생이 끝나가고 있음을 자각하고 있었다. 세종이 금방 들어왔다.

"전하……, 신첩을 좀…… 일으켜주옵소서."

세종이 조심스럽게 왕후를 안아 일으켜 앉혔다.

"전하, 신첩은…… 이제…… 먼저 떠나야 할 것 같사옵니다."

"아니오. 중전은 반드시 쾌차하실 것이오. 마음을 편히 하시오."

"신첩이…… 마마를 뫼신 지…… 어언 서른여덟 해가 되었는데…… 한시도 편히…… 받들어 뫼시지 못하와……."

왕후는 숨을 헐떡이노라 말을 제대로 하지 못했다.

"무슨 소리요? 중전이 없었던들 내가 어찌 제대로 살았겠소."

임금의 말을 듣는지 못 듣는지 반응이 없이 시선을 천정 한곳에 고정시키고 말을 떠듬거렸다.

"마마……, 등극 후에…… 신첩의 아비가……."

"중전, 다 지나간 일이오. 마음을 편히 하시오."

"신첩의 아비가…… 대역부도한 죄로…… 자진하였을 때…… 신첩도 쫓겨나…… 자진했어야…… 했는데…… 전하의 보살핌으로…… 지난 삼십여 년…… 무사히 중전 자리에…… 있었사옵니다."

왕후는 눈을 감고 있었다. 떠듬떠듬 말을 이어가는 사이 왕후의 감은 눈에서는 눈물이 하염없이 흐르고 있었다.

"중전……."

임금의 눈에 눈물이 흥건했다.

"전하께서…… 극심한 환후에…… 계시면서…… 문자 창제를…… 하시느라 크나큰 고초를…… 겪으셨사온데…… 신첩은…… 제대로 받들어…… 뫼시지 못했사옵니다. 그 불충을…… 용서하시옵고……."

왕후의 말소리는 점점 가늘어지고 있었다.

"마마. 앞이 자꾸…… 어두워져…… 옵니다."

"중전, 정신 차리시오."

"마마, 부탁이…… 꼭 부탁이…… 있사옵니다."

"말씀해보세요."

"정음해례를…… 하루빨리 끝내시어…… 모든 백성들에게…… 가르쳐주시옵소서."

"걱정 마시오, 중전. 해례가 거의 끝나가고 있어요."

"마마. 그리고 원손을……. 신첩이 없으니…… 전하께서 더 많이…… 보살펴……주시옵소서. 마지막…… 소원이옵니다."

"염려 마시오. 꼭 그렇게 하리다."

"전하……. 전…… 하……."

왕후는 들릴 듯 말 듯 임금을 부르며 오른손을 들어 올리다가 툭 떨어뜨렸다. 그리고 동시에 숨이 멈췄다.

왕후 나이 52세 되던, 1446년(세종 28) 3월 24일이었다.

세종의 비 소헌왕후는 그 생애에 신산한 곡절과 간난의 파란이 적지 않았다. 그러나 높은 부덕과 온후한 심성으로 그를 다 감내하며 위대하고 찬란한 성군의 시대를 함께 이뤄낸, 더없이 현량한 내조자였다.

왕후는 세종과의 사이에서 8남 2녀의 자식을 두었고, 여섯이나 되는 후궁들에게서 난 10남 2녀를 다 같이 친자식처럼 돌보았다. 후궁들 대하기를 또한 친동기와 같이 하여 참으로 보기 드물게도 왕실 안에 조금의 잡음도 없었다. 이는 다 소헌왕후의 덕성 덕분이었다.

중전 승하의 부음이 전해지자, 종친 부마 문무백관이 수양대군 사저로 달려와 왕후의 승하를 애도했다. 백성들 또한 머리를 풀고 흰옷을 입고 경복궁 앞에 나와 엎드려 눈물로 애도했으니, 광화문 앞거리가 가득 메워질 지경이었다. 의정부에서는 예조에서 올린 글을 참고하여 시호를 소헌昭憲이라 정했다.

그리고 장지는 태종과 원경왕후가 묻힌 헌릉 가까이에 묻히고 싶다 하여 대모산大母山(서울 서초구 내곡동) 자락으로 결정하고 영릉英陵이라 했다. 현궁玄宮(왕과 왕후가 합장될 경우 두 개의 묘실을 만드는데 합쳐서 현궁이라 함)을 만들고, 그 동쪽의 묘실 즉 동실東室에 비를 매장하고 서실은 세종의 것으로 비워두었다.

장례는 왕이 훙薨했을 때와 같은 예법에 따라 오월장五月葬으로 했다. 천자天子가 붕崩하면 구월장九月葬으로 했고, 대부大夫가 서逝하면 삼월장三月葬으로 했다.

그녀의 능은 장차 세종과의 합장릉이 될 것이므로 세종에게는 수릉壽陵(생전에 마련하는 능)이 되는 셈이었다. 그런데 이 영릉은 조성될 때부터 풍수지리상 불길하다는 주장 때문에 논란이 많았다. 지관들은 강력하게 이 능 자리를 철회하고 딴 데로 옮길 것을 주장했다. 그러나 세종은 옮기는 것을 반대했다.

"다른 곳에서 복지福地를 얻는다고 하지만 선영 곁에 묻히는 것만 하겠는가?"

그래서 세종도 사후에 결국 이곳에 안장되었지만 수양왕 때 다시 강력하게 천장遷葬이 주장되었다. 그런데 서거정 등은 천장을 반대했다.

"천장을 함은 복을 얻기 위함인데, 왕이면 되었지 다시 더 무엇을 바라겠습니까?"

그러나 그 후 다시 천장을 주장하게 되어 풍수지리상 최고의 길지라는 현재의 영릉(경기도 여주시 능서면 왕대리)으로 옮기게 되었던 것이다.

수양왕 때 천장이 결정되었으나 실행되지 못하고 유언으로 전해져 실제 천장은 예종 1년(1469)에 이루어졌는데, 이때는 능 조성 제도가 바뀌어 옛 영릉에 있던 석물들은 옮겨지지 못하고 그 자리에 묻히게 되었다.

그 후 1973년 석상, 장명등, 망주석, 문무인석, 세종대왕신도비 등이 발굴되어 지금은 세종대왕기념관(서울 동대문구 청량리동)으로 옮겨졌다.

(제2권에 계속)

돗개무리 제1권 성군왕가聖君王家

초판 1쇄 발행 2021년 02월 05일

지 은 이 이번영
펴 낸 이 김환기
펴 낸 곳 도서출판 이른아침
주 소 경기 고양시 일산동구 정발산로 24 웨스턴타워 업무4동 718호
전 화 031-908-7995
팩 스 070-4758-0887
등 록 2003년 9월 30일 제313-2003-00324호
이 메 일 booksorie@naver.com

ISBN 978-89-6745-114-1 (04810)
978-89-6745-113-4 (세트)